KB099822

인생은 지금까지가 아니라
지금부터 시작이다

인생은 지금까지가 아니라 지금부터 시작이다

발행일	2020년 2월 28일			
지은이	진목			
펴낸이	손형국			
펴낸곳	(주)북랩			
편집인	선일영	편집	강대건, 최예은, 최승헌, 김경무, 이예지	
디자인	이현수, 한수희, 김민하, 김윤주, 허지혜	제작	박기성, 황동현, 구성우, 장홍석	
마케팅	김회란, 박진관, 조하라, 장은별			
출판등록	2004. 12. 1(제2012-000051호)			
주소	서울특별시 금천구 가산디지털 1로 168, 우림라이온스밸리 B동 B113~114호, C동 B101호			
홈페이지	www.book.co.kr			
전화번호	(02)2026-5777	팩스	(02)2026-5747	

ISBN   979-11-6539-096-9 03810 (종이책)   979-11-6539-097-6 05810 (전자책)

잘못된 책은 구입한 곳에서 교환해드립니다.
이 책은 저작권법에 따라 보호받는 저작물이므로 무단 전재와 복제를 금합니다.

이 도서의 국립중앙도서관 출판예정도서목록(CIP)은 서지정보유통지원시스템 홈페이지(http://seoji.nl.go.kr)와
국가자료공동목록시스템(http://www.nl.go.kr/kolisnet)에서 이용하실 수 있습니다.
(CIP제어번호: CIP2020008082)

(주)북랩 성공출판의 파트너

북랩 홈페이지와 패밀리 사이트에서 다양한 출판 솔루션을 만나 보세요!

홈페이지 book.co.kr   •   **블로그** blog.naver.com/essaybook   •   **출판문의** book@book.co.kr

참회 속에서 희망을 찾은 한 70대 노객의 인생 비망록

진목 에세이

인생은
지금까지가라
아니라

지금부터
시작이다

북랩 book Lab

호랑이는 죽어서 가죽을 남기고 사람은 죽어서 이름을 남긴다고 합니다. 만약 남긴 이름이 오명이라면 얼마나 슬프고 고통스러운 일이겠습니까?

조선의 마지막 군주 무능한 고종, 왕후 민비보다 기민하지 못한 그는 500년 조선을 일본에게 빼앗기는 기막힌 역사를 후손에게 남겨 이민족에게 우리 선조인 조선 백성들이 수탈당하게 했습니다. 물론 그것은 훈구 대신들의 이기심까지 작용한 결과였지만 을사늑약으로 조선은 종말을 고하고 36년간 일본의 속국으로 살아야 하는 불운의 세월을 보냈습니다. 현재 3000년 기를 맞은 이 시대에 잘못하는 대통령을 맞아 우리나라는 마치 조선 망국의 악몽을 꾸고 있는 듯합니다.

2019년 6월 8일 새벽에 음주 운전으로 교통사고를 내어 잠시 죽었다가 병원에 119 소방대원에 의하여 옮겨져 살아났습니다. 그리고 약 5주간의 외과 수술과 마른 뇌진탕 판정을 받고 입원 가료 중 치료진의 정성 어린 보살핌으로 퇴원하게 되었습니다. 사실 저는 알코올 중독자였습니다. 술로 인하여 가정도 파탄 나고 잘 살아 보려고 수많은 노력을 했지만 모두 실패를 했습니다.

결국 나는 한 잔의 술로 단주가 무너지고 재발을 하여 2019년 7월 12일 알코올 전문 병원에 입원하였습니다. 주치의 선생님의 적절한 처방을 받고 복약을 하면서 보호사님들, 간호사님들의 보살핌으로 간신히 2주 만에 금단을 극복하고 글을 쓰기 시작하여 몇 번의 수정과 교정을 마치고 책을 발간하게 되었습니다. 나의 일생이 우여곡절의 연속이었습니다. 실수와 실패를 거듭하고 마지막에는 음주로 모든 것을 다 잃게 되고 병상에서 울부짖다가 이렇게 새로운 희망을 찾아 글을 쓰기 시작했습니다. 이 글을 쓰면서 나는 하느님을 여러 번 느꼈고 나 자신을 전반적으로 되돌아보는 성찰의 시간을 보냈습니다.

나는 행운아입니다. 그나마 이렇게 내 일생을 정리할 수 있음에 감사하며 부끄럽고 보잘것없는 내 인생이 다른 사람에게 도움이 되고 후손에게 도움이 되기를 간절히 바랍니다. 정의롭고 공정하고 정직하게 자기에게 닥친 모든 일을 해결해 간다면 반드시 시련이나 고통을 극복하고 성공적인 삶을 살 수가 있을 것입니다. 이 글을 다소 어려움이 있더라도 끝까지 읽어 주시면 도움이 많이 될 것입니다.

이 글을 쓰면서 신의 한 수와 김동길 교수님 유튜브를 통하여 고귀하신 분들의 도움을 받았습니다. 진성호 대기자님과 조갑제 선생님의 유튜브 영상도 제가 이 글을 쓰는 데 큰 도움을 주었습니다. 존경하는 모든 분들께 정중하게 감사를 드리며 용서를 부탁 드립니다.

제 글은 한 시대를 함께 살면서 겪었던 일들을 글로 남겨 본 것 입니다. 특히 사회의 편견으로 따가운 눈총을 받는 분들이 그것을 극복하고 다시 새롭게 성공하는 모습을 글로 적어 보았습니다. 누구나 한 번 주어지는 인생 지금 당장 좋은 생각을 좋은 행동으로 실천하십시오. "내 인생은 지금까지가 아니라 지금부터 시작이다".

독자 여러분 인생의 성공을 빌며 즐겁고 행복한 삶이 되기를 간절히 두 손 모아 기원합니다. 아울러 출판사 관계자 여러분의 수고에 감사드립니다.

2020년 2월

진목 배상

목차

책머리에   5

🌿 제1장 나의 삶   11

유년 시절   13

중학교 시절   30

고등학교 시절   48

군대 시절   76

대학 시절과 직장 생활   144

모 사학 재단 전산실장 시절   163

🌿 제2장 내 주변의 삶   181

어느 노동자의 삶   183

어느 샐러리맨의 삶   187

결혼 그리고 이혼 그리고 재혼   191

나이 많은 한국인 남편과 나이 어린 외국인 부인   196

필리핀에서 시집온 지나 씨 기막힌 사연   199

좋은 부부의 연을 맺으려면   207

부모와 자식의 관계   212

기술이 뛰어난 중소기업 사장님   217

출소자들의 쉼터를 운영할 때 221

부부가 세상을 살아간다는 것 225

장로님 두 아들에 얽힌 사연 235

선의를 악으로 갚는 사람들 238

나라와 국민을 위하여 일한 지도자는 영원히 기억된다 241

교사 중계 영업소 254

강원도 산골 뱀탕집을 찾는 사람들 258

룸살롱에서 일하는 사람들 265

신용과 정직으로 살아가는 스위스 정치인들과 국민들 288

돈으로 모든 것을 다 할 수 있다고 생각하는 C 마담 292

나랏님이 정치를 잘해야 시민이 행복하다 312

친구와 그의 아내 선생님 319

 ## 제3장 내 나라에 관한 생각 339

한국 천주교의 민낯 341

대통령이 나라를 실험하는 것은 위험하다 357

눈부신 한국의 경제 발전과 현실 368

고정 간첩 여전히 번성하고 있다 375

그립고 그리운 위대한 대통령 385

제1장

나의 삶

🌾 유년 시절

　어머니는 남몰래 원치 않는 임신을 하셨다. 엄격하지만 자애로운 외할아버지께서는 출산하면 집을 나가서 어디로 나가서 죽든 살든 하라고 하셨다. 외할머니는 시골 할머니로 누에를 치며 집안일을 열심히 하셨다. 할아버지는 주로 술을 드시거나 창을 하시거나 글을 읽으시며 선비 생활을 하시고 동네 아이들에게 천자문을 가르치셨다. 외가는 전형적인 남도 가옥으로 앞에는 각종 과일나무가 심겨져 있었는데, 철마다 나는 과일은 소소한 벌이가 되기도 하고 식구들 간식이 되기도 했다. 옆 편으로는 텃밭을 일구어 온갖 채소를 심어서 부식으로 사용했다. 집 뒤뜰에는 왕대나무가 무성하여 숲을 이루어 바람이 부는 날이면 아름다운 노래를 불러 준다.

　외할머니는 가끔 "어떤 썩을 놈이 내 딸에게 못 할 일을 하고 갔네" 하셨다. 1950년 6월 25일 한국 전쟁이 끝나고 얼마 안 된 시기였다. 지리산 등지에는 빨치산 무장공비들이 출현하여 약탈을 하고 사람도 죽였다. 경찰은 공비 토벌을 위하여 많은 희생자를 냈다. 외삼촌 한 분도 군에 가서 행방불명이 되었는데 지금도 생사를 알지 못하고 외할아버지는 그로 인한 화병으로 고생하시다가 돌아가셨다. 외할머니도 장남을 오매불망(寤寐不忘)하시다 병이 나셨고 오랜 투병으로 무척 고생하시다 세상을 뜨셨다. 큰이모님이 십 년 이상 모시며 병 수발을 다 드셨다. 열 아들 못지않은 이모였으나 계모임을 하다가 그 당시 큰돈을 사기당해 평생 고생만 하시다 돌아가셨다.

우리 외가는 한국 전쟁으로 엄청난 고난을 당한 집안 중 하나이다. 어머니도 인민군을 피하여 대숲 안에 임시 대피소로 가다가 넘어져 댓가지에 눈동자를 찔려 한쪽 눈을 잃었다. 어머니는 나를 가진 채 공포 속에서 열 달 동안 외가에서 살았고 온힘을 다하여 나를 낳았다. 어머니는 기쁨과 슬픔의 눈물을 흘렸다. 소중한 아들을 낳았다는 기쁨과 '어떻게 살아가야 할까?' 하는 슬픔과 공포가 몰려와 설움에 복받쳐 울었다. 외할아버지는 나를 보고 달덩이처럼 잘생겼다며 기뻐하셨다. 하지만 어머니의 몸조리가 끝나면 외할아버지와 우리 모자는 영원히 이별해야만 했다. 유교 학문에 정통한 할아버지는 아버지가 없이 태어난 내가 아무리 아깝고 소중해도 함께 살기는 힘들었을 것이라고 생각한다. 이제 떠나보낼 손자에게 복구(福龜)라는 이름을 지어 주셨다. 외할머니는 눈에 넣어도 안 아플 귀한 외손자와 한창 예쁜 딸아이를 떠나보낼 서러운 마음에 매일 눈물로 세월을 보냈다고 한다.

어머니는 내가 백일이 지나자 무작정 핏덩이인 나를 포대기에 싸서 업고, 친정을 남몰래 나오셨다. 때는 초여름이었지만 아직도 싸늘한 바람이 자주 불어와 우리 모자는 추웠다. 신작로를 달리는 버스가 저 멀리에서 흙먼지를 날리며 달려오더니 우리 모자가 서 있는 옆으로 덜커덩 끼익 하고 멈추었다. 우리는 버스에 간신히 올라탔다. 버스는 만원이었다. 아기를 업은 젊은 처자가 만원 버스를 타니 여기저기서 자리를 양보하며 앉으라고 했다. 그렇게 버스를 타고 장평에서 광주로 왔다.

광주에 도착하신 어머니와 나는 아시는 분 댁에서 며칠을 묵었다. 일제 강점기에 초등학교를 함께 다니시고 지금은 광주에서 부모님과 장사를 하시는 친구분이셨다. 어머니 친구분은 매우 친절하고 인정이 많으신 분인데 결혼은 안 하시고 부모님 일을 돕는다고 했다. 그분은 어머니와 나를 반갑게 맞이해 주셨다. 그분은 평택에 사는 어느 아는 언니를 찾아가라고 메모를 해 주시며, 넉넉한 여비도 마련해 주었다. 어머니는 서럽게 울어 대는 나에게 "아가야, 울지 말거라. 이제는 너와 내가 험한 세상을 살아가야 한단다"라고 하셨다. 그 후로 나는 웬만하면 울지 않았다고 한다.

어머니는 광주에서 평택으로 가는 열차를 탔다. 당시는 증기 기관차 열차이다. 열차 안에는 서울로 가서 돈을 벌려는 젊은이들이 많았고 각종 먹을 것을 파는 사람들이 많았다. 어머니는 나에게 젖을 주어야 하셨으니 배가 고프셨을 것이다. 무지와 찬밥 도시락 하나를 사서 드셨다. 새벽에 평택에 도착해서 역사에서 날이 밝기를 기다렸다. 그 당시 교통 사정은 형편없었고, 도로도 비포장이었다. 아침 첫차를 타고, 평택에서 안중으로 와서 광주 친구가 소개해 준 어떤 분을 만나기로 약속한 길 다방으로 갔다. 길 다방은 약국 위 이 층에 있었다. 어머니를 아는 체하는 어떤 아주머니가 어머니에게 다가와서 나를 먼저 보고, "어쩜 이렇게 잘생겼나" 하고, 옹알이를 시켰다. 나도 오랜만에 정감 어린 사람이라고 생각하고 그분을 보고 웃으며 그분을 보며 옹알이를 했다. 어머니는 등에서 나를 내려서 젖을 물려주었다. 나는 마침 배가 많이 고팠던 터라 어머니 젖을 빨았지만 어머니 배가 비어서 그런지 평상시만큼 젖이 많이 나오지 않았다. 그래도 나는 평상시처럼 젖을 물려 주자 울지 않고 스르르 잠이 들었다.

어머니와 아주머니는 여러 가지 말씀을 나누시며 앞으로 어떻게 살지에 대해 여러 방도를 모색하는 이야기를 나누는 것 같았다. 어머니는 어떤 조건보다 내 안위를 제일 많이 걱정을 하시고 가능하면 나와 함께 사는 조건을 최우선시했지만, 아주머니 의견은 달랐다. 일단 나를 고아원에 맡기거나 양부모에게 입양하여 키우도록 하고 어머니는 자유롭게 당신의 삶을 살아야 한다고 했다. 만약 나를 데려가는 조건이라면 중농의 사십대 아저씨에게 씨받이로 들어가는 수밖에 없다는 이야기를 했다. 그러니 아기는 양조장하는 사모님에게 양자로 들이고 맘 편하게 시집을 가라고 한다. 어머니 나이 19살이니 사십대 아저씨 씨받이로 들어가는 것은 너무 아깝다는 이야기였다. 나는 그 어린 핏덩이인데도 어머니 생각을 알았고 서로 이야기하는 어른들 말도 알아들었다. 아마도 내가 어머니와 함께 살기 위한 생존 본능이 일찍부터 발동했나 보다. 어머니가 이십 년이 넘게 차이 나는 아버지께 씨받이로 가는 것은 어린 나도 동의하기 힘들었다. 그러나 어머니는 나를 떼어놓고 다른 생각은 할 수 없다고 단호하게 말했다.

아주머니는 잠시 어디에 다녀오겠다며 우리를 기다리라고 했다. 잠시 후 어느 중후하고 멋진 자주색 코트를 입은 아주머니를 데리고 다시 나타났다. 그분이 평소에 자주 매파 아주머니에게 좋은 아이가 있으면, 아기 하나를 입양해 달라고 조르던 양조장집 사모님이었다. 그 순간 내가 서럽게 울기 시작했다고 한다. 가면 호강하고 마음껏 부를 누리며 살아가겠지만 나도 어머니와 헤어져 사는 것은 싫었다. 아주머니는 나를 탐을 내며 인물도 훤하고 잘생겨 장성하면 큰 인물이 될 것이라고 하며 웬만하면 자기에게 양자로 들이라는 것이다. 그리고 그 멋진 아주머니는 밖으로 나가 버렸다. 어머니는 고민을 많이 하는 모습이었다. 다른 것보다 데리고 다니며 고생을 시키느니 양조장 사모님께 맡기는 것이 나을 거라는 생각을 하는 것 같았다. 어머니는 자신에게 불리한 조건이었지만 나를 데리고 가는 조건으로 사십대 중농의 씨받이로 들어가기로 결심을 하고 그 남자를 만나 보기로 했다. 그러나 매파는 나를 어머니 품에서 떼어내어 자기에게 맡기면 양조장 주인댁 도련님으로 입적시켜 호강시키며 교육도 잘 시켜 나랏일을 할 수 있도록 해 준다고 했다. 그런 얘기를 할 때마다 내가 흐느껴 울었다고 한다. 그 길이 썩 좋은 길은 아니었나 보다.

긴 세월이 흐른 뒤 양조장 사연을 알게 되었다. 그 양조장 주인은 자식 없이 살다가 부부가 갑자기 없어져 행방불명이 되었는데, 어떤 사람은 고정 간첩이 들통 나 연행되어 갔다고 하고, 어떤 사람은 세금을 체납하여 잡혀갔다고 한다.

아버지는 키도 크시고 중후한 멋이 있는 아저씨였다. 어머니를 보자마자 한 번 같이 살아 보자고 하면서 복구를 당신의 친아들로 생각하며 키워 주겠다고 했다. 그리고 어머니와 나를 데리고 참나무가 숲을 이루어 우거져 있다고 해서 참나무 마을이라는 이름을 가진 진목동으로 갔다. 시골집이지만 아담하고 정교하고 아기자기한 집이었다. 안채와 사랑채가 있었고 사랑채 옆에는 머슴들이 사는 방과 소 외양간이 있었다. 참죽나무를 켜서 널빤지로 만든 붉고 윤이 나는 아름다운 마루를 놓았다. 마루를 사이에 두고 왼쪽엔 안방, 오른쪽엔 건넌방이 있었고 건넌방 옆에는 툇마루가 있어 여름에 모기장을 치고 자면 시원하였다. 나와 어머니는 외풍을 없애기 위하여 안방 중간에 미닫이문을 단 따뜻한 아랫목에서 기거했는데 그야말로 오랜만에 머물 만한 둥지를 찾아 평온한 하루를 보내는 것 같았다. 이곳 보금자리를 찾기 위하여 어머니는 수많은 고생을 하면서 마음 상하시면서 천릿길을 오신 것이다.

어머니는 나를 데리고 가셨지만 아버지는 나와 어머니를 사랑해 주시며 잘 보호해 주셨다. 나는 그 아버지를 세상에서 가장 존경하는 분으로 삼았다. 그분은 늘 성실하게 일하며 당신의 농토를 조금씩 늘려 나가면서 농사를 잘 지었다. 그리고 앞마당 주위에 부추를 많이 심었고 부추 꽃이 피면 꽃 하나를 따다가 내 코에 대 주곤 했다. 철마다 온갖 채소와 참외, 수박, 가지, 오이들을 직접 농사로 지어 자급자족했다. 집 뒤 안뜰에는 감나무, 대추나무, 배나무, 살구나무, 포도나무를 심고 매년 딸기를 심어 맛있는 실과를 먹었다. 백일홍, 백합화, 목단, 쑥부쟁이, 장미 등 꽃들이 집을 에워싸고 있었다. 어머니는 내 동생을 임신하시게 되었다. 집안에서는 경사였다. 나는 어머니가 두 분이나 계셨다. 한 분은 낳아 주신 어머니요, 한 분은 보호해 주시고 키워 주신 어머니이다. 나는 양육해 주신 그분을 제 친어머니인 줄 알고 무척 잘 따르고 늘 그분과 함께 잤다. 다정다감하시고 나에게 늘 기쁨과 행복을 주시는 자애로운 분이셨다. 어릴 때 아이들이 저 아이는 어머니가 둘이라고 놀리면 늘 나는 당당하게 어머니가 둘이 좋지 하나가 좋으냐고 말하며 기죽지 않았다. 그 어머니를 나는 큰어머니라고 불렀다. 큰어머니는 원래 아드님 한 분을 낳으셔서 공부도 시키고 당시 큰 중견 기업인 방직 회사에서 일을 했다고 한다. 인천에서 잘 사셨는데, 그만 그 좋은 아드님이 결혼하자마자 폐병에 걸려 사경을 헤매다 돌아가시고 말았다고 한다. 아버지가 수성 최씨 문중 장손이라 대를 이어가야 하기 때문에 내 친어머니가 그 집안의 씨받이 후처로 들어가게 된 것이다. 큰어머니와 친어머니는 마치 자매처럼, 서로 아껴 주며, 양보하며 유순하게 살았다. 아버지도 늘 열심히 일을 하시며 땔감과 양식을 마련하셨다. 별 고생 없이 살아가다가 내가 세 살 되던 해에 내 남동생이 태어났다. 최씨 가문의 영광이요, 큰 경사가

난 것이다. 문중 어른들이 찾아와 아버지께 축하를 해 주며 기뻐했다. 그분들은 내 존재도 의식하는지 정말 아까운 사람이 장손이 아니라고 말을 했다. 결국 동생이 그 집안의 장손이었고 끝내 모든 권리와 행복을 누렸다. 동생이 태어나고 난 후부터는 모든 일에서 나는 후순위로 밀려났고 결국 나는 아랫목에서 밀려나 윗목으로 갔다. 나는 뭐가 뭔지 모르고 하루하루를 행복하게 살아갔다.

네 살 나던 해 어느 날 스님께서 탁발을 오셨는데 나를 보더니 아드님을 보시하시면 스님께서 데리고 가 훌륭하게 키워 주시겠다고 했단다. 나는 타고난 복이 많아 나를 키워 주겠다는 사람들이 많았다고 한다. 어머니는 춘궁기에 오신 스님께 보리쌀 대신 쌀을 주셨다고 한다. 아들이 잘된다고 하는데 어느 어머니가 싫어하겠는가? 현재를 놓고 보면 나를 스님이 되게 했다면 어쩌면 땡중이 되었을지 모른다.

나는 어릴 때 두 어머니를 모셨음에도 여성 편력이 있었다. 그러니 스님으로 살기에는 부적절한 사람인 것이다. 그렇다고 아무 여성이나 좋아하지는 않았다. 우아하고 겸허하고 아름다운 여성을 좋아했다. 우리 어머니는 참으로 우아하고 아름다웠다. 살결도 보드랍고 하얗게 빛이 났다. 나는 그런 어머니를 많이 아프게 한 존재였다.

어머니가 스님께 나를 안 주신 것이 다행이라고 생각했다. 큰어머니는 참 좋으신 분이다. 언제나 다정다감하시고 인내심이 많아서 늘 미소를 띠셨으며 곱고도 예쁘셨다. 들에 나가 종일 일하면서도 친어머니는 밖의 일을 하지 못하게 하고, 아이들을 잘 키우라고 했다. 그래서 그런지 친어머니는 삼 년 터울로 아들을 넷이나 낳으셨다.

어느 날 큰어머니가 동네 잔치하는 집에 갔다가 떡메를 치다가 부상을 당해서 병원에 가셨는데 오실 때까지 나는 가슴을 움켜쥐고 울었다. 그런 나를 돌아오신 큰 어머니가 꼭 안아 주시며 위로해 주셨다. 그 아들 넷 중 셋째가 가장 총명하고 똑똑했다. 세 살인가 네 살에 한글을 깨쳤다. 그리고 다섯 살에는 천자문을 떼었다. 나를 무척 따르고 좋아했다. 그런데 여섯 살에 경기(輕騎)를 앓았을 때 치료 시기를 놓쳐 의료 사고로 허무하게 세상을 하직했다. 아마 친어머니가 계셨다면 그렇게 허망하게 죽지는 않았을 것이다. 아주 오랜만에 나와 어머니는 외가댁을 다녀오게 되었다. 그런데 집에 와 보니 그런 엄청난 일이 벌어져 있는 것이다.

나는 한동안 그가 묻힌 곳을 찾아가 과자도 주고 그에게 뻥튀기도 주며 대화를 했다. 추운 겨울에는 솜이불을 덮어 주기도 했다. 그때부터 나는 영혼이 있다는 사실을 알게 되었다.

아이들의 놀림을 받거나 뜻밖의 일로 내가 고통을 받으면 그의 무덤에 가서 그와 이야기를 나누고 나면 모든 일이 내가 원하는 대로 되는 느낌을 받았다. 하늘은 하늘나라 일꾼으로 쓰기 위해서 천재들을 일찍 데려간다고 한다.

네 명의 아들을 낳았지만 친어머니는 나로 인하여 주눅이 들어 사셨다. 그런 느낌은 초등학교 삼 학년쯤 내가 알게 되었다. 어머니가 나를 데리고 최씨 종가에 들어가 아들 넷을 낳았지만 나로 인하여 늘 고통 속에서 사셨다. 철이 들며 난 그런 어머니를 이해하지 못하고 더 큰 아픔을 드리곤 했다. 나이 들어 지난 일들을 생각하니 어머니의 마음 속을 이해하게 되었지만 어머니는 나에게 좋은 선물을 남기고 세상을 뜨셨다.

친어머니는 나를 모질게 대하셨다. 나의 작은 잘못에도 종아리를 치셨고, 어떤 때는 불을 때다가 부지깽이로 나를 때리기도 하셨다. 그럴 때는 어머니가 밉고 싫었다. 어머니께서 나를 모질게 대하신 이유를 알게 되니 어머니께 미안했다. 그 집에서 낳은 자식보다 나를 편애하면 어머니와 나는 더 큰 시련을 겪을 것이 뻔하기 때문이었다. 어린 시절 나는 눈치를 많이 보고 나를 감추고 포장하는 습관이 생겼고 거짓말을 잘 했다. 그래야 생존할 수 있었다.

어머니는 그 집에 씨받이로 들어가 아들만 연속으로 사 형제를 생산하셨다. 그러니 데리고 간 자식의 신세는 늘 낙동강 오리알 신세였다. 그래서 배가 고파도 배고프단 말도 못하고, 돈이 필요해도 말을 못하고 이웃 아주머니나 아저씨께 그럴듯한 거짓말을 했다. 그러면 배고픔도 해결하고 용돈도 구할 수 있었다. 지금 생각하면, 그것은 일생 나에게 치명적인 독이 되고 말았다. 나는 사랑도 돈도 그렇게 거짓과 허풍으로 얻었다가 모두 신기루처럼 없어지는 일을 겪었다.

그러나 공부는 열심히 했다. 집에서 공부를 하면 일은 안 하고 공부만 한다고 해서 학교에서 밤늦게까지 공부를 해야 했다. 공부한다고 야단을 맞은 건 그 시절에는 어린 아이들조차 누구나 일도 하고 공부도 해야만 생존할 수 있었기 때문이다. 초등학교 고학년이 되면 농번기에는 주위 농가로 가서 일손을 도와주기도 했다. 집에서 콩을 수확하면 콩을 지게에 져 날라야 했고, 모를 심으면 모를 함께 내야 하는 형편이었다.

그 시절에는 학교 도서실에 전기도 안 들어와 남포등을 켜고 공부를 해야 했다. 그리고 공부하는 것도 시간이 제한되었다. 동절기는 오후 다섯 시, 하절기는 오후 일곱 시까지였다. 그리고 집에 와서는 학교를 파하고 빨리 못 귀가한 이유를 거짓말로 해명해야 했다.

유년 시절에 나는 세 번의 죽음을 체험해야 했다.

첫 번째 체험은 그 집으로 온 후 첫 돌이 지났을 때였다. 나는 홍역에 걸려 죽었었는데 시신을 묻기 위하여 거적에다 둘둘 말려고 하니 갑자기 내가 숨을 내쉬며 꿈틀거리고 있더란다. 그래서 다시 방으로 데리고 데러가 뉘이니 열꽃도 가라앉고 열도 차차 내리고 엷은 미음을 받아 넘기더란다. 어머니는 나를 살리려고 온갖 구완을 다했지만 내가 숨이 넘어가자 자신도 실신했다고 한다. 하늘은 나에게 새로운 생명을 허락해 주시어 새로운 일을 하여 세상에 기여하라고 어린 생명을 되돌려 주신 것 같다. 어머니는 어린 내 입에서 구취가 심하게 나자 소금물로 입을 닦아 주었는데 그것이 화가 되어 더 많이 아팠다고 한다.

두 번째로 초등학교 삼학년 때 장티푸스에 걸려 죽다 살아났다. 잘 먹지도 못하고 음식은 먹는 대로 설사로 그대로 나오고 열이 많이 나고 배가 많이 아팠다. 나날이 삐쩍 말라 가는 나를 보다 못한 아버지는 사십 리를 걸어서 용한 의원을 찾아가 약을 지어 왔는데 그 약을 달여서 먹었더니 설사가 멈추고 음식을 먹을 수 있게 되었다. 그렇게 다시 살아나 학교를 가게 되었다. 그 당시는 학교도 우물물을 떠서 마셨는데 오염된 그 물을 마시고 여러 명이 장티푸스에 걸려 거의 한 달 정도 학교를 나오지 못했다. 그 당시 학생들의 위생 상태는 학교 전체가 문제가 많았지만 고 박 정희 대통령의 새마을 운동이 시작되면서 많이 나아졌다.

세 번째는 바다의 저수지에서 조개를 잡으며 물놀이를 했을 때였다. 깊은 물에 빠져 허우적거리다가 죽음을 당하는 순간 동네 형이 내 머리채를 잡아 이끌어 내어 인공호흡을 시켜서 살려냈다. 그때 나는 죽음의 세계를 알게 되었다. 너무나 행복했고 고요하고 평안하였다.

죽을 고비마다 어느 신인지는 모르지만 보이지 않는 도움으로 살아났다. 그래서 나의 삶은 고귀하고 소중한 삶이다. 소중한 남은 삶은 모든 것을 정리하며 나다운 족적을 남겨야 되지 않을까 생각해 본다.

나는 유년 시절을 이렇게 다사다난한 가운데에서 여러 사람의 도움을 받으며 보냈다. 나는 동네에서는 귀염둥이로, 학교에서는 모범생으로 불리며 공부도 잘하고 지도자로서 자질이 있는 좋은 어린이로 인정을 받으며 비교적 행복하게 자랐지만 내 인성은 망가져 갔다. 그것은 거짓말을 하면 모든 것이 내 뜻대로 이루어진다는 삐딱한 생각이 마음속 깊숙이 자리 잡고 독버섯처럼 자라고 있었기 때문이다.

초등학교를 졸업하고 중학교를 가야 하는데 큰 문제가 생겼다. 그 당시에는 중학교를 가려면 호적 등본을 제출해야 하는

데, 면사무소에 가서 호적 등본을 떼려고 하니 내 이름이 등재된 기록이 없다고 했다. 초등학교 육 학년 담임 선생님은 아무런 설명도 해 주지 않고 무조건 호적 등본을 떼어 오라고 했다. 초등학교 시절 나는 한때 농구 선수도 했고 이 학년부터 줄곧 학생회장으로 활동하고 1학년부터 6학년까지 반장도 했다.

교장 선생님은 곧 퇴직하실 파파 할아버지인데 나를 보면 "너는 큰 인물이 될 것이니 책도 많이 읽고 공부도 지금처럼 잘해라" 칭찬을 해 주시며 머리도 쓰다듬어 주시곤 했다. 사모님도 교장 선생님을 많이 닮았고 예쁘고 아담한 분이었는데 무척 단신이셨다. 관사로 나를 부르셔서 요즘에야 흔해졌으나 그 당시는 농촌에서 볼 수 없는 쿠키나 우유를 주시며 "너는 수려하고 잘생겼으니 나라에 애국하고 국민을 사랑하는 사람이 되어라"라고 격려해 주셨다.

그런데 5학년 때와 6학년 때 담임 선생님에게 많은 상처를 받았다. 그는 가끔 나를 불러 방 청소도 시키고 빨래도 시켰다. 특히 그의 속옷을 빨래할 때마다 수건에 이상한 끈적거리는 것이 있었는데 뭔지는 몰랐지만 그 빨래를 할 때마다 기분이 나빴다. 나중에 알고서 그런 사람이 선생님을 한다는 것에 충격을 받았다. 군대도 안 가고 2년제 대학을 나온 사람이었는데, 성욕이 왕성하면 제대로 잘 다스리거나 본인이 저지른 일을 본인이 처리해야 하는데 그러지 않고 순진한 제자에게 그런 빨래를 시킨 것이었다. 나는 그 선생님을 미워하게 됐고 복수를 하고 싶었다.

1학년 담임 선생님은 비교적 얌전하고 학생들에게 다정다감하고 사랑을 쏟으셨던 분이다. 그분에게 스승의 정을 느꼈다.

2학년 담임 선생님은 내 앞으로 우체국 예금을 들어 주셨고 그 돈을 매월 꼼꼼하게 대신 넣어 주셔서 처음에는 고맙고 행복했었다. 그런데 그 선생님이 전근을 가시게 되어서 통장을 주셔서 보니 빈 깡통 계좌였다. 나는 쇼크를 받았고 선생님들에 대한 이미지가 더 안 좋아졌다. 선생님은 당시는 꽤 비싼 이자를 주는 우체국 예금을 나를 이용하여 돈을 늘리고 축재를 하다가 당신이 전근을 가니 몽땅 이자와 원금을 찾아간 것이다. 나는 사실 그 선생님께 감사를 하며 내가 공부는 잘 하지만 가정 형편이 어려워 상급 학교를 못가면 그 돈으로 학교를 보내려고 했나 하고 허망한 생각을 했다. 내 이름으로 우체국 통장을 만들었고 달마다 조금씩 늘어나는 재미가 얼마나 큰 행복을 주었는지 모른다. 아마도 그 선생님은 나에게 저축하는 습관을 직접 보여 주기 위하여 그렇게 하신 것 같다.

초등학교 2학년 때 우리 반에 서울에서 전학 온 영란이라는 여학생이 있었다. 그의 아버지가 남양만 방조제 공사를 하는

데, 극동건설 남양 현장 소장으로 온 것이다. 얼굴도 하얗고 아주 예뻤다. 나는 그 아이에게 폭 빠져 있었다. 나의 첫사랑이 그 아이였다. 질문도 잘하는 아이였다. 나는 반 일등이었는데 그 아이는 단숨에 우리 반 2등이자 히어로로 등극하였다. 하는 일마다 귀엽고 행복해 보였고 애교가 넘쳤다.

초등학교 시절은 비교적 행복했지만 몇몇 선생님에게 실망을 해서 선생님도 우리와 별반 없는 세상살이를 하는 인간이라는 사실을 깨달아 상처를 입은 것이 평생 나를 괴롭혔다.

✎ 중학교 시절

　나는 원래 최 씨로 중학교에 들어가서 학교 공부를 하고 있는데, 중학교 측의 등본 제출 요구를 자주 받았다. 할 수 없이 내 본래의 성씨와 호적을 찾기로 했다. 나는 중학교 이학년 때 곽 모 교장 선생님의 비난과 호적도 없는 놈이 공부만 잘하면 뭐하느냐는 말에 충격을 받았다. 그 교장 선생님은 왜 나에게 그렇게 모진 이야기를 했는지 나도 모르지만 내가 휴학을 하고 내 호적을 만들려고 할 때 뇌일혈로 쓰러져 돌아가셨다. 초등학교 선생님과 중학교 일 학년 때 선생님들이 자세하게 나에게 설명을 해 주고 호적 문제를 해결하는 데 도움을 주었다면 나의 상처가 크지 않았을 것이다. 학교를 휴학하고 내 본래의 성씨와 이름을 찾기로 하고 백방으로 노력을 했다. 양부인 아버지와 친어머니에게 망설이고 망설이다 전후 사정을 말씀 드렸다. 아버지는 나를 당신 호적에 넣으려고 이름까지 지었으나 문중의 반대로 할 수 없었다고 한다. 진작 말을 했으면 갖은 모멸은 받지 않았을 텐데 하는 생각을 했다. 초등학교에서도 육 학년 졸업을 하면서, 분명히 내가 수석인데 삼등 상을 받으면서도 이유를 알지 못했다. 근본도 모르는 나에게 수석 상을 줄 수가 없어서 그랬던 것이다. 어머니는 자세한 이야기는 못 하고 이렇게만 말씀해 주셨다. 당시 경찰서 고급 간부가 어머니 친정 집 근처에서 하숙을 했단다. 당시에 외할머니 댁에서 누에를 쳤는데 어머니는 그 일이 고단하여 낮에는 잠시잠간 낮잠을 자곤 했단다. 그런데 엉큼한 경찰관이 그때 어머니를 범하고 말았다. 그 사람은 잘생긴 서장급 간부였는데 항상 만나면 자기는 광산 김씨라고 했단다. 이름은 모르는 건지 알아도 안 밝히는 건지 끝내 말씀을 안 하셨다. 아무리 아버지이지만 무책임한 그런 사람의 호적에 들어가고 싶지 않아서 차라리 최 씨 문중의 일원이 되고자 했지만 동생들과의 충돌 관계도 있고 나를 키워 주고 사랑해 준 아버지에게 더 이상 괴로움을 드리기 싫어 말을 하지 않았다.

그래서 나를 진정으로 사랑해 주고 광산 김씨이셨던 큰이모부님 호적에 입적하기로 하고 여비를 마련하여 광주 지방 법원으로 가기로 했다. 그리고 평택에서 보통 열차를 타고 광주역까지 갔는데 차표와 여비를 모두 도둑맞는 불운을 겪었다. 놀라서 정신을 못 차리고 혼란스러운 정신 상태에서 헤맸는데 어떤 역무원이 나를 사무실로 데려가서 사정을 말해 보라고 했다. 그래서 나는 여차저차 해서 학교를 휴학하고 광주지법에 가는데 기차 안에서 소매치기를 당했다고 사실대로 말을 했다.

내 딱한 사정을 듣고 인정 많은 역무원 아저씨는 여비에 보태고 밥도 먹으라며 당시에 내가 가지고 간 여비의 두 곱 절이나 되는 돈을 주었다. 고아로 전락할 나를 구원해 준 그 역무원 아저씨는 세상에는 냉정한 사람들도 많지만 나 같은 어른들도 있으니 실망하지 말고 잘 살아 달라고 나에게 직접 사랑의 실천을 보여 준 것 같았다. 나는 감사하다고 하며 인사를 하고 법원으로 갔다.

당시 법원 행정 주사는 어린 내 사정 이야기를 듣고 이모부님을 한 번 모시고 오라고 해서 화순에 사시는 이모부님을 모시고 갔는데 서류를 꾸미고 나니 점심시간이 되었다. 주사님은 저와 이모부를 데리고 법원 근처의 한 맛 집으로 데려갔다. 그리고 토끼 탕을 시켜서 점심 식사를 했는데 그분이 식사비를 모두 내었다. 이런저런 일로 고달픈 나에게 저런 공무원도 있구나 하는 생각이 들게 하는 사건이다. 지금도 잊혀지지 않는다. 그는 나에게 사흘 후에 오라고 했고 이모부님 동의하에 나는 1962년생 김 씨의 새 이름을 갖게 되었고 내 존재를 증명할 호적이 생겼다.

사흘 후에 가니 호적 등초본을 떼어 주었다. 그리고 주사님은 열심히 공부하여 좋은 사람이 되라며 이만 원을 주었다. 선생님들도 호적이 없다고 무시하고 공부 잘하는 것까지 탓해서 어른들에 대한 회의감을 가졌던 나는 어른들에 대한 편견도 씻게 되었다. 나는 중학교에 가서 복학 수속을 밟고 김 모라는 새로운 이름으로 이 학년부터 학교를 새롭게 다니게 되었고 전교 수석으로 중학교를 졸업하게 되었다.

중학교 일 학년 때 나는 두 번째 사랑의 여학생을 만나게 되었다. 우리 중학교는 남녀 공학이었는데 한 학년 학생 수가 600명이 되었다. 그 여학생은 초등학교 때 첫사랑으로 만나 일 년을 행복하게 보내고 그 뒤에 눈물로 서로 헤어져야 했던 그 아이를 꼭 닮은 우수 어리고 아름다운 여학생이었다. 지금까지 살면서 그렇게 순수하고 아름다운 여인을 만나지 못했다.

그런데 그런 여학생이 내가 휴학을 하고 가정 사정으로 학교에 나오지 않는다는 사실을 알고는 그 여학생도 휴학을 하고 산골 시골로 갔었다. 그러다 내가 복학을 하니 같은 학년으로 학교를 함께 다니게 되었다. 그 여학생은 좋은 집안에서 좋은 교육을 받은 학생으로 인격과 인품이 좋았다. 흠결이라면 안경을 썼다는 것이었다.

그때 그 학생을 짝사랑했던 남학생들이 부지기수였다. 그들 모두는 공부는 못했지만, 모두 나보다 월등한 처지의 학생들이었다. 다 얼굴도 잘생기고 부잣집 아들들이었다. 그런데도 그 여학생은 나만을 사랑한 것 같다. 내 생일은 어떻게 알았는지 생일만 되면 남몰래 나에게 선물과 연서를 보내오곤 했다.

그때 마침 내 씨 다른 동생이 일 학년에 입학을 하게 되었는데 그가 우리들, 그러니까 그녀와 나의 사랑의 오작교가 되어 주었다. 그런데 그 여학생의 강력한 라이벌이 생겼다. 어느 날 동생을 통하여 연서가 나에게 전해졌다. 그 여학생도 집안이 좋은데 우리 집에서 가까운 동네에 사는 여학생이어서 내가 걸어서 학교에서 지름길로 우리 집에 가려면 그 여학생 집 앞을 지나야 했다.

그리고 또 다른 여학생도 삼학년 때 나에게 연서를 보냈다. 그 여학생은 바닷가에 사는 부농의 딸 이었는데 나보다 한 학년 위였고 고등학교 전교 수석의 학생이었다. 그녀는 아예 나를 자기 집으로 초대하였다. 그래서 가보니 고래등 같은 기와집에서 살았다. 그녀의 부모님은 시골에서 농사를 지었지만 모두 신세대로 탁 트인 분들이었다.

그녀의 부모님은 맛있는 과일과 떡과 빵을 내 주며 함께 먹으라고 하면서 들로 일하러 가셨다. 나와 그녀는 넓은 집 거실에서 단둘이 남아 맛있는 과일을 먹으며 담화를 재미있게 나누었다. 그런데 그 여학생은 나에게 뭔가를 요구하는 듯 눈을 감고 얼굴을 나에게 쭉 밀었다. 나는 깜짝 놀라서 움찔했다. 그런데 어느덧 우리는 키스를 하고 말았다. 난생 처음 하는 키스는 나를 황홀하게 했다. 그녀와 나는 그녀 아버지의 헛기침 하는 소리를 듣고 정신을 차렸다.

잠시 더 머물다가 나는 그 집을 그녀와 함께 나와서 서로 인사를 하고 헤어졌다. 갑자기 나는 연서를 받은 여학생들을 떠올리며 미안해졌다. 중3의 첫 키스는 영원히 잊지 못할 추억으로 남아 있다.

우리는 중학교 이 학년 가을에 수학여행을 경주로 가게 되었다. 나는 여학생들로부터 정겨운 수학여행 선물을 받았다. 지금도 그렇지만 나는 선물을 받는 족족 친구들에게 나누어 주었다. 그리고 함께 어우러져 신나게 수학여행을 즐겼다. 마침 우리들은 추풍령 고개 휴게소에서 삼십 분간의 자유 시간을 가졌다. 경부고속도로를 건설하면서 돌아가신 분들을 기리는 충혼탑에 그분들의 명복을 비는 묵념을 올리고 기념사진을 찍었다. 내 옆으로 몇 명의 여학생들이 몰려와 할 수 없이 그들과 함께 사진을 찍었는데 모두 나와 연서를 주고받은 학생들이었다. 추풍령에는 이렇게 나의 두 번째 사랑의 추억이 서려 있어 지금도 그곳을 가거나 지나쳐 갈 때면 미소를 짓는다.

그 당시 배호의 「추풍령 고개」라는 노래가 유행했다. 나는 그 노래를 불러서 많은 학생들의 환호를 받았다. "구름도 자고 가는 바람도 쉬어가는 추풍령 굽이마다 한 많은 사연 지나간 그 세월을 뒤돌아보며 주름진 그 얼굴엔 이슬이 맺혀 그 모습 그립구나. 추풍령 고개, 기적도 숨이 차서 목메어 울고, 넘는 추풍령 구비 마다 싸늘한 철길 떠나는 아쉬움이 뼈에 사무쳐 거친 두 뺨에 눈물이 흘러 그 모습 그립구나 추풍령 고개".

  우리는 고속도로를 계속 달려 경주 나들목을 거쳐 경주 시내 유적지들을 관광했다. 포석정에서는 신라의 왕족과 귀족들의 호화로운 생활을 생각하며, 나라가 망하는 원인 중 하나가 사치와 낭비로 국고를 축내는 일이라는 생각을 했다. 포석정에서는 후백제 견훤이 포석정에서 유희를 즐기던 사람들을 제일 먼저 죽이고 포석정을 파괴하여 신라의 잔존부패 세력들을 몰살했다는 이야기를 들었다. 그리고 불국사와 석굴암을 들렀다. 거기에서는 신라시대와 통일신라시대의 불교문화의 융성과 불교를 위하여 순교한 이차돈을 생각했다. 요석 공주와 원효대사의 로맨스도 생각하고 신라 이두 문자를 만든 그 둘 사이의 사랑의 결실인 설총이라는 인물도 생각했다. 중학교 때 경주 수학여행은 나에게 많은 것을 생각하고 그 생각을 역사의 현장에 녹여 보는 좋은 경험을 하게 하였다.

드디어 우리는 여관에 여장을 풀고 밤을 맞이했다. 남학생은 남학생대로 여학생은 여학생대로 여관을 잡았지만 어떻게 그 비밀을 알았는지 여학생들이 먼저 우리를 찾아왔다. 내가 사랑했던 그 여학생도 나를 찾아왔다. 나는 가슴이 떨리기 시작했다. 그리고 그녀의 이름을 크게 불렀다. 그랬더니 "야, 내 이름도 불러 줘" 하면서 몰려온 여학생들이 우르르 우리 방을 기습적으로 쳐들어왔다. 다른 방 아이들이 우리 방을 쳐다보며 부러워하였다. 나는 당시에는 최소한 신라의 한 왕자가 된 듯 즐겁고 행복했다. 비록 내 처지는 상당히 고통스럽고 아픈 현실이었지만 공부를 열심히 하며 최소한 가정환경은 극복하려고 노력했다.

갑자기 최 씨가 김 씨로 변한 나를 끝까지 사랑해 주고 아껴 주었던 친구들이 지금도 생각난다. 우리는 경주 수학여행의 모든 일정을 마치고 학교의 일상으로 돌아 왔다. 나는 학교에서도 가끔 힘들면 신라에서 왕자가 된 기분을 느꼈던 기억 속으로 들어가곤 하면서 왕자로서 품위와 고결한 인품을 갖출 수 있도록 노력하였다. 수학여행에서 얻은 큰 수확이었다.

사실은 수학여행을 가고 싶지 않았다. 성도 바뀌어서 최 씨 집안에 얹혀 사는 기분이라 수학여행 갈 경비를 달라는 소리를 할 수가 없어 학교에 수학여행을 안 갈 핑계를 대는데 먹히지 않았고 내가 수학여행을 안 간다는 소문만 교내에 돌았다.

그런데 내 동생이 이상한 봉투를 나에게 주었다. 어떤 누나
가 형 갖다 주라고 했다고 한다. 동생은 "그 누나 참 예쁘더라.
형, 사귀어 봐" 했다. 나는 대답을 하지 않고 봉투만 받아서 조
심스럽게 뜯어보았다. "수학여행 함께 가요. 그동안 내 용돈을
모아 둔 건데 이렇게 요긴하게 쓰게 되어 다행입니다". 그녀는
메모와 함께 당시 돈으로는 큰돈을 나에게 보내 주었다. 나는
자존심도 상했고 수학여행을 더 가기 싫어졌다.

하지만 그 여학생에게 돈을 돌려줄 방법도 없고 해서 학교
로 가서 담임 선생님께 상의를 했다. 겁도 나고 무서웠지만 선
생님은 늘 나에게 다정다감했고 내 든든한 후원자이셨다. 나
는 집에서는 자주 거짓말을 했지만 학교에서는 정직하려고 노
력했다. 특히 당시 담임 선생님께는 늘 솔직했다. 지금까지 나
에게 가장 큰 영향을 주신 분이나 한 번도 찾아가 인사를 드
리지 못했다. 선생님은 아무 말씀 안 하시고 그 여학생이 건네
준 봉투를 받고 수학여행을 가라고 했다. 나는 감사하다고 꾸
벅 인사를 드리고 교무실을 나왔다. 앞으로 한 번 찾아뵈올
수 있도록 할 것이다.

그 외에도 중학교 시절에 생각나는 여러 선생님들이 계시다.
그중에 한문 선생님이 지금도 기억에 생생하다. 선생님은 산악

인이셨다. 주말에는 국내산을 찾으셨고 방학이면 해외 원정 산악회에서 주관하는 등반을 떠나시곤 했다. 평생 살면서 그 선생님을 잊지 못한다. 어떤 경우에도 학생들 편에 서서 사춘기인 우리들을 도우려 노력해 주셨다. 따뜻하고 인자하셨다. 마치 친 누님 같기도 하고 어떤 때는 어머니 같기도 했다. 우리 집에서 학교까지는 약 30리가 되는데 나는 학교를 도보로 다녔다. 그때에 키워진 체력이 지금까지 나를 건강하게 해 주는 것 같다. 나에게 중학교 시절은 황금 같은 시간 이었고 가장 행복했던 시기였다. 나는 최 씨 문중에서 빨리 벗어나고 싶었고 어머니에게 더 이상 부담을 드리기 싫었기에 멀리 있는 고등학교로 유학을 가기로 결정했다. 아버지는 그냥 집에서 고등학교를 다니고 나중에 육군사관학교를 가기를 원하셨다. 아마도 나에게 대한 미안함도 있는 데다 당장 노동력이 필요한 상황에서 내가 집을 떠나는 것이 싫으신 것 같았다. 그러나 집에서 살면서 동생들에게 내가 김 씨라는 사실을 알리고 살기가 미안해서 내 마음이 몹시 괴로웠다. 그래서 나는 내 힘으로 고등학교를 다니고 싶었다.

마침 교장 선생님과 교육감, 교육장 선생님께서 구미에 있는 고 박정희 대통령께서 설립한 고등학교에 입학하라고 권하셨다. 나는 육영수 영부인을 늘 어머니라고 생각했는데 대통령이 세운 학교라고 하니 가고 싶은 생각도 들었다. 3년간 기숙사에서 기거하며 모든 피복과 교복을 제공하고 첨단 장비를 통한 실습 위주의 공업 인을 육성하는 공업계 특수목적 고등학교라는 사실만 알았다. 학교 졸업과 동시에 예비역 하사관으로 임용되어 군대를 갈 필요가 없다고 했다. 교육감까지 나서서 추천한 것으로 보아 좋은 학교인 것 같았다.

아버지는 "이 세상에는 공짜가 없는 법이다. 신설 학교고 그 학교가 무슨 목적의 학교인 줄도 모르고 갔다가는 네 인생만 망친다. 신중하게 결정해라. 가까운 곳에도 좋은 학교가 많고, 너라면 장학금을 받으며 공부를 할 수 있는데 무엇 하러 그 먼 곳까지 가서 공부를 하려고 그러느냐?"며 나를 말렸다.

나는 그 길만이 최선이라는 생각과 일단 학교 웃어른들이 추천하는 것이니 엉망은 아니라고 생각하고 그 학교를 가기로 결정을 하고 원서를 냈다. 학교에서 서류 전형에 합격을 하면 그 학교로 오라는 연락을 해 준다고 했다.

서류를 보내고 약 한 달이 지나 서류 전형 합격자를 발표했는데 《동아일보》 등 유명 일간지에 합격자 명단이 발표되었다. 내 이름도 거기에 나왔다.

나는 적성검사와 면접을 보기 위하여 기차를 타고 구미역에서 내려 학교에서 나온 학교 버스를 탔다. 내 또래의 아이들이 거의 한 차 빼곡히 차니 버스는 학교를 향하여 출발했다. 우리는 학교에 도착하자마자 작년에 학교에 입학한 선배들의 환영을 받으며 그들이 안내하는 대로 선착순 조별로 먼저 학교를 돌면서 여러 시설의 안내를 받았다.

그리고 이튿날 시간 맞추어 면접과 적성검사를 받기 위하여 구미에 있는 여관으로 나와서 하루를 묵고 시간 맞추어 학교로 등교했다. 식당으로 안내되어 아침 식사를 하는데, 매우 인상적이었고 음식 맛도 좋았다. 이왕이면 합격했으면 좋겠다고 생각했다.

드디어 중학교 졸업식 날이 되었다. 중학교 3학년 나의 담임 선생님은 참으로 나를 사랑해 주셨다. 졸업을 하면서 그 선생님과 헤어지는 것이 너무 싫었다. 그분은 선생님으로서 모든 조건을 갖추시고 제자들을 진심으로 사랑하고 도와주었다. 나는 성씨가 다른 동생만이 왔다. 그런데 꽃다발은 여러 개 받았다. 나를 짝사랑하던 여학생 부모들이 나에게 주는 축하 꽃다발이었다. 전교 일등상 교육장 상을 받았다. 상장을 받을 때, 우레와 같은 박수를 받았다.

심지어 후배 여학생들의 축하도 받았다. 그중 아직도 잊지 못하는 여학생이 있는데 "오빠, 지금 헤어지면 언제나 보지" 하면서 펑펑 울었다. 그 후에는 만난 적이 없다. 졸업식이 끝나고 몇 주일 정도 후면 머나먼 경상도 구미로 유학을 떠나야 하는 나는 무척 바빴다.

　만나자는 사람이 너무 많아 일정을 잡을 수 없었지만 나에게 수학 여행비를 대 준 그 여학생은 꼭 보고 싶었다. 졸업식에 온 그 여학생의 언니와 부모님이 시간이 되는 대로 집으로 오라고 주소를 적어 주었다. 대곡리라는 곳이니 크고 깊은 산골이라는 뜻이다. 그 당시 첩첩산중 산골 마을 오지였는데 버스에서 내려서 30리를 걸어서 들어가야 하는 마을이다. 버스도 자주 없었다. 안중에서 오후 4시 차인데 타고 신포라는 곳에서 내려 걸어가야 했다. 신포에서 4시 40분에 내려서 걷기 시작하여 거의 두 시간 만에 대곡리 입구에 왔는데, 주위가 어둡고 캄캄했다. 마을에서 제일 큰집을 찾아 가니 대문에 남포등이 걸려 있었다. 부모님이 차 시간을 알고 내가 올 줄 알고 미리 준비하고 있었다. 안경 낀 그 여학생도 함께 반갑게 맞아 주었다. 나는 그녀의 언니가 차려 준 밥상을 받았다. 그 마을은 전통적 산골 마을인데 인근에 간척지가 있고 바다도 가까워 농한기에는 바다에 나가 꽃게와 물고기를 정치망 어장에서 잡다 팔고 농사철에는 농사를 크게 지어 모두 부농으로 살고 있었다. 그날도 꽃게 계장이 반찬으로 나오고 닭곰탕도 나왔다. 갓 지은 간척지 쌀밥은 일미였다.

그런데 내가 그 집에 도착하자마자 흰 눈이 펑펑 내렸다. 그녀의 아버지는 귀한 손님이 와서 눈이 내리는 것이라고 말해 주었다. 그녀는 나를 보고 좋아서 어쩔 줄 몰랐다. 나도 기분도 좋았고 가슴이 뛰었다. 거기에 눈까지 내려 주니 데이트 분위기는 최고였고 부모님 앞에서 공개적으로 하는 데이트니 얼마나 좋은지 몰랐다. 만약 이런 분위기가 부모님이 모르는 상황이라면 우리는 무슨 일을 벌일지 몰랐다.

　우리는 참으로 많은 이야기를 주고받았다. 심지어 장래 약속까지 해 버렸다. 나는 먼저 나보다 좋은 조건의 안중 부자 학생들이 많았는데 나를 선택하여 집에까지 오게 했느냐고 하니까 사실은 첫눈에 필이 꽂혀서 아버지께 말씀 드렸더니 어느 놈인지 당신이 직접 보아야 하겠다며 학교를 오셔서 먼발치에서 나를 보았다고 한다. 그리고 사귀어도 된다고 하셔서 나에게 몇 번 연서를 보냈는데 답장이 안 와서 애간장을 태웠다고 한다. 우리는 마루 거실에서 시간 가는 줄 모르고 이야기를 하다가 자정을 넘겼고 나는 그녀의 아버지와 사랑채에서 자고 그녀와 어머니와 언니는 안방에서 잤다. 아버지는 과묵하시면서 자상하셨다. 우리는 서로 장래를 약속했다. 아버지도 내 딸을 책임지려면 더 열심히 공부해서 훌륭한 사람이 되라고 격려를 하면서 멀리 공부하러 가는데 여비로 쓰라며 상당액의 돈을 주었다.

이튿날도 계속 눈이 내리고 삼십 센티미터가 넘게 쌓였다. 그녀와 식구들은 나한테 내일 가라며 길을 떠나려는 나를 주저앉혔다. 나도 그렇게 하는 그분들이 싫지가 않았다. 어머니에게 그날은 못 들어갈지 모른다고 해두긴 했지만 오늘도 못가면 어머니께서 걱정을 하실 거라는 생각을 하게 되었다. 내가 오는 곳이 첩첩산중이라는 것을 아시니 눈이 많이 와서 못 오겠거니 생각을 하실 거라고 자조를 하며 나는 하루 더 그곳에서 보내기로 했다. 물론 그녀도 우리 어머니를 뵙고 인사를 했는데 호리호리하고 안경을 쓴 것이 흠이지만 네가 좋다는데 어떻게 하느냐며 며느리 감으로 낙점을 했다. 그래서 내가 편하게 이 먼 곳까지 온 것이다. 아무튼 우리는 그렇게 인연이 되어 오랜 시간 동안 서로 연서를 나누며 살았다.

이튿날 눈도 멈추고, 동네 청년들이 30리 길을 말끔히 새벽부터 트랙터로 눈을 치워서 걷기 좋게 해 놓았다. 그녀는 나를 쫓아 나섰다. 둘이 안중까지 걸어가자고 했다. 가까운 샛길로 가면 된다고 하며 자기가 길을 아니 안내를 하겠다고 했다. 나는 내키지 않았지만 함께 안중까지 가기로 하고 어른들께 인사를 드리고 그 집을 나와 그녀가 가는대로 쫓아갔는데 중간중간 눈이 쌓여서 힘들었다. 그러나 그녀는 편안하게 내손을 자연스럽게 잡고 이끌며 눈길을 잘도 걸어갔다. 손을 잡을 때마다 내 가슴은 두근거리고, 짜릿한 전기가 통했다. 남녀의 사랑의 신호가 오고 가며 행복한 느낌까지 가졌다. 그리고 자꾸 눈길이 생기길 속으로 바랬다.

시골 여학생이라 그런지 걸음걸이도 빨랐다. 그녀를 쫓아가기 바빴다. 산허리를 도는 길이 나왔는데 하얀 눈이 온천지를 덮고 둘만의 아늑한 공간이 나왔다. 그녀가 갑자기 미끄러져 엉덩방아를 찧는 순간 나는 그녀를 확 끌어안았다. 그 순간 그녀는 내 허리를 껴안았다. 그리고 나에게 키스 공세를 퍼부었다. 두 번째 키스지만 지난번 키스와는 비교도 되지 않은 달콤하고 깊은 키스를 하면서 하얀 눈 위에 서로 옆으로 누워 버렸다. 서로의 순결을 범할 뻔 한 순간이다. 나는 아랫도리까지 크게 요동쳤다. 하지만 꾹 참고 서로 눈을 털며 일어섰다. 그리고 부끄러워 얼굴을 볼 수가 없는데 그녀는 의기양양한 눈으로 나를 보고 "사랑해" 하면서 내 가슴에 그녀의 얼굴을 파묻었다. 나도 떨리는 목소리로 "사랑해" 하면서 그녀를 꼭 안아주었다. 너무 행복한 순간이었다. 그때까지 살아오면서 그런 황홀경을 경험한 적이 없었다.

우리 둘은 다시 걷기 시작했는데 그녀는 아예 내 손을 놓지 않고 꼭 잡으며 편안한 길이 나오면 팔짱까지 꼈다. 안중까지 오는데 언제 왔는지 금방 온 것 같다. 사랑의 시간은 더욱 빠르다. 우리는 안중에 와서 내가 좋아하는 '부전관' 이라는 중국집으로 가서 우동 두 그릇을 시켜 맛있는 저녁식사를 했다. 난생 처음 남녀가 둘이서 함께 먹는 우동이었다.

나는 그녀의 하숙집까지 데려다 주었고 걸어서 30리 길인 우리 집으로 왔다. 거의 10시가 다 되었는데 어머니가 나를 기다리고 계셨다. 잘 다녀왔다고 인사를 드리고 내 방으로 들어갔다. 씨 다른 동생들은 이미 깊은 잠에 빠져 있었다. 나도 그녀를 그리며 곧 잠들었다.

이튿날 이제 중학교의 모든 생활을 정리하고 고등학교 생활을 시작하기 위해서 길 떠날 준비를 했다. 우선 작은 가방에 속옷들을 싸고 중학교 다닐 때 자주 읽었던 책들을 몇 권 챙겼다. 그리고 그동안 중학교 생활을 하며 즐거웠던 순간들을 찍은 사진을 정리했다. 그리고 슬프고 아팠던 기억들은 새로운 생각으로 바꾸었다. 고등학교에 대한 기대와 만날 선생님들이 기대가 되었다. 301 학군단에 대한 의혹도 품어 보았다. 정말 군대를 안 가고 산업 현장으로 가서 군복무를 대신하는 것인지 아버지 말씀대로 세상엔 공짜가 없다는 예언대로 대가를 톡톡히 치러야 하는 건지 이 생각 저 생각을 하면서 새로운 삶에 대한 기대도 가졌다.

그러나 과거는 하느님의 자비에 현재는 하느님의 사랑에 미래는 하느님의 섭리에 맡기라는 오상의 비오 신부님 말씀을 따르기로 하면서 모든 것을 하느님의 자비와 사랑에 맡기기로 하고 고등학교 생활에 환상이나 몽상을 품기보다는 현실을 받아들일 각오를 다졌다.

🌿 고등학교 시절

중학교를 수석으로 졸업한 나는 구미에 있는 모 공업 고등학교를 진학하게 되었다. 낯설고 물 설은 타향인 구미를 가게 되었는데 구미역에 도착하여 학교까지 택시를 타고 갔다. 학교에 임시 소집되어 반 편성을 하고 기숙사를 정하고 일주일 후에 입학식을 한다고 했다. 일단 한 학기는 종합적인 기술 교육과 필수 교양 과목을 배운 후 자기 적성에 맞는 학과를 지원해서 전자과, 기계과, 주물 목형과, 판금 용접과, 금속 공업과로 나누어 5학기를 공부한다고 했다.

우리는 좋은 잠자리와 책걸상이 제공되고 한겨울에는 스팀 난방이 되는 국내 최고의 시설에서 공부를 하게 되었다. 학교 설립자는 당시 현직 대통령이었던 고 박정희 전 대통령이었다.

도서관에 가니 정말 장서가 있었다. 다방면의 모든 책들이 다 그곳에 있었다. 인문, 사회, 공업, 철학, 문학 등등 모든 방면의 책들이 다 있었다. 나는 속으로 쾌재를 불렀다. 무슨 일이 있어도 이 도서관에 있는 모든 책을 다 읽어야지 하고 다짐을 했다.

그리고 늘 내가 흠모했던 고 박정희 대통령의 휘호로 내린 교훈이 마음에 들었다. 정성(精誠), 정밀(精密), 정직(正直)이었다. 모든 일에 노력을 다하고, 신중하며 성실하게 임한다는 의미가 정성이라는 단어에 내포하고 있다.

정밀은 기능인이 가져야 할 특별한 덕목이다. 당시 한국은 도약적인 기술 발전을 이루고 있는 시대였다. 그러나 우리나라는 정밀 기계 산업은 거의 전무하고 모든 원천 기술을 일본에서 배우고 들여와야 했다. 세밀하게 마이크로, 미크론까지 발전하는 정밀 기계에 우리는 도전해야만 미래의 먹거리 산업을 일으킬 수 있다는 그 당시 대통령의 철학을 고스란히 담아낸 단어이다.

정직은 기능인이 꼭 갖추어야 할 덕목이다. 일반 모든 사람이 갖추면 밝고 아름다운 세상이 될 것이다. 정직은 가장 좋은 정책이라고 했다. 우리나라 사람들이 부족한 것이 정직성이다. 정직한 사람이 피해를 많이 보는 경우가 허다하다. 나도 살면서 정직한 말보다는 거짓말을 많이 했다. 그것으로 많은 것을 이루었음에도 모두 모래성이 되었다.

그 학교는 시설은 참으로 좋았지만 선생님다운 선생님은 안 계셨다. 전국에서 몰려온 학생들이 어렵게 사는 부모 곁을 떠나 그 학교로 왔는데 성적이 우수한 학생들이 모였던 것이다. 그들을 대하는 선생님들은 모두 훌륭한 스펙이 있는 것 같았다. 실제로 그분들 중에는 나중에 박사들이 되어서 대학교 교수로 영전하여 갔다. 그러나 그들은 수시로 학생들을 거짓으로 훈계하고 구슬려 가며 그들의 개인적인 스펙을 쌓아서 대학 교수로 가기를 원했고 실제로 그렇게 되었다. 몇 분만이 학생들을 제대로 가르치고 훈육을 했다.

학교생활 2개월이 지나자 나는 학교를 완전히 파악하게 되었다. 이사장과 교장이 한 분은 해군 투 스타 제독 출신이고, 교장은 맹호부대장이었던 해병대 투 스타 출신이었다. 그리고 선생님들 대부분이 일반 고등학교보다 월등하게 훌륭한 스펙이 쌓인 분들이었다. 그러나 인격은 그렇게 훌륭하지 못했다. 내가 보기에는 우리 학생들을 무시하고 당신들의 생각을 우리들에게 일방적으로 주입시키는 데 열중하는 것 같았다.

나는 그래서 수업에 흥미가 생기지 않았고 책을 읽거나 외국어 공부에 취미를 가졌다. 자주 금오동산에 올라가 금오산과 낙동강을 바라보면서 깊은 사색에 잠기곤 했다. 금오산은 늘 나에게 용기와 지혜를 가지라고 했고 낙동강은 온유하고 너그럽게 살아가라고 했다. 그리고 어떤 고통과 슬픔도 세월이 흐르면 끝이 난다고 가르쳐 주었다.

그렇게 공단의 빈터에 고구마를 심고 캐고 금오산에 가서 조그만 소나무를 캐다가 금오 동산에 심고 여러 가지 환경 미화를 하는데 우리는 중노동을 해야 했다. 수시로 선배들에게 기합도 받고 폭행도 당하였다. 마치 군 생활을 하는 것과 같았다. 밤 9시 30분이면 함께 자고 새벽 6시면 기상을 했다. 운동장에 모여 기상 점호를 받고 운동장을 돌고 뛰며 각종 군가를 불렀다. 저녁이면 취침 점호를 받았다. 나는 그런 학교 환경에 적응하기가 몹시 힘들었고 학교에 반감이 생기기 시작했다. 가끔 오는 개인 편지도 학생 간부라는 사람들이 개봉하여 개인 인권을 심각하게 훼손하였다.

나는 그 학교가 싫었다. 몇 분의 선생님을 빼고는 학생들을 무시하고 학생들에게 거짓말을 많이 했다. 그런 환경에서 거짓말이 습관화되어 일생을 거짓말로 살아왔다고 해도 과언이 아니다. 얻은 듯 없어지고 쌓은 듯 흩어지고 거짓은 항상 가난과 슬픔만 남겨 놓을 뿐이다.

고등학교에서 군사 훈련을 받다가 죽을고비도 여러 번 넘겼다. 여름 방학 때는 군 훈련소에 가서 약 삼주간의 실제 군사 훈련을 군인과 똑같이 받았다. 나의 정서와 학교는 너무 안 맞았다. 슬프고 고통스러운 나날이었다. 뛰쳐나가고 싶은 생각이 하루에도 열두 번이었고 군사 훈련 시 사격 훈련을 할 때는 차라리 자살을 해 버리고 싶은 생각이 뇌리에 박혔다. 가만히 생각하니 아버지가 말씀하신 대로 세상엔 공짜가 없다는 말이 맞았다.

그리고 당시에 베트남 전쟁에서 월남에서 미군이 철수하면서 최신식 미군 장비들을 그대로 두고 철수했는데 그 장비를 운용하지 못해서 월남은 월맹군에게 대패하고 베트남 전쟁은 호치민의 월맹군의 승리로 종지부를 찍었다. 그래서 베트남은 사회주의 국가로 통일되었다. 호치민 공산당 주석은 정말로 베트남 국민을 사랑했다. 그리고 그 후계자들도 평화와 경제 부흥에 힘을 쓰고 월남이나 월맹이나 모두 한 국민으로 사랑하며 보살피며 관용을 베풀고 과감하게 문호를 개방하고 시장 경제를 도입했다. 한 나라의 지도자가 사심 없이 국민을 사랑하고 가엾게 여겨 잘 사는 길을 택하기란 쉽지 않다. 고결한 인격과 품성을 가져야 가능하다.

베트남은 전쟁 당시 적국이었던 미국과 손을 잡았고 우리나라와도 수교하여 우리나라 유수의 대기업이 그곳에 큰 공장을 세웠다. 지금은 매년 고도의 경제 성장률을 기록하며 발전하고 있다. 공산 사회주의 국가에서 가장 잘 살 수 있는 길을 택하였다. 호치민의 관용과 포용 정책은 온 베트남 국민을 하나로 뭉치게 했고 경제 발전의 토대를 만들어 베트남 국민의 성실성을 접목하여 미국이나 한국, 일본, 등 굴지의 기업들에게 베트남에 둥지를 틀게 해서 국민들의 행복과 즐거움을 배가시켰다. 호치민의 유언을 성실하게 받들며 올바른 길을 택한 후계자들도 사심 없는 정치를 하여 지금 베트남은 부흥하고 있다.

그러나 우리나라는 거짓의 정치로 나라가 서서히 황폐화되고 있는 현실이다. 그 당시 우리나라 정치인들은 월남의 전철을 밟지 않기 위하여 미국이나 유럽에서 신무기를 도입하는 시기였다.

그리고 어느 정치인이 우리 학교를 지목하며 신무기 운용자로 우리들을 소집 명령으로 우리 학교 출신들을 군대로 끌어가야 한다고 했다. 그리고 2학년과 3학년은 국군의 날 행사에 참가하기 위하여 거의 3개월 이상을 군사 퍼레이드 연습으로 훈련을 했어야 했다. 훈련할 때는 군인들보다 더 심한 훈련을 받아야 했다. 어린 나이에 그 무거운 엠 원 소총을 한 손에 들고 열과 오를 맞추어 제식 훈련 걸음을 걷는 것은 보통 문제가 아니다. 정말 힘들고 학생들이 그런 훈련을 받는 것은 도저히 이해할 수 없는 일이다. 그러나 학생들을 닦달하여 꼼짝 못하게 하고 강제로 훈련을 시켰다. 그리고 9월 한 달은 여의도로 가서 군인들이 세워 놓은 군 막사에서 기거하며 군인들과 함께 훈련을 했다. 선배들도 열 받아 작은 일에도 분노 하여 후배들을 쥐 잡듯 하고 폭행을 엄청나게 하였다.

나는 어느 날 3학년들의 폭행을 당하여 엠 원 총개머리로 얻어맞았다. 그때 맞은 가슴자리가 지금도 몹시 아프다. 나는 너무 아파서 막사를 이탈하여 집으로 가고 있었다. 그때 어떤 옷 파는 가게 여사장님이 나의 사정을 듣고 옷을 한 벌 주어 군복을 벗고 옷을 갈아입었다. 그리고 평택으로 가는 버스를 타기 위해서 용산 시외버스 터미널로 갔다. 그 옷 가게 주인아주머니가 고마웠다. 옷을 주고 거기에 돈까지 여비하라고 주었다. 나는 간신히 버스를 타고 집으로 왔다. 약 이 주간 을 집에서 몸이 아파서 몸조리를 했다.

그런데 친구들이 너무 보고 싶었고 학교일이 걱정되어 10월 행사가 끝나기 전에 학교로 홀로 왔다. 나는 징계를 받고 근신을 하는 수모를 겪고 왕따를 당하였다. 지금도 그때 일을 생각하면 화가 난다. 가해자는 아무 처벌도 받지 않고 피해자만 군기지 이탈로 처벌을 하는 고등학교가 어디에 있는가? 그리고 선생님 누구도 내 편이 되어 주지 않았다. 그 당시 국어 선생님이었던 김 모 선생님만이 가끔 내가 감금되어 있는 방을 찾아와서 나에게 용기를 내어 일어나라고 해 주셨다.

그런 참스승은 왜 그리 빨리 돌아가시는지 알 수가 없었다. 사회생활을 하는데 선생님께서 소천 하셨다는 이야기를 듣고 나는 거의 삼 일간 눈물을 흘리고 망연자실(茫然自失)하였다. 학교 시절 가장 가슴 아픈 일이 두 번 있었다. 어느 여름날 나와 가장 친했던 신모 바오로가 일요일에 여러 학생들과 성당을 갔는데 나는 그날따라 성당을 가지 않았다. 저녁이 되었는데 바오로가 보이지 않아 큰 소동이 벌어졌다. 사실 학교에서는 낙동강으로 수영 가는 것을 금지했었다. 그래서 그곳을 가끔 가는 아이들도 쉬쉬하고 감추기 일쑤였다. 그러니 친구가 안 보여도 함께 낙동강에서 물놀이를 했다는 말을 하는 녀석들이 하나도 없었다. 도둑이 제발 저린다고 함께 성당을 간 녀석 중 한명이 철 이와 낙동강에서 물놀이 했다는 사실을 털어놓아 낙동강 현장을 가서 보니 주인 잃은 교복과 손가방이 현장에 남아 있었다. 물놀이 하다가 철 이가 없어진 사실을 아무도 알지 못한 것이다.

시체를 찾는 것이 문제였다. 아무리 찾아도 며칠째 찾지 못하다가 수학 선생님의 과학적인 방법으로 그를 새로 찾기 시작했다. 선생님은 장작개비 몇 개를 낙동강 상류에 던졌다. 그런데 장작개비가 떠내려 오다가 모두 한 군데 이르자 물속으로 빠져 들어갔다. 수학 선생님은 해병대 출신 정모 훈육 감에게 길고 튼튼한 바를 몸에 감고 그 지점으로 잠수하라고 했다. 과연 그곳 물아래 모래밭에 철 이의 시신이 처박혀 있었다. 훈육

감은 다시 잠수하여 철 이 시신을 안고 물 밖으로 나왔다. 우리 학생들은 그의 시신이 나오자 모두 오열하였다. 눈물을 흘리며 슬피 울었다. 힘들고 아팠지만 그는 시신도 온전하고 마치 미소를 지으며 나에게 미안하다고 인사하며 나는 괜찮다고 말하는 것 같았다.

우리는 구미성당 연령회의 도움으로 간신히 그를 수습하여, 바로 입관을 하여 성당으로 데리고 가서 장례 미사를 하고 천주교 공원 묘지에 잘 안장했다. 나는 지금까지 그 친구의 연령을 위하여 기도한다. 그리고 구미에 가거나 공원 묘지 앞 고속도로를 달릴 때마다 그를 기억하고 기도를 드린다.

참 좋은 친구였다. 공부 시간에 졸기 일쑤고 기숙사에서도 일찍 자고 늦게 일어나고 시간이 나면 운동장에 나가 각종 구기를 즐기던 아이였다. 지금 생각하면 묵주기도를 자주 했고 식사 전후 기도를 꼭 했다. 시험을 보면 늘 올백이었다.

지난번 차 사고로 죽었을 때 천국에서 예수님 곁에서 복사 노릇을 하는 것을 보았다. 나를 보고 반가워하며 너는 아직 여기 올 자격이 없다며 나중에 다시 보자고 했다. 천재는 단명하고 팔자가 사납다고 하는데 우리 친구들 중 벌써 하늘나라로 간 친구가 많다. 또 한 친구는 친구들과 축구를 하다가 헤딩 골을 넣다가 두 사람의 머리가 부딪쳤는데 한 아이가 뇌진탕이 걸려 서서히 죽어가는 모습을 보았다. 나는 두 친구를 잃고 한동안 매우 힘든 시간을 보냈다.

금오산과 낙동강을 보면서 사람이 얼마나 쉽게 이 세상을 떠나는지 자각하면서 한동안 염세주의자가 되었다. 그 당시 큰 충격으로 트라우마에 시달리는데도 누구도 나에게 관심을 두는 사람이 없었다. 나는 많은 고민과 걱정으로 한동안 밥을 먹지 못하고 헤매다가 학교를 떠나기로 마음먹었지만 금오산과 낙동강이 나를 붙잡으며 '힘을 내라. 용기를 가져라. 끝까지 참는 자만이 승리의 기쁨을 만끽할 수 있다'고 말해 주었다.

지금까지 수많은 죽을 고비에서 나를 살려 놓으신 신께서는 마지막으로 나를 쓰실 모양이다. 요즘은 무슨 일이나 잘될 것이라는 희망을 갖는다.

학교 공부가 제일 하기 싫었던 2학년 말이 지나고 겨울 방학을 맞았다. 힘들고 아픈 고등학교 시간도 반 고비가 넘어 이제 일 년만 견디면 이 지긋지긋한 학교는 떠나는구나 하는 생각이 드니 한결 마음이 가벼웠다.

그러나 우리의 미래는 불투명했다. 1기 선배들이 군대로 가는 것을 보고 입학 때 약속과 다르게 육해군과 공군으로 나눠져서 군대를 가겠구나 실감했다. 그들이 졸업을 하고 커다란 군대용 백에다 군인용 내의와 용품들을 챙겼고 군복을 아예 맞춰 입고 졸업식을 했다. 집으로 갔다가 정해진 각 군의 소집 장소로 가야만 한다고 했다.

결국 이런 결과가 있을 것인데 왜 그렇게 학교에서는 쉬쉬하면서 학생들을 괴롭게 했을까? 차라리 미리 그렇게 이야기하고 학교에 대한 확실한 이야기를 했다면 학교를 선택하는 데 좀 더 신중했을 텐데 하는 생각들을 해 본다. 좀 더 넓은 선택을 할 수 있었을 텐데 하는 생각도 해 본다. 특수목적 고등학교라면 그에 걸 맞는 정직한 교육으로 그들이 앞으로 상황에 대처할 수 있는 기회와 능력을 갖추도록 노력해야 한다.

그래서 선생님들은 자기 자신들을 위한 모든 일을 하고 우리를 가르치는 데 소홀한 선생님들이 많았던 것 같다. 거짓말이나 허영을 불어넣어 주고, 당신들은 잠시 학교에 있다가 다른 데로 가 버리면 된다는 생각을 하며 살아가신 것 같다.

당시에 교장 선생님 아들이 고등학교 학생인데 수학 선생님께서 그분의 아들 과외를 했다고 한다. 그리고 삼 학년 초에 각 군 사관학교에 한 명씩 가기로 되었다고 해서 학교 인문 성적이 좋다는 세 동기생이 뽑혀서 특수 교육을 받았다. 일 년간 인문 공부를 하고 각 군 사관학교에 입학하였다. 나는 그들이 부러웠다. 각 군에서 반드시 제독과 장군이 되어 우리 나머지 많은 학생들의 한을 풀어 주기를 기도했다. 우리는 하사관으로 열심히 근무할 때, 그들은 사관학교에서 공부를 하고, 사년 뒤 소위로 임관하기로 되어 있었다. 그런데 우리 동기들 중 주경야독하며 공부를 다시 해서 사관학교를 간 친구들이 꽤 되었는데 모두 대령으로 예편되었고, 군 시절 야간 대학을 졸업하고 근사한 직장에서 행복한 생활을 하는 사람들도 있고 제대를 하여서 대학을 다니며 고생 한 사람들도 많았다. 그리고 각계각층에서 활발한 활동을 하면서 국가에 공헌하고, 그들 노후를 행복하게 보낸다. 큰 그룹에 간부도 하고, 법원에서는 법원장까지 하고 법조계 명문 가문을 일으킨 사람도 있다.

다시 학교 시절로 돌아가 보면 실습 시간이 많았는데 일 학년 이 학기부터 1년간은 전자 부분, 즉 전자 기기, 라디오 텔레비전, 자동 제어 세 파트에 대한 종합적인 공부를 하다가 이 학년 이 학기부터는 세 파트로 나누어 전문적인 교육을 받는데, 자동 제어는 우리나라에서 우리 학교가 유일하게 고등학교에 그 과정이 있었다. 아마도 원자력 산업을 육성하기 위하여 일본에서 벤치마킹을 한 파트인 것 같았다. 그 공부를 착실하게 했다면 원자력 계통으로 출세를 했을지 모른다.

어느 날 당시 도서관장님이셨던 분에게서 고 박정희 대통령께서 우리 학교를 설립한 배경이 무엇이며 학교가 어떻게 설립되었고 그 경비는 어떻게 조달했는지에 대해 특별히 듣게 되었다. 도서관장님은 키는 작으셨지만 인정도 많고 학생들을 사랑해 주시던 분이었다. 가끔 방학임에도 돈이 없어서 집에 가지 못하고 학교에서 보내는 학생들에게 밥도 챙겨 주시고 간식도 챙겨 주시고 나처럼 학교 환경에 적응하지 못하는 학생을 측은히 여기고 상담도 해 주고 책을 많이 읽으라고 추천도 해 주셨다.

당시 세계 2차 대전 전집을 읽으라고 해서 시간 나는 대로 도서관을 찾아 읽은 적도 있고 한국 문학 전집도 읽었다. 한국 전쟁에 대한 책도 읽고, 조선 역사 시리즈도 읽었다. 그리고 당시에 많은 시조와 시집도 읽었다. 닥치는 대로 시간을 보내고 내 마음을 달래기 위하여 여러 가지 책들을 읽었다.

도스토예프스키의 『죄와 벌』도 감명 깊게 읽었다. 그의 "인간의 마음은 하느님과 악마의 전쟁터이다"라는 말은 나에게 많은 감명을 주었다. 그는 사형수로 죽기 직전에 구원되어 살아났다. 그리고 많은 작품을 남겼다. 가난하며 매우 심한 병에 시달리면서도 작품 활동을 멈추지 않았다. 가난한 이의 대부라고도 불리고 그의 작품에 등장하는 사랑과 연민은 그의 삶이 얼마나 드라마틱했는가를 보여 주었다. 그러나 그는 수많은 고통을 당하고 죽을 고비를 넘기면 서도 자기가 할 일을 하였고 그것이 죽기 직전까지 그의 삶이 얼마나 열정적이고 행복했는지를 알 수 있는 근거이다. 하느님을 끝까지 믿으면서 그의 소설에 휴머니즘을 그려 넣은 것도 그의 자비와 사랑 세상 모든 이들에게 어떻게 사는지를 지향해 주었고 그는 러시아의 대문호가 되었으며 지금도 그의 작품은 전 세계인들에게 읽히고 있다.

아무튼 도서관장은 나에게 큰 멘토였고 영향을 준 분이다. 그분은 일본 명치대학 출신이고 우리말보다 일본말을 더 잘하셨다.

당시 우리 학교에는 마찌오 단장을 비롯하여 여덟 분의 일본인 선생님이 근무하며 우리들을 지도해 주셨다. 나는 우리나라 선생님들보다 일본 선생님들에게 정이 많이 갔다. 그 분들의 일거수, 일투족이 그대로 우리에게 삶의 모범이 되었다. 그래서 나는 그분들이 어떻게 사시는가 자세히 살펴보았다. 어떤 기계를 사용하시는지, 뒤처리를 할 때 기계 청소를 어떻게 하는 것인지 몸소 가르쳐 주셨다. 존경스러운 일이다. 우리나라 선생님들은 사소한 일이라도 학생들에게 모두 시켰기 때문이다.

그리고 시장을 보러 가는 날짜를 정하여 일본 선생님 모두가 대구 백화점에서 한꺼번에 공동 구매를 하셨다. 절약하는 모습이 좋아 보였다. 언제나 학생들보다 먼저 출근하여 수업

할 준비를 미리 다 해 놓으셨다. 근면하고 성실한 삶을 그대로 실천으로 학생들에게 가르치셨다. 참으로 기쁘고 유쾌한 삶이라는 느낌을 받을 수 있었다. 우리는 그 선생님들에게 많은 것을 배우고 기쁘게 실천을 하기도 했다.

나는 금오산과 낙동강, 여덟 분의 일본 선생님과 도서관장이 계셔서 간신히 학교를 졸업하게 되었다. 그러나 기숙사 생활과 과도한 경쟁의식으로 친구들 간에도 끊임없이 다투기도 하고 힘겹게 살았다.

나는 돈에 대한 욕심이 많았다. 그래서 돈 벌 궁리를 하다가 사진사가 되었다. 구미에 나가 대머리 사진관 주인에게 카메라를 빌려 사진을 찍어 주고 현상을 맡겨 사진을 나눠 주고 돈을 받아 대머리 사장에게 주었다. 그런데 나는 돈 관리는 잘 못했다. 이문에만 신경을 쓰고 사후 서비스에 소홀했다. 그리고 감당 못할 약속을 하고 친구들과 후배들을 속였다. 그 후 나는 돈 버는 일은 하지 않기로 했다.

다른 아이들은 돈을 집에서 부쳐 오는데 나는 돈을 주는 사람이 없었다. 그래서 돈벌이를 했는데 욕만 먹고 돈도 못 벌고 대머리 사장에게 돈을 못 주어 빚을 탕감 받았다. 그분께 고맙고 미안했지만 대머리 사장님도 이문에만 연연하여 어린 학생에게 더 많은 돈을 내라고 한 것이 내 마음을 아프게 했다.

가난한 학생들이 머리만 좋다는 이유로 한곳에 모여서 공부를 하면서 온갖 멸시와 아픔을 받아야 했고 지금도 그 상처는 아물지 않았다. 그러한 척박한 환경에서 열심히 공부하면서 특별한 기능인으로서 전국 대회 및 세계 기능 올림픽에서 많은 메달을 따서 국위를 선양했다. 그리고 그들은 사회에 진출해서 국가 발전에 큰 공헌을 했다. 기업을 일으켜서 많은 직원들을 고용하여 국민 생활에도 기여했다.

목사님도 되어서 박 모 목사님은 아산시의 유지로 목회를 성공적으로 잘 하고 계시다. 서울에서 죽도록 고생하며 개척을 하신 안 모 목사님도 지금은 성공하신 목회를 하고 계시다.

도서관장께서 우리 학교의 설립 배경을 이야기해 주셨다. 소양강 댐을 사력댐으로 설계하여 건설하는 데 일본 미스비시 그룹에서 오더를 따서 우리나라 현대 건설과 컨소시엄을 이루어 국내 최초의 사력댐으로 건설하게 되었다. 용수 공급, 발전, 관광, 홍수 조절 등의 목적을 가진 다목적 댐으로 국내 최대 규모 댐이다.

일본 미스비시 관계자가 고 박 정희 대통령에게 리베이트를 현금으로 주려고 했다. 그런데 대통령은 선견지명(先見之明)이 있으신 분이라 개인적으로 받아도 될 돈 받기를 거절했다. 대통령은 진실로 우리나라와 백성을 사랑한 대통령이었고 그의 인품이나 모든 일에서 미래를 내다보는 예견력이 있었다. 대통령으로서 나라의 미래를 생각하고 애국을 실천하신 대통령이었다. 모든 일을 국민과 나라를 위하여 생각하고 결정을 내렸다. 위엄이 있었으나 늘 국민들의 입장을 염려하고 그들에게 좋은 것을 먹이고 입히게 하려고 열심히 노력하였다. 당신의 평생소원은 백성을 배불리 먹이며, 걱정 없이 깊은 잠을 편안히 잘 수 있는 현대식 주택을 공급하는 것이라고 했다. 자나 깨나 국민과 나라의 걱정으로 사셨고 국가의 미래 모습을 항상 머리에 설계를 하시며 오늘 할 일을 빼곡하게 메모하고 공부하며 사셨다.

경제개발 5개년 계획 정책과 새마을 운동은 우리나라가 한강의 기적을 이루는 밑바탕이 되었고 경부고속도로 건설과 장병 파월과 간호사 및 광부의 파독은 우리나라가 비약적으로 발전하는 계기가 되었다.

그래서 대통령은 미스비시 측에 현금 대신 당신 고향인 구미 공단에 최첨단 공업계 고등학교 하나를 지어 달라고 했단다. 일본에서 당시의 대통령의 심중을 알고 매우 감명을 받았다고 한다. 일본 신문이나 언론에서도 대통령의 이미지를 바꾸게 된 계기가 되었단다. 그렇게 강력한 지도력은 본인이 먼저 사심 없이 공정하게 일을 하지 않으면 안 된다고 한다.

지금 현실의 대통령들은 그나마 그 시대에 단단하게 기간산업을 일으키고, 기초공업과 중공업, 조선 산업, 자동차 산업, 제강 산업, 전자 산업, 원자력 산업을 일으켜서 이만한 국가적 위상을 누리며 살아가는데 그런 사실들을 왜곡하고 가짜 역사 교육으로 과거의 대통령을 모조리 나쁘게 호도를 하니 우리나라 역사 교육에 큰 문제가 있다. 일본과의 국교 정상화도 많은 반대를 무릅쓰고 강행하여 지금까지 일본과 우리나라가 서로 상생해 오지 않았는가? 그런데 이제 와서 과거사 문제로 일본과 경제 협력 상태가 올 스톱되고 군사협력, 즉 군사정보 공유도 안 되고 있다. 경제와 안보가 폭망 상태로 가고 있다.

　정부 정책은 일관성이 있어야 하고 정직하고 공정해야 한다. 대통령이 중심을 잘 잡고 그 막강한 권력을 바르고 정당하게 행사해야 한다. 지금은 우리나라가 혼돈 속에 놓여 있다. 경제, 외교, 안보, 어디 하나 잘되는 곳이 없다. 모든 것이 뒤집어져 있다. 특히 국회의 청문회를 통과하지 못한 분들이 고위직, 장관급 공직에 임명되고 있다. 특히, 모 전 장관은 그렇게 많은 탈법, 불법, 비리와 부정 의혹이 있는데도 대통령은 그를 장관으로 임명하였다. 그것이 가능한 것인가?

　고 박정희 대통령은 미래의 좋은 기능인을 확보하기 위하여 이 나라의 인재들이 학교를 믿고 오도록 모든 시설과 실습 장비를 일본 전문대학에 걸 맞는 수준으로 하고 한국의 천재들을 모아 교육을 시켜 군대에서도 잘 써먹고 제대 후에도 대학 나온 사람들보다 더 유용하게 산업 현장에서 활약하게 하였다. 내 모교인 공업고등학교 출신들은 그야말로 각 기업이나 정부 기관이나 심지어 법무부, 행정부, 군 어디에서나 큰 역할을 하며 나라 발전에 기여하고 학교 설립자의 취지에 어긋남 없이 살았다.

나도 지금은 그 학교를 졸업하게 되어 행복하다. 그 학교 출신이라 어려움을 이겨 내고 살아 올 수 있었음에 감사하기 때문이다. 그러나 학창시절이나 군 시절에 받은 폭력과 왕따는 나의 마음을 외통수로 만들고 거짓말을 하게 만들었다. 출신 성분이 비참하고 아프지만 그보다는 학창시절에 겪은 탈법과 불법이 지금도 가끔 내 자신의 인격에 많은 장애를 주었음을 생각한다. 그래서 오랜 세월을 겉으로 표시나지 않는 인격적, 정신적 장애를 가지고 안 그런 척 살아 왔는지 모른다. 학교에서 두 친구를 졸지에 잃으며 죽음에 대한 생각을 많이 하게 되었다.

종교적으로 기독교에서는 선하게 살면 천국을 가고 그렇지 않으면 지옥을 간다고 한다. 천주교에서는 지옥과 천당 중간에 연옥이라는 영혼의 감옥이 있어 그곳에서 일정 기간 동안 살아생전 지은 죄를 보속하고 지상 교회에서 그를 위하여 기도를 해 주면 천국으로 갈 수 있다고 가르친다. 불교는 도를 닦아 부처님이 되면 모든 윤회(輪回)가 그치고 부처님처럼 불 국토, 즉 극락(極樂)에서 살 수 있다고 가르친다.

사후 세계를 경험한 많은 사람들은 죽음은 무척 편하고 행복하다고 한다. 나도 지금까지 죽음을 여러 번 체험을 했다. 죽음 상태에서 깨어날 때 힘이 들고 아팠다. 세상살이 걱정이 앞서고 어떻게 할까 겁나기도 했다. 그러나 죽음에 이르기까지 걱정을 하고 무서웠지만 일단 죽음을 맞으면 평온하고 아름답다.

나는 염사 노릇을 오랜 세월 하였다. 그래서 많은 주검들을 보았다. 젊은 나이에 목매어 죽은 사람도 입관을 해 보았는데, 얼굴이 험상궂고 두려움을 느끼고 사람들이 그 시신을 보기를 꺼려한다. 그렇게 자신의 목숨을 스스로 끊는 사람들은 지옥의 모습을 현실에서 보여 주고 화장로로 들어가 한 줌의 재가 된다. 고생하며 사느라고 손도 굽고 허리도 굽고 어느 한 곳도 성한 데가 없어도 천운을 다하여 살다가 며칠 앓다가 선종하신 분들의 공통점은 얼굴이 곱고 평화로우며 죽었어도 죽은 것 같지 않고 평안해 보인다. 일반 사람이 보아도 두려움을 느끼지 않고 오히려 측은지심(惻隱之心)을 일으켜 눈물을 흘리게 한다.

사람이 살아가는 하루하루가 어쩌면 거룩한 죽음을 향한 여정인지도 모른다. 한 인생을 산다는 것은 결코 마냥 즐겁고 행복한 것만은 아니다. 파도처럼 울렁일 때도 있고 슬프고 아픈 어두움의 긴 터널도 있고 세찬 폭풍우에 난파가 될 수도 있다. 그러나 어떠한 처지에서도 생존해서 살아가야 한다. 그것도 스스로 말이다. 그리고 좋은 인연을 만난다면 다소 쉽게 일어설 수도 있지만, 그렇지 못한 경우도 많다. 사람이 산다는 것이 쉬운 일이 아니기 때문이다. 그러나 살아가는 지혜가 있다면 폭풍우에 휘말리지 않고 살아갈 수 있다.

일단 어떤 경우든 기회가 왔을 때 기회를 잘 잡는 것이다. 그러기 위해서는 자신이 처한 환경이 어떠하든 그 즉시 자신이 할 수 있는 일을 찾아 무엇인가 열심히 하는 것이다. 그것이 미래의 기회를 잡는 첩경이다. 늘 무엇인가를 생각하고 그 생각을 행동으로 실천할 때 좋은 행운이 따른다.

한 번 직장을 잡으면 끝까지 가 보는 인내가 필요하다. 친구들 중 군대에 말뚝을 박은 친구가 여러 명 있었다. 그들은 군대에서 모범적인 하사관으로 사병이나 지휘관에게 신망을 받으며 영예로운 군 생활을 마치고 지금은 군인 연금을 받으며 행복하게 살아간다. 그것을 보면 한 직장에서 어떻게 하든 끝까지 버티는 사람들의 노후는 행복해 보인다.

그러나 그들은 또 다른 불행한 노후를 보낸다. 할 일이 없어 이곳저곳을 기웃거리지만 그 또한 쉬운 일이 아니다. 등산이나 여행을 다니고 혹은 취미 활동에 열중한다. 그런데 그들의 욕망과 욕구는 끝이 없다. 적당한 곳에서 멈출 줄 모르고 취미 생활을 하다가 스트레스를 받고 병에도 걸린다.

어떤 여자들은 춤을 추며 더 늙기 전에 섹스를 즐기려고 이 남자, 저 남자를 만나는 여자들도 있다. 남자 중에도 그런 사람이 있다. 사람이라면 누구나 색욕에서 자유롭지 못하다.

적당한 섹스는 삶에 활력을 주고 노후에 무기력을 극복하는 데 최고의 약이다. 좋은 남녀 파트너가 서로를 아껴 주며 행복하게 살아간다면 그보다 좋은 일은 없다. 그러기 위해서는 서로가 헌신을 해야 한다. 헌신하며 가진 것을 나누며 산다는 것은 남녀노소 모두에게 진리이다. 건강하게 장수하는 노부부들의 특징은 서로 갈등하지 않고 일심동체가 되어 서로를 위로하고 서로의 의견을 대체로 하나가 되게 해서 다툼 없이 평온하게 살아가는 것이다.

많은 우여곡절 끝에 우리는 고등학교를 졸업하게 되었다. 하사 임관식도 했다. 모월 모일에 진해 해군 교육 단으로 오라는 소집 통보서도 받았다.

나는 고등학교를 졸업하고 군대로 소집되기 위하여 고등학교 2학년 2학기 가을에 당시 교무부장 지시로 생년월일을 1962년생에서 1957년생, 즉 군대를 갈 수 있는 나이로 고치라는 종용을 받았다. 이런 정황으로 보아 우리가 입학 당시는 군대로 끌려가지는 않을 거라는 소문은 사실이었던 같다. 그렇기에 입학 당시는 생년월일을 세밀하게 보지 않다가 군대에 가야 하는 상황이라 호적상 나이를 군대 가기 좋은 나이로 바꾸라는 이야기를 하는 것 같았다. 나는 학교에서 또 모 법원으로 가서 나이 정정 신청을 하여 결국 1957년생으로 만들어 호적 등본을 바꾼 것이다. 참으로 학생들에게 온갖 짓을 다 시켜 가며 학교의 목적만을 달성하려는 학교의 모습에서 무엇을 배우겠는가? 목적을 위해서는 물불을 가리지 않고 학생들을 이용한다.

우리는 부식을 위해서 공단 공유지에 각종 식물들을 키워야 했고 돼지도 키웠다. 가끔 돼지를 잡아 돼지 고깃국을 끓이는데, 고기는 찾아 볼 수가 없고 국물에 돼지기름만 둥둥 뜬 국을 먹은 적도 많고 우리가 공부하고 생활하는 모든 재원이 국방부에서 나온다는 사실도 알았다. 차라리 공군 하사관 기술학교처럼 내놓고 학생들을 뽑아서 교육을 시켰다면 더 좋았을 텐데 우리 학교는 위장된 국군 하사관 학교였다.

지금은 학교를 유지하지 못하고 우수한 학생들을 유치할 수 없어 명문 학교가 공립화 되어 많은 어린 영재들에게 상처를 준 그 학교는 명목만 유지되고 있다.

만약 돈이 많다면, 그 학교를 다시 인수하여 옛 명성을 되찾을 수 있도록 하여 멋진 학교를 운영하고픈 마음이 있다. 설립자 취지를 되살려 정말 가난하여 학교 교육을 정상적으로 받을 수 없는 좋은 흙수저 재원을 입학시켜 일 년간 종합 교육을 하면서 각자 원하는 분야를 선택하게 하되 적성을 잘 발굴하여 각 분야별로 교육을 시킨다면 차차 옛 명성을 찾아 훌륭한 학교를 육성할 수 있을 것이다.

머리가 좋은 사람들보다 각 분야에 소질이 있는 사람들을 함께 모아서 고등학교 때 전문성을 갖추게 한다면 꼭 대학을 다니면서 시간과 돈을 낭비하는 일은 없을 것이다. 대학 공부는 취업 일선에 나아가 돈을 벌면서 주경야독으로 얼마든지 원하는 공부를 할 수 있는 시스템이 국내나 국외에 갖추어져 있고 각종 장학 혜택도 많이 주어진다. 어학 전문 학교나 다른 특수 목적고는 사실 유명무실하고 교육비로 부모의 허리가 휜다. 그래도 지금 그나마 글로벌 인재를 육성하는 고등학교가 있다면 강원도 평창에 있는 민족사관학교이다.

우리나라 중등교육과 초등학교 교육은 좌파 전교조 선생님들이 황폐화시키고 있다. 거기에 교육 담당 교육감 중에 좌파 성향이 많다. 그들이 하는 교육이 교육의 평준화인데 그들의 자녀들은 대부분 외국어 고등학교나 특수목적고 출신들이고 이 시대에 회자되고 있는 모 전 장관 딸은 입학시험을 하나도 치르지 않고 의학 전문 대학원과 명문 사학 모 대학교를 모두 특별전형으로 합격했다. 그야말로 금수저들 졸부들의 행태를 그대로 행동으로 보인 예이다. 그 부부의 돈 버는 수법은 가히 희대의 사기꾼이나 할 법한 수법을 그대로 재현한 것이다. 정경유착과 불법 투자 수법이다. 거짓말로 언론과 협잡하여 대한민국 국민들을 속이고 숨 막히게 하고 불안하게 하며 막 대하는 수준이다. 그를 감싸고 도는 대통령은 도대체 무엇 하는 사람인지 모르겠다. 한통속 후안무치(厚顏無恥), 고집불통(固執不通) 제멋대로 대통령인가? 알 수가 없다. 아무리 이해하고 나름 잘되기를 바라고 기도하며 현실을 보면 깜짝깜짝 놀랄 일만 벌어진다. 북한이 말한 삶은 소대가리가 하늘을 보며, 웃기는 일이라는 말에 공감이 간다.

아무튼 이 시대를 살아가며 글을 쓴다면서 바른 소리 하지 못하고 컴컴한 구석방에서 자판을 두들기는 내가 부끄럽다. 보수나 진보나 정신이 제대로 된 사람들은 작금의 현실을 보며 모두가 나 같은 심정인지 모른다. 보수나 진보나 자유대한민국을 진심으로 위하고 나라와 국민을 진정으로 사랑하고 위하는 세력이라면 단합하고 통합해야 한다. 분열되면 반드시 망한다. 그런 세력이 잘한다는 것은 아니다. 그러나 최소한 역사를 왜곡하거나 정치를 연속성 없이 혁명을 한다는 것은 안 된다. 정치는 보수든 주사파든 진보든 국민에게 위임받은 권력을 국민의 이익과 권리에 맞게 올바르고 공정하게 행사하여 국익에 도움을 주고 빛나고 부강한 나라를 만들어 우리 자손만대에 번영된 국가를 물려주어야 한다. 어느 파당의 이익이나 개인의 부와 명예를 위하여 국민을 무시하고 파당의 이익만을 위하여 움직인다면 그 파당도 무너지고 잘못하면 국가도 망한다.

고려말엽의 무신정치를 보아라. 그들은 그들의 목적을 위하여 불법 탈법을 하고 무례한 짓을 하고 백성을 핍박하였다. 권력을 잡고 유지하기 위하여 서로 죽이고 배신하는 일을 서슴없이 자행하다 결국 무신정치는 망했고 천 년의 고려도 망하고 말았다.

끝까지 고려 충신으로 죽어간 훌륭한 충신도 많았다. 절개를 지켜 지금까지 이름을 남긴 목은 이색, 포은 정몽주, 야은 길재가 삼은으로 아직도 죽지 않고 역사의 인물로 우리들 가슴에 남아 있다. 어떤 이는 도은 이숭인을 길재 대신 삼은으로 삼는 경우도 있다. 충신으로 절개를 지킨 사람들은 많은 백성들 가슴에 아직도 살아 있다. 차라리 나는 삼은이라고 하지 말고 사은이라고 하면 좋겠다. 사실 그들은 조선을 세운 이성계가 이름조차 지우려 했던 인물들이라 문서상으로 남아 있는 행적은 없다. 그들은 백성들의 구전에 의하여, 그 역사를 증명했다. 후세에도 많은 역사적 논란이 있었지만 어쨌든 1000년의 세월 속에서도 그 이름이 뚜렷이 남아 있다면 행복한 일이다.

임관식과 졸업식이 끝나고 우리는 고향으로 일단 돌아가게 되었다. 고향에서 이 주일을 지내고 군 입대를 해야 했다. 금오산아 잘 있어라. 낙동강아 잘 있어라. 금오산아 너는 나에게 용기를 주었고 지혜도 주었다. 낙동강아 너는 관대함과 용서함과 이해함을 가르쳐 주었다. 사람들은 나에게 상처를 주었고 성장을 주었고 기술을 주었다. 거짓말도 허풍도 가르쳐 주었다.

선생님들이 바르고 모범적인 자세로, 즉 교사로서의 인격과 품격을 지니고 학생들을 가르쳤다면 너무 좋았을 것이다. 그런 점에서 고등학교 시절은 나에게 불행했다. 특히 학생 간부들은 학생들을 통제하는 수단으로 악용 되었고 개인적인 사생활은 무조건 통제되어 한참 자유발랄하게 교육받고 공부해야 할 학생들인데 그런 기회가 주어지지 않았다. 그 점이 아쉬웠다. 늘 통제받고 그들의 명령에 복종을 해야 했다. 지독하게 나에게 큰 상처를 준 선배와 선생님들이 있었지만 모두 잊기로 했다. 한동안 그들에게 반감도 많이 들었고 그들이 싫었다. 하지만 그럴수록 나만 망가져 갔다.

　좋은 추억과 아름다운 일들 그리고 몇몇 친구를 영원히 기억하는 것으로 나는 많은 공부도 하고 기쁨과 행복도 누린다. 지금 생각하면 그 시절 학교 시절이 그리운 추억이 되었다. 그러나 기억나는 선생님이 별로 없다는 것, 큰 감명을 받아 본받고 싶은 스승이 없다는 것이 슬프다. 그러나 설립자와 그 당시 판금용접 선생님 두 분, 국어 선생님 한 분, 수학 선생님 한 분 그리고 도서관장 선생님과 마찌오 단장님을 포함한 여덟 분의 일본 선생님들이 평생 나에게 고등학교 추억을 새롭게 한다. 그리고 금오산과 낙동강은 나의 가장 아름다운 문학의 스승이 되었다. 시간이 흐르고 세월이 흐르면 모든 것이 용서가 되고 좋은 추억이 된다. 그렇게 고등학교는 추억만 남기고 마감한다.

　좀 더 많은 공부를 하고 좀 더 순종하며 살았다면 좋았을 텐데 삐딱하게 형성된 내 자아가 나를 더 힘들게 한 것 같다. 그러한 잘못된 시각이 내 평생 나를 무척 괴롭히고 아프게 하였다. 그러나 많은 경험과 공부를 하면서 인격을 닦은 훌륭한 한 시기를 보냈다. 특히 문학적 소양도 그 시절 고난의 고등학교 때 많이 닦았다. 당시 몇몇 존경할 만한 선배님들도 많아서 행복하고 훌륭한 동기 후배들도 많았던 것이 지금도 나를 기쁘고 행복하게 해 준다.

🌿 군대 시절

졸업 후 구미에서 기차를 타고 평택역에서 내렸다. 그런데 놀라운 현실이 내 눈앞에서 벌어졌다. 대곡 마을 그녀가 평택까지 마중을 와 주었다. 나는 그녀를 만나자마자 눈물을 흘렸다. 여러 번 나에게 편지를 보냈지만 학생 간부들의 농간으로 편지도 받아보지 못하고 답장도 못했다. 그런데 다행히 서로 연락이 닿아 내가 모년 모월 모일에 평택역에 도착한다는 메모만은 보낼 수 있었다.

나는 그녀가 올 줄은 꿈에도 생각을 못했다. 그런데 기차에서 내려 대합실로 나가는데 그녀가 마중을 나와 있었다. 그녀는 아무 말 없이 나에게 안겼다. 나는 무거운 백을 옆으로 내려놓고 그녀를 안아 주었다. 나는 해군 세라복을 입었고 그녀도 사복을 입었으니 별 문제는 없었지만 역 대합실에서는 우리를 보고 주변 사람들이 '어머나' 하는 탄성을 약하게 냈다. 당시만 해도 사회가 보수적이어서 남녀가 공공장소에서 포옹 하거나 키스를 하면 벌을 받을 수도 있었다. 그러나 우리는 정말 아무것도 모르고 그렇게 돌출 행동을 하게 되었다.

우리는 곧 정신을 차리고 배시시 웃으며 반가운 만남을 이어 갔다. 그녀는 아버지께서 나를 만나고 싶다고 하셨다며 오늘 자기 집으로 가자고 했다. 나는 어머니, 아버지, 동생들이 그리웠다. 그래서 우선 오늘은 안중 친척 집에서 자고 내일 오후에 만나서 함께 가자고 했다. 그녀는 아무 말도 하지 않았다.

둘은 안중으로 버스를 타고 와서, 내가 갓난아기일 때 들어갔던 길 다방으로 가서 커피를 마시며 이야기꽃을 피웠다. 오랜만에 고교를 졸업하고 서로 성인으로 만나니 여러 가지 감회가 새로웠다. 그동안 서로 그리워하며 잠 못 이룬 밤이 나도 많았고 그녀도 많았나 보다. 나는 사실 구미 시내에 나가면 많은 예쁜 여학생들이 나를 향하여 미소도 지어 주고 짧은 연서도 주곤 했다. 당시 우리 학교 교복만 입으면 대구나 왜관, 약목 등에서 인기가 좋았다. 그러나 나는 서로 연서를 주고받는다는 자체가 큰 죄가 되는 줄 알았다.

그런데 다른 학생들은 가끔 대구에서 만나 보면 다 한 쌍을 이루고 다녔다. 나한테 들킨 녀석들만 해도 열서너 명은 되었다. 그들은 어디서 갈아입었는지 청바지에 엉성한 티를 입고 서로 만나고 있었다. 나는 그들이 몹시 부러웠으나 못 본 체하고 나의 볼일만 보고 학교로 돌아오곤 했다.

지금 생각하니 차라리 그렇게 일탈을 해서라도 학교의 엄격함과 스트레스를 풀고자 원했던 그들은 모두 지금은 행복한 가정을 이루고 잘 살고 있다. 나도 그렇게 해야 했었는데, 그 시절을 너무 학교 룰에 맞추어 산 것이 후회가 될 때도 있다. 그러나 지나간 일들을 모두 잊고 새로운 삶을 살기로 한 이상 그 시절 모든 것은 좋은 추억으로만 기억하려고 한다.

　그녀가 오늘은 밤새도록 나를 따라 다니겠다는 것이다. 그래서 내가 안중에 처음 와서 이 다방에서 엄마와 생이별을 할 뻔한 이야기를 했다. 그래서 양조장 양자로 들어갈 뻔했다고 하니 그녀는 그 사실을 믿으려 하지 않았다. 그 양조장에 대한 소문이 안 좋았기 때문이다. 이런저런 이야기를 하는데 우리 동네까지 들어가는 막차 시간이 다 되었다. 그녀는 우리 집을 함께 가겠다고 나서는 것이다. 할 수 없이 늦은 시간에 집에 도착하여 어머니, 아버지, 그리고 큰어머니와 동생들과 반가운 인사를 나누고 그녀도 스스럼없이 인사를 했다. 특히 내 바로 아래 동생에게는 아예 도련님이라고 깍듯하게 대해 주었다. 그 녀석이 둘 사이의 오작교 역할을 해 주어서 오늘 이 자리가 까지 온 것이다.

　나는 반갑고 좋으면서도 아무런 준비도 안 하고 이 지경까지 이른 것이 마냥 즐겁기만 하지 않았다. 한 여자를 책임지려면 내가 많은 준비를 해야 하기 때문이다. 그리고 아버지는 이미 내 배필로 우리 동네 알부자 집 칠공주 중 셋째 딸을 점찍고 있었다. 그 아이는 공부도 잘하고 매우 예뻤다. 그리고 나를 만날 적마다 미소를 지으며 "오빠 최고야" 하면서 도망가곤 했다. 그리고 이웃 동네 내 첫 키스 여인도 모 대학 일학년인데 우리 집에 몇 번이나 다녀갔다고 했고 동생 말로는 내가 공부하러 간 사이 많은 여학생들이 집을 다녀갔다고 했다.

우리는 이튿날 지름길로 가면 이십오 리 정도 되는 그녀의 집을 걸어서 가기로 했고 아침 일찍 조반을 먹고 출발했다. 가는 길이 동네 한복판을 지나야 해서 일찍 출발을 했다. 그리고 긴 원둑을 걸어서 가야 하는데 펼쳐진 광경이 볼만 했다. 한쪽은 푸른 물결이 넘실대는 바다이고, 한쪽은 흰 눈이 녹지 않고 잔설 그대로 있는 들판이었다.

고 박정희 대통령은 식량자급 자족을 위하여 많은 방조제를 건설하여 농지를 확보하는 동시에 담수화를 하여 농업 용수를 확보하였다. 내가 지금 그녀와 지나가는 길은 교도소 죄수들을 일꾼으로 삼아 당시 극동건설에서 시공한 남양 방조제에 의하여 생긴 길이다. 그 사업은 바닷물길이 깊지 않은 연안지대부터 바닷물을 들지 않게 해서 농토를 만들기 시작했는데 그 덕분에 우리 동네와 그녀의 동네 사이에 방조제에 의하여 지름길이 난 것이다.

그 길이 지금도 삼삼하게 기억이 난다. 한겨울은 아니지만 초봄인데 그 풍경이 한쪽은 푸른 물결이 넘실대고 한쪽은 잔설에 드문드문 벼를 베어낸 자국이 남아 있으니 정겹기도 하고 두렵기도 한데 그녀와 함께 가니 그 두려움은 모두 없어지고 즐겁고 행복했다. 사람이 일생을 혼자 살기보다 남녀가 둘이 합하여 함께 사는 것이 얼마나 신나는 일인지 그 긴 방조제 둑을 걸어가며 느꼈다. 그러나 또 다른 세계로 들어가는 것에 대한 공포심도 내심 생겼다. 이렇게 한사코 나를 따라 다니는 여자가 있는 것은 분명 좋은 일이면서도 책임을 져야 하는 일들이 많으니 걱정이 됐다.

그래도 지금은 행복감에 집중하기로 하고 포옹과 키스 이상은 허락하지 않기로 결심을 했다. 그러나 그녀는 매우 용감하고 적극적인 접근을 하며 나의 애간장을 태웠다. 그러나 나는 침착하기로 하고 그녀의 마음을 진정시키며 타일렀고 우리가 정식 결혼하기까지 기다리라고 했다. 이런저런 이야기를 했는데 밀물에 불어오는 매서운 바람이 우리들의 대화를 방해했다. 그래도 우리는 추운 줄도 모르고 길고 긴 원둑을 걸어서 산길로 접어들었다. 나무 덕에 바닷바람을 맞지 않으니 한결 포근했다. 그녀는 신이 나는 모양이었다. 이제 집을 거의 다 왔다고 하는데 나는 초행이라 어디가 어딘지 알 수가 없었다.

첩첩 산중의 산길을 따라 몇 바퀴 도니 한가로운 초봄의 풍경에 싸인 동네가 나타나고 파란색 기와집이 보였다. 거의 두 시간을 기쁘고 행복하게 둘이서 걸어왔는데 사랑하는 사람과 함께 걸으면 아무리 험하고 먼 길도 수월하게 갈 수 있구나 하는 생각을 하면서 온몸이 꽁꽁 얼어붙었는데도 추운 줄도 모르고 그 멀고 먼 길을 걸어 그녀의 집으로 함께 가게 되었다. 얼마나 좋았는지 모른다.

이번에는 그녀의 아버지와 어머니 두 분께 큰 절을 올리고 언니에게도 반절을 했다. 안방에 들어가 우선 몸을 녹이는데 그녀의 언니는 양말을 갖다 주면서 갈아 신으라고 했다. 그리고 어디서 났는지 고급 내복도 주면서 갈아입으라고 하는데 내가 입고 있는 내복은 누더기 내복이라 창피했다. 그래도 용기를 내어 옷을 갈아입고 그 옷은 신문에 둘둘 말아 그녀에게 주며 가져다 버리라고 했더니 눈치를 챘는지 조용히 내다 안 보이는 곳에 버리고 왔다.

점심 밥상이 차려지고 안 먹어 본 음식이 잔뜩 차려져 나왔다. 토종닭 백숙이 단연 최고의 맛이었다. 고기를 왕소금에 찍어 먹고, 국물에 아끼밥이 쌀로 지은 기름이 자르르 흐르는 밥을 말아 방울김치와 함께 먹는 것은 일미 중 일미이다. 그리고 밥상머리에서 이런저런 이야기를 나누는 것도 즐거운 일이다.

그런 환경에서 살아 본 적이 없는 나는 그런 분위기에 어색했지만 그리 나쁘지 않았고 그 자리에서 그녀의 아버지는 "이제 자네는 내 막내 사위이니 그렇게 알고 있게" 하셨다. "저는 아직 군대 생활도 하고 공부도 더 해야 하고 사회에 나와 취직도 해야 합니다. 그러나 만약 결혼을 한다면 아버님 말씀을 꼭 기억하겠습니다. 저도 따님을 무척 좋아하고 있습니다" 하니 그녀의 아버지는 흡족해하시면서 "그렇게 하게" 하였다. "언제든지 이곳이 집이라 생각하고 오게. 오면 대환영이네" 하였다. 나는 그렇게 하겠다고 내 의사를 표명했다. 그리고 그녀의 어머니도 조용히 타일렀다. 다정하고 온유하신 어머니는 늘 막내딸을 걱정하신다. "잘 살아야 하네. 나는 어쩐지 불안하네" 하셨다. 나도 이렇게 불안한데 어머니는 어떻겠는가? 언니는 나만 보면 이리 보고 저리 보고 "내 애인 삼고 싶네" 했다. 효녀 중 효녀이다. 남자 이상으로 들일을 하는데 그 미모가 뛰어났다.

나는 사랑채에서 피곤한 몸을 쉬기로 했다. 그녀는 날 졸졸 따라 다니며 뭐 불편한 것 없느냐고 해서 불편하기는 너무 과분한 대우를 받는 것이 오히려 나에게 불편을 느끼게 한다고 하니까 사랑채에 들어와 곱고 깨끗한 요를 깔아 주고 내가 눕자 두터운 이불을 덮어 주고 내 얼굴에 키스를 살짝 해 주고 나갔다. 나는 이내 깊은 잠에 빠졌다. 꿈을 꾸는데 외할머니가 나타나 "이놈아 정신 좀 차려라 여기가 어디라고 잠을 자고 있느냐?" 하시면서 내 볼을 냅다 때렸다. 눈을 번쩍 뜨니 땅거미가 어둑어둑 내렸다. 장시간 잠을 푹 잔 것이다.

일어나 이불과 요를 개고 밖에 나와 보니 어머니와 그녀와 언니는 안방에서 화롯불에 밤을 구우면서 두런두런 이야기를 하고 아버지는 보이시질 않았다. 외양간 암소는 새끼 낳을 날이 가까워졌는지 배가 불룩 나온 채로 긴 숨을 내쉬곤 했다. 사람이나 짐승이나 아기를 배 안에 가지고 산다는 것은 어미에게는 고통이다. 또한 낳아서도 온갖 곤욕을 치르며 키운다. 특히 수놈은 아무 역할도 못한다. 암놈이 새끼를 키운다.

대부분 보면 어머니가 계시면 그 자녀는 올바른 길을 간다. 그러나 아버지 손에 자란 아이들은 무엇인가 부족하고 완전하지 않았다. 내가 잘 아는 분이 두 딸을 키웠는데 이분은 술주정뱅이다. 딸들이 공부를 잘 하여 경기도 모 외고를 합격했는데 학교에 적응하지 못하고 있단다. 그러나 딸은 우여곡절을 겪으며 서울대학교를 들어갔다. 딸아이가 하루는 아버지에게 말 했다고 한다. 나는 아버지가 나를 돌보아 준 것이 아니라 내가 아버지를 보호하며 공부를 했지만 다행히 머리가 좋아 공부를 잘하게 되어 우리나라 최고의 대학을 간 것이라고. 그러면서 눈물을 흘리더라고 했다.

얼마나 힘이 들었으면 그런 말을 했을까? 그 아이가 잘되기를 바라며 그 아버지가 더 이상 술을 마시지 않기를 기도했다. 자식이 타는 장학금까지 받아서 아버지라고 갖다 주면 그 돈으로 술을 마시는 사람이니 대단한 술꾼이지만 그 아버지를 돌봐주고 보살핀 그 딸의 효심에 감동한 하늘이 그를 도와 좋은 길을 열어 준 것 같다.

그녀는 나에게 와 아버지가 고모님 댁에 가서 며칠 있다 오신다며 사랑방을 통째로 써도 된다고 좋아하며 소죽을 끓이며 장작으로 군불을 지폈다. 오래전에 패 놓은 참나무 장작을 아궁이에 얼기설기 쌓고 솔 가래로 불을 때며 관솔을 올려놓으니 장작에 불이 지펴져 활활 타기 시작하였다. 소죽도 가마솥에서 끓고 있었다. 여물과 쌀겨, 콩깍지 등을 섞어서 쌀뜨물을 부어 소죽을 끓인다. 아기를 가진 외양간 암소는 저녁을 빨리 달라고 애끓는 소리를 낸다.

우리가 살아가는 모습이나 저 동물이 살아가는 모습이 같다. 하지만 저 소는 일철에는 일꾼으로 논밭을 갈고 송아지를 낳아 주인에게 대학 등록금을 마련해 주고 또 일을 못할 정도가 되면 도축장으로 가서 사람들에게 맛있는 고기를 준다. 그러나 사람은 어떤가? 제 역할을 하면 다행이지만 오히려 자식들에게 부담과 피해를 주며 자기 책임을 다하지 못하고 다른 사람에게 신세를 지고 피해를 주며 살아가기도 한다. 거의 대부분의 사람들이 그렇게 살아가고 있다. 안타까운 현실이다. 특히 알코올에 중독되어 환자로 판정이 나면 가족이나 자식들에게 왕따를 당한다.

77세의 건강한 할아버지가 털어놓는 이야기다. 그는 55년 결혼 생활을 하면서 당신은 아내의 수족 역할을 했단다. 그런데 화성시 서신에 밭을 한 오백 평 가지고 있는데, 늘 그곳에 채소나 호박 고구마 등을 심어서 아침에 차를 끌고 나가면 일을 하다가 저녁이 되면 집으로 돌아오는데 이번에는 단 호박 농사를 지었단다. 호박 40여 개를 따 가지고 집으로 돌아왔는데 하필이면 제일 못나고 맛없어 보이는 호박을 쪄 놓고 먹으면서 이걸 호박 농사라고 지었느냐고 타박을 했단다. 그럼 그걸로 끝내야 하는데 "당신이 하는 일이 다 그렇지" 하면서 말로 상처를 많이 주더란다. 할아버지는 집에 있는 모든 술을 다 마시고 마누라를 닦달했고 그 순간 무슨 일이 일어났는지 모르는데 눈을 떠 보니 알코올 치료 병동에 있더란다. 그리고 아내와 자식들 모두가 연락을 끊었다고 당신의 잘못을 인정하지 않고 화만 자꾸 냈다.

아마도 그래서 황혼 이혼이 늘어나는지도 모른다. 나는 그녀의 아버지가 며칠 출타를 하신다니 좋으면서도 겁도 났다. 오밤중에 그녀가 사랑채로 쳐들어오면 큰일이라는 생각을 했다. 시간은 어느덧 흘러 온 세상은 어둠에 파묻혀 있었다. 그녀의 언니도 서울 오빠네로 갔단다. 집에는 자애로운 어머니와 그녀와 나만 남아 있었다. 어머니는 종일 고추장 등 장 담그는 일로 피곤하신지 일찌감치 안방에서 잠이 드셨다.

우리는 소 여물통에 소죽을 퍼다가 임신한 엄마소의 배고픔을 달래 주고 고구마를 군불에 구워 먹기로 했다. 우리는 고구마를 호일에 감아서 지글지글한 참나무 장작불을 아궁이 앞으로 빼내고 그 위에 올려놓고 정성껏 굴려 가며 구웠다. 그동안 그녀는 부엌으로 가서 작은 소반에 동치미와 김장김치를 썰어 가지고 나왔다. 고구마도 서서히 익어 가며 고구마 단 맛 향기를 뿜어내고 있었다. 접시에 담아서 우리 둘은 사랑채 방으로 들어갔다. 어머니에게 하나 갖다 드리라고 하니 어머니는 고구마를 안 드신다고 했다. 어머니가 병약해 보였다. 자주 위장약을 드시는 것 같았다. 무엇으로 그 병을 고쳐 드려야 하는지 모르겠다며 그녀는 한걱정을 한다. 우리는 동치미와 김치를 군고구마와 함께 먹으니 꿀맛이었다. 이렇게 단둘이 집에서 겸상으로 음식을 먹는 것은 처음이다. 한입을 먹으며 서로 쳐다보고 서로 고구마 껍질을 까서 상대의 입에 넣어 주기도 하고 마치 부부의 연습을 하는 느낌에 재미가 있었다.

상을 물리고 그녀는 부엌으로 설거지를 하러 가고 나는 남 포불 밑에서 홀로 앉아 이 생각 저 생각을 다 했다. 안방으로 가서 어머니께 인사를 드리고 그곳에서 어머니와 함께 자라고 그녀에게 타일러 보냈다. 그러나 그녀는 아무 대답 없이 나갔 다. 그녀가 다시 사랑채로 오기를 기대하고 바라지만 그러면 나는 어떻게 해야 하나. 만약 이곳에서 남녀의 불이 붙는다면 나는 큰일이다. 군대도 가야 하고 대학도 가야 하는데 어떻게 이 난국을 수습한다는 말인가?

일단은 숨을 고르고 뛰는 가슴을 진정시키고 낮잠을 자다가 개어 놓은 이부자리를 다시 폈다. 시골이라 라디오가 유일한 소식통이다. 나는 뒤에 건전지가 두껍게 달린 라디오를 켜고 주파수를 맞추어 라디오 방송을 간신히 잡아 듣고 있는데 마 침 9시 뉴스를 하고 있었다. 온 세상은 깜깜한 밤으로 고요하 고 적막하였다. 시골이라 더 빨리 밤이 세상을 휘감았다. 남포 불은 외풍으로 가끔 깜박거린다.

드디어 인기척이 나고 그녀가 들어와 문고리를 잠그고 나에 게 온다. 나는 겁이 났다. 그녀는 겁도 없이 나에게 다가 왔다. 그러고는 안방 엄마한테 가니 어머니가 뭐 하러 안방으로 왔느 냐며 자기를 내쫓았다고 했다. 그래서 망설이다 이 방으로 왔다고 한다. 나는 자세를 바로 하고 앉아서 그녀를 옆에 앉혔다. 그리고 한동안 긴 침묵이 흘렀다.

그녀는 용감하다. 망설이는 나에게 말한다. 나는 당신을 너무 사랑해 모든 것을 주고 싶은데 어떻게 할 거냐고 그런다. 중학교부터 당신만을 생각하고 살아 왔다고, 삼 년간 타향살이하면서 내 애간장을 태웠으니 더 이상 애간장을 태우지 말고 자기와 만리장성을 쌓자는 것이다.

나는 그러는 그녀를 설득하기 시작하였다. 나는 군대를 가야 하고 5년 지나야 제대를 하고 대학에서 문학을 공부하고 싶다고 말하며 우리 서로 힘들지만 기다리자고 했다. 그러나 그녀는 나를 보면서 눈물을 흘리며 그 긴 시간을 기다릴 수 없으니 가끔 자기가 나를 면회도 하고 그렇게 지내다가 기회가 되면 결혼해서 살자는 것이다. 그러나 나는 그건 안 되는 일이라고 생각했고 이렇게 허무하게 내 동정을 주기 싫었다.

내 마음에는 '왜 그러니? 그냥 그녀의 청을 들어 줘라. 불쌍하지 않니?' 하는 악마의 꼬임과 낮에 꿈속에서 외할머니가 하셨던 '네가 왜 이런데서 자고 있느냐? 너는 앞으로 큰일을 해야 할 사람이니 그만 일어나서 이곳을 벗어나라' 하는 선한 신의 고언이 서로 맞붙어 싸우고 있었다. 나의 마음은 전쟁터가 되었다. 어떤 것이 선인지 악인지 분간을 못하고 피아도 없이 치열한 전투를 벌이고 있는 것이다. 그녀는 이미 내 곁에 바싹 다가와 붙어서 내 가슴에 얼굴 파묻고 울고 있었다.

거의 2시간 넘게 서로 실랑이를 벌렸다. 나도 피가 끓어올라서 어찌 할 바를 모르는 상황이었다. 육욕의 불이 나를 태워버릴 것 같았다. 우리는 서로 요에 누웠다. 그리고 내가 간신히 진정하며 오늘은 그냥 옷을 입은 채로 자기로 했다. 그녀도 그냥 내 옆에 있는 것만으로 만족한다고 했다. 시간은 정말 빠르게 흘러갔다. 두 남녀가 한 이불 속에서 무사히 밤을 새운다는 것은 불가능한 일인가 보다. 그녀는 내가 꼭꼭 여미면서 감춘 내 아랫도리를 기어코 찾아내어 자극을 주었다. 나는 몇 번 그녀의 손길을 뿌리쳤다. 달콤한 키스만을 몇 번이고 했다. 그리고 간신히 동정을 지키고 밤을 새웠다. 그녀는 계속 울었다. 그래서 오늘 하루만 더 있을 테니 나도 준비를 하고 자기도 준비를 하고 함께 첫날밤을 지내자고 했다. 그녀는 그때야 눈물을 거두고 조반 준비를 한다며 나갔다.

나는 밤새 내 자신의 동정을 지키느냐 마느냐를 두고 바보 같은 싸움을 하다가 고단했는지 그녀가 나가자마자 깊은 잠에 빠졌다. 꿈속에서 다시 외할머니가 "복구야 너 이만 일어나서 어서 이 집에서 나가라" 하는 것이다. 두 번이나 그런 꿈을 꾸니 마음이 산란해졌다. 그녀의 어머니는 아침을 드셨는지 모르지만 아침 일찍 앞 동네 친구 집으로 마실을 가셨다고 한다. 농한기 여느 시골 여인네들처럼 친구끼리 모여서 하루 종일 노시다가 밤이나 되어야 들어오신다고 한다. 온 식구들이 우리에게 편안한 분위기를 조성해 주는지 모르지만 모두 집을 비우고 그녀와 나만이 그 넓은 집을 독차지하였다.

그녀는 제법 맛있는 반찬으로 아침식사 상을 차려서 사랑채로 밥상을 들고 왔다. 그중 게장이 일미였다. 큰 꽃게로 담은 게장은 잘 곰삭아서 맛이 삼삼하고 정말 오묘한 맛으로 내 혀를 즐겁게 해 주었다. 새콤달콤 짜릿했다. 마치 밤에 그녀와 키스한 생각이 날 정도로 맛이 있었다. 김장김치 속 박지 무김치도 참으로 맛이 있었다. 무엇보다도 꽃게장을 썰어 넣고 된장국을 만들었는데 그 맛이 지금도 군침을 돌게 한다. 얼마나 맛이 있었는지 모르겠다.

그렇게 하루 중 낮이 지나고 어두운 밤이 왔다. 그런데 그녀의 어머니는 오실 기척도 없다. 그녀의 말에 의하면 놀러 간 어머니 친구네 집이 친구 혼자 살아서 가끔 그곳에서 주무시고 온다고 한다.

나는 샤워를 하려고 그녀에게 물 좀 따뜻하게 데워 달라고 했다. 그녀는 부엌에 샤워 시설이 되어 있으니 가서 씻으라고 했다. 그녀는 이미 몸을 씻었단다. 그래서 부엌으로 가 보니 순간온수기가 있었다. 그녀의 큰 오빠가 미국에서 살아서 보내줬다는데 그녀는 발전기를 돌려야 한다며 소형 발전기를 돌리기 시작했다. 좀 있으니 부엌에 전깃불이 들어오고 온수가 나와서 샤워를 신나게 했다. 그녀는 신이 나서 부엌을 들락날락하며, 새로 사다 놓은 팬티와 런닝을 가져다주고 수건도 가져다주었다. 나는 대충 씻고 속옷을 갈아입고 새 신랑 준비를 했다.

수많은 생각이 교차하며 마음이 착잡했다. 특히 외할머니가 꿈에 나타나 말씀하신 것이 마음에 걸렸지만 나는 이미 덫에 걸려 버린 쥐 신세가 되었다. 이미 나는 불행을 예고하는 육욕에 사로잡힌 못난이가 되어 있었다. 나는 그날 난생 처음으로 그녀와 아기 때와 같은 맨몸으로 서로 부둥켜안고 밤새워 일을 벌였다. 행복한 것인지 불행한 것인지는 모르지만 짜릿하고 달콤한 쾌감은 지금도 생각하면 소름이 돋칠 만큼 상큼했다. 고교를 갓 졸업한 남녀의 사랑의 장난은 참 재미있었지만 죄책감에 괴롭기도 했다.

서로 소중한 정을 나눈 그녀와 나는 서로 헤어지기 싫었지만 이미 군 소집 명령을 받은 몸이니 어쩌겠는가? 그녀는 나와 떨어지는 것이 너무 싫은지 엉엉 울었다. 나도 함께 석별의 눈물을 나누고 따라 나서는 그녀를 간신히 떼어 놓고 이튿날 집으로 와서 바로 진해 교육단으로 예비역 소집 명령장을 들고 갔다. 그곳에서 교육을 받고, 예하 부대에 배치되어 임무를 부여 받아 책임지고 복무를 하는 것이다.

평택에서 기차를 타고 진해까지 오는 내내 그녀와의 불장난이 얼마나 헛되고 아픈 일인지 생각하며 괴로웠다. 그녀는 지혜롭고 현명해서 생리 주기를 맞추는 피임 연구를 많이 한 것 같다. 나를 만나기까지 여러 책을 읽고 공부를 한 것 같다.

사실 남자가 여자를 만나는데 가장 무서운 것은 여자가 임신을 하는 것이다. 원치 않는 임신은 남녀 서로에게 불행한 일일 뿐 아니라 아기도 불행해진다. 내가 그런 당사자가 아닌가? 그렇다고 해도 나는 불행하다는 생각은 안 하고 살았지만 그 깊은 상처는 아직도 안고 살고 있으며 나의 일상생활에 영향을 끼치고 있다. 우리들이 살아가는 과정에서 겪어야 하는 모든 일에 어려서 혹은 태중에서 받은 상처가 큰 영향을 준다. 그래서 그런 상처는 치유를 받아야 한다. 그렇지 않으면 평생 그것으로 인하여 고생을 한다.

부모님과 내 동생들 그리고 그녀와 그녀의 가족들에게 미안했다. 그러나 지금 와서 후회를 한들 무슨 소용이 있겠는가? 우리는 살아가는 동안 저질러진 일에 대하여 책임을 지고 살면 된다. 그러나 남녀의 만남은 특별히 신중하게 생각하고 어느 정도 완벽한 준비가 필요하다. 젊은 날의 불장난으로 끝나면 서로에게 깊은 상처를 남긴다.

요즘은 그런 상처가 덜한 것도 사실이다. 남녀가 서로 임시로 만나 잠깐 즐기다가 헤어지는 경우가 많기 때문이다. 성의 개방과 자유는 많은 무리가 따르고 사회 문제로 비화되기도 하지만 우리들의 삶이 개인화되고 단순화되며 함께 먹고 살기가 힘 드니 젊은이들은 각자 살면서 필요할 때만 만나다가 싫증이 나면 헤어져 다른 파트너를 만난다. 그것이 요즘 세태이다. 요즘은 중년 남녀들도 서로 엔조이를 목적으로 만나는 경우가 많다.

군부대 정문을 들어가기를 망설이며 정문 앞 거리에서 서성이는데 하나둘 우리 동기생들이 모여들었다. 떨어진 지 2주 정도 지났는데 만나니 몹시 반가웠다. 삼 년의 세월을 함께 먹고 자고 했던 식구라는 원리가 작용해서 그런 거 같다. 우리는 입소 시간까지 다소 시간 여유가 있었다. 그런데 놀랍게도 여자 파트너를 거기까지 데리고 온 놈들이 꽤 많았다. 나는 죄책감이 많이 감해졌다. 그리고 그녀가 따라온다고 할 때 그냥 못이기는 척 함께 오는 건데 후회도 하게 되었다.

우리가 후회를 하면서 산다는 것은 좋은 일은 아니지만 그래도 후회를 한다는 것은 반성을 한다는 것이고 조금은 내 마음에 기쁨과 행복을 주는 때도 있다. 연인과 함께 온 녀석들은 석별의 눈물을 서로 흘렸다. 그러나 진해와 비교적 가까운 곳에서 온 녀석들은 한 달 후부터 외박 외출이 되니 오히려 홀가분한 마음으로 헤어지는 모습도 보였다.

우리들은 마치 도살장으로 끌려가는 소 신세와 같이 서로 반가우면서도 두려운 얼굴들이었다. 고등학교를 졸업하고 바로 군대를 오는 건 우리들이 두 번째이고 앞으로는 우리 후배들밖에 없을 것이다. 그리고 이런 일은 언젠가 가까운 시일 안에 끝날 것이다.

정문을 꼭 통과할 시간이 되자 약 팔십여 명의 우리 동기들은 꾸역꾸역 교육단 정문으로 들어갔다. 미리 마중 나온 고약하게 생긴 해군 중사의 안내를 받으며 군막 앞에 모여서 각자 기거할 침대를 배정받았다.

정말 군대 생활이 시작되는 날이다. 우리는 이미 군사 훈련은 모두 마쳤기 때문에 각자 직무 교육을 받는다. 나는 유도사 교육을 받았다. 당시 전두한 대통령 시절이었는데 고 박정희 대통령이 군 현대화를 추진한 것을 후임 대통령 전두한 대통령이 계속 이어받아 국방력을 키웠다. 그래서 우리 군이 북한군의 전력에 비하여 월등했다.

여기서 고 박정희 대통령의 시해 사건과 그분의 업적을 살펴보기로 한다. 우리 현대사에서 가장 비극적인 일이 바로 박 대통령 시해 사건이다. 그것도 고향 친구인 분에게 시해되었다는 사실은 참으로 가슴 아픈 일이다. 1979년 10월 26일 일어난 사변은 우리나라가 좀 더 일찍 선진국이 될 동력을 잃는 참으로 안타까운 일이었다. 우리나라 경제를 일으키기 위하여 그는 대통령으로서 자존심을 버리고 국민들 속에 들어가 서민들과 함께하기를 즐겨 하셨다.

어느 날 국방 연구소를 순시하러 가는 길에 모 대학교 앞을 지나는데 삼선 개헌 반대를 외치며 경찰들과 투석전을 벌이는 길로 일부러 경호원들이 말리는데도 가시는데 마침 돌덩이 하나가 대통령 차 지붕에 떨어지자 대통령은 차를 세우라고 하고 무작정 차에서 내려서 학교 쪽으로 걸어가니 데모하던 학생들이 하나둘 도망을 갔다고 한다.

대통령이 걸어서 학교로 들어가 학교 관계자들에게 학생들 교육을 부탁하고 나오면서 경찰들에게 손에 흙이 묻은 학생들을 모두 붙잡아다 경찰서에 데려가라고 했다고 한다. 그래서 약 오십여 명이 연행되어 청량리 경찰서 유치장에 갔는데 하룻밤을 재우고 이제 그 학생들도 정신을 차렸을 테니 모두 훈방하라고 해서 학생들은 영문도 모른 채 학교로 갔다고 한다. 대통령은 학생이면 학생답게 공부를 해야지 데모만 하면 어떻게 하느냐며 앞으로 30여 년 후에는 분명 저 데모 세력이 권력을 잡아 우리 자유 대한민국을 어지럽게 할지 모른다고 한걱정했다고 한다.

대통령은 국민이 굶는 것이 안타까워 단 하루라도 빨리 각종 산업을 일으켜, 국민들이 잘 살게 하려는 뜻뿐 아무 사심도 없었던 분이라고 당시 대통령 측근에서 그분을 모시던 분들이 각종 서적을 통하여 증언한다. 우리나라 국시가 반공이었기 때문에 그에 대한 여러 가지 사건들로 지독한 반공주의자로 낙인이 찍히고 독재자라는 오명도 뒤집어썼지만 그가 남긴 족적들은 현대의 자유 대한민국을 건설하는 데 크나큰 기여를 했다.

그리고 중간 중간 대통령들이 있지만 박 대통령의 후계자로 볼 수 있는 전두환 대통령도 경제와 안보에서는 단연 뛰어난 대통령이었다. 물론 우리나라가 그 당시 그러한 강력한 지도력이 없었다면 지금의 찬란한 한강의 기적은 일어나지 못하고 필리핀이나 베트남 수준의 국가밖에 되지 못했을 뿐더러 북한과도 큰 차이 없는 찌그러진 국가가 되었을 것이다. 현대사에서 많은 비판과 여러 가지 의혹을 받는 살아있는 대통령을 법정에 세우는 현실은 우리나라의 수치이다. 경제 성장에 비하여 우리나라 정치는 1960년대 수준에서 벗어나지 못하고 있다. 아니, 조선 왕조 시대로 회귀한 느낌을 받는다.

북한이 1960년대에는 우리나라보다 잘 살았다는 것은 사실이다. 그들은 이미 비판받을 만큼 비판을 받았고 벌도 받을 만큼 받았다. 역사에 모든 것을 맡기고 위정자들이 바로 생각을 하고 올바른 방법으로 세상을 좋은 안목으로 바라보며 진정으로 국민을 사랑하고 아끼는 정책을 폈으면 좋겠다.

박근혜 전 대통령은 박 대통령의 따님이시다. 참으로 품위도 있고 세계 어느 나라 정상들과 같이 해도 그에 어울려서 뿌듯했고 대통령을 뽑아 세운 국민으로서 자랑스러웠다. 그래서 나는 그 당시 텔레비전을 보면서 박근혜 전 대통령만 나오면 그분의 일거수일투족을 살펴보면서 기쁘고 행복했다. 그러나 그분은 많은 수식어가 붙을 만큼 좋은 대통령이었지만 당 관리를 제대로 못하고 고언을 하는 사람들을 내치고 당신이 좋아하는 사람들을 가까이하기 시작하면서 문제가 생겼다. 그 문제들을 살펴보면, 모두 그분의 옹고집과 교만에서 생겨났다. 국회의원들을 분열시켜 많은 어려움을 겪고 결국은 대통령 자리에서 물러나야 되었고 온갖 누명을 다 뒤집어써야 했다.

높은 자리에 있을수록 우리는 겸손하고 다정하며 모든 세력을 아울러야 무사하다. 한 명이라도 적을 만들면 많은 문제가 발생하고 본인도 한없이 추락할 수 있다. 우리가 살아가며 한 명의 개인사도 마찬가지이다. 누구나 실수로라도 적을 만들면 모든 일이 어려워진다. 언제 어디에서 누구를 만날지 모르기 때문이다. 행복하고, 즐거운 삶을 살기 위해서는 선한 일을 하며 현명하고 신중한 선택을 해야 한다. 그리고 자신에게 고언하는 사람을 포용 할 수 있어야 좋은 대통령이 될 수 있다.

지금 우리나라가 겪고 있는 현실은 주사파의 정권 장악으로 엄청난 혼란에 빠져 정치, 경제, 안보, 외교에 큰 구멍이 나 수습하기 어려운 지경까지 왔다. 이명박, 박근혜 전직 두 대통령은 구속이 되어 고통과 슬픔을 당하고 국민들도 제대로 숨을 쉬기 어려운 지경이다. 하루하루가 살얼음판을 걷는 형국이다.

우리들은 내무반 생활을 하며 매월 하사 월급을 받으며 아침에 교육실로 가서 교육을 받는다. 전문적인 교육이라 어려웠지만 용어들은 이미 학교에서 배워서 아는 것도 많았다. 미사일 중에는 함대함 미사일이 프랑스에서 들어온 무기이고 함대지 미사일은 미국에서 들어온 무기였다. 약 3개월의 과정을 거쳐 교육을 수료하고 각기 두 그룹으로 나누어 함정으로 발령받아 후배들이 올 때까지 일 년간 함정 승무원으로서 일을 해야 했다.

나는 함대지 미사일 발사함을 승선했다. 그 함정은 한 달에 한 번 한 달에서 한 달 보름을 서해 최북단 해군 기지로 파견을 나가 북한의 동향을 파악하고 만약의 경우에 대비하였다.

가끔 간첩선을 잡는 임무도 수행하게 되었다. 그야말로 함정의 모든 무기는 최신형, 최첨단의 무기들이었다. 함정에 대한 적의 공격을 방어하기 위한 각종 무기도 당시에는 모두 최첨단 무기였다. 우리 함정이 서해 최북단에 나타나면 북한에서 벌벌 떨었다고 한다. 북한의 여러 가지 공격 레이더 기지나 미사일 기지를 목표로 한 네 기의 미사일이 있고 그 미사일 공격을 받으면 반경 몇십 리가 초토화된다. 그 당시 고 박정희 대통령의 혜안이 아니면 그만한 무기를 구입할 경제력이 뒷받침되지 못했을 것이다.

그분이 순수하게 정권을 이양하려고 하였으나 그분의 주위를 싸고 있는 권력자들의 이전투구로 결국 대통령이 시해되는 지경까지 이르렀고 그 가정도 불행하게 되었다. 박정희 전 대통령은 아내 고 육영수 여사가 북한의 사주를 받은 문세광에 의하여 저격당하여 서거한 후에 더 힘들어하시고 당시 경호실장 차 모 씨에게 많이 의지했다고 한다. 비교적 젊었던 경호실장은 대통령을 등에 업고 많은 만행을 저질렀고 심지어 자기보다 나이가 많은 비서실장이나 정보부 부장들에게 반말을 하며 무소불위의 권력을 휘둘러서 대통령에게 많은 누를 끼쳤다고 한다. 대통령도 그런 그에게 여러 차례 경고를 하고 주의를 주었다고 한다. 그러나 한 번 권력의 교만에 빠지면 제 버릇을 고친다는 것은 하늘의 별따기보다 힘들다고 한다.

차 모 경호실장의 만행은 커지고 그로 인하여 대통령의 권위도 많이 약해지는 틈을 타 미국 정보국의 첩보 작전에 김 모 정보부장이 걸려들어 결국 그런 비극적인 일이 벌어졌다고 한다. 차 모 실장은 박 대통령의 약점을 파고들어 청와대에 아방궁을 차려 놓고 매일 밤 술판을 벌이고 젊고 예쁜 여대생을 대통령에게 바치며 그의 권력을 유지하다가 대통령과 함께 그 자리에서 죽고 말았다. 그리고 김 모 부장의 충직한 부하들도 그 자리에서 죽거나 형장의 이슬로 사라졌다. 아프고 서러운 일이다.

그 후 당시 보안 부대장인 전두환 소장은 군 쿠데타를 일으켜 결국 제5공화국 대통령이 되었다. 최규하 대통령은 전두환 대통령에게 정권을 이양하고 물러났다. 전두환 대통령은 나름대로 대통령으로서 고 박정희 전 대통령의 여러 가지 국책 사업을 잘 추진하였다. 해군 현대화 사업에도 큰 기여를 했다. 율곡 사업단을 발족시켜 해군 현대화 및 첨단화 사업을 시행했다.

나는 함정을 타면서 우리나라 섬들을 다녔는데 매우 아름다운 비경이 많았다. 언제 시간이 되면 그 섬들을 가고 싶다. 그러나 함정 생활은 그야말로 고통스럽고 슬픈 일이다. 군기도 세어서 매일 구타가 이뤄지고 우리는 고교를 졸업하자마자 군에 소집되었기 때문에 병들보다 나이가 어렸다. 그러다 보니 병들에게도 수모를 많이 당했다. 신형 유도함이라 병들도 그렇고 하사관들도 장교도 모두 군기가 꽉 들었다.

우리들이 살아가는 과정에서 반드시 부닥치는 일들은 그때그때 일을 처리하고 맞붙어 해결해야만 후환이 없고 새로운 기회를 얻어 성장하고 발전할 수 있다. 그 당시 내무반 반장은 김 모 하사였는데 조금만 잘못해도 건방지다고 구타를 하고 입에 담을 수 없는 욕을 하며 우리들에게 스트레스를 거의 매일 주었다. 요즘이라면 상상할 수 없는 일이다. 그리고 함미 격실에서 소위 말하는 빠따도 많이 맞았다.

어느 날 밤 영문도 모르고 잠을 자다 함미 격실로 끌려가 우리와 비슷한 동기인 일반 하사관에게 죽도록 빠따를 맞았다. 엎드려뻗쳐 놓고 엉덩이 정강이를 사정없이 패대는 것이다. 정신없이 맞다가 실신한 적도 있다.

나는 분노가 치밀었고, 그에게 복수를 하기로 하고 기회를 엿보았다. 당시 우리 동기 기수는 하사후보생 기수 47기와 맞먹었는데 그 녀석이 내무반장의 사주를 받아 나를 무척 괴롭혔다. 어느 날 또 나를 함미 격실로 끌고 갔다. 나는 이유를 물었다. 왜 나를 괴롭히느냐고 그랬더니 다짜고짜로 나의 가슴을 주먹으로 쳐서 순간 내가 숨을 못 쉬고 넘어졌다. 함미 격실에서는 총을 쏘아도 소리가 밖으로 새지 않는다. 나는 잠시 후 정신을 차리고 그를 공격했다. 거의 반 정도 실신을 시켰다. 그리고 물었다. 왜 그동안 잘못도 없는 나를 이렇게 괴롭혔냐고 그랬더니 아무 이유 없이 우리 공고 출신들이 일을 잘하고 잘생겨서 때리고 싶었단다. 참으로 기가 막힌 노릇이었다.

그 후에 그 녀석은 더 이상 괴롭히지 않는데 29기 꼴통 김모 하사가 끊임없이 나를 괴롭혔다. 나는 극단적인 선택을 하기로 하고 기회를 노렸다. 첫 휴가를 얻어, 일주일간 그동안 모아 놓은 봉급을 가지고 여행을 하기로 하고 동해안 열차를 타고 포항을 갔다. 학교 시절에 수학여행으로 가 본 곳이지만 맨땅 위에 건설한 포항 제철, 현대 조선을 또 가 보고 싶었다. 일본과 한일협정을 맺어 얻은 보상금으로 건설한 동양 최대 규모의 제철 공장이고 조선소이다. 박 전 대통령은 박태준 회장에게 전권을 맡겨 제철소를 건설하게 하고 매일 공정을 챙기며 밤잠을 못 이뤘다고 한다. 당시 일본은 물적·기술적 도움을 아끼지 않았고 박 대통령과 박 회장의 열정에 감탄했다고 한다. 세상에 모든 일을 열정을 가지고 열심히 할 때 기쁨과 행복을 누릴 수 있다. 아마도 우리나라가 현재 전 세계에서 최고의 제철 기술과 제강능력을 갖출 수 있었던 것도 고 박정희 대통령과 고 박태준 회장의 사심 없는 열정적인 마음과 행동으로 이뤄낸 결과라고 할 수 있다. 그로 인하여 자동차 산업도 일으키게 되었고 조선 강국도 될 수 있는 발판이 생겼다.

최소한 국가 지도자라면 미래를 내다볼 수 있는 혜안과 목표를 달성하기 위한 꼼꼼하고 야무진 계획들이 있어야 한다. 그리고 진정으로 국민들을 사랑하는 마음을 가져야 한다. 아무튼 우리가 오늘날 밥이라도 먹고 살 수 있는 모든 기틀은 전임 대통령들의 헌신과 애국 애족하는 마음에서 우러나온 결과물이다.

그래서 이제는 지난 정권들을 비판하고 단죄만 하지 말고 모든 것을 용서하고 새로운 마음으로 앞으로 나가야만 한다. 우리가 현재 지금을 바르게 인식하지 않고 과거의 부정적인 일로 정권들의 긍정적인 면을 감추고 호도를 하면 그 부메랑이 현 정권에도 닥친다는 사실을 잘 알아야 한다. 정주영 회장이 경부고속도로를 건설하는 데 열정을 바치고 마무리 공사를 하는 어느 날 고 박정희 대통령께서 청와대로 정주영 회장을 불러 "임자, 조선소 하나 해 봐"라고 했단다.

경부고속도로는 제2차 경제개발 2개년 중에 기간산업의 일환으로 1968년에 기공하고 1970년도에 완공하였다. 최소 비용으로 최 단기에 완성된 고속도로이다. 이 덕에 동남아에 우리의 토목과 건설 기술이 건설 플랜트로 수출되었다. 그 고속도로를 건설하는 데 야당은 무조건 반대했지만 대통령은 강력하게 추진하여 완성하고 건설 경기의 외국 수출까지 하게 되었다. 우리 경제의 기초는 경공업 중심으로 수출하는 데 주력해 왔다. 그리고 모든 계획이 고 박정희 대통령의 진두지휘 아래 성공적으로 끝났다.

이제는 제철 공장도 완성되어 가동이 되고 그런 다음에 그 제철들을 이용하여 중화학 공업을 본격적으로 발전시킬 중공업을 일으키는 데 중점을 둔 1973년도부터 시작되는 제3차 경제 개발 5개년 계획을 벌써 대통령은 2, 3년 전부터 구상하고 있었던 것이다. 정주영 회장은 감히 즉답을 못하고 잠시 말미를 주시면 생각을 해서 답하겠다고 하곤 청와대를 나오며 "큰일이군!" 하면서 한숨을 쉬었다. 당시 정 회장조차도 우리나라 경제 여건에서 조선소를 한다는 것은 불가능하다는 생각을 했고 수일을 고민에 고민을 거듭하다가 청와대 일을 잊고 있는데 대통령께서 다시 호출하여 정장을 하고 청와대로 가서 독대를 했다.

대통령이 "임자 조선소는 어떻게 할 거야?" 하니, 정 회장은 무릎을 꿇으며 "그 일은 제가 못합니다" 했다. 그러자 대통령께서 "뭐가 안 되긴 안 돼. 임자와 내가 하는데, 안 되는 일이 있었어? 대통령이 미는 사업인데, 누가 안 된다는 것이야?" 버럭

화를 내셨다고 한다. 경부고속도로는 시기상조이고 할 수 없다고 말한 사람들이 많았지만 대통령의 강력한 지원과 노력으로 정 회장과 공사를 완성했다. 정주영 회장이 순간적으로 "예, 각하만 믿고 해 보겠습니다" 하니 대통령은 그때서야 노기를 풀고 인자하게 정 회장에게 자리에 앉으라고 했다. 대통령은 "나도 힘든 줄 알지만 뭣이든 안 해 보고 안 된다고 생각하면 아무것도 할 수 없지. 그러나 하면 된다는 신념을 가지고 일을 하다 보면 하늘도 감탄하여 우리의 일을 할 수 있도록 해 줘"라고 하며 정 회장에게 용기를 내게 하여 하라고 했다. 그렇게 한국 조선 산업이 시작되었다.

거짓과 사실 은폐와 비리 불법 탈법으로 자신들을 포장하고 비호하며 나라를 망친다면 후세에 큰 비난과 민심을 얻지 못하고 역사의 가혹한 평가를 받게 될 것이다. 지금 우리나라가 이미 세계 여러 나라에서 실패한 사회주의, 공산주의의 국가로 간다는 것은 큰 오산이고 헛된 망상이다. 우리는 70년을 자유 대한민국의 국가로 살아 왔고 전 세계의 인정도 받았다. 그러나 북한은 국가로는 인정받지 못했다. 그리고 우리 헌법에도 엄연히 한반도의 합법 정부는 자유 대한민국이라고 적시되어 있다. 그러나 현 주사파 정권은 그 모든 것을 부정한다.

제3차 경제 개발 5개년이 시작되면서 중화학 공업과 국방 산업, 조선 산업, 자동차 산업은 날이 갈수록 공장 규모와 면모를 갖추며 울산의 큰 산업으로 성장하며 현대 조선은 영국차관과 기술의 도움을 받아 영국에 최초로 선박을 건조하여 수출하여 단일 사업으로는 최초로 수출 1억 불 탑을 수상했다.

그 모든 것은 포항에 있는 포항제철의 대성공에 있었고, 그런 현장마다 고 박정희 대통령이 밤잠을 설치며 고뇌한 흔적이 배어 있다. 그래서 나는 내 첫 휴가지를 포항과 울산으로 잡았다. 포항제철을 박 태준 회장에게 지으라고 한 박 대통령은 철가루가 쌀이 되어 우리 국민들이 배불리 먹을 수 있는 쌀밥이 될 거라는 연설을 했다. 그 연설을 들으며 나는 역시 대통령은 영웅의 기질과 영특함, 예지의 힘을 가진, 애국 애민하는 시대의 최고의 지도자라는 생각을 했다.

울산에서는 현대미포조선소의 웅장함과 국가의 발전과 희망을 보았다. 포항에서는 포항제철에서 뿜어 나오는 국민의 열기를 느끼고 고 박정희 대통령과 박태준 회장님께 대한 감사함과 국민 기업으로 우리나라 중화학 공업을 선도하고 있다는 생각을 했다. 지금 그 시절에 이루어졌던 모든 것은 세계 어느 나라에도 없었던 기적적인 일들이다. 그것들이 고 박정희 대통령 집권 18년간 동안 이루어졌다. 놀라운 지금까지의 한국의 발전을 목도하며 자부심이 가슴에 뭉클하게 다가왔다. 그리고 박 대통령을 더욱 존경하고 사랑하게 하였다.

울산, 포항을 거쳐 동해안을 유람했다. 그리고 양양 오색 약수터 약수장이라는 여관을 잡아 들어갔다. 그 여관은 그 후 나의 인생과 역사를 같이했다. 사장님은 잘 안 보이고 여사장님이 늘 나를 맞아주고 고향 아주머니처럼 나에게 친절하게 해 주셨다. 인생의 고비마다 나는 그곳을 찾아가 색소폰도 불었고 오색약수장 사우나를 즐기며 시간을 보내곤 하였다.

건물이나 사람이나 세월에 장사가 없다고 이삼년 전 그곳을 찾았다. 사장은 늙어서 병든 아내를 돌보며 힘겹게 여관을 운영하였다. 젊은 시절에 바람을 피우며 아내를 혹사시켜 병들게 했다며 무척 애틋하게 아내를 간호하며 따뜻하게 늦깎이 사랑을 나누는 모습이 보기 좋았다. 작은아들은 의사가 되어 잘 풀렸는데 큰아들은 여관을 운영하며 어머니를 돕다가 돈이 어느 정도 모이면 돈을 가지고 사라졌다가 돈이 떨어지면 집으로 돌아오곤 했다. 그리고 결혼을 세 번이나 했지만 모두 실패하고 결국 아버지께 내침을 받아 어디서 사는지 모른다고 한다. 참으로 곱게 사는 안주인은 큰 아들과 남편을 대신하여 죽어라 일을 하다가 젊음은 지나가고 늙어서 뇌경색으로 오랜 시간 병상에서 생활하다 죽었고 남편은 팔십이 다 되도록 여관을 운영하다 다른 사람에게 여관을 넘기고 어디론가 요양원으로 갔다는 소식만 들었다. 부인을 여의고 끝까지 자기 수족이 움직일 수 있을 때까지 일하신 사장님이 고마웠다. 그 사장님 내외 덕분에 오색 약수터는 나의 제2의 고향이 되었다. 친절한 아주머니와 아저씨가 역사 속으로 사라지면서 나의 제 2의 고향도 추억으로 남았다.

그곳에서 평생 형님 한 분을 만났다. 대청봉 식당을 운영하는 아저씨였다. 그분은 그 당시에 주로 산돼지를 잡아서 팔거나 산나물 등을 채취하고 송이버섯을 따서 팔았다. 어떤 때는 뱀도 많이 잡아 팔기도 했다. 그분은 그 좋은 것들을 채취하거나 잡아서 팔기만 했지 본인은 그것을 먹어 보지도 못했다. 두 아들을 키우고 교육하는 데 청춘을 불태웠다. 그래서 큰아들은 초등학교 교사가 되었고 작은 아들은 한의사가 되었다.

어느 해 겨울 교수들과 대학 동기생들과 함께 오색 약수터로 여행을 가서 그 식당으로 식사를 하러 갔는데 형수님이 침울하게 우리들을 맞았다. "형님은 산에 가셨나요?" 하니 형수님은 "예, 산으로 가셨어요" 하면서 우시고 계셨다. 산으로 영원히 가셨다고 해서 나도 깜짝 놀랐다. 그러나 손님을 모시고 간 고로 속으로만 울고 슬퍼했다. 오색 약수터를 가면 밥도 많이 얻어먹고 산돼지 설렁탕도 얻어먹었다. 그날은 밤새도록 술을 마시며 슬퍼하고 그 형님에 대한 추억에 젖었다.

형님이 산돼지가 많은 곳으로 나를 데리고 가 산돼지 식구들이 서로 놀고 먹이를 찾는 모습도 보여 주고 산삼을 봐 놓은 데가 있다고 해서 가 보니 산삼이 열 채 정도가 가족을 이루어 숲에서 크고 있었다. 그 형님 물건도 주위 사람들에게 많이 팔아 주었다. 특히 점봉산의 송이는 품질이 좋았다. 설악산은 관광지로 유명하지만 그 옆 점봉산은 사람들에게 많은 것을 내준다. 산나물도 많고 각종 파충류도 많았다. 당시에는 겨울에 개구리를 잡아서 팔기도 했다.

그 좋은 것들을 본인은 먹지 못하고 돈을 만들어 자식들 키우는 데 헌신하다가 깡소주를 많이 마시다 보니 간암 말기 판정을 받고 생을 마감했다. 추운 산에서 산돼지를 잡아다 팔아야 하니, 며칠씩 산속 움막에서 생활을 해야 했다. 안주는 새우깡이나 과자 부스러기에다 30도짜리 페트 대병 소주를 등짐에 지고 가서 추위를 달래기 위하여 그 안주에 소주를 장복하다 보니 간에 병이 난 줄도 모르고 살다가 졸지에 변을 당한 것이다. 지금도 그분의 명복을 빌며 착하고 선한 그의 모습이 떠오른다.

대곡리 그녀를 찾아 가고 싶었지만 나 혼자 유랑하는 것도 좋겠다는 생각으로 자조했다. 그래도 그녀가 자꾸만 눈에 밟힌다. 그래서 나는 빨리 일정을 마치고, 일단 귀대를 하기로 했다. 운이 좋으면 약 보름간의 휴가를 더 얻을 수 있기 때문이다. 소속 전단 사무실에 가서 우리 함정이 출동 중이면 휴가가 연장된다. 나는 늘 행운아라고 생각하며 살아간다.

어쩐지 하루 일찍 귀대를 하고 싶어서 휴가 기일을 하루 당겨 미리 귀대를 하였다. 그런데 내 예상대로 우리 함정이 서해 북단으로 출동을 나갔다고 한다. 인천 해군 사령부로 가라고 하며 열흘간 휴가를 더 늘려 휴가증을 해 주었다. 나는 휘파람을 불며 진해역에 가서, 서울행 새마을 열차를 타고 평택으로 가기로 하고 티엠오에 가서 할인 차표를 구하여 새마을 호 열차에 올라탔다. 일단 집으로 가서 부모님과 동생들을 만나고, 대곡리 그녀도 찾아보려고 했다.

지루했지만 차창을 지나가는 풍경들은 한여름을 지나 가을로 접어들어 산들은 단풍으로 곱게 물들어 있고 역을 지날 때는 국화꽃들이 방긋 웃으며 나를 맞아주어 행복하였다. 누렇게 익어 가는 들판에는 간간이 트랙터가 지나며 추수를 하고 누렇고 거무죽죽한 샛길을 만들어 가고 있다. 가끔 터널을 들어갈 때는 인생의 긴 터널을 생각해 보기도 했다. 결국 길고 긴 어두운 터널도 지나면 밝은 빛이 기다린다는 진리이다. 우리가 한 인생을 살아가는데 얼마나 많은 두려움과 아픔이 있을까?

나는 대곡리 그녀를 감히 첫 휴가 때 찾아가질 못했다. 편지는 한두 번 주고 받았는데 중간 장교들이 검열을 하고 그 내용을 보기 때문에 변변한 연서도 쓰지 못했다. 대충 내가 언제쯤 휴가를 올 거라는 것은 알고 손꼽아 기다리는 그녀의 모습이 그려졌다. 사람은 어리석어 자신에게 정직하지 못하고 많은 죄책감으로 그토록 소중한 여자의 순결을 짓밟고도 그녀의 마음을 헤아리지 못한 것이 후회가 되었다.

터널의 어두움이 나에게 몰려오는 듯했다. 하여간 몇 시간 후 나는 평택역에 도착하여 원정리로 가는 버스를 탔다. 집으로 가는 길이다. 집을 떠나 온 지 몇 개월 만에 귀향하는 것이다. 고향 산천은 언제나 나에게는 다정하고 아름다울 뿐이다.

버스가 다니는 길이 넓고 평평하게 다져져 있었다. 아직은 비포장도로지만 미군 부대가 가까워서 미군들이 가끔 길 치도를 해서 좋은 길로 만들어 놓았다. 미군들이 가까이 있어서 나쁜 면도 있지만, 민간에게 좋은 일도 많이 했다. 초등학교 운동장에는 미군들이 축구, 농구 골대도 세워 주고 시소와 그네도 만들어 주었다. 철봉과 미끄럼틀도 세워 주어서 우리들은 즐겁고 행복한 어린 시절을 보내기도 했다. 그리고 그들 덕분에 나는 아폴로 우주선이 달 착륙을 하여 우주인들이 우주선을 나와, 달 땅을 밟는 모습도 보았다. 우리는 미군들의 혜택을 톡톡히 받은 사람들이 되었다. 그런데 지금은 미군들이 한반도를 떠나기를 바라는 정권이 들어서서 미국을 자극하고 있다. 반미 세력들은 전작권을 회수한다고 날뛰고 있다. 참으로 한심스러운 현실이다.

나는 집으로 와서 부모님께 인사를 올리고 동생들을 반갑게 맞았다. 서로 그동안 있었던 일들을 이야기로 주고받으며 어머니가 쪄 주신 고구마를 맛있게 먹었다. 이튿날 나는 혼자서는 처음 방조제 원둑을 지나서 그녀의 집으로 갔다. 둘이서 갈 때는 지루하지도 멀지도 않았지만 혼자서 가니 너무 멀고 힘들었다.

마침 썰물이라 바다에는 참게, 집게 등이 나와, 열심히 먹이를 먹으며 놀고 있었다. 중간중간 맛과 조개들이 내뿜는 가느다란 물기둥이 솟고 짱뚱어들이 서로 넓이 뛰기 경쟁을 한다. 나는 원둑을 가다가 가끔 서서 바다의 갯벌을 유심히 바라보며 온갖 생물들이 생명을 유지하는 그들의 모습을 가슴에 새기며 남양 방조제가 완성되면, 그 수많은 생명이 살아가는 갯벌은 종말을 고하고 대신 농지로 변할 거라는 생각을 하니 그 모습들을 더 오래 보고 싶었다.

생명이 숨 쉬는 갯벌을 쌀이 나오는 농토로 바꾸려는 대통령의 마음을 충분히 이해를 한다. 당시 우리나라는 보릿고개를 힘겹게 넘기는, 외국의 식량 원조를 받는 국가였기 때문에 국민의 굶주림을 안타깝게 여긴 박정희 대통령은 간척 사업을 전국적으로 대대적으로 벌였다. 당시 건설비를 최소화하기 위하여 교도소에 복역 중인 수형자들을 동원하였다. 그렇게 큰일을 하다 보면 희생하는 사람들이 있게 되어 있다. 그런 선택은 국가 경영자의 필요불가결한 일인 것 같다. 그래서 지금 우리는 흰쌀밥을 먹고 싶은 국민들은 언제나 배불리 먹을 수 있는 것이다.

그런데 대도시 주변에 평야들을 주택지로 변경하여 아파트를 짓는 것은 잘못된 정책으로 보인다. 그리고 그린벨트를 마구 푸는 것은 그 또한 국가 장래를 망치는 일이다. 가능하면 산지를 이용하거나 그야말로 간척지를 주택지로 바꾸어 집을 지었으면 좋겠다.

바닷물이 밀물로 바뀌어서 물이 들어오기 시작하고 갯벌이 서서히 잠기니 모든 생물들은 그들의 집으로 들어갔다. 갯벌은 고요하고 물이 서서히 차오르고 있었다. 나는 발걸음을 재촉하여 그녀의 집으로 걸어갔다. 둑 끝의 산허리를 돌아 산길로 들어섰다. 늦가을의 바람이 차가웠다. 산길은 항상 좋은 기분을 유지하게 한다. 더구나 그녀를 찾아가는 길이니 가슴이 뛰었다. 싱그러운 자연의 모상들이 나를 반겨 준다.

얼마쯤 걸었을까. 그녀의 집이 눈에 들어온다. 그녀가 그곳에서 이곳으로 달려오는 느낌을 받았다. 나는 잽싼 걸음으로 그 집으로 들어가기로 했다. 좋아진 것은 전기가 들어온다는 것이다. 큰 집 앞에 가로등이 세워지고 전깃줄이 집 안으로 들어간 모습이 첫눈에 들어왔다.

대문을 열고 들어가니 그녀의 언니가 나를 반겼다. 그녀도 건넌방에서 언니와 내가 인사를 주고받는 소리를 듣고 맨발로 뛰어나와 나에게 다가와서 좋아서 어쩔 줄 몰라 했다. 어머니와 아버지는 서울 오빠네 가셨다고 한다. 아침부터 까치가 노래를 해서 손님이 오려니 했고 그녀는 어제 밤에 내가 대문을 들어서는 꿈을 꾸었다고 했다. 사람이 꿈을 꾼다는 것은 신통한 일이다. 좋은 일이든 안 좋은 일이든 미리 꿈에서 선몽을 하여 닥칠 일들을 대비하게 한다. 얼마나 신기한지 모른다.

하여간 나는 그녀의 방으로 들어가 군대에서 당한 일들을 이야기했다. 그녀는 매일 하루도 쉼 없이 내 생각을 했단다. 나는 사실 그녀만큼 간절하지는 않았다. 내가 아직은 그녀를 책임질 나이도 준비도 안 되었기 때문이다. 그래도 서로 만나니 세상을 다 얻은 기쁨이 나를 휘감았다.

언니도 새로운 애인이 생겼다며 곧 시집을 간다고 한다. 그래서 어머니와 아버지가 서울에서 금방을 운영하는 오빠를 찾아가셨단다. 언니는 해 질 녘에 애인을 만나러 간다고 나갔다. 만나는 애인의 집이 그 집에서 5리도 안 되는 곳이라고 한다.

우리는 그 넓은 집에 단둘이 남았다. 무엇보다도 전기가 들어와 여러 가지로 편리했다. 역시 세상은 밝은 빛 안에 있어야 한다는 생각이 들었다. 샤워실도 아주 잘 꾸며져 있고 화장실도 좌변기로 새로 설치되어 있었다. 우리는 샤워를 하고 서로 한자리에 누웠다. 재미있는 이야기를 하면서 서로의 사랑을 확인하며 즐겁고 황홀한 시간을 보내고 있었다.

그런데 밖에서 낯선 목소리로 그녀를 부르는 소리가 들렸다. 이웃에 사는 언니란다. 그녀는 주섬주섬 옷을 챙겨 입고 밖으로 나갔다. 한참 후에 방으로 고사 시루떡을 들고 들어왔다. 그 당시 추수를 한 후 고사 시루떡을 하여 밤에 나누어 먹는 관습이 있었다. 지금은 아무리 시골이라도 그런 풍습이 사라진 지 오래되었다.

우리는 마침 출출한 판에 떡 파티를 하였다. 그녀는 부엌으로 가서 예쁜 소반에 조청과 떡을 먹기 좋게 썰어서 그녀의 방으로 들고 들어왔다. 나와 그녀는 떡을 조청에 찍어서 서로 입에 넣어 주며 먹는 즐거움과 달콤한 사랑을 만끽했다.

그녀는 몇 번이고 떡을 내 입에 넣어 주며 사랑한다는 말을 했다. 나는 감히 사랑한다는 말은 떡을 먹느라 못하고 가슴으로 마음으로 그녀의 사랑을 아로새기며 그녀만을 생각하기로 결심을 했다. 우리는 떡을 다 먹고 양치질을 하고 잠자리에 들기로 했다. 전깃불을 모두 끄니 그야말로 칠흑 같은 오밤중이 되었다. 우리는 달콤한 키스를 하며 몸의 사랑을 나누었다. 참으로 오랜만에 느끼는 행복이요, 기쁨이요, 즐거움이었다. 그리고 서로 곧 깊은 잠에 빠졌다.

벌써 서서히 동창이 밝아오기 시작했다. 언니는 언제 왔는지 안방에서 자고 일어나 조반 준비에 바쁜 것 같았다. "제부 간밤에 좋은 꿈꾸었어요?" 하고 물었다. "네, 처형" 했다. 그리고 셋이서 한참 말없이 빙그레 웃으며 서로 쳐다보았다.

그리고 그녀와 언니는 부엌으로 들어가고 나는 샤워실에 들어가서 샤워를 했다. 어느새 욕실에는 새 속옷 한 벌이 놓여 있고 새 양말도 가지런히 놓여 있었다. 언니가 준비해 놓은 것 같았다.

언니가 성격도 좋고 미모도 뛰어났다. 이웃 동네 청년이 한눈에 반하여서 즐겁고 행복한 삶을 기약하며 결혼을 한다기에 "처형 축하해요" 하였더니 수줍어하며 고개를 숙이고 부엌으로 들어간다. 참 매력이 많은 여자였다. 누구에게 시집가든 그런 여인과 결혼하는 것은 땡잡은 거라는 생각을 했다.

후일에 그녀 부부는 큰 부자가 되었다. 부자는 당신 혼자만 잘 살라고 된 것은 아니다. 가난하고 외로운 다른 이들을 돌보고 그들에게 희망을 주라는 뜻이다. 그렇게 하는 부자들은 더 부자가 되고 자녀들이 잘되며 장수하는 경우를 많이 보았다. 사람이 어떻게 살아야 하는가? 그 처형은 물질을 무척 아껴서 모으는 성격이고 시댁의 도움을 받아가며 부동산을 사기 시작했다. 그리고 교회도 열심히 다녀서 하느님께 기도를 많이 하여 딸 둘에 막내아들을 얻었다. 세상에는 그렇게 성실하고 정직하게 사는 사람들이 많다.

어쩌면 반대로 탈법과 불법을 동원해서 부만을 축적하려는 사람들도 많다. 요즘 세간을 온통 떠들썩하게 하는 모 전 장관의 비리 탈법을 보면 모든 것이 억지로 꿰어 맞추는 퍼즐 놀이로 돈을 만드는 수법을 실지로 보여 주었다. 우리 국민들은 귀가 얇아 거짓과 허위로 선전 선동을 하면 쉽게 거짓과 위선을 사실로 안다. 어떤 유명 작가는 그를 변호까지 했다. 법학원 교수라는 그 사람이 자녀들이 한 번도 입학시험을 치르지 않고 의사도 되고 연세대 법학원을 다닌다니, 웃기는 일이고 백성 알기를 개돼지로 생각한다는 느낌이 들고 아프고 슬픈 상황이 벌어지는 세상을 원망한다. 대통령도 정신을 차리고 바른 정치를 했으면 좋겠다. 이런 식으로 가면 우리나라는 점점 수렁에 빠져 북한의 먹잇감이 될 수도 있다. 한 시대를 살아가는 우리가 이런 험한 세상을 만날 줄은 몰랐다. 우리나라 엘리트들 대부분이 그렇게 돈을 모으고 정치를 했는지 모른다.

삶의 현장에서 우리 처형 부부가 보여 준 부자의 기법은 합법적이고 공동선 안에서 열심히 근로하고 먹을 것, 입을 것에 돈을 아끼고 모아서 목돈을 만들고 그 돈에 맞는 미래 부가 가치에 투자한 것이었다. 처음에는 미아리 산골에 조그마한 옛날 기와집을 샀는데 미아리가 재개발되면서 그 집값이 열 배가 넘게 뛰어 목돈을 마련하게 되었다. 아파트 32평짜리 두 채를 사서 한 채는 본인들이 살고 한 채는 전세를 놓아 신림동에 큰 집을 전세를 끼고 샀다. 매년 집값이 천정부지로 솟았던 때인지라 하루를 자고 나면 자동적으로 돈을 벌게 되는 형상이었다. 되는 집은 달랐다. 처형도 처형이지만 그녀의 형부도 대단하다. 부자가 되면 될수록 그는 차도 없이 늘 대중교통을 이용하고 돈을 아꼈다.

몇 년 후 살 때보다 3배가 오른 아파트를 팔고 신림동에 또 다른 빌딩을 사서 하숙집을 하였다. 그리고 주인의 친절함과 베푸는 사랑에 감사하며 서울대 학생들이 그 집을 하숙집 중 가장 좋은 하숙집으로 소문을 내어 끊임없이 학생들이 대기하는 지경이 되었다. 어떤 학생은 그 집에서 머물며 경찰 시험, 고시 시험을 공부하여 합격하면서 그 집은 고시원으로 이름을 날리기도 했다. 그래서 신림동에서 알아주는 부자가 되었다.

사람이 살아가는 모습이 서로 다르지만 모범적인 삶을 살면 반드시 하늘이 도와 원하는 모든 것이 이루어진다. 우리는 그러한 것을 천운이라고 하지만 사람의 노력이 함께할 때 천운도 누릴 수 있다. 나는 그녀의 집에서 휴가를 즐기며 그녀의 집에 보수할 곳을 보수해 주며 그녀의 어머니, 아버지를 기쁘게 해 드렸다.

그리고 인천 해군 사령부로 귀대하게 되었는데 우리 함정이 들어오려면 일주일은 그 부대에서 기다리든지 휴가를 다시 다녀오라고 한다. 나는 갈 데도 없고 해서 그 부대에서 대기하려고 했는데 내무반장이 이곳에서 있으려면 신고식을 해야 한다고 했다. 나는 매 맞는 것에 대한 트라우마가 있다. 아니, 소속이 다른 부대의 장병인데 손님 대하듯 잘해주면 안 되느냐고 하니까 이 녀석이 건방지다고 하며 내 가슴을 한 방 쳐서 나는 내무반 콘크리트 바닥에 넘어졌다. 가슴이 몹시 아프고 숨이 막혀서 꼼짝도 못하는데 발길질을 하고 옆에 있던 사병까지 나를 짓밟았다.

나는 참을 수가 없어서 간신히 일어나 도망치기 시작했다. 사령부 정문을 나오며 병원에 가야 한다며 하루 남은 휴가증을 보여 주니 빨리 가 보라고 했다. 나는 사령부 정문을 빠져 나와 택시를 타고 시외버스 터미널로 가서 그녀의 집으로 가기로 했다. 다행히 검은 외투를 입어서 세탁소에 가서 손질을 부탁하니 삼십여 분만에 깨끗이 해 주었고 세라복도 동복이라 많이 지저분하지 않았다.

나는 다시는 귀대를 안 하기로 하고 그녀의 집으로 다시 가서 그녀에게 자초지종을 이야기한 뒤 그녀의 집에서 머물며 가을걷이를 도왔다. 한두 달 휴가를 받았다고 거짓말을 했더니 그녀의 아버지와 어머니는 잘되었다며 푹 쉬면서 일을 도와달라고 했다.

나는 어느 정도 농기계는 모두 다룬다. 그래서 넓은 들에서 그녀의 아버지가 자동 탈곡기로 벼를 한 부대씩 베어 수확해 놓으면 그것들을 날라다 경운기에 실어서 건조기로 옮기는 작업을 계속하였다. 부농이라 그 일의 양이 엄청났다. 힘들었지만 또한 행복하게 일을 하였다.

그녀가 내오는 새참과 점심이 꿀맛이었다. 그녀와 들판에서 가위바위보 놀이도 하고 숨고 찾는 놀이를 하기도 했다. 그러면 아버지는 "김 서방 그만 놀고 일해야지" 하셨다. 그녀는 그제야 저녁 새참을 내오기 위해 집으로 갔다.

나는 그녀의 아버지와 계속 일을 했다. 저녁참을 먹고도 밤이 깜깜할 때까지 일을 했다. 소가 일을 할 때는 어둑어둑하면 일을 못했지만 자동 탈곡기에는 조명장치가 달려 있어 밤 까지 일을 해도 된다. 그녀의 아버지가 탈곡기 시동을 끄고 함께 경운기에 벼 부대를 실고 집 가까이에 건조기가 있는 곳으로 철수했다. 하루의 일과가 끝난 것이다.

나는 종일 이렇게 빡세게 일을 하며 군인이라는 신분을 망각하고, 그녀의 집에서 살고 있는데 하루는 어머니가 물어물어 그녀의 집으로 찾아왔다. 어머니는 그 집 주위를 돌 뿐 그 집으로 바로 오지 못했다. 아들에 대한 걱정과 어머니의 신체적 결점이 있기 때문이다. 어머니는 나를 보자 손짓을 했다. 나는 급히 어머니를 모시고 마을 입구 산 밑으로 갔다. 어머니는 나를 보자 반가움 반 서러움 반으로 우셨다. 해군 부대에서 임모 대위가 어머니를 찾아왔는데 내일 다시 올 테니 아들을 찾아오라고 해서 무슨 일이냐고 하니 아무 일도 아니고 김 하사가 휴가를 갔는데 행불이 되어 집에 있나 하고 왔다고 했단다.

나는 두 달을 그녀의 집에서 보낸 것이다. 그런데 느낌은 며칠 보낸 느낌이었다. 그녀의 집에서의 생활이 행복했던 모양이다. 그러니 도끼자루 썩는 줄도 모르고 군인의 임무를 망각하는 위법을 저지른 것이다. 아무리 사랑이 좋다고 해도 군인으로서의 책무를 이행하지 않았으니 벌 받는 것은 당연한 일이다.

나는 어머니를 잠시 기다리라고 해 놓고 그녀의 집으로 가서 대충 이야기를 하고 사복을 입고 군복은 싸들고 어머니와 함께 원둑길을 타고 집으로 왔다.

이튿날 임 대위님은 아침 첫차를 타고 우리 집에 와서 나를 만났다. 나는 바로 그 차를 타고 함께 평택으로 가서 버스를 타고 용산으로 갔다. 함정이 지금 인천 사령부에서 나를 기다린다고 했다. 우리는 인천으로 와서 하룻밤을 허름한 여인숙에서 쥐들과 함께 자고 인천 연안 부두에서 이작도로 가는 배를 탔다. 임 대위님은 내가 극단적인 선택을 할까 걱정하며 내 곁에서 바짝 나를 붙들고 배를 타고 배 안에서도 내 곁을 떠나지 못했다. 나는 그 순간 죄인이라는 생각을 했다. 그리고 함정에 가까워 올수록 나는 두려움과 불안에 떨었다.

'죽기 아니면 살기지' 하면서 용감하게 우리 함정으로 무사히 복귀를 하였다. 모두 나를 기다리며 걱정을 한 눈치다. 특히 나와 동기인 친구는 나를 보자마자 눈길을 돌렸다. 내가 안 오는 동안 무척 괴로움을 많이 받았다고 한다. 나는 임 대위에게 탈영 경위와 두 달간의 행적에 대한 추궁을 받았다. 그동안 함정에서 일어난 일과 해역 사령부 내무반에서 당한 상황들을 자세히 진술하고 임 대위는 나에 대한 조서를 만들었다. 먼저 함정에 승선하자마자 받았던 여러 선임 하사관들의 폭행과 일반 병들의 모욕을 증명하기 위해 매 맞은 멍 자국을 보여 주었다. 특히 사령부 내무반에서 당한 이야기를 구체적이고 상세하게 이야기를 했다.

지금도 가끔 날이 궂거나 환절기가 되면 가슴이 아프고 답답할 때가 있다. 학교시절 폭력과 함정 사령부 내무반에서의 구타는 평생 나에게 치명적인 아픔과 괴로운 고통을 주었다. 그 당시 치료를 받고 그 상처들을 지워야 했는데 치료 시기를 놓쳐서 인생살이에서 많은 불이익을 당했다. 한 인생의 미래를 판가름할 사건들을 너무 많이 당하니 끊임없이 삶과 죽음 사이를 오가게 되었다. 살 만하면 터지는 사건들은 나를 더욱 큰 수렁에 빠뜨렸고 슬픔을 안겨 주었다.

많은 것이 참작되어 나는 헌병대에 넘겨지지 않고 함 내 영창 4주형을 받고 좁은 함정의 선내 영창에서 많은 반성문을 써 가며 힘겨운 삶을 살아야 했다. 속으로 그녀와의 행복한 시간을 상상하며 그만한 기쁨과 즐거움의 대가라고 생각하고 모든 것을 인내하며 자신의 행동을 합리화하면서 영창 생활을 견디어 갔다. 반성문도 매일 매 시간 다른 생각을 하며 즐겁고 행복한 글로 쓰고 가끔 함정 생활의 즐거움을 시로 썼다. 우리는 늘 그러한 즐거움과 기쁨으로 자신의 고통과 괴로움의 현실을 포장한다. 어쩌면 그러한 삶이 우리들을 장수하게 할 수도 있다. 알코올 중독자라는 오명을 뒤집어쓰고도 유쾌, 상쾌, 통쾌하게 살아가는 근원이기도 하다.

나는 그렇게 현실에 저항하면서도 순응하며 여러 사람에게 폐를 끼쳤다. 함정 승무원 모두에게 미안하였다. 얼마 안 되는 승조원 중에 한 사람이 2개월이나 비웠으니 누군가가 나로 인하여 고통을 받고 잘 시간을 빼앗겨 가며 당직 근무를 했을 것이다. 우리 함정은 24시간 북한의 동향을 파악하기 때문에 24시간 레이더를 가동했다. 3인 1조로 계속 근무를 해야 하는데 그중 내가 빠졌으니 2개월간 12시간 맞교대를 했을 것이다. 나에 대한 원망이 컸을 것이다. 그러니 내가 좁은 영창에서 똥오줌을 받아내며 산다는 것은 당연하다. 온몸을 오라에 묶이고 손도 반성문이나 밥을 먹을 때만 수갑을 풀어 주었다. 그래서 나중에는 음식을 먹지 않았다. 성경을 읽으며 내 죄에 대한 보속을 지독하게 하는 중이다.

오가는 사병들과 하사관들은 나를 보고 웃기도 하고 가끔 위로도 해 주었다. 그럴 때마다 나는 미소로 그들에게 답례를 해 주었다. 벌도 달게 받으니 오히려 평온함과 행복을 주기도 했다. 모든 두려움과 걱정근심이 사라지고 작은 그 공간에서 오히려 어머니의 자궁 안에서 느끼는 안전함과 평화로움 까지 느꼈다. 우리가 살아가면서 고난이 올 때마다 그 고난이 나에게 줄 좋은 선물을 생각하면 오히려 기쁘고 행복할 수 있다.

'모든 것은 지나가리라' 하는 말을 하신 어느 수녀님의 글이 생각난다. 아무리 힘들고 슬픈 일이라도 그 순간이 지나가면 아름다운 추억이 될 수가 있다. 지나간 일들을 기억해 보면 오히려 고난이 오고 시련이 올 때가 더 행복한 추억이 된다. 다만 살려는 용기와 반드시 새날이 올 거라는 희망을 놓치지 않고 산다면 어느덧 우리에게 행운이 오고 기쁨이 온다는 사실이다.

함내 영창 생활 4주도 금방 지나갔다. 나는 영창에서 풀려나 샤워를 하고 새 옷으로 갈아입었다. 처음에는 온몸이 굳어 마음대로 몸이 움직여지지 않았다. 시간이 흐르고 서서히 운동을 하면서 몸이 점점 좋아지기 시작했다. 그리고 승조원들도 내가 고통스러워하고 쩔룩거리고 몸을 제대로 가누지 못하니 서로 도와주려고 하고 나를 동정했다.

함장님께서 나를 함장실로 불렀다. 노크를 하고 함장실로 들어가니 나에게 악수를 청하고 편안한 안락의자에 앉게 했다. 그리고 그간의 고충을 말해 주었다. 김 하사가 나의 고향 후배고 웃어른들이 다 알고 지내는 사이라고 했다. 나는 그런 사실을 전혀 몰랐다. 함정에서 함장은 대통령보다 더 센 권한을 가진다. 사법, 행정, 입법 삼권을 모두 가지고 승조원들을 이끈다. 정당한 사유라면 즉각 총살을 명할 수도 있다. 그런 어른이 졸병 신임 하사가 어떤 사람인 줄을 알 수가 없는 것은 당연하다. 아마 임 대위가 나를 집으로 찾아 온 것도 함장의 지시를 받은 것 같다. 통상 장병이 탈영을 하면 헌병대에 즉각 보고하고 수배령을 내려 경찰과 합동으로 검거를 하지, 함장의 바로 밑 서열자가 직접 집으로 장병을 데리러 오는 일은 없다.

함장은 나에게 자초지종을 이야기하며 만약 내가 헌병대에 넘겨지면 군사 재판을 받고 군 교도소에 수감되어 최소한 일 년은 살아야 한다고 했다. 그리고 나의 어머니와 함장 어머니의 인연을 이야기해 주었다.

우리 어머니는 음식 솜씨가 좋으셨고 무슨 음식을 해도 다른 사람 입맛에 딱 맞게 맛있게 한다. 그래서 시골에서는 이집 저집 잔치 음식을 해 주시곤 했고 가끔 김치를 맛있게 담가서 몇 개씩 싸들고 어디론가 가시곤 했는데 그중 한 집이 함장의 집이었단다. 그리고 보면 어머니가 위험에 빠진 나를 구한 셈이다. 어머니가 나를 임 대위에게 맡기면서 잘 부탁한다며 함장께 안부를 전하라고 해서 그 당시에는 뭔 말을 하시는지 알 수가 없었다. 이러한 기막힌 사연이 있는지는 함장과 면담 후에 알게 되었다.

함장은 그러면서 남은 함상 생활을 성실하고 모범적으로 해서 다른 사람에게 귀감이 될 것을 주문했다. 그리고 내가 그동안 입은 피해는 오늘 이 자리에서 다 보상받았다고 생각하라고 했다. 나는 겉으로는 수긍하면서 그 말에는 동감하지 않았다. 나는 군 생활에서 이루 말할 수 없는 비애를 겪어야 했기 때문이다. 특히 부잣집 아들들 사병에게 너희들은 머리는 좋지만 집이 빈한하여 구미 그 학교를 가서 하사가 되어 군에 왔다며, 대놓고 비아냥거렸다. 그런 사병을 그 자리에서 패주고 싶었지만 그게 사실이니 아무 말도 못하고 벙어리 냉가슴을 앓았다. 이미 그 학교에서 선생님들에게 무시당하고 그 분들의 거짓말은 익숙해져 내 가슴에 상처로만 쌓일 뿐 반발할 힘도 없었다. 그러려니 하면서 순간을 모면하며 세월이 가기만을 바랐다.

그래도 함상 생활에 익숙해지고 적응할 만하니 육상 탄약창고 미사일 정비소로 발령을 받았다. 함정에 승선한지 일 년이 지나 후배들이 교육단에서 실무교육을 마치고 함정으로 발령이 나 우리들을 육상으로 임무 교대시킨 것이다. 나는 그곳에 발령받은 후 일 년 후에 중사가 되었다. 영외 생활을 할 수 있었다.

나는 진해 어느 집에 자취를 하게 되었다. 그 집에는 예쁜 딸이 있었는데 나에게 관심이 많았다. 가끔 맛있는 음식을 내 방에 들이기도 하고 커피를 타다 주기도 하고 주말이면 함께 놀러 가자고도 했다. 나는 싫지는 않았지만 대곡리의 그녀를 생각했기에 주인집 딸하고는 적당한 거리를 두며 그냥 심심풀이로 가끔 만나 쓸데없는 이야기로 즐거운 한때를 보내곤 했다.

주인집 아저씨는 평생 노가다로 살면서 부를 축적했다. 국책 사업인 경기도 수로 사업을 따서 총 반장으로 약 1백여 명의 노동자를 거느린 큰 사업을 하게 되어 나는 그분을 미리 알고 있었다. 우리 동네는 집집마다 네댓 명씩 사글셋방을 얻어 살았고 한곳에 국가에서 내 준 큰 텐트를 치고 숙식을 해결하기도 했다.

아주머니와 아저씨는 그 많은 노동자들을 위하여, 삼시세때 밥을 준비해서 현장마다 나르곤 했다. 그 당시에는 노가 나는 작업이었다. 그런데 경기도 사람들은 돈을 준다고 해도 그 일을 하는 것을 꺼려 했다. 대부분 노동자들은 그분이 진해, 창원, 마산에서 데려 오는 연세 지긋한 분들이었다. 그분들이 왜 경기도까지 수로 작업을 하러 왔느냐고 물었더니 그들은 대부분 농사를 짓던 분들인데 당신들의 농토가 모두 수용되어 공단이 되고 아파트 짓는 부지로 바뀌어서 집에서는 놀기도 힘들고 해서 그 일을 하러 먼 타향살이까지 하게 되었단다.

그런 연유로 그 반장 집에서 자취를 하게 되었다. 그 당시 도시 주변에 사는 농부들은 대부분 당신들의 토지를 내 주고 약간의 수용비를 받고 이사를 해서 사는데 젊은 사람들은 새로 짓는 공장에 취직하여 오히려 좋은 직장을 얻을 수 있었지만 나이가 50세가 넘은 사람들은 다른 직업을 가져야 하는데 사정이 여의치 않았다. 그래도 수로 작업 노동자가 가장 대우가 좋았다. 주인집 아저씨가 배씨인데, 배씨만 따라가면 돈을 번다는 소문이 경남 일대에 퍼져서 일손은 넉넉했고 일손이 많으니 일감도 점점 많아졌고 한 현장의 일이 끝나면 다른 현장으로 옮겨 가며 일을 많이 했다고 한다.

우리가 인생살이를 하는데 좋은 직업을 가지고 일생을 일하며 그 대가를 받아 생활하는 것은 가장 큰 낙이 된다. 이런저런 직업을 찾아다니며 쉽고 수월한 일만을 찾아다니는 사람들은 평생 떠돌이 삶을 살 뿐 일가를 이루고 사는 사람이 드물다. 특히 작은 사업을 한다고 창업을 했다가 잘못되어 도산하면 평생 고통을 당하고 어떤 사람들은 빚에 시달리다 죽든지 삶을 포기하고 주정뱅이가 되어서 알코올 중독자가 되고 만다. 그래서 젊은 나이에 자신에게 맞는 좋은 직업을 선택하여 꾸준히 인내하며 한 길을 가다 보면 부도, 신용도 축적되어 일생이 평탄하고 행복 할 수 있다. 그리고 공부는 일생 동안 조금씩 끊임없이 해야만 한다. 공부를 한다는 것은 살면서 예기치 못한 상황이 닥치면 잘 대응할 수 있는 실력을 평소에 조금씩 쌓아 놓는 것이다.

주인집 딸은 내가 시큰둥한 반응을 보여서 그런지 선물 공세를 펴기 시작했고 내 방을 드나드는 일을 더 많이 했다. 더 이상 방치하면 나는 도덕적으로 몹시 못난 사람이 되고 말았을 것이다.

그 후 나는 해군 본부로 발령이 나 더 이상 그녀와는 인연이 이어지지 않았다. 그 당시 중동의 오일 머니 건설 붐이 일어나고 아시아 여러 나라는 우리나라 고속도로를 보고 고속도로 건설 붐이 일어날 때이다. 이는 탁월한 국가 지도자 고 박정희 전 대통령의 미래지향적인 선견지명(先見之明)으로 이루어진 기간산업 건설 정책으로 각종 건설 기술의 노하우를 수출했기 때문에 일어난 일이다. 그래서 많은 근로자들이 외국으로 돈을 벌기 위해서 나갔다. 그런데 바람기가 있는 부인들이 도박을 하거나 캬바레에 출입하면서 다른 남자를 사귀고 동침을 하면서 피땀으로 벌어서 보내주는 돈을 탕진하는 바람에 가정이 파괴되는 경우가 많았다. 1년에서 5년, 어떤 분들은 10년을 뜨거운 사막의 열기를 참아 내며 힘든 일을 했기 때문에 병고에 시달리기도 했는데 가정이 깨져 버린 사람들은 모든 고생이 헛된 것이 되어 노후를 가난하고 슬프게 보낼 수밖에 없었다.

그 즈음 나는 서울 대방동 해군 본부로 가서 주변 야간대학을 들어가기로 하고 해군 본부의 병기 임무를 맡는 사람의 인사권자와 면담을 하게 되었다. 박 모 준위였다. 인자하고 인품이 있는 준사관이었다. 그분께 자초지종을 이야기했더니 마침 이곳에 사람이 필요하다며 진해 내려가서 기다리라고 하셨다.

진해로 내려왔는데 나는 해군 본부 병기감실 행정하사관으로 발령이 났고 2개월의 준비 끝에 예비고사를 치르고 상도동 모 대학교에 합격하게 되었다. 주로 내가 맡은 업무는 율곡 사업의 비밀문서를 다루는 것이었다. 일단 입이 무거워야 했고 행동거지를 바르게 해야 했다. 엄청난 국방비가 들어가는 사업인 만큼 돈이 있는 곳에는 항상 관리들의 부정 비리가 꼬이게 되어 있다. 나는 문서 나르는 일 외에도 가끔 병기감을 찾아오는 분들을 안내하거나 이상한 가방도 전달하는 경우도 있었다.

그리고 야간에는 대학 공부를 하게 되었다. 고단한 삶이 시작된 것이다. 삶이 아무리 고단하다고 해도 내일의 희망이 있으니 모든 것을 인내할 수 있는 힘이 생겼다. 그래서 돈에는 관심이 없었다. 그런데 그 사업에 관계된 장교들은 가끔 밖으로 누군가의 전화를 받고 나가곤 했고 이튿날에는 술에 취해 출근을 늦게 하거나 만취 상태에서 출근하곤 했다. 그리고 얼마 있으면 잠실 아파트를 사서, 이사를 한다고 했다. '장교들 월급이 고만 한데 어떻게 목돈을 마련하여 아파트를 살까?' 하는 의문도 들었고 가끔 그들이 율곡 사업과 관련한 어떤 오퍼상 대표에게 그들이 제안한 무기를 구입하는 조건으로 뇌물을 받는 것은 아닌가 하는 의문을 갖기도 했지만 나는 그 모든 것을 떨쳐 버리고 내 임무에만 충실하기로 했다.

나는 그즈음에 돈이 너무 필요하고 절실했다. 등록금도 내야 하고 방 월세도 내야 했다. 하루하루 통근버스를 타며 한 푼이라도 모아야 했다. 그런데 함께 근무하는 군무원이 두 사람이 있었는데 한 사람은 유부녀였고 한 사람은 모택동같이 키는 작았는데 미모가 뛰어났고 매우 다부져 보이는 처녀였다. 그녀가 군인들을 상대로 비밀리에 고리대금업을 한다는 소문이 났다. 정말 꾸미고 다니는 모습이 당시 복부인과 같았다. 돈은 상사 이상 하사관이나 장교들에게 빌려 준다고 하며 기간은 3개월 이하이고 이자는 4부로 받는데 빌려 줄 사람이 너무 많아 그녀는 2부에 돈을 빌려 4부로 빚을 놓는단다. 그래서 어느 고급 장교는 그녀에게 돈을 늘려 달라고 돈을 맡기는데 그녀는 그런 일은 극소수만 해 준다고 한다. 너무 커지면 문제가 생겨 안 된다고 한다.

그런 그녀가 하루는 이번 주 토요일에 공군회관에서 만나자고 나에게 제안을 했다. 나는 한참 망설이다가 그렇게 하기로 하고 토요일 12시쯤 공군 회관 앞으로 가니 그녀가 나를 기다리고 있었다. 그녀의 옷은 참으로 적당하고 아담하게 잘 어울리는 색상으로 누가 보아도 귀티가 났다. 나는 일반 군복을 입었다. 사복을 사서 입을 돈도 없었다. 그녀는 나를 만나자 공손하게 인사를 했다.

그녀의 매너는 해군 본부에서도 이름이 나 있었다. 공손하고 겸손한 그의 일상생활 태도는 많은 이들에게 감명을 주었다. 아마도 그래서 공무원 신분으로 돈놀이를 해도 큰 문제없이 지나가는 느낌이다. 그리고 큰 이자도 받지 않고 적당한 이자를 받으며 우선 돈을 빌리려는 사람의 말을 듣고 생활비나 피치 못할 사정이 있는 사람에게만 그가 빌리려는 액수의 7할만 빌려 준다고 한다. 그리고 일일이 사정에 맞게 이자는 매월 받되 3개월간 연장을 해 주고 3개월 후에는 반드시 돈을 회수한다고 한다. 그 달은 늘 보너스가 지급되어 돈이 넉넉하여 돈 받기가 수월하고 갚는 사람도 부담이 없단다.

그녀를 만나 여의도에 모 순댓국집에 가서 점심 식사를 하며, 이런 저런 이야기를 많이 했다. 그래서 오늘 나를 만나자고 한 이유가 궁금했지만 그녀가 무슨 말을 할지 기대하면서도 나는 조용히 다른 말을 하며 그녀가 이유를 말하기를 기다렸다. 그러나 그녀도 자기의 속마음을 여간해서 꺼내 놓지를 않는 성격이다. 늘 미소를 지으며 상냥했지만 어떤 일이 자신이 보기에 부당할 때는 인정사정없이 쏘아붙이는 것을 몇 번 본 나는 모든 면에서 조심하고 신중했다.

그녀는 순댓국이 나오자 소주를 시켰다. 나는 술에 무척 약했다. 소주 한두 잔 만 마셔도 얼굴이 빨갛게 되었다. 술 체질이 아니라고 생각했다. 그래도 그녀가 술을 시키기에 나는 아무 말 하지 않고 지켜보기로 했다. 그녀는 나에게 한잔 받으라고 하면서 내 술잔에 술을 따랐다. 요즘은 여자가 술을 따라주면 황송해서 두 손으로 받지만 그 시절에는 낯선 여자가 술을 따르면 나는 가만히 앉아 있는 것이 예의였다. 그리고 남자가 여자에게 술을 따르거나 권하는 것은 예의가 아니었다.

나는 순댓국을 먼저 먹기 시작했고 그녀는 스스로 술을 따라 마시며 순댓국을 먹었다. 어느새 술 한 병이 다 비워졌다. 이번엔 안주용 순대 한 접시와 소주 한 병을 더 시키는데 그녀의 얼굴은 변함이 없었고 멀쩡한 상태 그대로 자세도 흐트러지지 않았다. 속으로 '저런 내공이 어디서 오는 걸까? 기생 교육을 받았나' 하는 생각을 했다. 나는 소주를 마시지 않기로 결심을 하고 그녀의 태도를 관찰하는 데 집중하고 있었다. 그녀가 다시 새 술병의 뚜껑을 따고, 술을 반병쯤 마신 후 주위에 손님들이 점심식사를 하고 다 떠난 다음 주인 아주머니에게 "우리 여기서 이야기 좀 하고 나가도 되지요?" 하니 주인이 그렇게 하라고 했다.

드디어 그녀와 나 사이의 침묵을 깨고 이야기가 시작되었다. 당시 그녀의 나이는 나보다 두 살 위 누나였다. 그래서 그 순간부터 누나라고 부르니 무척 좋아했다. 자기는 일찌감치 부모님을 여의고 고아원에서 자랐다고 한다. 그리고 상업 고등학교를 졸업하고 군무원 특채로 군 장병들과 생활한 지 7년 차가 되었다고 한다. 고아원에서 고등학교를 졸업하자마자 나가라고 해서 자기는 군무원 시험에 합격하여 사글셋방을 얻어 밥은 일찍 출근하여 장병 식당에서 설거지를 해 주며 얻어먹으며 생활 했다고 한다.

어느 병사가 자기에게 돈을 빌려달라고 해서 이자는 얼마나 줄 거냐고 물었더니 원하는 대로 준다고 해서 1할을 달라고 하고 10만 원을 빌려 주었더니 보름도 안 되어 12만 원을 갚았단다. 그 사병은 제대하고 나갔는데 자기 인생을 바꿔 놓은 좋은 사람이란다. 그 사병 때문에 돈을 빌려 주는 것이 나에게만 도움이 되는 것이 아니라 빌려 가는 그 사람에게도 이득이 된다는 사실을 알고 돈놀이를 했는데 7년간 한 번도 나쁜 일은 없었고 자기는 수억을 만지게 되었고 그 돈을 주택에 투자하여 당시 월 1백만 원의 월세가 들어온다고 했다. 돈은 처음 1백만 원, 1천만 원, 1억 원이 모으기 힘들지만 1억 원이 모인 후에는 부동산에 투자하면 우리나라 땅덩어리는 작고 수요는 많아서 절대로 손해가 나지 않는다며 나에게도 그런 재테크 방법을 가르쳐 주고 싶었다고 했다. 사람이 돈이 많아지니까 자연히 너 그리워 지고 딱한 사정을 보면 돕고 싶은 생각이 들지만 자기는 자기 월급의 50% 이상은 다른 사람을 돕는 데 쓰지 않는다고 한다. 그녀의 재테크와 돈 쓰는 이야기를 들으며 많은 것을 배웠다.

주량은 어느 정도냐고 물으니 소주 두 병이라고 했다. 그 이상은 마시지 않는 것이 원칙이라고 했다. "동생, 이제 조금 취기가 오르네" 하면서 해맑게 웃는다. 참으로 놀라운 사람이구나 하는 생각을 했다. 그리고 늙어가면서 믿을 것은 돈밖에 없고 자기는 일생 결혼을 안 하고 살 것이라고 했다. 당시 여인들이 결혼을 안 한다는 장담을 하는 것은 드문 일이고 삼대 거짓말에 들어가기도 했다. 하지만 그 누나는 삶의 철학이 확실하고 자신이 혼자 살아갈 수 있는 기반을 마련했기 때문에 행복한 삶을 살 것이라는 확신을 갖게 되었다.

자기는 사무실에 장교든 하사관이든 문관이든 새로 부임을 하면 식사 두 끼를 대접한다고 한다. 한 번은 순댓국집에서, 한 번은 좋은 일식집에서 대접한다고 했다. 그중에는 자기의 호의를 무시하는 사람도 있지만 그들은 바보라고 한다. 다른 사람의 호의를 바르게 받아들이는 사람이 남에게도 잘할 수 있는 기질이 있다고 했다. 다른 사람의 호의를 무시하거나 의심하는 사람은 좋은 성품을 갖지 못한 사람이라고 단언한다. 처음부터 좋은 음식을 대접하면 상대방이 오해를 해서 이 양반이 돈이 많아 그런가 한단다. 그래서 처음에는 이렇게 순댓국집에서 대접을 한단다. 밥 한 끼를 대접해도 많은 생각을 하는 그녀가 내 마음에 들었다. 나는 주로 그녀의 말을 듣기만 했다.

그녀는 소주 반병과 순대 한 접시를 다 비운 후 가자고 일어선다. 그녀의 집은 근처라고 하면서 나보고 먼저 가라고 해서 여의도에서 대방동까지 걸어가며 많은 것을 생각했다. 척박한 환경에서 자라도 저렇게 반듯하고 예쁜 처녀로 거듭나 사회에 공헌하며 사는구나. 특히 국방부 소속 공무원으로 거친 군인들과 살면서 처신을 바르게 하고 노후 준비까지 끝낸 그녀가 부러웠다. 세상에는 그 어떠한 경우라도 자기 처신하기에 따라 자신의 운명이 결정되는 것이다. 우리가 살아가는 모습이 바로 자신의 운명을 따라 사는 것이라는 생각을 하게 된다.

한번은 어느 외국인이 본부 정문에 왔는데 나보고 나가 보라고 해서 내가 나가니 어렵게 한국어로 ○ 중사이냐고 물었다. 그들은 내 신분증을 확인하고 가방을 하나 건네주었다. 나는 즉시 감실로 가져다주었다. 직감적으로 돈 가방이라고 생각했다. '이러면 안 되는데, 무슨 큰일이라도 벌어질 것 같다'라는 생각을 했다. 장교들은 수시로 외부 전화를 받고 나가서는 술에 쩔어 오고 영관급 장교들은 당신 월급으로 사지 않는 회식을 자주 했다.

당시 한창 군 병기 첨단화 및 대공, 대함, 대지, 포들과 미사일들의 교체 작업 및 함정과 잠수함을 최신형으로 바꾸는 작업을 하는 시기였다. 그동안 우리 해군은 미국에서 퇴역한 군함을 무상 원조 받아 자주 수리를 하며 사용해 왔다. 그런 모든 함정을 퇴역시키고 우리가 건조한 함정을 진수하여 전투함으로 투입하는 작업이 국책 사업으로 추진되고 있었다. 그러니 무기 구입에서 여러 외국 업체들의 경쟁이 치열했다. 당연히 뇌물공세가 이어질 수밖에 없고 대령으로 예편할 사람들은 이 기회에 돈이라도 챙기겠다는 생각을 할 수밖에 없다. 그 당시 병기감도, 제독 심사에서 두 번이나 떨어졌으니 부화가 날 만도 하고 이 기회에 뇌물로 돈이나 챙기자 했던 모양이다.

고 박정희 대통령이 세워둔 계획과 경제 발전의 도움으로 우리 국방력을 증강하는 데 온 힘을 다 걸었던 5공 전두환 씨가 체육관 대통령이 되었던 초기다. 그는 그의 치적을 국방력 증강으로 하려고 국방력을 키우는 데 심혈을 다 기울였다. 우리는 자부심을 가지고 군 생활을 할 수 있었다. 군인들에게는 작은 포장을 수여해 주었다.

그 당시 보안부대는 정권 유지에 최대 효용이 있는 초강력권력기관이었다. 모든 군을 총괄하여 보안 부대의 감시와 통제를 받았다. 우리 감실을 늘 감찰했던 사람은 김 중사였다. 당시 보안 부대 중사는 원 스타와 맞먹는 막강한 권한이 있었다. 그들은 모든 부대에서 일어나는 일을 종합하여 참모총장과 보안부대장과 청와대에 보고하게 되었다. 예를 든다면 중사가 국가에 큰 해를 끼칠 첩보를 얻으면, 바로 청와대 비서실로 보고하는 식이었다. 그러니 그 기세가 등등하고 안하무인이었다.

김 중사가 결혼식을 하는데 해군 본부에서만 억대의 축의금이 들어와 그의 빚을 모두 갚고도 남았다는 소문이다. 그 사람은 자기의 백을 믿고 함부로 돈을 낭비하며 온갖 호사를 다누린 사람으로 소문이 났는데 당시 매일 술을 마시고 벌건 눈으로 사무실에 나타나면 과장들이 일어나 그를 맞이하기에 바빴다.

나는 같은 중사로서 그를 적당히 선을 두며 불가근(不可近), 불가원(不可遠)의 원칙을 지키며 군 생활에 성실하고 충실했다. 과거의 미기 사건으로 인한 보상심리로 장교들의 불법 비리에 물들지 않고 마이 웨이를 갔다.

나에게 점심식사를 대접해 준 예쁜 노처녀도 가끔 나의 매력을 말하며 추파를 던졌지만 나는 조용히 그냥 넘어가곤 했다. 아주 피곤하고 늙은 여우 같은 한 문관 여성이 사직서를 내고 떠났다. 자세한 이유는 모르는데 사무실 기밀을 누구에게 빼돌리고 돈을 챙겼는데 그 사실을 안 보안부대 김 중사가 총장에게 보고하여 삭탈관직을 당했다고 한다. 감옥에 안 간 것이 다행이라고 한다.

문관들도 대부분 무슨 끄나풀에 의하여 들어와 그들 나름대로 힘이 있다고 했다. 그 당시에도 반부패 전쟁을 했지만 불법, 탈법, 비리, 뇌물 사건은 늘 터지는 것 같다.

당시 제 최고 상관인 최고 높은 분이 어느 날부터 출근을 안하는 것이다. 이유는 누구도 알지 못했다. 그런데 어느 날 꼬질한 모습으로 김 중사가 나타났다. 과장급 사관학교 출신 위령관급들이 일제히 일어나 김 중사를 맞았다. 권력 앞에 약한 군인들의 모습을 보면서 쓸쓸한 미소를 짓고 말았다. 같은 중사인데 나에게는 따뜻한 눈길 한 번 안 주는 사람들이 권력자 앞잡이 김 중사에게는 굽실거렸다. 모두 뒤가 구려서 그런 거라고 생각했다. 아마도 김 중사에게 뭔가 책을 잡힌 것이 있는 것 같았다.

그가 나타나면 쓰는 큼직한 빈 사무실이 있다. 대개 그는 그곳에서 낮잠을 자며 저녁에 다시 술집 갈 궁리를 한다. 한심스

러운 작태였다. 그런 그가 유난히 나에게는 잘해 줬다. 처음에
는 같은 중사로서 서로 배려하는 차원이라고 생각했는데 어느
날 갑자기 나에게 보안 부대로 옮길 생각이 없느냐고 했다. 아
파트도 나오고 준사관이 될 수 있다고 했다. 준사관이 되면 지
역 부대장이 되는데 그 힘은 도지사급이라고 한다. 도대체 무
슨 이야기를 하는지 나는 이해하기 힘들었다. 그러면서 병기감
이 어떻게 되었는지 아느냐고 해서 나는 아는 바가 없어 궁금
하다고 했더니 김 중사는 그분은 지금 수뢰 혐의를 받고 군 검
찰에 의하여 구속되었다고 했다.

　나는 눈앞이 깜깜해졌다. 기어코 일이 터졌구나 하는 생각
을 했다. 혹시 나에게도 불똥이 튈까 봐 걱정이 되었다. 하지
만 나는 돈 구경도 못하고 가방을 몇 번 들어다 준 죄밖에 없
는데 별일이 있겠나 하는 생각을 했다.

　그리고 며칠 후 과장이 또 사라졌다. 그리고 그분은 바로 예
편을 했다. 해사를 졸업하고 잘 나가던 중령이었는데 갑자기
예편을 한다니 많이 서운했다. 어느 중견 건설회사 회장 비서
실장으로 갔다. 이유는 나도 모른다. 속으로 다행이라고 생각
했다. 늘 부하 직원들에게 인자했고 고통을 호소하는 장병의
소리도 들어주는 훌륭한 장교였다.

　나는 당시 전두환 대통령에게 서운한 것이 있어도 말을 하지

않았지만 반감이 많았다. 당시에는 말 한 번 잘못하면 아무도 모르게 붙잡혀 갔다. 광주 사태 때문이었다. 나는 광주 사태를 민주화 운동의 일부로 보지 않는다. 그 당시 내가 보기에는 고정 간첩들과 합세한 주사파들의 농간에 의하여 피비린내 나는 내전을 겪은 거라고 생각한다.

당시 보안부대 관계자들에 따르면 정말 자유 대한민국에는 고정 간첩들이 많았다고 한다. 특히 해안 지방의 섬이나 포구 마을에 많았다고 하는데 이북에 소련군과 함께 진주한 김일성 주석은 농민들 노동자들을 선동하여 지주나 자본가들을 그들에 의하여 제거하고 일본 사람들에게 협조한 사람들을 죽이기 시작했는데 그 사람들을 색출하는 데 밀고를 하는 사람들은 살려 준다고 약속을 했다고 한다. 그래서 많은 사람들이 같은 직장의 동료를 친일파로 밀고하여 죽게 했단다. 김일성은 밀고한 사람들을 살려 주기로 약속을 해서 그들을 죽일 수는 없었고 그들을 선별해서 아예 결혼을 시켜 남한으로 몰래 보내어 남한에서 정착하게 한 뒤 그들의 정보원으로 쓰고 남한의 공산 지하 조직을 형성하는 데 요긴하게 썼다고 한다. 그래서 지금 자유 대한민국은 뿌리 채 흔들리고 있단다.

현재 집권 여당은 온통 간첩들 소굴이 되고 대통령과 그 일가 주변 권력자가 모두 주사파 공산 사회주의자들이라고 한다.

이렇게 몇 년 지나면 우리나라가 공산화되는 것은 시간문제일 것 같다. 하루 빨리 정권이 교체되어 새로운 나라가 되었으면 좋겠다.

결국 그 높은 양반은 이등병 제대를 했다고 한다. 나는 어떻게 된 것인지는 모르지만 군수 참모부장 상을 받게 되었다. 교육단 시절 웅변대회에서 최우수상을 받았고 두 번째 상을 받았다. 그리고 대학교는 힘겹게 4년은 다녔지만 2학점이 모자라 졸업하지 못했다.

나는 제대를 하고 굴지 그룹의 자회사인 모 회사 전산 사업부에 입사를 했다. 이때 제대 결정은 일생 일대 후회막급(後悔莫及)한 일이였다. 제대를 하지 말고 군 생활을 하면서 대학교를 마쳤다면 나는 계속 공부하여 더 많은 일도 하고 신간이 편했을 것이다. 김 중사 말대로 보안부대로 옮겼다면 많은 우여곡절도 있었겠지만 멋진 인생이 되었을지도 모른다. 하지만 '인생은 지금까지가 아니라 지금부터 시작이다'라는 말처럼 후회나 미련은 아무 소용없다. 지금부터 무엇이든 시작을 하면 된다.

🌿 대학 시절과
직장 생활

직장은 종로 5가에 있고 기거하는 집은 신림동에 있었다. 제대 후 첫 직장이었기에 매일 가장 먼저 출근했다. 그것이 좋은 것만은 아니었지만 군 제대 후 첫 번째 얻은 직장이니 늘 즐겁고 기쁜 마음으로 출근을 하였다.

오후에는 야간 대학을 가야 하는데 문제점이 많았다. 군 시절에는 정시에 퇴근하고 정시에 출근하면 되었다. 그러나 그 당시 컴퓨터 고치는 직업은 참으로 고달픈 직업이었고 한 번 수리에 들어가면 그 컴퓨터가 정상 가동될 때까지 일을 해야 했다. 그러니 어지간한 인내심이 아니면 견디기 힘든 직업이었다. 그래서 이직률도 높았다.

나는 그즈음 차 모 차장과 대화를 하며 내 고통을 털어 놓았다. 야간 대학을 다니는데 좀 배려를 해 달라고 사정을 했지만 일언지하에 학교를 다니든지 직장을 선택하든지 둘 중 하나를 선택하라고 했다. 상담을 안 하느니만 못했다. 그래도 나는 내 동료들과 친구들의 도움으로 절묘하게 학교를 다닐 수 있었다. 졸업을 해야 하는데 2학점이 모자라 졸업을 할 수 없게 되었다.

나는 기필코 기회가 된다면 죽기 전에 졸업장을 받고 계속 공부하고 싶다. 나에게 주어진 이 시간들을 최대로 활용하여 나의 일을 계속하며 꼭 수고의 결실을 얻으려고 힘쓸 것이다. 쓰고 아프고 슬프고 힘든 일이지만 도스토옙스키와 같은 처참한 환경은 아니다. 그는 사형 직전에 풀려나 좋은 작품을 많이 남겼다. 강제 노역장에서 글쓰기를 멈추지 않았고 풀려나서도 매우 가난하고 비참한 생활 속에서 글 쓰는 일을 멈추지 않았고 주어진 시간을 최대한 아껴 가며 유용한 방법으로 글 쓰는 일에 그의 정열을 다 바쳤다. 그런 데 비하면 나는 행복한 상황에서 좋은 분위기에서 글 작업을 한다. 이 얼마나 행복한 일인가?

거의 1년을 늘 1등으로 출근하니 당시 사장님이 호출하여 칭찬을 해 주시며, 당신 집에 텔레비전이 미국산인데 고장 났다며 집에 가서 고쳐 달라는 것이다. 나는 라디오, 텔레비전 기능사 자격증이 있다. 이런저런 전기 기계는 모두 고칠 수 있는 능력이 있었다.

나는 사장님 차를 타고 운전기사와 함께 사장님 댁으로 갔다. 나를 내려준 기사는 훌쩍 떠나 버렸다. 나는 거대한 집의 초인종을 눌렀다. "예" 하고 나오는 여인은 나이가 20대 중반쯤으로 보이는데 얼굴은 예쁘지 않았지만 그녀의 몸에서 나는 향기와 품격은 참으로 우아했다. 사장님께서 일찍 사모님과 사별하고 따님하고 함께 산다는 건 회사 내에 기정사실로 소문이 나 있었다.

정원도 잘 다듬어져 있고 그때가 오월쯤 된 때인데 많은 꽃들이 피어 있고 잔디도 잘 정리되어 주목나무, 향나무들이 잘 어울려 사장님의 예술 감각을 느낄 수 있었다. 집 안 내부도 간결미와 안정미가 들어가는 사람을 반겼다. 보기에 좋았고 손님에게도 잔잔한 평화를 주었다.

나를 소파로 안내한 안주인은 맛있는 차를 내오며 "함께 차한 잔 마셔도 되지요?" 한다. 나는 괜찮다고 했다. 애잔한 눈길과 살짝 얼굴에 머금은 부끄러움과 미소가 교차하는 그녀의 우아한 모습이 나를 설레게 했다. 예쁜 얼굴은 아니지만 귀티가 나고 성품이 얼굴에 온화하게 피어 있었다.

함께 차를 마시는 나에게 안온함을 주었다. 이런저런 이야기를 하는데 어머니 이야기가 나왔다. "저의 어머니는 3년 전에 돌아가셨는데 뇌출혈로 갑자기 돌아가셨어요" 하며 그녀의 눈시울이 붉어졌다. 얼굴에 슬픈 기색이 나타났다.

나는 분위기를 반전해야만 했다. "고칠 텔레비전이 어디 있죠?" 하니 거실에 있는 것이라고 했다. 구형 텔레비전이었다. 나는 증상을 살펴보니 영상을 만드는 쪽 보드에 문제가 있음을 직감하고 보드를 간신히 분리하여 그쪽의 트랜지스터와 저항 칩들을 테스터기로 점검을 하다가 저항 하나가 제 값이 아닌 것을 발견하고, 준비해 간 150 옴짜리 저항으로 갈아 주었다. 그리고 약간 들떠 있는 납땜 부분을 전기인두로 지져서 튼튼하게 보정하여 주었다. 그리고 텔레비전을 재조립하여 전원을 넣으니, 즉시 밝고 멋진 화면이 나타났다.

나는 혹시나 다시 고장 날 것이 염려되어 한 시간 가까이 그녀와 이런저런 이야기를 했다. 그녀가 먼저 내 이름을 부르며 아버지가 늘 칭찬을 많이 한다고 했다. 나는 부끄러워 쥐구멍이라도 찾아 들어가고 싶은 심정이었다. 집에서 직접 만든 맛있는 수제 쿠키와 커피를 내왔다. 이번에는 둘이 나란히 텔레비전을 켜 놓은 채로 서로 마주 보며 쿠키를 먹고 커피를 마시는데 얌전하고 안정된 모습으로 일거수일투족이 신기하게 보였다.

그녀에게 운전기사를 불러 달라고 하고 우리 둘은 집 밖 정원으로 나와 차를 기다리며 곱게 피어난 꽃들을 보며 두런두런 마치 한 쌍의 연인처럼 기쁘고 즐겁게 정원을 산책했다. 차가 와서 경적을 울렸다. 나는 공구 가방을 들고 밖으로 나가서 차를 타고 그녀의 환송을 받으며 회사로 복귀하여 사장님께 경과보고를 한 후 바로 콜을 받고 공덕동에 있는 유저에게 갔다.

컴퓨터가 멈추어 있고, 키인 여직원들은 한가하게 노닥거리고 있는데 양 여사장님은 버럭 화를 내면서 나에게 늦게 왔다고 역정을 냈다. 나는 아무 대꾸를 안 하고 컴퓨터로 가서 시뮬레이션 카드를 꽂고 기계의 고장 부위를 찾아내어 수리하는데 30분도 안 걸렸다. 그 컴퓨터를 통째로 머리에 넣고 있어서 소리만 들어도 어디가 아픈지를 알아차리고 기계를 고치곤 하였다. 그러니 기계를 고치면 여사장님은 미소를 지으며 "앞으로는 여기에 대기 좀 해야겠어" 했다.

나는 학교를 가야 했기 때문에 바로 나와 공부하러 상도동 대학교로 왔다. 수많은 우여곡절을 겪으며 간신히 4년을 견디며 다녔다. 이제 다음 학기만 더 하면 나는 무리 없이 대학을 졸업하게 됐다. 그런데 나는 직급이 올라가면서 양단 중 하나를 택해야 했다. 즉, 구형 컴퓨터를 계속하며 공부를 할 것인지 새로운 컴퓨터를 공부하고 학업을 포기할 것인지 고민에 빠졌다.

그래도 학업은 포기할 수가 없었다. 마침 사무실도 여의도로 옮겨 가고 또 다시 논현동 모 그룹 빌딩이 완성되어 그곳으로 이사를 가게 되었다. 나는 과감하게 사직서를 내고 구형 컴퓨터를 쓰는 유저 세 군데를 떼어 맡아서 개인 사업체를 만들어 운영하기 시작했다.

처음에는 우선 세 군데에서 들어오는 정비비가 있어 운영하는 데 큰 어려움이 없었다. 중고 컴퓨터 중개 영업도 병행하여 많은 돈을 벌고 사업 영역을 넓혀서 차차 사업이 번성하게 되었다.

그런데 오히려 대학 공부에는 소홀하게 되었다. 그리고 졸업 시험에는 합격했지만 결석이 많아 2학점을 채우지를 못해서 졸업하는 데 실패하였다. 그 이후 매우 바빠서 학점 등록을 못하게 되었다. 언젠가 기회가 되면 새로 학점 등록을 해서 졸업장을 받아야 하겠다. 세상에는 선후 할 일을 잘 구분하는 지혜도 필요하다. 돈 버는 재미에 결석을 하여 수업 일수를 채우지 못하여 2학점이 모자라 졸업을 하지 못하니 매우 힘겹고 아팠다. 교수님께 사정을 해도 들어주지 않아 나는 승복하고 말았다. 그리고 그동안 좋은 기회가 많았지만 자꾸 졸업을 못하고 기회를 놓쳤다. 일생 동안 두 번째 후회하는 일이 되었다.

나의 사업은 발전해 갔지만 나의 신용도는 갈수록 낮아졌다. 자금이 급할 때마다 사채 시장에서 조달했기 때문이다. 사업은 성장했지만 갈수록 근심이 커 갔다. 사무실을 자주 이동하는 관계로 비용도 엄청나게 많이 들었다. 사업이란 무조건 돈을 버는 것이 아니라 사람들의 인맥이 중요하다. 인맥을 잘 연결하기 위해서는 서로에게 신뢰가 쌓여야 하고 한 번 약속한 일은 반드시 이행해야 한다. 비록 엄청난 손해를 보더라도 이행을 해야 하는 것이 사업의 기본이다. 그리고 사업을 하면서 비싼 이자를 지불하는 자금은 가능하면 쓰지 않는 것이 좋다. 아무리 사업이 잘되더라도 자금 흐름에 동맥경화가 걸리면 회사 운영에 위기가 온다. 그리고 사업이 잘될 때 더 신중하고 조심해서 자금을 잘 운용해야 사업에 차질이 없다. 사업이 안 될 때를 위해서 예금을 해야 한다. 조금씩 대비를 하면 좋은 기회에 요긴하게 쓸 수 있기도 하고 위기가 와도 슬기롭게 대처할 수 있다. 늘 경영 마인드는 성실과 진실, 정직에 기반하여 생각을 해야 한다. 그래야 아름다운 결실을 얻고 그것을 사회에 환원하여 돈의 가치를 더 크게 할 수가 있다.

사업이란 국가의 도움도 많이 받는다. 그리고 우리 사회 전체의 도움도 많이 받는다. 그래서 사업을 하는 사람은 자기 혼자서 하는 것은 아니다. 사회, 국가, 사업체가 함께 상부상조하는 것이다. 그래서 번 돈의 일부는 사회에 환원, 봉사해야 하는 것이다. 불법과 비리를 저질러 번 돈을 혼자 쓰는 것은 뻔뻔한 일이다. 그리고 그 돈이 오래가지 못한다. 무슨 재앙이든 재앙으로 없어진다.

그래서 사업을 하는 사람은 늘 자신의 몸가짐을 바로하고 자기 수양도 게을리하면 안 된다. 좋은 사업가는 좋은 열매를 많이 맺는다. 우선 품성이 사업가 기질이 있어야 한다. 지혜롭고 풍부한 지식을 자기 사업 분야뿐 아니라 다방면으로 갖춰야 한다. 특히 철학이나 심리학 공부를 하면 좋다. 틈틈이 시간이 되는 대로 책을 읽으면 된다. 한꺼번에 많은 것을 알려고 하면 여러 가지 무리가 생긴다. 조금씩 꾸준히 책을 읽을 필요가 있다.

정주영 전 회장은 늘 공부하는 것을 잊지 않았다고 한다. 그는 옛날 보통학교도 제대로 졸업하지 못했지만 그의 지혜와 지식은 현대 그룹 그 어느 직원들보다 뛰어났다. 그리고 장수를 하며 사업을 승승장구하게 했다. 그가 일으킨 사업은 지금도 우리나라를 부유하게 하고 부강하게 하는 대부분의 사업 분야에서 단연 선두를 달린다. 자동차, 조선, 건설, 제철, 건축 자재, 자동차용 부품 사업 등 여러 가지 사업에서 큰 성공을 거두었다. 그 모든 성공은 그가 다방면의 지식이 풍부할 뿐 아니라 사람들을 감동시키는 따뜻한 인간미를 지녔기 때문이다. 그는 신입 사원 연수원에 찾아가서 그들과 힘을 겨루는 씨름을 하며 갓 사회인이 되는 그들에게 용기와 희망을 주었다. 그뿐만 아니라 시대의 영웅이요, 자유 대한민국 근대화와 산업화를 주도하며 한강의 기적을 일구어 낸 박정희 전 대통령과 가까이 지내며 그분의 혜안에 함께 동참하여 그분과의 약속을 철저히 지켰다. 경부고속도로를 건설할 때는 현장마다 찾아가서 그곳에서 기거하며 근로자들을 독려하고 매일 박 대통령에게 진행 과정을 보고했다고 한다.

박 대통령은 고속도로를 건설하며 그곳을 달릴 국산 자동차를 만들어 보라고 했단다. 정 회장은 자동차 회사를 설립하고 포니 자동차를 생산하고 그 차를 타고 다녔다고 한다. 박 대통령은 포철이 생산하는 압연 강을 이용해 자동차 공장에 대 주었고 조선 사업을 해보라고 했는데 조선소를 지을 자금을 변통하기 위하여 영국으로 가서 지폐의 거북선을 보여 주며 영국 신사 당신들이 돈을 빌려 주면 조선 산업을 일으켜 돈 값어치를 할 거라고 장담을 하며 조선소 건설을 시작했다고 한다. 그런 정 회장을 보면서 영국 차관을 주는 주무 장관이 탄복을 하며 건설비용을 대 주었다고 한다. 그 소식을 접한 박정희 대통령도 환호하시며 정 회장을 칭찬하며 기뻐했다고 한다.

국가 원수와 원활한 소통을 할 수 있는 정 회장의 인품은 매우 좋은 결실을 맺었다. 그리고 지금까지 그의 전설적인 이야기들은 많은 사람들에게 회자되고 있다. 특히 삽교호 방조제 마지막 공정에서 조류로 인해 계속된 둑 무너짐 현상이 일어나자 정 회장이 육중하고 커다란 폐 선박을 울산에서 아산만까지 끌고 와 그 선박을 조류가 가장 센 곳에 고정시키고 흙과 돌을 배 안에 쏟아 부어 방조제를 완성시킨 일화는 유명하다.

애석하게도 그 모습을 보고 방조제 완공식을 하고 오신 대통령께서는 친구의 총탄을 맞고 서거하셨다. 전날 도고에 있는 별장에서 기거하는데 갑자기 키우는 사슴이 발광을 하더니 나무를 받고 쓰러지는 대통령 서거의 전조 증상이 있었다고 한다. 세상에 알 수 없는 것이 사람의 죽음이니 대통령이라고 피할 수는 없겠지만 박 전 대통령의 죽음은 자유 대한민국 국민 모두의 슬픔이다.

사업가는 덕이 있어야 한다. 재덕, 인덕이 그것이다. 정 회장은 재덕, 인덕을 갖춘 좋은 사람이었다. 사업을 하면서 첫 아들을 잃는 슬픔도 겪고 그의 후계자인 좋은 아들도 잃었다. 산전, 수전, 공중전, 수중전을 다 겪은 분이지만 이 나라에 큰 족적을 남기고 역사의 빛나는 인물로 평가를 받고 있다.

모든 사람은 죽음 앞에서는 평등하다. 역대 대통령이나 회장들도 남다른 기지와 추진력, 천재적인 수완, 찬란한 이름만 남기고 저승으로 떠난다. 그래도 그 이름을 후대에서 기억해 주고 그의 좋은 에피소드를 이야기할 만해야 그가 역사에 끼친

위대함을 알 수가 있다

얼마 전 세상을 떠나신 김우중 전 대우 그룹 회장님은 샐러리맨의 전설이다. 500만 원으로 시작한 와이셔츠 공장이 그의 해외 시장 개척으로 날로 발전하여 대우는 종합상사가 되었다. 그 뒤로는 전 세계를 상대로 돈 되는 물건을 무엇이든지 팔았다. 단숨에 재계 순위 2위까지 올라선 대우는 군수 사업에 투자하여 더 많은 돈을 벌었다. 특히 전차 사업에 뛰어들어 우리나라 육군 현대화에 지대한 공을 세웠다. 오늘날의 세계 최강 K9 자주포도 당시 대우의 창원 공장에서 계획되고 개발한 포이다. 그리고 와이셔츠 공장을 M16 소총 공장으로 만들어 군납을 하고 중동에 수출을 하기도 했다.

선대로부터 이어 받는 재벌이 대부분인데 대우는 김우중 회장 스스로 일으킨 유일한 한국의 거대 그룹이었다. 그러다 보니 좌파 성향 정권인 김대중 정권에 의하여 표적이 되어 많은 문제점을 안고 그 거대한 기업이 쓰러졌는데 무기 개발 사업을 방해하기 위해서 주사파 정권과 북한 괴뢰 집단이 야합하여 대우를 무너뜨렸다는 설도 있다.

시대마다 우리나라는 분단의 아픔이 많았던 것 같다. 김우중 회장님은 우리 문중분이신데 나는 와이셔츠 공장을 방문하여 그분의 대접을 받은 적이 있고 사업이 어려울 때 그분으로

부터 약간의 도움도 받았다.

베트남에서 재기의 꿈을 펴시다 돌아가셨지만 그분의 과오는 역사가 재평가할 것이다. 당대에서 떵떵거리며 부귀영화를 누리며 살았더라도 오명을 남기고 간 사람들은 역사는 냉혹하게 판단한다. 우리가 살아가는 순간순간의 모습과 아픔과 고통이 세상에 빛으로 비출 때 그 고통과 난관과 고난도 좋은 평가를 받을 것이다.

1960년도 3·15 부정 선거로 촉발된 4·19 학생 의거 때 수많은 사람이 고통을 당하고 죽었지만 그들이 숭고한 의거를 한 것임을 역사가 평가해 준다. 그렇게 죽음에는 개죽음과 숭고한 죽음이 엄존한다.

고 정주영 회장은 남다른 자녀 교육에 대한 철학이 있었다. 자식은 자연적이고 일반 보편적인 교육을 받고 더 필요하면 외국으로 유학을 해서 공부를 할 수 있다고 하며 과외나 특별한 교육을 받는 일은 삼갔다. 특히 여자는 특별한 재능을 억지로 교육을 시켜 세상의 스타가 되는 것을 원하지 않았다. 자식들에게 스스로 금수저 자식이라는 이미지를 심어 주지 않고 흙수저로서 처음부터 시작하기를 주문했다. 세상은 그렇게 아픔과 고통을 당하고 안 되는 것이 있다는 사실을 알아야 스스로 몸부림치며 열심히 살아갈 힘과 용기, 지혜가 생긴다.

정 회장은 사업의 안목과 지혜가 있고 모든 면에서 처세술에 능하다. 한번은 현대 백화점 오픈식에서 정 회장을 본 적이 있다. 그분은 하얀색 그라나다 차를 타고 식장에 나타났는데 이상하게 서민들이 있는 곳으로 먼저 와서 일일이 악수를 하시며 인사를 했다. 로열 석에 앉아 있는 분들이 그 광경이 낯선지 의아하게 생각하며 우리들과 정 회장의 행보를 보고 있었다. "여러분이 우리 백화점 왕입니다. 백화점이 잘되도록 도와주십시오" 참으로 적절한 말이고 다른 백화점은 다 망해도 현대 백화점은 잘될 거라는 확신이 생겼다. 그리고 그가 유난히 크고 긴 손을 나에게 내밀어 악수를 청하여 그분의 손을 잡아 보았다. 처음이자 마지막이었다. 그분의 손은 나보다 두 배나 되는 듯하고 손에 마디가 굳어져 있었다. 즉, 일손이다. 우리가 일을 많이 한 손을 보면 그 손에 무언가 복이 가득하다는 생각을 하게 된다. 그분의 손을 잡아본 후에 늘 일을 할 때마다 그 손이 기억나서 일을 더 열심히 하게 되었다.

세상살이는 그렇게 훌륭한 기업가들이 열심히 일을 하여 기업을 유지하며 그곳에서 근로를 하여 식구들과 함께 자유를 누리며 살아가는 것이다. 기업은 돈을 좇기보다 사람을 키우는 것이라고 한다. 인재를 잘 선별하여 키워야 그 기업에 희망이 있고 미래가 보장된다고 한다.

나는 사업을 하는 사람으로서 여러 면에서 부족한 점이 많았다. 그중에 몇 가지를 적어 본다. 나는 눈앞에 이익에만 전전긍긍했다. 그것을 위하여 거짓말도 하고 분명 할 수 있는 능력이 부족한데 호언장담을 했다. 수주를 받고 난 후에 다른 사람에게 웃돈을 얹어 주어 약속을 지키곤 했다. 그러면 인력을 투입하여 그 사람들로부터 기술을 전수받아 다음 수주에서 이익을 남겨야 하는데 매번 그런 일이 반복되어 영업은 확장되는데 오히려 영업을 하면 할수록 적자가 쌓이곤 했다. 거기에 인건비가 천정부지로 올라가서 회사를 사채로 이어가기가 어려워졌다. 인간의 욕심은 한도 끝도 없다. 누구나 사업을 일으켜 성공하고 싶지만 과욕은 금물이다. 자기 자신의 자금력과 규모에 알맞은 그런 사업을 적절하게 운용해야 기업도 번창하고 자신도 안전하게 성장할 수 있다.

그리고 무엇보다 비싼 이자를 쓰면서까지 무슨 일을 한다는 것은 자살 행위이다. 이자 날짜가 빨리 돌아와 늘 긴장하고 그 돈을 막기 위하여 빚을 계속 내야 하는 어리석음을 반복한다. 신용은 점점 떨어지고 모든 것이 무로 돌아가며 남는 것은 부도 수표와 신용불량자 딱지다. 이미 그 기업은 온갖 오명을 뒤집어쓰고 만다.

한때는 대기업의 협력 업체로 작은 이익을 보았으나 그들의 먹잇감이 되어 버린 사실이 가슴 아프다. 협력 업체에 도움을 주는 것이 아니라 오히려 폐만 끼치고 있다. 대기업은 협력 업체라는 미명하에 그들의 비자금을 만드는 데 이용을 하고 있었다. 즉, 가짜 매출 전표를 끊고 부가세를 협력 업체에 주고 그들이 원하는 가짜 세금 계산서를 만들어 주어야 했다. 참으로 가증스러운 일이었다. 나는 그것으로 인하여 세무 조사까지 받아야 했다. 마침 인정 많은 공무원이 나에게 호의를 베풀어 주었지만 그 역시 나에게 건 희망이 잘못되었음을 알고 빨리 폐업 신고하기를 권하였다. 사업을 시작한 지 5년 만이었다. 인생의 첫 고배를 마셨다.

한동안 나는 방황하기 시작했다. 빚쟁이들에게 시달리고 이리 숨고 저리 숨고 하다가 자살 시도를 여러 번 했다. 그러나 이상하게 나는 다시 살아나곤 했다. 용기를 내고 재도전을 했지만 거듭된 실패로 나는 갈수록 폐인이 된다는 생각을 하고 방황을 했다. 그럴 때는 공정하게 정의에 입각하여 피하지 말고 벌을 받을 것은 벌을 받고 지워야 할 일은 모두 지워 버리고 바르게 가야 할 길을 가면 된다. 그러면 모든 것을 해결하고 새 길을 갈 수도 있다.

나는 모든 것을 다 잃었다. 아무것도 남겨진 것이 없다. 그래도 시달리는 것이 없기에 용기를 가지고 새로운 도전을 시도해 본다. 어떤 처지에서든지 희망을 잃지 않고 바른 길을 갈 때에 행복과 기쁨이 보장되고 주어진 하루를 열심히 살 때만이 그 노력들이 쌓여서 커다란 결실이 된다. 하루하루를 헛되게 살면 늘 빈껍데기로 살다가 인생살이 막장에 후회와 미련만 남을 뿐이다.

　과욕과 과시, 허영, 허풍이 사업에는 큰 치명적인 실패의 원인이 된다. 솔직하고 정직하게 일을 처리하는 순간만이 우리가 살아가는 이유가 되고 또한 기업에 위기가 닥칠 때도 도움을 받을 수 있다. 세상에 정직만이 최선의 방책이다. 거짓은 결국 드러나 비참한 현실을 맞는다. 공정과 정의, 진실이 보편적으로 통하는 사회는 복 받는 일이다. 현실이 괴롭고 힘이 들더라도 정직한 길을 택한다면 분명히 지름길이 있어 어떠한 문제든지 풀어지고 고난도 쉽게 극복할 수 있다. 결국은 좋은 일이 있다. 현실을 회피하거나 외면하고 부정직하게 대처한다면 종국에는 더 큰 어려움을 겪게 되고 다시 재기하기 힘들다. 그리고 하루하루 주어진 새날에 우리는 조금씩이라도 무언가를 하면 그것이 쌓이고 쌓여서 결과가 자신도 모르는 사이에 모든 것이 열매를 맺어 자신뿐 아니라 주변에 나누어 줄 수가 있고 자신은 더 풍부한 성과를 얻을 수 있다.

　오늘 할 일을 내일로 미루고 이번 달 완성해야 할 일을 다음

달로 미룬다면 결실을 맺지 못하고 늘 혼란 속에서 아무것도 일으킬 수가 없다. 그날 할 일은 그날 바로 수행하여 성과를 내야만 내일을 잘 맞을 수 있다. 또 오늘이 새롭게 주어진다면 또 오늘 할 일을 서서히 해 나가면 된다. 그 모든 일 중 늦으면 늦을수록 작은 일부터 실천할 수 있는 것을 우선순위로 정하여 일을 처리한다면 행복한 일이 이루어질 것이다. 즉, 마음의 혼란을 수습하고 즐거운 일을 택하여 쉽게 시행하여 작은 열매를 맺을 수 있는 그런 일을 시작하라는 것이다.

사업이 실패하거나 부도가 나면 대부분의 사람들이 절망하고 자신의 삶을 포기하여 올바른 길을 가지 못한다. 어떤 이는 자살을 기도하고 술로 세월을 억지로 보내며 주변 사람들과 가족들에게, 고통을 많이 준다. 그로 인하여 알코올 병원을 오가며 중독자의 삶을 살고 주변의 모든 사람들과 이별을 한다. 그리고 외롭고 지독한 현실에서 울며 살아간다.

하늘은 그런 상황에서도 무언가 그 사람이 살아갈 수 있는 기회를 자주 준다. 그 기회를 우연이든 자기 자신이 노력하든 알게 되었을 때가 자신이 재기할 수 있는 최고의 순간이다. 그래서 현실이 아무리 절망적이라도 온갖 노력을 다하여 행복한 일들, 즉 운동으로 건강한 몸을 만들고, 책을 읽어 자신의 지적 능력을 키우며 주어질 좋은 때를 기다린다면 훌륭한 삶을 준비할 수 있다.

그러기 위해서 자신을 철저하게 성찰해야 한다. 그리고 시간과 자신의 현실을 잘 일치시켜 작은 목표를 설정하고, 그 목표가 날마다 잘 발전하고 있는지 점검을 해야 한다. 예를 들면 150페이지 책을 읽는데 자신이 하루에 5페이지씩 읽기로 목표를 세웠으면 매일 5페이지씩 읽고 후기를 메모하는 습관을 들이면 매우 좋을 것이다. 우리는 그러한 일을 반복하다 보면 자신감과 성취감이 생겨 다른 일도 열심히 할 수 있는 능력을 갖춘다.

실의와 좌절에 처한 모든 사람이 이 같은 방법을 택하여 자신을 시험해 보길 바란다. 반드시 좋은 성과가 있을 것이다. 그리고 최종적으로 아닌 것은 올 스톱하는 것이 최적의 방법이다. 자꾸 그것에 미련을 버리지 못하고 헤맨다면 점점 수렁에 빠져들어 정말로 아무것도 할 수 없는 상황이 된다. 과감한 결단은 시작에도 중요하지만 마무리하는 데도 중요한 요소이다.

사업을 부도내고도 재기하는 사람들은 대부분 안 되는 것은 과감하게 버리고 새로운 일을 용기 있게 추진한다. 우리가 추진하는 일들이 더 큰 효과를 얻으려면 집중하여 그 일에 매진해야 한다. 그래야 효과가 커진다. 그 효과는 나비효과로 성취되는 속도가 날이 갈수록 빨라지고 미미한 일이 큰 좋은 일로 발전하여 그 과정은 쓰고 맵고 아프지만 그 결과는 달고 시원하여 즐거움과 기쁨이 되어 우리에게 주어진다. 우리는 그런 과정에서 얻은 에너지로 어떤 일이든 자신이 할 수 일을 찾아 목표를 정하고 시작하면 성공할 수 있는 에너지를 얻을 수 있다.

마지막으로 끈기와 인내이다. 우리는 쉽게 포기하고 쉽게 좌절하는 경우가 대부분이다. 사업을 하든 어떤 일을 하든 지구력이 필요하다. 끝까지 버티는 자가 성공한다고 한다. 줄기차게 참아내며 어떤 일에 매달린다면 반드시 좋은 결과가 기다린다. 일을 하다 보면 주변 사람들의 질시와 천박한 비난이 있을 수 있다. 그 모든 경우에 흔들리지 않고 와신상담의 심정으로 견뎌내고 인내를 해야 한다. 중간에 그런 것에 신경을 쓴다거나 대응을 하면 점점 수렁에 빠져들어 일을 완성하지 못하고 쓰러질 수 있다. 끈기와 인내는 자신의 목표를 달성하는 필수 불가결의 요소 중 하나이다.

우리의 걱정 중 99%가 소용없는 걱정이라고 한다. 걱정이라는 것은 자신의 마음만 상하게 할 뿐 아무런 결과가 없는 일이라고 한다. 걱정하는 시간에 그 문제를 해결할 궁리를 한다면 그것이 상책이 된다.

🌿 모 사학 재단
전산실장 시절

　모 학교 법인 재단에서 수익 사업을 하려고 하는데 나보고 실장을 맡아 달라는 것이었다. 나는 그렇게 하겠다고 했다. 학교 법인 재단에서 전산실을 만들어 수익 사업을 하려는 것이었다. 그 시절에는 각 학교가 전산 처리를 하지 못했다. 그래서 그 사업은 잘하면 수익을 낼 뿐만 아니라 교사들의 잡무를 50%나 감해 줄 수 있어 매우 좋은 사업이었다.

　전산실을 만들고 컴퓨터를 설치하였다.

　전산실 면모를 갖추고 일을 시작했는데 처음에는 아무 잡음 없이 잘되어 갔다. 나는 몸소 여러 학교를 방문하여 전산 작업 일을 계약하기 시작했고 첫해 우리는 각 시군 교육청부터 도교육청까지 모든 컴퓨터 관련 업무를 싹쓸이 계약을 체결하여 사업 영역을 확장하며 돈을 많이 벌게 되었다.

　현 이사장님의 선친이 학교 법인의 설립자였다. 그분은 생활을 검소하게 하시며 근검절약을 하셨다. 그분 댁을 갔는데 아직도 재래식으로 변을 보고 화장지가 아니라 신문지를 오려서 뒤처리용으로 쓰고 있었다. 그분의 집은 삼천여 평의 그린벨트 부지에 약 이십여 평의 단층 건물이었다. 그 건물에는 주방도 단출하고 안방만 넓었는데 안방 한 벽면에 커다란 금고가 건물 지을 때부터 고정으로 설치되어 있었다. 집 근처에 큰 텃밭이 깨끗이 정리되어 있었고 그곳에는 온갖 야채가 골고루 심어져 있었다. 막걸리 공장에 부식으로 쓰기 위해서 키운다고 했다.

재래식 화장실도 그래서 쓰고 있단다. 흙에 가장 좋은 거름이 사람 인분과 골고루 섞은 퇴비라고 한다. 특히 왕겨를 넣으면 좋단다. 왕겨는 주정용 쌀을 구하면 방앗간에서 거름으로 쓰라고 가져다 집 앞 공터에 수북이 쌓아 준다고 한다.

그리고 집과 좀 떨어진 곳에 돼지 막사를 짓고 돼지도 키운다. 돼지 먹이는 음식 찌꺼기들을 수집하여 가마솥에 넣어서 끓인 후 준다고 한다. 삼십여 년을 돼지를 키워서 도축장에 맡겨 잡아서 고아원에 갖다 준다고 한다. 그분은 부자이지만 부자 티를 안 내고 자신의 삶을 검소하게 하면서 온갖 지혜로 세상을 살아가신 분이다.

세상에는 버릴 것이 전혀 없다고 한다. 버리는 것만 잘 활용해도 큰 부자가 되는 것은 시간문제라고 한다. 그분께서 내게 아침 일찍 출근하여 자기를 좀 도와달라고 해서 그렇게 한다고 했다. 그분의 신기한 삶을 배우려는 욕심이 생겼기 때문이다.

그분은 양조 기술을 배워서 양조장 사업을 하여 큰돈을 모았다고 한다.

본사 공장에서 막걸리를 빚어 각 대리점으로 보내 팔게 했다고 한다. 그 당시 열대여섯 군데를 당신 막걸리의 대리점으로 만들고 함께 일하는 친척들 중 양조 기술을 익히고 성실한 사람들에게 대리점화된 곳에 가서 막걸리 공장을 세워 주고 직접 술을 빚어 팔라고 했단다. 그리고 그 친척에게 운영권을 넘기고 거기서 돈을 벌라고 했다고 한다.

보통 사람이라면 죽든지 살든지 자기 잇속만 챙길 텐데 이분은 그렇지 않고 다함께 살아가는 비법을 가지고 있었다.

어느 날 나에게 일찍 출근하라고 해서 함께 음식점을 다니며 음식점에서 나오는 잔반을 수거하여 자기 집 돼지에게 먹였다. 갈수록 태산이라 그분은 나를 자기 분신으로 삼고 부려 먹었다. 나도 그분의 아름다운 일에 기꺼이 참여하며 그분을 적극 도우며 몸으로 봉사를 했다.

사모님도 무척 후덕하셨는데 워낙 짠돌이인 남편에게 얼마나 시달렸는지 일찍 세상을 떠나셨다. 사모님 에피소드는 한가지가 알려졌다. 1950년 해방 후 5년이 지났는데 한국 전쟁이 터졌다. 북한의 김일성이 소련제 탱크를 앞세워 전쟁을 일으켰다. 사모님이 늘 막걸리 공장에 부탁해 막걸리를 주조하여 바로 나오는 물을 섞지 않은 모주를 모래미라고 하는데, 그 모래미를 가져오라고 해서 서너 되씩 동네 사람들에게 이틀에 한 번씩 나누어 주었다고 한다.

그런데 한국 전쟁이 발발하자 그 동네 이발소 주인이 갑자기 공산당 도당 위원장이 되어 동네에 나타나더니 양조장 사모님을 찾아와 피난 가지 말고 동무들에게 하루에 막걸리 몇 통씩만 공급하고 장사를 계속 하라고 해서 주조 공장과 그 당시 그분의 친척들이 운영하는 공장들은 피난을 가지 않고 계속 영업을 하며 전쟁의 대목을 톡톡히 보았다고 한다.

평소에 누구에게나 편견 없이 베푼 사랑이 전쟁 중 자기와 자기 가족들의 안녕을 지키고 오히려 전쟁이 돈을 더 버는 호기가 되었고 당시 버리고 가다시피 하는 가옥들을 싸게 사서 나중에 큰 부자가 되는 디딤돌이 되었다고 한다.

물론 한국 전쟁 중에 거의 삼백만 명이 죽거나 실종이 되고 전쟁사 중 미군의 사상자가 가장 많은 동족상잔의 비극을 낳았지만. 그 전쟁을 통하여 공산주의자들이 얼마나 많은 피해를 아군과 유엔군에게 주었는지 그분도 말만 하면 한국 전쟁의 피해의 참상을 이야기하곤 했다. 거리에 나가면 시체가 인산인해(人山人海)를 이루었다고 한다. 자기에게는 좋은 기회였지만 그 당시 희생된 분을 위로하고 싶다며 많은 돈을 상이용사회에 후원금으로 내기도 했단다.

그리고 그분은 항상 이승만 대통령의 기민한 대처와 미국 내 인맥으로 한국 전쟁 때 적화 통일이 안 되고 남쪽이라도 자유 대한민국이 되었다며 당시의 상황들을 말하며 당신은 이승만 초대 대통령과 맥아더 장군을 제일 존경한다고 했다. 그 이후에 고 박정희 전 대통령의 경제 개발 5개년 정책이 이병철, 김우중, 정주영 회장 등과 합해져 이 나라가 이만큼 살게 되었다고 생생한 증언을 했다. 그분이 말하는 현대사는 정말 놀랄 정도로 논리 정연했다.

그분은 그분 생일 선물로 받은 그라나다 승용차를 어느 날 장안평 중고 시장에 팔고 봉고차를 사 가지고 오셨다. 그때 기뻐하시던 모습이 선하다. 그라나다를 몇 번 타지도 않았지만 그 차는 돈을 뿌리며 다니는 돈 뿌리개라고 하셨다. 그리고 그 차를 타고 다니며 한 번도 편한 적이 없다며 기름 내려가는 오일 게이지를 보면 가슴이 뛰었던 적이 한두 번이 아니란다. 봉고차는 다용도로 써서 좋고 기름값도 덜 들어서 너무 편리하고 좋은 차라고 연실 기뻐했다.

그분은 승용차를 타든 봉고차를 타든 앞자리에 앉는 것을 좋아했다. 늘 개털 모자에 검은 방한화나 고무신 신기를 좋아했다. 하여간 어느 한 구석도 부자라는 티가 안 났는데 그분의 얼굴에는 늘 평화로운 미소가 있어 나는 그분이 너무 좋았다.

그러나 사람에게 주어진 복은 한계가 있거나 삼대까지 가기 힘들다고 한다. 그분도 재물의 복은 누리지도 못하고 쌓아놓기만 하고 세상과 하직을 하게 되었다. 그분 허리에는 늘 금고 키와 양조장 키가 달려 있었다.

임종을 지키는 사람들, 즉 그의 직계 존속들은 아버지의 죽음에는 큰 관심이 없는 듯하고 둘째 아들은 미국 출장으로 임종에 나타나지도 않았다. 그분은 평생 자식들 때문에 많은 고통을 당하였다. 장남은 태어나자마자 한센병에 걸려 평생을 삐딱한 시각과 열등감을 가지고 아버지까지 공격하는 불효자였다. 그런데 그분은 자꾸 눈을 떴다 감았다 하면서 누군가를 찾았다. "둘째는 미국으로 돈 벌러 갔어요" 하니 평생 돈을 아끼고 사랑했던 그분은 "돈이 중요하지 않은데" 했다. 돈보다 중요한 것이 가족이라는 말을 남기고 그분은 조용히 편안하게 영면을 하셨다.

참으로 유쾌하고 상쾌하고 통쾌하게 사셨지만 가족들하고는 행복하지 못했던 것 같다. 이유는 원래 가까이 있는 사람들이 더 서로를 불신하고 상처를 주기 때문이다. 사모님에게 모질게 대한 것도 첫 아들이 한센병에 걸려 갈등이 많았기 때문이라고 한다. 그리고 그가 성장하면서 그 아들을 유난히 미워했다고 한다. 아들도 아버지를 무지하게 싫어했다. 매일 나에게 회장의 일상사를 물어보곤 하며 "그 영감탱이 명도 길지" 하면서 한숨을 쉬곤 했다.

어찌 되었든 회장이 돌아가시니 그 장남이 그 아버지의 재산을 제일 많이 상속을 받았고 회장이 설립한 사학 재단을 인수받게 되었다. 이사장은 학교에서 설립자 부친의 흔적을 없애는 데 주력하였다. 학교에서 우리나라를 세우고 한국 전쟁을 겪으며 그나마 남한이라도 건진 이승만 전 초대 대통령을 역적이라고 가르치는 현실이 걱정된다. 그뿐만 아니라 우리나라를 이만큼 잘살 수 있도록 한 경제 대국의 선봉이신 고 박정희 전 대통령도 공과를 확실하지 않게 가르쳐 독재자로 나쁜 대통령으로 가르치니 얼마나 한심스러운 일인지 모른다. 과연 지금의 교육 현장이 잘되고 있는지 이 나라 미래는 어떻게 될는지 알 수가 없고 희망이 사라진다. 다만 하늘에 기도하면서 구십이 넘은 김동길 교수님의 유튜브 방송을 본다. 노익장을 과시하며 나라를 걱정하시니 마음이 위로가 된다.

아마도 지금의 정권이 지금처럼 국민을 무시한다면 결코 끝까지 그들이 원하는 대로 되지는 않을 것이다. 반드시 국민의 심판을 받고 추풍낙엽 신세가 될 가능성이 크다. 우리나라 교육 현장이 참되고 아름다운 품격과 인격 수양의 장이 되었으면 좋겠다. 그렇게 되려면 먼저 교육자들이 대오 각성해야 한다. 그들이 바로 서지 않고 자기 성찰을 하지 않고 기회만 되면 교육 현실을 이용하여 자신의 부귀영화만을 추구한다면 우리나라는 심히 걱정되는 낙후한 나라가 될 것이다.

이렇게 우리들 주변에는 예기치 않은 인재가 많이 일어난다. 서로 신중하고 정신을 바짝 차리지 않으면 갑자기 큰 시련이 다가올 수도 있고 슬퍼할 수도 있다. 우리는 하루에도 몇 번씩 지금 당장 여기서 무엇을 하고 있는지 점검을 하면서 공평과 정의의 길을 걸어가야만 평화와 안정을 얻을 수 있고 수많은 악조건에서 자신의 좁은 길이라도 찾을 수 있다. 작은 공동체라도 자기 뜻대로 마음대로 살고 바르지 못하면 수시로 규칙에 충돌하며 슬픔을 겪을 뿐이다.

사학 재단 교사로 취업하는 데 요즘은 억대가 왔다갔다한다고 한다. 요즘 방송에서 많이 회자되고 있는 모 씨 소유 모 사학 학교도 교사 한 사람을 취직시키는 조건으로 1억 원을 주었다고 자백했다고 한다.

그러면 언제쯤 이 사회가 청정해질까? 나라가 망하고, 새로운 왕조가 일어나야 할까? 아니다. 지금 여기서 우리는 총궐기하여 이 정권이 정신 차리도록 해야 한다. 백성들의 힘이라고 사기를 치며 이 세상에 백주 대낮에 관제 데모를 하는 주사파 관련자들의 어용 촛불 시위는 한심스러운 세태를 그대로 나타내고 있다. 대통령도 정신을 못 차리고 무슨 비리의 의혹이 그렇게 많은지 모 씨를 감싸고 도는 것이 너무나 이상하다.

무엇이 정의고 무엇이 공정인가. 국민을 무시하고, 자기들 멋대로 하는 것이 정의고 공정이라면 큰일이다. 바로 독재이며 사회주의 낮은 공평을 주장하며 말도 안 되는 말로 우리나라를 망치려는 음모와 음해 거짓말하는 정치 사기 집단이라고 볼 수밖에 없다. 그런 사람들이 벌이고 있는 일, 폭력으로 혹은 거짓으로 국고를 사재화하는 비리와 탈법, 불법, 자기 자녀들의 불법 입시 부조리 모든 것이 드러나고 있다.

나도 그들 무리와 다름없다는 생각에 마음이 아프고 쓰리다. 우리가 살아가며 특별히 친할 사람도 없고 특별히 멀리할 사람도 없지만 그래도 사람을 보아가며 작은 공동체에서라도 갈등이 없어야 한다. 서로 화해하고 기쁘고 행복하게 살아가기를 바라고 바란다.

그런데 큰 국가 공동체는 얼마나 많은 갈등과 불공평이 존재하는가? 권력과 돈이 결탁하면 큰일이 나고 모든 국가 근간이 흔들거리고 만다. 지금 이 시대의 검찰이 모든 수사를 마치고 국가 정의와 공평을 바로 세우려고 하는데 최고 권력자가 정의와 공정이 무너지도록 어떤 장관을 통하여 거짓으로 칼춤을 추게 하여 검찰을 무력화하고 있다. 도덕적·윤리적 근간이 무너지고 있다.

자고로 모든 국가와 제국이 망하는 모습을 보면 정권의 최고의 자리에 있거나 그 주위에 맴도는 자들이 부패하고 비도덕적이고 비윤리적일 때 망국의 한을 국민들에게 안긴다. 독재 정권은 반드시 무너지고 만다. 특히 정권을 잡은 지 얼마 안 되어 엄청난 부정, 부패 적폐 사건 속에서 여실히 들어난 사건을 덮으려고 선동선전에 능한 주사파들의 망동을 보면 그 정권의 미래를 점칠 수 있다. 가능하면 깨끗한 삶과 바른 생각을 가진 사람들이 정권을 가져야 그 나라에 희망이 있고 경제와 문화가 융성한다. 우리는 지금 개인적인 혹은 가정적인 실패에서 오는 고통도 말할 수 없이 크고, 수습하기 위해 죽을 고비를 넘기는데 한 나라에서는 한 번의 작은 실수도 그 나라를 궁지로 몰 수가 있다.

현란한 말로만 선전하고 행동이나 결과가 없는 정책은 실패한 정책이다. 그리고 그 실패는 많은 국민들을 가난하게 하고 삶의 의지를 꺾어 수많은 범죄가 늘어 가고 도박이나 술에 중독되게 한다.

나는 평생 여성에 대한 두려움을 안고 살았다. 어릴 때 두 어머니의 사이에서 갈등이 있어서인지 아니면 너무 일찍 여성

의 경험이 있어서인지 나도 모르겠지만 여성들이 나에게 다가
오면 나는 싫었다. 차라리 나를 피하면 그것이 편했다.

첫 결혼은 사업 실패 때문에 결혼한 지 얼마 안 되어 아이
둘을 아내에게 맡기고 이혼을 당했다. 사업을 꼭 성공해야 하
는 첫 번째 이유는 튼튼하고 명문 가문을 만들어야 하기 때문
이다. 사업이 실패하게 되면 가족들이 빚쟁이들에게 괴롭힘을
당한다. 그리고 다른 사람 명의로 무슨 일이든 하면 반드시 인
간적인 배신을 당하고 큰 상처를 겪을 수 있다. 젊은 시절에
죽어라 하고 고생하여서 마련한 작은 집도 어떤 후배의 농간
으로 빼앗기게 되었다. 그리고 그가 잘 살기를 바랐지만 얼마
안 가서 이 세상을 떠나고 말았다. 젊은 시절 사업이 너무 잘
된 것이 나에게는 독이 되었고 엄청난 비극을 나에게 안겨 주
었고 지금까지 그 영향을 받고 있다.

두 번째 만난 여자가 그래도 부유해서 그녀 덕분에 20년간
잘 먹고 잘 살았다. 그러나 지금 나는 이혼의 위기를 맞고 있
다. 그녀에게 하루하루를 살면서 거짓말로 일관했다. 사실 그
녀와 혼인하는 것은 꺼려졌다. 그런데 어느 날 그녀가 나에게
다가와 계속 치근거리며 같이 살면 모든 것은 자신이 책임진다
는 말에 나도 넘어가 그녀와 원하지 않은 결혼을 하게 되었다.

아내는 처음부터 나를 속였다. 돈을 오픈하지 않고 찔끔찔

끔 필요할 때만 주었다. 처음부터 탁 터놓고 돈을 밝혔으면 그 돈으로 하다못해 통닭집이라도 운영하며 새로운 길을 모색할 수도 있었을 텐데 이미 때는 늦었고 나는 막판에 몰려 주정뱅이가 되어 음주 운전을 하다가 큰 사고를 당하여 맨땅에 다시 헤딩을 하는 처량한 신세가 되었다.

하지만 나는 일반 병원에서 알코올 병원으로 옮겨와 열심히 운동을 하며 내 자신을 수양하며 글을 쓰고 있다. 오히려 모든 것을 빼앗긴 나는 새로운 생을 찾기 위한 몸부림을 치고 있다. 기쁘고 행복한 삶을 다지기 위하여 나를 채찍질하며 즐거운 마음으로 이 글을 쓰고 있다.

오히려 큰 난관이 나에게 큰 힘을 얻을 수 있는 계기가 되고 있다. 누구나 난관이 있지만 부정적인 생각보다 긍정적인 생각을 하며 바르게 살아간다면 그보다 좋은 일은 없을 것이다. 거짓으로 연명하던 그 시간들이 모두 부질없는 세월이라 생각하면서 큰 상처와 아픔만 남긴 채 세상을 하직할 뻔했는데 알코올 병원의 의료진과 주치의 선생님의 도움으로 이렇게 일을 하게 되었다.

글 쓰는 행복을 마음껏 누리며 나의 과거의 잘못들을 고백하며 눈물 흘려 참회를 하며 상처 받은 모든 이들에게 용서를 빌고 그들에게 도움이 되는 일이기를 바라고 뻔뻔하고 부끄럽지만 이렇게라도 나의 한을 풀고 싶었다.

그리고 우연히 만난 한 여인이 있었다. 외롭고 슬픈 나에게 귀한 여인이 다가왔다. 산 좋고 물 좋은 한적하고 아름다운 마을에 사는 여인인데 만나는 남자가 여러 명 있었다. 처녀가 기구하게 아들이 있는 남자와 결혼하여 살았는데 그녀의 남편이 자살을 했다. 그는 사업을 하다가 빚을 져서 빚에 몰리는 상황이었다고 한다. 그런데도 그녀는 그 남자의 아들을 키우며 고된 삶을 살았다. 그러나 나는 그녀를 사랑하고 싶다. 하루빨리 모든 것을 정리하기를 바라지만 쉽지 않으리라 믿는다. 그녀가 무슨 일을 하든 나는 상관하지 않고 곱게 살기를 바랄 뿐이다. 나도 그냥 서로가 그리울 때 기쁨을 함께 나누며 나머지 인생을 살기로 결심을 했다. 그녀에게도 부담을 주지 않기로 했다. 그냥 자연스럽게 행복을 추구하며 그녀의 행복과 기쁜 삶을 나라도 이해하며 보호해 주기로 했다.

우리가 세상을 살며 자신이 아닌 다른 사람을 원망하거나 불평할 자격이 있는 사람이 얼마나 될까? 아마도 자신을 확실히 성찰하며 자기를 바라보면 우리는 한없이 고통스러운 일을 다른 사람에게 한 일을 기억할 수 있다. 그뿐인가. 다른 사람을 위로한다고 하면서도 위로는커녕 그 사람을 더 괴롭히고 아프게 한 적이 더 많다. 그런 나를 나는 항상 원망해 왔다.

그래서 배포가 남다르고 대담한 이 여인을 좋아한다. 자신을 철저하게 감추고 철저하게 즐기며 철저하게 자기 관리를 한다. 그런 모습이 아름답고 미운 새, '아미새 당신'이 되었다. 그녀가 가끔 그리워지고 그녀가 나를 괴롭히면 나는 「아미새 당신」을 부르며 내 마음을 달래곤 한다. "아름답고 미운 새 아미새 당신 남자의 애간장을 태우는 여자 안 보면 보고 싶고 보면 미워라. 다가서면 멀어지는 아름다운 미운 새 아미새 아미 새 아미새가 나를 울린다. 신기루 사랑인가. 아미새야! 아미새야! 미워할 수 없는 새 아미새 당신 남자의 약한 마음 흔드는 여자 간다고 말을 하면 눈물 흘리매 떠나려면 정을 주는 아름다운 미운 새, 아미새, 아미새, 아미새가 나를 울린다. 신기루 사랑인가? 아미새야! 아미새야!" 한바탕 부르고 나면 나는 기쁘고 행복하며 글을 쓸 수 있는 에너지가 생긴다.

나 자신을 거울에 비추어 보면 그렇게 많은 세월을 헛되게 보내며 다른 사람에 대한 분노와 원망과 불평을 무의식중에 끌어안고 살았다. 일생을 살면서 나에게 상처를 준 사람들을 용서했지만 아직도 나의 응어리는 내 마음의 한편에 그루터기로 남아 평생 나의 소중한 장점들을 버리게 하고 천박한 협잡을 하며 간신히 여기까지 온 것을 생각하면 처절하고 슬프다.

그러니 내 상처를 이제 와 고치려고 노력을 하지만 슬프기만

하다. 좀 더 일찍 심리 치료를 통하여 나를 바르게 고쳤다면 지금과 같은 최하의 상태는 면했으리라 생각한다. 그래도 아직은 제정신일 때 깨닫고 나 자신의 아픔을 이기려 힘껏 경주하니 다행이라는 생각을 한다. 이 세상의 일들을 상기하면 정말 어처구니없는 짓으로 나 자신을 파괴하며 자책하며 지나갔다. 그 세월이 다시 주어진다면 정직하게 나에게 맞는 일을 하며 즐겁게 보냈을 텐데 하는 생각을 한다.

그러나 지나간 일들을 내가 지금 후회한들 무슨 소용이 있을까? 모두를 용서하고 올바르게 생각한다. 그들의 용서로 나는 지금까지 큰 잘못이 없는 것처럼 살아가고 있다. 아직도 수많은 거짓말과 분노, 나도 모르는 아무 대상이 없는 복수심 같은 추한 생각이 고개를 들면 나는 무의식으로 내 자신을 부끄럽게 여기며 하늘의 자비와 용서를 빌며 운동을 하거나 무조건 걷는다. 그리고 노래를 십여 곡 부르고 나면, 모든 나쁜 감정은 사라지고 용기 있고 기분이 좋은 상태로 바뀐다.

일상을 살아가는 데 쉬운 일은 없다. 쉽고 편안한 길을 찾고 그 길만을 간다면 종국에는 고통과 외로움과 가난만이 자신을 옥조여서 천수를 누리지 못하고 요절하거나 긴 병에 시달리곤 한다. 그러나 현명하며 겸손하고 고결한 사람들은 험하고 좁은 길을 택하는 데 주저함 없이 도전과 극복을 하며 땀과 눈물을 흘린다. 그들의 미래는 맑고 아름답다. 고진감래(苦盡甘來)의 사자성어가 맞았다는 생각을 하며 늘 긍정적인 생각으로 기분 좋은 세월을 보내는 사람은 장수한다. 그리고 이웃과도 좋은 관계를 맺으며 즐거운 나날을 보내며 혹시 난관이 있더라도 그동안의 좋은 경험으로 차분하고 지혜롭게 잘 넘기곤 한다. 삶의 달인이 되어 어느 경우도 그들에게는 아무 장애가 되지 않는다. 그리고 그들은 오늘 하루를 선물 받는 것으로 기쁘고 행복하게 그 삶을 숙명적으로 받아들이며 가능하면 좋은 방향으로 살려고 노력한다. 그러한 노력이 우리들에게 주는 영향은 참으로 크다. 주변 사람들에게 행복 바이러스를 주어 즐거운 삶을 살 수 있게 해 준다.

우리 주변에는 해맑은 얼굴로 90세가 넘어도 은퇴하지 않고 자신을 아름답게 물들이며 살아가는 사람들이 많다. 송해 선생님과 김형석 교수님, 김동길 교수님 그분들은 지금도 구십을 훨씬 넘겨 사시며 국민들에게 희망을 주시고 행복을 전달하며 기쁜 소식을 전하곤 한다. 특히 김동길 교수님은 유튜버로 활동하시며 항상 정론으로 이 세상을 살아가는 사람들의 우울증과 슬픔을 달래어 기쁨과 행복을 주며 살고 계시다. 얼마나 즐겁고 기쁘고 유쾌한 일인가.

그분들 글을 보면 모두 기독교인이시다. 그러나 그분들은 다른 종교를 모두 수용한다. 그리고 이 세상에서 일어나는 현상들을 가능하면 하느님이나 역사의 심판에 맡기지만 지상의 불공정과 교만과 과시 그리고 비리와 부정을 심하게 질책하신다. 왜 그럴까? 그분들 개인의 삶이 공정하고 정의롭고 정직하게 살려고 노력했고 초지일관(初志一貫) 사랑과 관대와 용서의 삶을 사셨기 때문이다.

대구에 가면 송해 공원이 있고 서울 한복판 인사동 주변에도 송해 길이 있다. 그분들은 슬프고 아픈 세상에 기쁨과 즐거움이 있기를 희망했다. 송해 선생님은 국민 MC로 국민들에게는 희망과 용기를 주었다. 이 얼마나 복된 삶인가? 남겨진 여생이라도 복되게 살고 싶은 사람이 이 세상에 많다. 그렇게 하려면 지금까지 살아온 삶을 잘 정리하고 새로운 각오로 하루하루를 뜻있게 살아야 한다.

우리들의 삶 속에서 어떠한 난관이 닥치더라도 지금까지 비관적인 생각으로 그 경우를 맞이했다면 이제 지금부터는 긍정적으로 받아들이며 정직하고 직설적인 방법으로 자신의 오류를 인정해야 한다. 그리고 변명을 하거나 또 진술하지 않게 거짓으로 자신을 포장하면 옛 모습으로 돌아가 어떤 일을 할 수가 없다. 반드시 냉철하고 철저하게 현실을 분석하고 바르게 성찰하여 나의 결점이나 오류를 그 사건 속에서 찾아내어 고쳐 가고 그 사건을 솔직담백하게 말을 한다면 우리는 더 새로워진 나를 바라보면서 세상을 아름답게 살아갈 수가 있다. 그러나 대부분의 사람들과 예전의 나는 냉정하지도 못하고 한없이 관대한 것처럼 보였으나 실제로는 속이 좁았고 옹고집 우물 안에서 헤매고 살았다. 겉으로는 모든 것이 정상처럼 보였지만 실제로는 아무것도 없는 슬픔만 가득했다.

그것은 어릴 때 사람들에게 입은 배신의 상처와 고교 시절 군대 시스템으로 돌아가는 학교 생활의 일상에서 받은 상처, 구타와 갖은 무시와 서러움에서 오는 고통이 나의 어린 가슴 속에 늘 남아 있었기 때문이다.

우리가 살아가는 방법이 많지만 가능하면 돈은 쓸 만큼 벌어서 약간씩 모으며 산다면 다른 사람에게 큰 해를 끼치며 살지는 않을 것이다. 사람이 돈에 빠져 들면 각종 재난이 덮쳐와 큰 위험이 사람들을 괴롭힌다. 그 괴로움이 커질수록 사람의 탐욕은 더 커져 말할 수 없이 많은 고통을 남긴다.

제2장

내 주변의 삶

☙ 어느 노동자의 삶

그래서 늘 조심하고 현재 지금 나를 성찰하여 탐욕이 커짐을 보면 바로 멈추고 돈에 대한 욕심을 버려야 한다.

한 노동자가 처음에 연봉 3천만 원이면 행복하겠다는 생각을 하고 그는 열심히 일하며 가정을 행복하게 해 주었다. 정시에 출근하고 정시에 퇴근을 하며 남은 시간은 운동도 하며 몸 관리도 하고 책을 읽으며 마음 관리도 하며 아내와 자식들과 함께 밥을 먹으며 즐겁게 살았다. 그런데 회사 측에서 야근을 하면 연봉이 4천 2백만 원이 된다고 했다. 아내와 의논했더니 당장 기뻐하며 그렇게 하라고 했다. 8시에 출근하여 밤 10시까지 근무하는 조건이고 바쁠 때에는 주말도 토요일 4시간, 일요일 8시간을 더 일하는 조건이었다.

그 근로자도 신이 나서 사측과 그렇게 일하기로 계약을 하고 근무를 했다. 자신의 노동의 대가이니 얼마나 기쁘고 행복한가 하면서 오랜만에 큰 성취감에 빠져 침대에 누워 "아임 더 킹"이라고 말하며 왕이 된 기분임을 가족들에게 소리치며 자랑했다. 아내와 아이 둘도 기쁘다며 행복해했었다.

한 달, 두 달 지나니 왠지 모르게 아이들도 활기가 없고 아내만이 현관에서 들고나는 나들목처럼 "잘 다녀오세요", "잘 다녀오셨어요", "식사하셔야죠" 의례적인 인사를 했다. 그런 인사를 받고 목욕도 가끔 하며 힘겨운 삶을 살아가게 되었다.

아내도 처음에는 통장에 들어오는 돈을 보면 기뻤지만 매일 녹초가 되어서 들어오는 남편이 불쌍했다. 어쩔 수 없는 일이지만 남편은 아내에게 미안하고 행복했던 과거를 떠올리며 자신의 지금 모습을 바라보며 자책을 하고 일이 끝난 후 늘 소주 한두 병을 마셔야 아내에 대한 두려움이 없어져 잠을 잘 수가 있었다고 한다. 돈이 많이 벌리는 것은 좋지만 세상은 공짜가 없는 법, 또 다른 갈등과 고통을 당해야 돈이란 놈이 늘어난다는 사실을 알고 오히려 그 순간을 멈추고 야근 시간을 줄일 생각을 해야 하는데 돈이라는 게 벌면 벌수록 더 벌고 싶은 생각이 든다. 그 사람은 일요일 특근, 야근을 늘려 4시간씩 더 일을 해서 4천 2백만 원보다 조금 더 많이 벌었고 성과급이라는 돈과 함께 연봉 4천 8백만 원을 벌게 되었다.

돈은 더 벌어 물질은 여유가 있어서 좋지만 가족들과의 소원해짐은 더해 가고 아내나 아이들 얼굴에 평안과 기쁨이 사라졌다. 그 사람도 다른 것에는 별 관심이 없고 오로지 일하는 것과 잠자는 것에 그의 인생을 걸었다. 몇 년이 지나자 조금 큰 평수의 집으로 이사도 하고 냉장고 등 가전 제품들도 고급으로 구하고 아이들이나 엄마의 옷도 명품으로 사 입을 만큼 물질적인 행복은 늘었지만 가족의 삶의 질은 최저 수준까지 떨어지고 마침내 아내는 제비들에게 걸려 가끔 값비싼 바람도 피웠다. 남자는 오직 돈 버는 기계로 전락해 버렸다.

아내는 밖으로 나돌고 가정에 소홀하게 되어 결국 그들은 불행하게 되었다. 남편은 남편대로 아내와 거리가 멀어지니 술 한두 병이 몇 병으로 바뀌고 결국 알코올 중독이 오고 점점 어려운 주야간 특근을 하고 나이도 들어 몸이 나빠지니 대책을 세울 수 없도록 생활이 문란해지고 회사에서도 쫓겨날 정도로 근태가 나빠졌다. 참으로 안타까운 현실이다. 아이들은 고등학생들이 되어서 돈이 많이 들어가는데 아빠는 이제 더이상 직장 나가기가 힘들어졌고 아내도 혼란한 생활로 집안일과 남편에게 저 멀리 가 있었다. 결국 단란하고 행복했던 그 가정을 돈과 바꾼 그 사람은 불행을 자초하게 되었다.

부귀영화가 좋지만 가정의 평화, 자기 자신의 관리는 자신 스스로 해야 한다. 그분이 돈 욕심 없이 그 자리를 정년까지 유지했다면 가족들도 행복했을 것이고 그 자신도 알코올에 중독되어 불행한 말년을 보내지는 않았을 것이다. 그리운 사람들이 많지만 그는 자신의 모습을 감추고 가족들과도 모두 이별하고 홀로 고독한 생활을 한다. 일과 돈의 노예가 된 사람들의 말로이다. 좋은 아내도 천하의 바람둥이로 만들고 자녀들도 천애의 고아가 되었으니 돈 욕심으로 생긴 화이다.

무슨 일이든 잘못된 점이 발견되거나 후회가 되는 일이 생기면 바로 하던 일들을 중단하고 자기 자신을 똑바로 바라보며 자기 자신을 챙길 줄 알아야 한다. 그래야 좋은 결과를 얻을 수가 있다. 나쁜 습관이나 버릇이 그 일 안에 녹아 있으면 그것으로 끝내야 한다. 그리고 이해타산에서 자기에게는 이익이지만 타인에게 손해를 끼치면 바로 그 일을 끝내야 기쁘고 행복한 다른 일을 다시 할 수 있다. 그래서 신용은 돈이라는 말은 바로 정직하게 꾸준히 자기의 적성과 성격에 맞는 복된 일을 택하여 언제나 즐겁게 하는 것이 좋다는 의미다. 하는 일이 주변 사람이나 사회에 좋은 영향을 끼치면 얼마나 좋을까? 그보다 좋은 일은 없고 그렇게 사는 사람들은 천수를 누리며 행복한 가정을 이루고 효자효부가 있고 좋은 남녀 친구가 있어 노년이 기쁘고 행복하다. 뭐니 뭐니 해도 노후를 건강하고 행복하게 보낼 때에 많은 사람들에게 좋은 영향을 준다.

어느 샐러리맨의 삶

모 제약회사의 영업직으로 근무하는 그는 영업직을 잘 수행하는 인물로 정평이 나 있는데 그는 그 회사를 들어가면서 면접관에게 영업의 최고의 덕은 상대방에게 신뢰를 쌓는 것이라며 급한 영업 실적을 자기에게 요구하지 말 것을 면접관에게 당당히 말하고 그 회사에 입사했다고 한다.

그러면 영업 사원이 갖추어 할 다른 덕목이 무엇이냐고 면접관이 물었다고 한다. 정직과 성실이라고 했다. 영업을 하다 보면 가끔 겉치레와 제품에 대한 과장된 이야기를 하게 되는데 그런 유혹을 떨치는 것이 중요하다고 말했다. 자기가 팔려는 제품에 대한 겸손하고 자제력 있는 설명을 통해 오히려 그 제품에 대한 신뢰를 쌓을 수 있다고 했다. 두 번째는 팔려는 물품이나 서비스가 어떻게 상대방에게 유익이 있는지를 잘 설명해야 하는데 이때도 사실에 근거하여 정확하고 신중하게 말을 해야 신뢰를 얻을 수 있다고 했다. 세 번째로 어떤 고객을 만나기로 정해지면 그 고객의 주변과 성향 등을 미리 파악하여 그분에게 어떻게 어떤 방법으로 접근할 것인가를 세밀하게 준비해야 한다고 했다. 그는 주로 병원 의사들을 만나야 하기 때문에 세세한 사전 점검이 필요했다. 심지어 그 의사가 화장실 가는 시간, 밥 먹는 시간까지 파악하여 접근을 시도해야 만나서 이야기 할 시간을 만들 수가 있다고 말했다.

대부분 의사와 제약 회사 간에 리베이트를 주고받으며 약을 써 준다고 하지만 이 영업직 사원은 그런 것을 철저하게 배격하고 온전히 영업 직원과 의사 간의 새로운 인간관계를 맺으려 노력했다.

일단 안면을 튼 병원에 가서 청소부 역할을 하며 간호사들과 친해졌는데 처음에는 모두 이상한 눈으로 보더니 한 일주일 그 병원의 청소부 역할을 해 주니 이제는 간호사들이 너무 기뻐하며 의사의 장단점을 이야기해 주고 그야말로 낮잠 자는 시간까지 알려 주었다. 2주 정도 지나면 그 병원 전체가 자기 일터화가 되었다고 한다.

그렇게 병원 몇 개를 장악하고 그분들의 웬만한 잔심부름도 해 드리니 자기를 믿고 자기가 공급하는 약품도 믿고 의사들이 자기 동료 의사들에게 이런 성실하고 정직한 제약 회사 영업 사원이 있다고 소개하며 그의 영업력은 날로 커 갔다고 했다.

그의 그런 영업 전략은 여지없이 들어맞았다고 한다. 모든 사람들이 다 마찬가지지만 성실과 정직만이 최고의 영업 전략이고 근면하고 상대에게 좋은 것을 주는 이라는 인상을 주면 그 또한 좋은 전략이라고 한다.

　그 영업 사원은 결혼도 하고 자녀도 두었다. 가정에서도 좋은 아빠이자 남편으로 살았고 후배 사원을 교육시키는 위치까지 올랐다. 어떤 경우도 초심을 잃지 않고 자신의 삶에 최선을 다하고 늘 기도하고 하느님과 친밀한 관계를 유지하며 살아갔다고 한다.

　그런데 그에게도 시련이 찾아왔다. 좋은 아내가 있는데도 가끔 다른 여자를 만났다. 그녀와 함께 여관을 가면 그녀가 비아그라를 그에게 먹이고 섹스를 즐겼다. 이렇게 찰나에 자기의 삶의 고통과 슬픔이 다가온다. 그럴 때 바로 멈추고 빠져 나와야 한다.

　그러나 그 간부는 그것을 끊지 못하고 아내에게 발각되어 아내에게 이혼을 당했는데 좋아하던 그녀도 병원을 그만두고 사라지고 말았다. 그 여자도 결혼을 했지만 이혼을 했던 사실을 알고 그 간부는 절망했다. 그리고 전처가 그의 나쁜 행실을 회사에 알려 회사도 퇴임하게 되었다. 전처는 그에 대한 원망과 분노에 큰 시련을 겪으며 모든 것을 포기하였다.

간부는 그 간호사를 찾아 헤맸지만 찾을 수가 없었다. 그 간호사는 결혼을 했지만 몇 년이 흘러 아이가 생산되지 않았고 남편은 이혼한 것이 아니라 자살을 했다고 한다.

그 간부는 훌륭한 직장에서 멋진 삶을 추구했지만 불륜이라는 덫에 걸려 모든 것을 잃고 방황하며 술로 세월을 보내게 되었다. 아내에게 모든 재산을 빼앗기고 노숙자가 되어 버렸다. 우리는 인생살이에서 가능하면 나쁜 덫에 걸리지 않고 잘 살아가야 한다. 아무리 훌륭한 철학으로 자기 삶을 일구어도 예기치 않은 덫에 걸려 일생을 망치는 경우를 종종 본다. 이제 성이 자유화된 시대다. 성이 민감한 현안이 되었다.

🌿 결혼 그리고 이혼
그리고 재혼

    내가 잘 아는 건설 회사 직원은 정말 천연기념물 오리지널 숫총각이었다. 그는 한 여인과 중매로 잠간 연애 기간을 지내다가 그녀의 미모에 반하여 부모님들은 더 지켜보다가 결혼을 하라고 했지만 아들의 성화로 급히 결혼식을 올리게 되었다. 그가 결혼식을 하고 신혼여행을 다녀오자마자 신부 측에서 이혼을 요구했다. 신랑은 병원을 찾았으나 건강하다는 진단을 받았다. 시어머니가 며느리를 설득했으나 소용없었다. 그는 결국 그녀의 이혼 요구에 오히려 위자료를 주고 이혼을 당했다.

    화가 난 시어머니는 그녀에 대한 수소문을 하였다. 그녀의 엄마나 아빠는 모두 남이나 마찬가지라고 했단다. 그 딸에 대해서는 아무것도 아는 바가 없고 대학교까지 혼자 힘으로 다녔다고 하는 말만 했단다.

    그래서 처음 만났을 때 아들에게 준 전화번호 몇 개가 있음을 알고 그녀의 친구인 듯한 사람에게 전화를 했더니 한 번 만나자고 하더란다. 시어머니는 찜찜하지만 그녀를 만나기로 하고 그녀가 약속한 모 대학교 캠퍼스 근처에 있는 카페로 갔다고 한다. 아가씨가 귀엽고 단정해 보이고 얼굴에 귀티가 나서 보자마자 당신 며느리로 삼고 싶더란다. 결혼식에도 신부 측 친구로 왔다 가서 낯설어 보이지 않았단다.

그녀는 담담하게 자기 친구에 대한 이야기를 했다. 친구는 학교 다니면서 알바를 많이 하다 보니 수업 출석률이 낮았지만 담당 교수님들과 무척 친밀해서 그녀는 출결과는 관계없이 성적이 늘 보통 이상이었다고 한다. 그러면서 그 당시 학우들은 그녀가 학점을 따내는 특별한 방법이 무엇인지 궁금해하며 여러 가지 낭설이 교내에 퍼졌다고 한다.

시어머니는 그녀의 말을 듣고 그래서 사람은 근본이 있어야 하는데 아들 녀석이 숫총각이다 보니 여자의 외모만 보고 결혼을 쉽게 결정한 것 같다고 하면서 단도직입적으로 당신의 며느리가 되어 달라고 했다. 그녀는 부모님에게 상의를 해 보아야 한다며 혹시 호적에 그녀의 이름이 올라갔느냐고 물었다. 며느리가 천천히 혼인신고를 하자고 해서 아직은 호적에는 안 올라갔다고 했다. 그랬더니 다행이라고 하면서 신랑감을 다시 만나서 이야기를 나눠 보고 부모님에게도 상의를 해 보겠다고 했단다.

그녀는 중등 교사 임용 시험에 합격하여 학교 발령을 대기

중이라고 했다. 시어머니는 신이 났다. 뭣 좀 알아보려다가 좋은 새 며느릿감을 만났으니 얼마나 좋은 일인가? 그래서 항상 인연은 따로 있는 것이라고 한다. 시어머니는 집으로 돌아와서 아들 퇴근하기를 기다리는데 그날 따라 아들의 퇴근이 늦어졌다. 아마도 어머니의 아들에 대한 간절한 마음이 퇴근이 더딘 것으로 표출된 것이다. 전 며느리에 대한 이야기도 하고 새 며느릿감도 소개하고 전 며느리의 흉도 볼 수 있으니 그런 어머니가 아들의 퇴근을 학수고대(鶴首苦待)하는 것은 당연했다. 이윽고 열 시쯤 되어서 아들이 술 한잔 마시고 대문을 박차고 들어오는 소리에 어머니는 잠시 졸다가 깜짝 놀라며 깨어서 아들을 반갑게 맞이했다.

아들은 아내를 떠나보낸 후 술 마시는 횟수가 잦아지고 점점 주사도 느는 것 같았다. 그런 아들을 보면서 안타까워 잔소리를 했는데 어머니는 아들을 환대하며 당신의 말을 듣기를 간청했다. 아들은 자기 팔자가 안 좋은 것 같다고 매일 같은 소리를 했다. 오늘은 통쾌한 소식이 있으니 잔말 말고 소파에 앉아 자기 이야기 들어보라고 청했다. 그리고 시원한 꿀물을 아들에게 갖다 주었다. 아들은 오늘 따라 칙사 대접을 하는 어머니가 좋았는지 소파에 앉으며 이야기를 해 달라고 했다.

아들은 멀리 일산 건설 현장에서 일을 해서 한 달에 두 번

집에 왔다가 간다. 전세 신혼집은 안 간 지 오래고 다시 전세를 빼야 하는 실정이었다. 어머니는 술에 취한 아들에게 낮에 있었던 이야기를 했다. 그랬더니 아들은 반가워하며 어머니 말에 맞장구를 치며 박장대소(拍掌大笑)를 했다. 오랜만에 촌 집 구석에 흥이 넘쳐났다.

아들은 마음이 정리된 듯 새 아내감을 내일이라도 만나겠다고 했다. 어머니가 새 며느릿감에게 전화를 하여 내일이라도 지난번 카페에서 만나자고 하자 새 며느릿감은 이왕이면 빨리 만나는 것이 좋다고 하며 흔쾌히 대답을 했다. 어머니는 당장 내일 함께 가자고 하니 아들도 좋다고 했다. 아들에게 교사 임용고시를 합격하여 발령을 대기하는 여자라고 하니 더 좋아했다. 시대가 변해 가서 여자와 남자의 구분이 없고 이제는 맞벌이가 정착화되어 가니 그렇게 되면 더 좋겠다며 아들도 좋아했다.

부부가 가사나 일에 구분 없이 살아가는 것은 당연지사(當然之事)지만 그로 인한 폐해도 많다. 어머니는 집안일을 하며 자식들을 양육하고 사랑으로 잘 키우는 것이 정상적인 일이다. 자식들을 보모나 유아원 등에 맡겨서 키우는 부모들은 큰 걱정이 많아 일을 해도 건성이고 온통 집안과 아이들 생각을 한다. 그리고 보모나 유아원에서 학대를 받으니 큰일이다. 어릴 때 한 번 상처를 받으면 그 상처가 계속 남아서 일생을 불행하게 만든다. 그리고 사건 사고가 그 상처로 많이 일어나 일생 사고뭉치로 살다가 결국 알코올 중독, 도박 중독에 걸려 슬픈 인생을 살아간다. 그런데도 현 사회의 문제나 심각성과 관계없이 모든 사람들이 맞벌이를 한다. 맞벌이는 우리가 살아가는 방법과 생존의 원칙으로 되어 자리가 이미 잡혔다.

나이 많은 한국인 남편과
나이 어린 외국인 부인

한 부부의 이야기이다. 남편은 제빵 회사에 들어가 반죽 사원으로 이십여 년 근무 중인데 마침 베트남 젊은 여인과 결혼을 했다. 이 베트남 여성은 돈을 버는 목적으로 노총각에게 시집을 왔기 때문에 나이 많은 남편이 젊은 여인을 위해서 밥도 하고 빨래도 해 줬다. 그 베트남 여인은 자식도 낳을 생각도 안 하고 하루에 잔업 등 16시간을 공장에서 일하다가 집에 10시 넘어 들어와 잠만 자고 또 새벽부터 남편보다 먼저 출근을 했다. 일요일에 한 번 쉬는 날은 부부가 다정히 외식을 하는데 모든 경비는 남편이 댔다. 남편은 지병이 있는데도 계속 일을 했다. 그러한 경우가 있을 법한가? 의문이지만 외국인 여인과 사는 모든 사람이 그러한 처지에 놓인다.

시골로 시집온 여인네들도 남편과 여러 가지 이유로 이혼하고 도망을 다니며 직장 생활을 하며 본국에서 온 또 다른 남자를 만나 엔조이를 한다. 결국 우리나라의 모든 일자리는 외국인에 넘어가고 대그룹의 회사들도 외국으로 공장을 옮겨가는 중이다. 제일 좋은 곳이 베트남이다. 베트남인들은 한국 사람들처럼 근면 성실하고 일솜씨도 좋다고 한다. 일 끝마무리를 잘한다고 한다.

그 베트남 아내도 남편이 너무 착하니 아이도 없이 함께 산다고 했다. 그 남편의 입장에서는 몹시 슬프고 괴로운 일이다. 베트남 아내가 시누이들과 갈등도 몹시 심하고 서로 밀치며 싸움을 해서 할 수 없이 남편과 그녀가 따로 집을 얻어서 나가 산다. 그런데 그녀가 근무하는 회사에 가 보니 모든 사람들이 이구동성(異口同聲)으로 그녀가 성실하고 근면하고 반장까지 되어서 일처리를 잘한다고 한다.

그러니 억울하게 그 베트남에서 시집온 아내는 가족들로부터 구박을 받고 치열하게 저항하며 오직 직장 일에만 몰두하고 집안일에는 관심이 없다고 했다. 그리고 남편에게도 소홀하고 아침밥, 저녁밥을 챙겨 주지 않고 주말에나 서로 만나 남편과 함께 시장도 보고 여러 가지 일을 하는 것 같다. 그리고 남편은 선하고 착하여 아내에게 불평불만을 말하지 않고 오로지 사랑으로 그녀를 감싸 안아 준다. 그러니 아내도 남편만 믿고 열심히 일을 해서 돈을 벌어 베트남에 있는 부모님에게 송금을 한다고 한다.

금정동 골목을 가보면 외국인 근로자들이 집집마다 다 장악하고 있다. 우리나라 사람들은 쉽게 돈을 버는 방법을 택하지만 중국 사람들이나 동남아에서 온 사람은 날마다 열심히 일하며 자신들의 부를 계속 축적해 나간다. 그리고 돈을 모아 몇 명씩 계를 모아 한 사람에게 한국 가게를 인수하게 하여 서로 그 집에 근로자로 일을 해 주고 또 돈을 모아 다른 가게를 인수하는 식으로 차차 주변의 가게를 장악해 나간다. 요식업도 이제 모두 외국인 손으로 넘어가게 생겼다. 모 지역 주변은 아예 통째로 외국인들에게 모든 상권과 주거 등이 넘어가 버렸다. 그들은 그들끼리 도우며 열심히 살아간다.

현재 한국 사람들은 많은 사람들이 국가의 도움으로 살아가고 있다. 그러니 피땀을 흘리며 일을 안 하려고 안간힘을 쏟는다. 일을 안 해도 국가에서 돈을 주니 그럴 수밖에 없다. 국민이 낸 세금을 올바르게 써야 하는데 아무렇게나 되는 대로 정권의 마음대로 쓴다면 나라꼴이 망가져 모든 일이 허사로 돌아간다.

☘️ 필리핀에서 시집온
지나 씨 기막힌 사연

지나 씨 부부의 이야기다. 지나 씨는 싱가포르에서 한국인 남성 사업가를 만나 결혼을 하게 되었다. 지나 씨는 한국인 사장에게 고용된 사원이었다. 얼굴이 미녀 스타일에 영어 구사 능력이 뛰어났다.

지나 씨는 한국인 젊은 사장이 마음에 들어 그를 도와 열심히 일하던 중 하루는 어렵게 서로 외국에 나와 어려운 처지인데 함께 데이트를 하자고 말을 했다고 한다. 그러니 처음에는 놀란 눈으로 그녀를 바라보며 노총각 사장은 차차 생각해 봐야 하겠다고 대답을 하여 괜히 그런 말을 했나 후회를 했지만 당돌하고 예쁘고 용감한 여직원은 말을 해 놓고 그의 결정을 기다리는 중 더 열심히 일하고 사장에 대한 애정을 기회가 되면 일상생활에서 보여 주곤 했다.

한 달쯤 지나서 자기는 한국 대구 사람이라 집안 어른들과 상의도 해야 하고 장손으로서 살아가야 하기 때문에 힘이 든다고 이야기를 했다고 한다. 그래서 그녀의 데이트 신청을 완고하게 거절한 것이다.

그러나 지나 씨는 그 사람이 없으면 못 살 정도로 자기 마음을 다하여 사장을 사랑하고 있었다고 한다. 짝사랑의 아픔을 심하게 겪고 있는 중이었다고 했다. 그 사장도 그러한 지나의 서러운 모습을 눈으로 읽고 있으니 많이 괴로워했다고 한다. 그리고 또 한 달이 지나는 동안 사장은 한국으로 일주일 간 휴가를 다녀온다며 사무실을 지나 씨에게 맡기고 떠났다고 한다. 지나 씨는 사장과 떨어져서 산다는 것이 이미 자기에게는 큰 충격이 되어 가슴이 아렸다고 한다.

그 사장은 대구에 자기 집으로 가서 싱가포르 일은 잘되어 아시다시피 집으로 꾸준히 송금을 해 드렸다며 곧 사업체를 필리핀으로 옮겨야 한다는 것을 부모님에게 말씀드리며 지나 씨에 대한 이야기를 했다. 그랬더니 부모님들은 극렬하게 반대를 하며 만약 그녀와 결혼을 한다면 우리와는 의절이라고 말했다. 사장은 마음이 많이 아려 왔다. 한 사람이 어떤 사람을 짝사랑하게 되면 그 사람의 마음에 전이되어 상대방도 사랑을 할 수밖에 없다고 한다. 그것도 이뤄질 수 있는 처녀 총각의 간절함은 부모와 고향의 연을 끊어 버리고서라도 바로 인연을 맺어지는 것이 자연스러운 현상이다.

그 사장은 지나 씨와 결혼하고 필리핀에 가서 사업을 하기로 했다. 싱가포르로 돌아오는 날 지나 씨는 온갖 멋을 다 부리고 공항으로 가서 사장을 영접하였다. 게이트를 통과하여 밖으로 나오니 지나 씨가 기다리고 있었다. 사장은 지나 씨에게 다가가서 그녀를 포옹하며 필리핀으로 가서 결혼하여 살자고 했다. 지나 씨는 기쁨의 눈물을 펑펑 흘렸다. 그리고 사랑한다는 말을 실컷 했다. 그동안 마음에 담아 두고 하지 못했던 말을 모두 털어내어 홀가분하고 즐거운 기분이 되었다.

둘은 지나 씨가 몰고 온 승용차를 타고 사장 숙소로 갔다. 서로 결혼 약속도 하고 사랑도 확인했으니 싱가포르에서 첫날 밤을 새우는 것도 큰 문제가 없다고 생각했다.

그러나 사장은 결혼 전에는 서로 선을 지키자며 그녀를 집으로 돌려보냈다. 한국에는 양반들이 많다더니 사장이 그런 훌륭한 가문의 사람이라는 것을 알고 사장을 더 존경하고 사랑을 하게 되었다. 원정 도박, 원정 섹스 여행 등으로 필리핀 국내에서 한국인들 인상은 춤추는 졸부라고 소문이 나 있는데 이 남자는 다른 한국인과 다른 토종 한국인임에 자랑스러워지기까지 했다.

지나 씨는 그런 사장에게 공손히 인사를 하고 사장 숙소를 나와서 자기 숙소로 가면서 부모님들께 그런 사실을 알려 드렸다. 부모님들은 무척 좋아하셨다고 한다.

둘은 싱가포르에서 사업을 정리하고 한 달 후 필리핀으로 가
서 지나 씨 친정 근처에 좋은 집을 마련하여 신혼집으로 하기
로 하고 양가 부모는 아니지만 한국 교민과 지나 씨 가족과 함
께 성당에서 조촐한 결혼식을 끝내고 신혼집으로 가서 초야를
보내게 되었다. 그들은 그렇게 국경을 초월한 결혼 생활을 시
작했다.

하여튼 그렇게 무탈하게 십 년을 살면서 아들 하나 낳으려고
무척 노력했지만 딸아이만 셋이나 낳게 되었다. 그러던 어느
날 비보가 날아들었다고 한다. 남편이 타고 가던 오토바이를
대형 트럭이 들이받았다고 했다. 그리고 남편은 급히 병원으로
옮겨졌으나 사경을 헤매서 부모들에게 연락을 하니 급히 오셔
서 한국에 있는 병원으로 데리고 가서 지나와 딸들도 함께 남
편 고향으로 이사를 오게 되었다고 한다.

시아버지는 돌아가시고 시어머니 혼자 아들이 사 놓은 48평
아파트에서 사는데 지나에게 "네가 낳은 아이들을 데리고 당
장 나가라"라고 했다. 지나 씨는 남편의 병간호를 할 테니 어머
니는 아이들 좀 돌보아 달라고 했단다. 용기 있는 지나 씨가 시
어머니 타박 정도에 그냥 물러설 리가 없었다. 남편과 살면서
아이들과 정이 흠뻑 들었으므로 시어머니 말에 절망하지 않고
병원에서 자면서 남편을 지극 정성으로 간호했는데 남편은 한

달, 두 달 거의 일 년이 되어도 간신히 의사소통은 되지만 사람으로서 기능은 모두 잃고 간신히 연명만 하는 것이었다.

그리고 그 후 육 개월이 넘으니 이제 병원에서 퇴원하여 댁에서 간호를 해도 된다고 해서 남편과 한 방을 쓰면서 2년 넘게 살았다. 한국 국적도 취득하고 아이들도 잘 자라주고 할머니를 잘 따르는데 가끔 시어머니가 네년이 내 아들을 잡아먹었다며 구박을 하고 괴롭히더란다. 심지어 아이들 앞에서 그런 모욕적인 언사를 하며 네년도 내가 잡아먹을 것이라는 말을 하며 술을 드시고 집에 들어와 갈수록 더 학대를 했다고 했다.

하루는 남편이 조용히 지나 씨를 불러 내 통장에 2천만 원이 있으니 아이들 데리고 남편 고향에서 먼 곳으로 가서 아이들과 함께 살아가라고 했다고 한다. 그러는 것이 자신에게도 어머니에게도 좋겠다고 하며 이혼 처리도 해두겠다고 했다. 아이들은 당신이 양육하는 걸로 해 놓겠지만 아직 젊으니 좋은 사람 만나 결혼해서 살아가라고 했다고 한다. 지나 씨도 어머니와 남편에게 더 이상 시달리면 머리가 터져나가고 제 명에 살 수 없을 것이란 생각에 남편의 뜻에 동의했다.

지나 씨는 어머니가 동네 노인들과 여행가는 날을 잡아 아이들을 아빠에게 작별인사를 시키고 아이들을 데리고 무작정 필리핀 친구가 남편과 이혼하고 혼자 사는 집으로 갔다고 한다. 그날 아빠와 마지막 인사를 나누는 자리는 정말 슬프고 아픈 마지막 이별의 순간이었단다. 지나도 그 순간을 잊을 수가 없었다고 한다.

친구 집으로 와서 당분간 여성 쉼터에서 아이들의 학교를 알아봤다. 몇 개월 지나 초등학교 2학년인 큰 아이는 학교를 임시로 다니게 되고 둘째 아이도 초등학교에 입학하게 되었단다. 그리고 모 시에 지인이 있어 그 시로 이사를 와서 국가의 도움으로 임대 전세를 얻어 즐겁고 행복하게 살고 있다. 지나 씨는 어느 전자 공장에 취업했는데 그곳에서 일을 잘한다는 평을 받으며 지금은 반장으로 일한다.

이왕 남자를 만날 것이면 진작 좋은 사람을 만나 살면 좋았을 텐데 마음은 착하지만 불법 취업을 하고 필리핀에는 본처가 있는 그런 남자를 만나고 함께 사니 늘 불안한 삶을 살아간다고 한다. 그 남자와의 사이에 바라던 아들을 하나 낳았다고 한다. 남자는 수시로 직장을 옮겨 가며 생활을 하다 보니 행색이나 살아가는 것이 어려워 지나 씨에게 빌붙어 살다가 일이 생기면 먼 곳으로 가서 일을 하다가 그곳에서 일이 끝나면 지나 씨 집으로 오곤 하며 지나 씨 대신 집안일을 도맡아 한다고 한다.

가끔 명절이면 아이들을 아빠 집으로 보내도 할머니는 아이들까지 미워하고 오지 말라고 한단다. 그러나 침대에 누워 있는 아빠는 그 자식들을 오매불망(寤寐不忘) 기다린다고 한다. 그래도 큰아이가 남편이 사는 곳 지리도 잘 알고 해서 명절이면 아이들만 할머니 집으로 보내면 아빠가 꽤 큰 용돈을 아이들에게 할머니 몰래 주면서 너희들도 나눠 쓰고 엄마에게 주라며 나는 너희 어머니가 잘 되기를 바란다고 했다. 그 이야기를 전해 들으며 지나 씨는 혼자 남몰래 눈물을 흘렸다고 한다.

지나 씨와 친하게 지내며 그녀를 도와주는 아주머니가 있다. 아주머니는 평생 아이를 낳지 못하는 석녀이다. 그런데 이혼한 자기보다 7년 연하인 사람과 함께 산다. 그녀는 세 번이나 결혼했다가 이혼했다고 한다. 그 상처가 얼마나 클까 하는 생각이 들면서 그녀가 늘 딱해 보였다. 하지만 그녀는 남자를 다루는 솜씨도 좋고 음식 솜씨도 좋았다.

그리고 그 연하의 남자는 그녀가 밤이면 야생녀가 되어 자기를 무척 기쁘게 해 준다고 했다. 이혼한 여자는 매일 돈을 벌어다 주어도 생트집을 잡아 자기를 괴롭히는데 이 여인은 자기에게 없으면 없는 대로 있으면 있는 대로 자기를 위로하고 사랑해 준다고 했다. 그리고 늙지 않으려고 노력하고 오히려 연상의 여인이라 좋은 점이 한두 가지가 아니라며 서로가 서로를 자랑한다. 부창부수(夫唱婦隨) 서로가 화음이 잘 맞고 갈수록 오히려 밤일도 서로에게 잘 맞아떨어진다고 한다.

그 부부는 세상의 모든 편견을 깨고 살고 있다. 그리고 인정이 많아 다른 사람을 도와주고 서로 협조하며 행복하게 살아가는 모습이 아름답다. 그 아주머니는 뭐든지 생기면 이웃에게 무조건 나누며 산다. 그런데 그러다 보니 빚을 지고 산다. 카드를 만든 지 5개월 만에 5백만 원이 넘는 빚을 지고 빚에 허덕이며 살아가고 있다. 그래도 아무 상관도 안 하고 살아간다. 그 아주머니는 '하루를 어떻게 기쁘게 살까? 오늘은 누구를 만나 하루 종일 수다를 떨까?' 하는 생각으로 새 하루를 맞아 산다. 그리고 빚이든 뭐든 잊고 아무 생각 없이 푼수처럼 살면서도 허허실실(虛虛實實) 전법으로 세상의 모든 고난을 이기며 극복하고 살아간다. 그러니 늙지도 않고 몇 년이 지나도 그때 그 모습 그대로 살아간다. 여자가 기운이 넘치면 남자도 그 기운을 받아 건강해지고 행복해진다는 설이 맞는 것 같다. 아마도 속궁합이 좋다는 이야기는 바로 그 아주머니와 아저씨의 삶인 것 같다. 7년의 나이 차이를 극복하며 행복하게 살아가고 있으니 말이다. 한 가정이 잘되고 복을 받으려면 좋은 사람을 만나야 한다.

🌾 좋은 부부의 연을 맺으려면

그럼 좋은 부부의 연은 어떤 것일까?

첫째, 물질적인 문제에 앞서 진심으로 서로를 사랑해야 한다. 그리고 부부가 맞벌이를 하는 조건이 된다면 가사를 서로 나누지 말고 늘 함께 협동하여 집안일을 먼저 본 사람이 해야 한다. 남에게 절대로 빚을 지면 안 된다. 요즘은 남여의 구분이 없이 경제도 따로따로이기 때문에 사소한 일이라도 부부 간의 금이 가는 큰 문제가 생긴다. 그래서 신중하고 겸손하고 현명한 삶을 선택하며 살아야 한다.

우리 가정과 다른 사람의 가정을 비교하는 말은 하면 절대로 안 된다. 항상 우리 가정의 현실이 오늘 하루가 행복했다면 그 행복을 유지하도록 서로 노력을 해야 한다. 그 노력이 무산되면 서로에게 상처를 주며 신뢰가 무너진다. 늘 순결하고 성실한 삶, 정직한 삶, 노력의 대가만이 나의 귀한 목표가 되어야 한다. 그러면 괜찮은 인연이 되고 혼인 생활도 무난할 것이다. 특히 부부는 서로에게 믿음을 주고 한 치의 의심을 하거나 공상을 해서 서로에게 부담이 되면 절대로 안 된다.

특히 요즘은 만혼이 많아 자녀를 낳아 잘 키우기 위해서는 각종 교육 보험을 드는 것도 좋은 방법이다. 결혼은 인륜지대 사라고 한다. 신중하고 세밀한 주의가 필요하다 어쩌면 사랑이 첫째 조건이라 했지만, 경제 문화의 공감대가 형성되고 집안 상호간의 균형도 가족들과 갈등이 없는 평온한 생활의 조건이 될 것이다. 사람과 사람의 관계에서 처음에 잘 만나야 그 만남이 오래 지속된다. 우리들이 살아가는 과정에서 기쁘고 행복한 삶이기를 바라고 상대방도 그렇게 되기를 바라지만 언젠가 우리들은 늘 상대방을 의식하며 살아간다. 우리는 그 삶이 어찌되었든 오늘을 책임지고 살아내야 할 의무가 있다. 그렇지 않으면 평생 불행하게 살 수도 있다. 지루하지 않고 즐겁고 행복한 삶은 당연히 내가 누려야 하는 권리이다. 어떤 사람은 나를 바라보며 성찰하는 시간을 많이 갖는 사람이 있고 어떤 사람은 그렇지 못한 사람도 있다.

요즘을 살아가는 사람들은 자유를 방임 수준까지 누리고 있다. 부모에게 너무 많은 요구를 하며 자신이 모든 것이 옳다는 주장을 하는 사람들을 본다. 그들은 어찌 보면 부모와 함께 살며 자신의 생각만 하고 살아간다.

노름을 해서 수천만 원을 빚지고 병원에서 중독 치료를 받는 청년은 부모님을 적으로 간주한다. 심지어 아버지에 대한 적개심으로 자신이 망가지는 줄을 모른다. 그래서 그에게 자신을 먼저 바라보는 습관이 중요하다고 말하니 반발을 하고 나에게 대든다. 그래도 나는 태연히 그 청년을 달래며 그의 질문에 도움이 되는 말을 했지만 속은 별로 좋지 않다. 그 청년의 마음은 널뛰듯 쉽게 다른 사람을 원망하고 그는 모두 자기를 상대하지 않으려고 한다고 말을 한다. 자격지심(自激之心), 자기 스스로를 기만하고 상상하여 다른 사람을 예단하는 참으로 나쁜 표현을 한다. 모두가 자기의 적이라고 생각하니 대인관계에 발전이 없다. 다른 사람의 옳고 그름을 잘못 판단한다면 우리는 그 의심 속에서 자기만 괴롭고 아니면 그 스트레스로 자신만 파괴될 뿐이다. 일단 의심하고 멀리하는 것은 다음에 하고 처음에는 누구에게나 기회를 주어야 한다. 그러면 다방면의 사람들이 자신 주변에 몰려들고 아름다운 인간관계를 회복할 수가 있다. 그러나 가족과 갈등하며 자신의 오류를 발견하지 못하면 그 가족과의 관계는 영원히 회복되지 못하고 서로 갈릴 수밖에 없다.

39살 먹은 어느 총각이 자기 부모와 전화하는 것을 보았다. 첫 마디부터 원망과 불평, 불만으로 가득했다. 이미 그 청년은 여러 번 사고를 쳐서 교도소까지 갔다 온 처지이다. 그것도 술

중독으로 인한 일이다. 그 정도면 최소한 일 년은 알코올 중독 병원에서 치료받으며 술을 끊어야 하는데 한 달도 안 되어서 나간다고 하고 부모에 대한 분노가 한없이 치솟아 오르고 있었다. 그리고 술을 마시면 인사불성(人事不省)이 되어 119 구급차에 실려서 알코올 병원으로 와서 술 깨는 순간부터 부모에게 전화하여 퇴원시켜 달라고 한다. 그러니 그의 병은 깊어지고 부모와의 관계는 최악이 된다.

도박을 하는 젊은이들은 일확천금(一攫千金)을 꿈꾸며 자기가 가진 것만 하는 것은 좋은데 주위 사람들을 동원하여 더 큰돈을 따서 갚으면 된다는 생각에 도박의 깊숙한 수렁에 빠져든다. 꾼 돈이 많아질수록 심리적 압박감과 분노가 가슴에 쌓인다. 참으로 안타까운 마음이다. 돈을 잃을 때 잠시 쉬어 가는 방법도 있지만 도박에 중독되면 나중에는 더 큰돈을 빚을 내서 더 크게 베팅을 하기 때문에 결국은 큰 빚에 무너지고 알코올 중독까지 걸려 영원히 헤어 나오지 못하는 경우도 생긴다.

지금 사북 강원 랜드 주변에 가 보면 멀쩡해 보이는데 술에 취하여 주위를 맴도는 사람들이 많다. 국가에서 투자하여 폐광 도시에 활력을 주기 위하여 도박장 겸 관광도시로 탈바꿈을 했지만 그 폐해도 적지 않다. 그리고 원정 도박도 줄지 않고 있다. 부모들은 그 도박하는 자식으로 인하여 심신이 괴롭다. 그러니 그 자식을 그야말로 평생 원수로 생각할 수밖에 없다. 자식은 대부분 제 잘못을 깨닫지 못하고 부모님 원망만 한다. 행복이란 내 자신의 고민을 줄이고 진심으로 다른 사람을 위로하고 도와주는 데 있다고 혜민 스님은 말씀하신다.

🌱 부모와 자식의 관계

부모의 입장이나 자녀의 입장에서 조금씩 양보하여 무조건 자식을 원망하고 탓하며 고민하지만 말고 곱고 예뻤던 과거의 자녀를 생각하고 자녀의 현재의 입장을 위로하며 그에게 말조심을 하며 그가 천천히 변화하는 모습을 칭찬하고 응원하며 기도를 해야 한다.

성경에 나오는 아브라함과 사라가 거의 죽을 나이까지 기다리고 기다리다가 하늘의 도움으로 아들을 낳았고 그 아들로 인하여 기쁨과 행복을 얻었다고 한다. 마찬가지로 부모들은 자식이 빗나갈 때 큰 고통 속에서 그 자식을 원망하고 꾸중할 수 있다. 그러나 꾸짖는 방법도 유연하게 하여 자식이 죄책감을 받게 하면 안 된다고 생각한다. 사실 그 죄책감에 의하여 그 자식은 평생 고통을 받으며 그 부메랑은 결국 부모에게 돌아오기 때문이다. 임시방편으로 때리거나 욕을 하지만 그것은 미봉책이고 자식을 더 깊은 수렁으로 몰아넣는 수단이 된다.

우리는 그러한 실수를 하면 안 된다. 자식이 변하기를 기다리며 그에게 너는 반드시 해 낼 수 있다는 용기를 주어야 한다. 그래야 자녀에게 희망이 생길 수 있다. 세상 사람 모두가 그 자식을 비난하고 욕을 하더라도 우리 부모만은 나를 이해하고 도움을 줄 거라는 희망은 그 자식이 도박이나 알코올 중독에서 헤어 나올 수 있는 유일한 탈출구이다. 중독자들은 모두가 먼저 가족이 그들을 버린다. 그리고 그들은 외톨이가 되고 도박이나 알코올 중독이 점점 심해져서 세상에서 가장 고달프고 쓸쓸한 죽음을 맞이한다. 사북에서도 몇 번이나 길거리에서 술에 취하여 싸늘한 주검이 된 사람들을 보았다.

시신을 수습하다 보면 객사를 하는 사람은 그 모습이 참으로 일그러지고 아프고 슬픔이 가득하다. 그러나 천수를 누리신 분은 비록 시신이라도 살아 있는 분처럼 평화롭고 화사하며 아름답기까지 하다. 그러한 분들은 입관을 정성껏 해 드리고, 기도도 해 드린다. 물론 주검 앞에서 슬프고 아픈 것은 사실이지만 어느 분이 돌아가시면 많은 분들이 그가 천국에 가도록 연도(천주교 장례 의식)도 바친다. 그것이 세상을 잘 살았다는 증거이다. 그분이 가난하게 살았든 부자로 살았든 죽음이 공평한 세상을 만들듯 죽음이 찾아들 때 우리는 담담하고 행복하려면 미리미리 죽음을 잘 준비하며 우리들 후세에게 죽음에 대한 모범을 보이는 것도 좋은 일이다. 그래서 입관을 할 때는 가족들과 친했던 지인들이 주검의 마지막 모습을 지켜본다. 그럴 때 환한 모습을 그들에게 보여 주며 평화의 이별을 하는 모습이 슬프기만 하지 않고 안도감으로 지상 생활을 마치고 천국으로 간다.

음성 꽃동네에서 102살까지 유쾌하게 살다가 선종하신 할머니는 그 생활이 얼마나 유쾌했으면 죽어가면서까지 웃으며 고요히 주무시다 천국으로 가셨다. 노인요양원 영안실에서 수녀님과 그분의 입관을 준비하며 몸을 알코올로 깨끗이 세시하고 지의를 순서에 따라 입히고 수의를 입히고 마지막으로 얼굴을 예쁘게 화장을 해 드리는데 마태오 수녀님이 오셔서 "할머니 저 왔어요" 하니 기적을 보여 주셨다. 얼굴에 잠시 핏기가 돌며 환하게 웃으셨던 것이다. 지금처럼 스마트폰이 있었다면 사진을 찍어 놓았을 텐데 그러지 못했다. 그러면 세상에서 가장 아름다운 순간을 사진만이라도 영원히 남겨 자자손손(子子孫孫) 후세에 죽음에 대한 두려움이나 공포를 없앨 수 있는 좋은 사례가 되었을 것이다.

대부분 사람들은 죽음을 두려워하고 무서워한다. 특히 지난 과거에 많은 회한이나 원망과 불평이 많은 사람은 살아 있을 때도 인상이 안 좋지만 주검도 그 삶의 모두가 얼굴에 그대로 투영된다. 그래서 시신을 보면 대충 그분의 과거가 어떠했는지를 실제로 볼 수 있다. 입관을 할 때마다 다짐을 한다. '평소에

착하고 선한 모습으로 살아야지. 가능하면 다른 사람에게 베풀며 아름답게 살아야지. 그래서 평화롭고 아름다운 죽음을 맞아야지' 하고 마음 판에 새긴다.

소문으로 현금이 제일 많다는 부자가 있었다. 그분은 교회 헌금이나 좋은 일에는 절대로 돈을 쓰지 않고 오직 돈을 자기만을 위해서 쓰고 다녔다. 그의 아내는 돈을 안 주어 다른 사람들에게 빌려 쓰며 평생 돈 타령만 하다가 결국 그로 인한 스트레스로 모 병원에서 3년간 병상 생활을 하면서 돈을 많이 까먹었다. 그녀가 필요할 때는 돈을 써 보지도 못했다. 부를 할아버지가 독점하고 아내에게는 주지 않았기 때문이다.

그런 집 자식들도 그렇다. 성당을 오면 성가대에서 한 푼 두 푼 모아서 커피를 구입해서 먹는데 그 커피믹스 몇 개씩을 슬쩍해 가는 것이다. 한번은 나에게 딱 걸렸다. "할아버지, 돈을 좋은데 좀 쓰세요. 그동안 가져간 커피믹스가 수백 개나 될 터이니 다음 주에 이백 개짜리 한통을 사 오세요" 했다. 그런 이후에는 성가대 근처도 안 오시고 미사는 매일 오시는데 어떤 때에는 술에 취해 미사에 오셔서 소변을 보고 소란을 피워 신부님, 수녀님 신자들을 괴롭게 하고 쫓겨나기도 했다.

그런 분이 하루는 우연히 만났는데 어떻게 하면 좋은 일에 돈을 쓸 수 있느냐고 나에게 물었다. 그 당시만 해도 쌀이 없어 끼니를 못 잇는 사람들이 더러 있었다. 그래서 한 달에 10 킬로그램 쌀 30포를 백화점에서 제일 비싼 것으로 교회에 기부하시고 구제 헌금도 한 달에 1백만 원씩 내라고 했다. 죽기 전에 그 정도는 해야 하느님 뵙기에도 당당할 거라고 했다.

그분은 아내가 늘 아파서 평소 여자를 가까이하고 그들에게 돈을 펑펑 썼다. 지역 화류계에서는 알아주는 큰손이었다고 한다. 꽃뱀들에게 걸려 돈도 많이 뜯겼다고 고백한다. 그럴 때마다 당신은 많은 죄책감을 느끼면서도 그 버릇을 고치지 못하고 늙어 죽을 때가 다 되었는데도 여전히 그 버릇을 버리지 못한다며 나보고 절대 자기의 전철을 밟지 말라고 했다. 나에게 이야기한 것을 신부님께 고백하고 용서를 받으시고 오늘부터라도 좋은 일 하며 세상을 잘 사시다 돌아가시라고 하니 무척 좋아하셨다.

고해성사를 보고 매월 30포씩 쌀을 성당에 헌물하고 헌금도 많이 낸다는 소문도 났는데 2개월도 안 되어 그분은 거리에서 술을 마시고 쓰러져 부인이 입원한 병원에 구급차로 실려가 특실에서 부인과 함께 계시다가 부인이 먼저 선종하시고 2개월 후에 천사가 모셔 갔다. 그렇게 눈을 감으면서 그 형제님이 외친 소리는 "용서, 용서"라고 한다. 자신의 삶을 후회하면서 선종을 한 것이다. 그리고 선종하면서 많은 눈물을 흘렸다고 한다.

🌾 기술이 뛰어난
중소기업 사장님

　나는 한 중소기업에서 2년간 외국인들과 함께 바닥부터 기면서 내가 함부로 살아온 대가를 톡톡히 치렀다. 그냥 밑바닥에서 기고 월급만 받는 평사원을 계속 했어야만 했는데 중간에 마음이 변하여 교만한 마음이 일어나 그곳의 간부가 되어야겠다는 생각을 했다. 영업도 하고 회사 관리 시스템을 바꾸어 적자 원인을 밝히고 싶었다. 외국인 근로자들에게는 한국인의 절반 수준을 주면서도 매출은 많은데 적자는 계속 쌓인다. 그 규모 중소기업에서 은행 빚만 12억이 되었으니 이자 내기도 힘들었다.

　지금 생각하면 그 시절 내가 직접 원청 대기업과 접촉하여 직납을 했으면 많은 돈을 벌 수도 있었겠다는 생각이 든다. 그렇지만 그곳에서도 영업비만 내 돈으로 날리고 빚까지 지고 물러났다. 쓸모없는 고집과 교만으로 벌어진 일이었다. 그리고 어릴 때의 학대와 학교시절과 군 생활에서의 구타당한 마음의 상처가 나를 평생 괴롭혀 왔다. 그리고 그 회사 과장에게 돈을 빌려서 영업비로 모두 썼는데 그리고 영업 성장에도 도움을 주었고 회사에서 책임지기로 하고 깨끗이 정리하고 나왔는데 결국 회사에서 내 핑계를 대서 나를 과장이 고발해서 돈이 없어서 구속 수사를 받고 재판까지 받았다.

경찰서 유치장이나 구치소 환경은 그 시절에는 그야말로 인권의 실종 상태였다. 경찰서 유치장은 많은 사람들이 있는 상태에서 대소변을 보아야 하고 그 자리에서 배식을 받아먹기도 한다. 사상 처음 겪는 일이라 참으로 불편했고 내부에서의 은밀한 구타와 서로 간의 욕설은 참으로 비참한 현실 자체였다. 계속 죽고 싶은 생각만 들었다.

그러다 재판을 받기 위하여 검찰청 유치장을 갔는데 그곳도 경찰 유치장이나 별반 다를 게 없다. 내부에서 일어나는 일들은 상상을 초월했다. 온갖 잡범들이 한곳에 모여 있으니 깡패들도 있고 도둑놈도 있고 이놈저놈이 짬뽕이 되어 있으니 갈등도 많고 심지어 동성애자까지 있어 참으로 힘겨운 생활이었다. 그곳에 적응하는 데 일주일 정도 걸렸는데 그중에 황당한 일은 한 산돼지 같은 놈이 한밤중에 나를 덮쳐 색을 쓰고 있는 것이었다. 나는 소리를 지르며 그 녀석을 발길질을 하여 내동댕이쳤다. '윽' 소리를 내며 제자리로 갔는데 내 소리에 교도관이 달려와서 무슨 일이냐고 해서 잠꼬대를 했다고 하니 "놀랐

잖아" 하면서 돌아갔다. 그 이튿날 그 녀석은 무슨 말을 걸려고 했다. "네가 또 한 번 나에게 덤비면 그때는 용서하지 않을 거야"라고 하니 못생긴 그 녀석은 석방될 때까지 아무 말도 못하고 지냈다.

중간에 깡패 놈이 들어왔는데 그 녀석은 형님이 여기에 어떻게 왔느냐고 물었다. 내 소개를 하니 "저희들이 석방돼서 나가면 형님 댁에서 머물렀잖아요"라고 했다. 나는 한동안 이혼하고 살면서 친구 집에 살았다. 친구가 외국에 나가며 비교적 큰 집을 귀국할 때까지 봐 달라고 열쇠를 맡겼기 때문이다. 마침 내가 나가는 교회가 교도소 사목을 하는 특수한 목사님이 계신 곳이어서, 그 집을 활용하여 사회인이 된 출소자 쉼터를 운영했다.

그 교회를 나가며 많은 것을 알게 되고 기독교의 현실을 알게 되었다. 목사님은 전통 신학을 하지 않은 분인데 마치 무당 같은 느낌이 들 정도로 열심히 기도를 하고 성령으로 무장된 분 같았지만 나의 영성과는 많이 안 맞았다. 그래도 교도소를 나온 사람들에게 애정을 갖고 그들을 우리 집에서 잠시 머물러 가도록 해 달라고 부탁해서 아무 생각 없이 그들을 우리 집에서 1개월에서 3개월 함께 생활하게 되었다. 친구가 가족과 함께 미국으로 공부를 하러 갔으니 최소한 5년은 내가 살 수가 있었다.

나는 일평생 내 이름으로 산 집은 몇 번 있었고 방배동 땅 400평도 내 이름으로 되어 있었는데 내 잘못으로 타인 명의로 샀던 것이라 모든 사람에게 배반을 당하여 스스로 다시 팔아 본 적이 없다. 그래도 참으로 대단한 것은 내가 집이 없을 때마다 하늘이 집을 마련해 주고 좋은 일까지 하게 하였다는 점이다.

그곳에는 주로 교도소를 들락거리며 모 시에서 사는 사람들이 있었다. 한마디로 말하면 깡패 조직들인데 나는 멋도 모르고 순진하게 그들을 내 집, 아니 엄밀히 말하면 친구 집에 들였다. 한 달씩 머물며 교회 목사님이 알선한 직장을 다니고 돈을 모아 월세라도 얻어 나가는 조건이었다.

그때 맨 처음에 그 집에 들어와 거의 두 달간 살다가 장사를 하면서 돈을 모아 자립한 청년이 있었다. 그 녀석 덕분에 집행유예로(執行猶豫)로 풀려 나올 때까지 편안한 칙사 대접을 받았다. 그에게 "너는 왜 여기 또 왔냐"라고 물으니 폭력 혐의를 받고 들어왔다고 한다. 지난번에 집행유예로 풀려났는데 이번에는 몇 년은 교도소에 살아야 한다고 하며 형님이 나가면 가끔 면회를 오라고 해서 그렇게 하겠다고 했다.

🌱 출소자들의 쉼터를 운영할 때

그 집을 개방하면서 범죄자들이 새 길을 가기가 하늘의 별따기보다 힘들다는 사실을 알게 되었다. 열 명쯤 각종 범죄로 감옥에서 살다가 만기 출소하거나 특별 사면을 받고 나온 사람들을 데리고 살았는데 나오자마자 똑같은 범죄로 다시 붙들려 가는 모습도 보았다. 한밤중에 잠을 자고 있는데 요란한 경찰차 경적이 약해지더니 멈췄고 내가 거주하는 집 초인종이 울려서 나가 보면 누군가를 찾았다. 그가 여기 있다고 하면 경찰 두 명이 들어와 그들이 자고 있는 방에 가서 한 녀석을 데리고 가곤 했다.

집 안 규칙으로 다른 사람의 일에 관여하지 말고 다른 사람이 무슨 일로 교도소를 갔는지를 묻지 말라고 내가 엄명을 내렸기 때문에 집 안에서는 이야기하지 않았지만 교회 목사님이 한 사람씩 데리고 올 때마다 나에게 어느 범죄로 교도소를 갔는지 간단하게 설명해 주고 개인의 신상명세를 주고 갔다. 보통 초범은 드물고 재범, 삼범 등 교도소를 수시로 들락거리는 사람들이었다. 그들의 공통점은 첫째, 누구나 극단적인 이기주의자들이다. 그들은 야생마처럼 제 멋대로 행동했다. 두 번째, 남을 전혀 생각도, 배려도 하지 않는 철저한 철면피들이었다. 나와서 그네들끼리 고스톱을 치다가 서로 감정이 나서 싸움이 나면 그날은 동네가 시끄럽고 이웃 주민이 신고를 해 경찰이 와야만 해결이 되곤 했다. 그리고 칼을 들고 날뛰는 놈은 경찰에 연행되어 갔다.

거의 1년을 그들과 생활하다가 잘못하면 나까지 문제가 생길 것 같아 목사님께 이런 상태로는 도저히 할 수가 없다고 말했다. 목사님도 이해를 하고 거듭 나에게 사과를 하고 나에게 그동안 수고를 했다며 1백만 원을 주었다. 목사님 교회 재정이 빈약하니 이 돈은 안 받겠다고 했다.

그리고 다른 사목 이야기도 들었다. 목사님은 당시 모 공장에서 생산직 여사원들을 위한 예배를 한다고 했다. 그들 전원은 기숙사에서 생활하는데 토요일은 우리 교회에 왔다. 그런데 그날 하룻밤을 머물 공간이 없으니 우리 집에서 방이 많으니 토요일만 그들이 나와서 자고 교회를 나올 수 있도록 해 달라고 했다. 남자 출소자들을 모두 나가는 조건이었다. 그 제안을 받아들였다.

날강도들은 집을 나가면서 내가 이용하는 컴퓨터, 하다못해

과도, 면도기까지 모두 가지고 이사를 가 버렸다. 목사님에게도 말하기 싫고 그들 때문에 겪은 고생이 하도 많아 그때 그 일은 모두 잊고 싶어서 조용히 모든 것을 정리하면서 큰일이라는 생각을 했다. 사회의 편견이 심하여 어디에서도 그들을 받아들이는 곳이 없었다. 그러니 그들은 희망이 없다.

세 번째 그들의 공통점은 가족이 없거나 가족이 있어도 그 가족들까지 그들에게 염증을 느끼고 배격하여 가족 곁으로 갈 수 없다는 것이다. 그런데 이 목사님은 소문을 듣고 교회를 찾아오는 출소자들을 따뜻이 맞아서 잠시 데리고 있으며 소위 말하는 3D 업종에 이들을 취직시켰다. 그래도 이들은 자기 처지를 생각하지 않고 직장을 다니다 말고 술을 마시고 그런 곳에서는 일을 할 수 없다고 하며 대낮부터 찾아와 교회에서 난동을 피우기도 했다.

그리고 그 교회에서 젊은 나이에 청상이 된 과부가 있었는데 출소자 중 장사를 열심히 하며 인생 재기를 꿈꾸는 아저씨와 재혼을 하게 되었다. 그 아주머니가 하는 소방 관련 사업도 서로 도와 행복하게 살고 있었다. 그분들은 작은 아파트를 얻어 갓 출소한 청년들에게 사회에 적응하도록 도와주면서 같은 직장에서 성실하게 일하거나 장사를 꾸준히 하면 돈도 벌고 행운이 따라 주어 큰 부자는 아니지만 의식주는 해결되고 돈을 모아 인생 재기를 할 수 있다고 자신들이 그 증거라고 말해 주었다. 그런 말에는 누구나 쉽게 공감할 수 있었고 몇몇 출소자는 숙소에 기거하며 장사나 견디기 힘든 일도 마다 않고 하면서 성실하게 살았다.

모 전자 회사 생산직 여직원들은 토요일이면 열 명 내외가 기숙사에서 나와서 집에 머물며 시내 생활도 즐기고 자기들이 먹고 싶은 음식도 만들어 먹으며 쉬고 자다가 이튿날 교회를 가곤 했다. 목사님은 그렇게 하면 교회를 통하여 남녀가 서로 인연이 되어 행복한 가정을 꾸릴 수 있을 거라고 하는 생각을 하는 것 같았다. 모 전자 여사원들을 전교하여 교회를 부흥시키려는 목적도 있지만 그들로 인하여 출소자들에게 희망을 주려는 생각도 있는 것 같았다.

그러나 가끔 불륜의 위험도 있는 것 같았다. 남녀가 서로 만나면 좋은 면도 많지만 출소자들은 무책임한 일을 저질러 놓고 감당이 안 되면 도망가는 습성이 있었다. 그러나 목사님은 언제나 만약의 사태를 염두에 두고 출소자들의 신상 파악을 확실하게 해 놓았다.

🌿 부부가 세상을 살아간다는 것

　벌써 그곳에서 결혼하여 잘 사는 부부들이 네 쌍이나 되고 다섯 쌍인데 한 쌍은 위태위태하게 살지만 목사님 중재로 결혼 생활을 잘 유지하고 있다고 한다.

　세상 살아가는 것이 그리 쉽지만은 않지만 남편은 정직하고 성실하게 자기의 일을 하고 아내는 아내대로 일을 하며 서로 가정을 꾸리면 되는데 아이가 생기면 그때부터 작은 문제들이 생긴다고 한다. 생활비도 늘어나는데 아내는 양육으로 휴직하고 들어오는 수입이 적으니 아내의 잔소리가 시작된다고 한다. 술을 끊어라, 담배를 끊어라, 남편에게 주문하는 일이 잦아져, 티격태격한다고 한다. 하지만 긴 어두운 터널을 탈출하여 새 빛 속에서 성실하게 살아가는 그들은 다시는 가정을 잃지 않으려고 몸부림치며 가능하면 아내의 뜻을 따르려고 한다고 한다. 그러니 집안에 평화가 돌고 자연스레 평온한 가정이 된다고 한다.

　이런저런 특별한 식구를 이루고 사는 목사님 교회가 세상의 빛과 소금의 역할을 잘하는 것 같다. 다양한 세상의 삶 속에서 우리 하느님도 너무 복잡하고 힘들 것 같았다.

우리나라 언론들은 많은 슬픔과 아픔을 겪는다. 정권이 바뀔 때마다 그 정권의 입맛을 맞추기 위하여 카멜레온이 된다. 그래서 정권마다 특수한 방법으로 언론을 장악하기 위한 시도를 먼저 한다. 그러나 언론이 정권의 시녀가 되는 순간 모든 언론은 정권의 나팔수가 되어서 아무도 제어하기 힘든 순간이 오고 그 순간 자유 언론은 손발이 묶여 몹시 힘들어한다. 사람도 걱정과 근심의 노예가 되면 오류를 발생하고 상큼하고 행복한 삶을 누리기가 힘들다.

특히 국민들은 깜깜한 세상을 꼭두각시처럼 살아간다. 국민들이 언론을 믿지 못하게 하여 국민들을 근심시키고 걱정시키는 정권하에서 국민은 늘 불안하고 억울하다. 그렇기에 범죄들이 늘어나고 국민들은 더 사악해지며 민란을 유도하여 독재를 강화한다. 나라가 좋아지려는 이 순간 주사파들이 정권을 잡아 이 나라 원로들까지 편히 쉬지 못하고 들고 일어나 유튜브 등으로 현 정권을 핵펀치로 치고 있지만 문 정권은 파렴치한 모 전 장관의 가족을 비호하며 서로 꼼수를 벌이며 국민들을 속이고 거짓말로 일관했다. 정권 말기 증상이 일어나고 있다.

우리 국민이 옛날의 어리석은 국민이 아니다. 대기업 대표이

사까지 역임하다 은퇴하고 자식들도 잘 성장하여 일가를 이루며 편안하게 살아가는 노장로님은 요즘 통 잠을 잘 수가 없다고 한다. 나라가 걱정이 된다고 한다. 그분은 이미 30년 전에 서울대학교 병원에서 간경화 말기 판정을 받아 시한부 인생을 살아가는 분이었다.

하루는 꿈속에서 나에게 한 노인이 나타나 그분을 데리고 '변 한의원'을 찾아가 보라고 했다. 기이한 꿈이라 생각하고 그가 사는 아파트로 일찍 가서 그분에게 전후 사정 이야기를 하고, 함께 변 한의원으로 가자고 하니 순순히 차장님과 사모님이 나섰다. 포니 원 자동차를 타고 경부고속도로로 달려서 영동 인터체인지를 나와 양산으로 가는데 눈이 많이 내려 엄청 고생하면서 그 한의원에 거의 10시간을 걸려 저녁 늦게 도착했다.

88세인 한의사 노인은 물끄러미 차장님을 바라보더니 "간에 병이 깊군" 했다. 그리고 들어와 앉으라고 하면서 친절하고 안정감 있게 환자를 방으로 들었다. 그 카리스마가 대단했다. 진맥을 한참 하더니 간이 찹쌀떡처럼 점점 굳어 가는데 다시 말랑말랑하게 하려면 열을 가하듯 간을 따뜻하게 해서 굳어진 간을 다시 부드럽게 해 주면 된다고 했다. 그렇게 하면 낫는 병이니 걱정 말라고 했다. 약을 잘 지어 주겠다고 했다. 그리고

눈이 와서 갈 길이 닫혔으니 이곳에서 푹 쉬었다 내일 떠나라
고 했다.

40대 후반의 여자가 한의사의 시중을 드는데 누구시냐고 물
으니 한의사는 얼굴에 미소를 가득 띠며 몇 년 전에 이곳에 시
체가 될 순간 와서 한 일 년 진료를 받고 몸이 나았다고 했다.
병이 낫고 나서도 집으로 안 가고 그 집에서 유숙했는데 대학
도 나오고 참해서 약방을 맡겼더니 쉽게 약 이름들을 외우고
처방에 대한 이해도 빨라서 지금은 당신보다 낫다고 한다. 그
리고 몇 년 전에 당신 아내가 죽었는데 아내가 죽고 나서는 내
부인을 대신하여 나를 거두고 돌보고 있는데 자기는 저 아이
만 보면 기분이 좋고 행복하다고 말했다.

죽을병을 고치고 신세 갚을 길이 없어 여기에 눌러 살며 어
르신을 모시게 되었다고 한다. 그 부인은 어릴 때부터 가난하
여 밥도 제대로 챙겨 먹지 못하고 살아서 잔병치레를 자주 해
왔고 처녀 시절에는 공장에서 일을 하며 고등학교를 졸업하고
야간 대학을 졸업했단다. 시집도 못가고 죽을병이 걸려 소문
을 듣고 마지막으로 이곳으로 왔는데 어르신이 병을 고쳐주고
온몸을 보신하는 섭생도 해 주셔서 감사한 마음에 이곳에서
일을 하며 어르신을 지근에서 모신다고 했다.

한의사는 차장에게 나이가 어린데 웬일로 이렇게 일찍 간이

굳어 가는지 모르겠지만 부드러워질 것이니 늦지 않게 그래도 잘 찾아왔다며 우리들을 즐겁게 해 주었다. "저 녀석은 내 영업 사원이야. 벌써 여러 명 데리고 와 살렸지. 금방 급사할 놈도 데리고 와. 7년, 8년 더 살게 했지. 그래서 의사도 환자도 적당한 시기에 잘 만나야 죽을 고비를 잘 넘기지. 그렇지 못하면 아무도 모르게 죽는 병들이 많아"라고 했다.

"송이버섯은 나올 때 잘 먹어 주면 평생 건강을 지킬 수 있고 제철에 나오는 두릅이나 참죽 나무 순 등을 먹어도 좋고 고구마, 감자, 보리밥이 사람 건강에 좋은 편이지. 실지로 사람들이 살아가는 주변에는 사람이 먹으면 좋은 여러 가지 식물들이 많이 함께 살고 있지. 그리고 미꾸라지나 뱀장어, 토종 붕어, 송사리, 민물 새우 등 민물고기도 우리 건강에 좋은 음식이지. 그런데 그런 민물 음식을 할 때는 반드시 비린내를 제거해서 먹어야 좋지. 함부로 조리를 해서 잘못 먹으면 오히려 해가 되는 경우도 있지. 특히 민물 음식을 해서 비린내가 나면 안 먹는 것이 좋지. 그 비린내는 그 음식에 독이 들어 있다는 증거가 되지. 저 사람이 음식도 내 입맛에 딱 맞게 해 주어 나는 식사 시간이 매우 즐겁지. 사람이 먹는 즐거움도 큰 낙이 된다네"라고 했다.

이윽고 그분의 음식상이 차려졌다. 열무김치와 물김치, 죽순

들깨 무침, 마늘 초절임, 다시마 초고추장 무침, 구수한 감자 된장국과 오곡으로 만든 밥이다. 정성 어린 음식상이었다. 차장님 사모님도 맛있다고 했다. 차장님 사모님은 서울대 가정과 출신이다. 그녀는 반찬을 넉넉히 놓았는데도 저녁 늦게까지 모두가 시장한 상태라 차장님도 오랜만에 입맛이 난다며 맛있게 먹었다. 생마늘 초절임은 간경화 환자에게는 참 좋은 것이라고 한다. 집 된장국은 만병통치약이라며 자주 먹기를 권했다. 그 아주머니는 연실 많이 드시라고 하며 국도 더 가져다주고 반찬도 떨어지지 않게 내 왔다. 하는 일 모두가 단아하고 우아하게 보였다. 그 한의사 노인과 천생연분인 것 같다.

우리는 그렇게 저녁 식사를 먹고 각자 방을 배정받았는데 각 방마다 샤워실 겸 화장실이 있는 것이 제법 좋아 보였다. 모든 것이 잘 정리되었고 깨끗해 보였다. 환자들에게는 1만 원, 환자 가족에게는 3만 원이 숙박료라고 했다. 2인 1실이 원칙인데 나는 혼자 자서 숙박비를 더블로 내야 한다고 노인은 말하며 웃는다. 88세의 연세에 비하여 너무 정정하고 유머 감각도 풍부하고 상대방을 정감 있게 대하며 한 마디 한 마디에 뜻이 담겨 있고 마음에 새길 만한 말씀도 많았다.

그분은 성당이나 교회는 특별히 정해 놓고 다니진 않지만 가끔 성당도 나가고 교회도 나가면서 성서를 자주 읽었다고 한

다. 특히 구약 코헬렛서 그중에도 '세상 모든 것이 허무, 허무로
다!' 하는 구절이 무척 마음에 든다며 그곳에 오는 환자들에게
가끔 그 이야기를 들려주며 그 성서를 꼭 읽고 명심하면 사람
의 병이 5할은 낫는다고 이야기하곤 한다고 했다. 명의는 의술
에만 능한 것이 아니라 심리학에도 일가견이 있어야 하고 세상
돌아가는 이치와 삼라만상(森羅萬象)이 어떻게 돌아가는지 미
리 알아야 각종 질병을 예방하고 치료를 할 수가 있다고 한다.
그 노구에도 말을 할 때는 또박또박 힘 있고 윤기 있는 목소리
로 말을 한다. 그분이 진맥을 한 후 병에 대한 증상과 처방 등
을 이야기할 때는 환자가 정말 확실히 나을 거라는 기분을 갖
도록 한다.

　다 죽는 얼굴로 마지막 희망을 가지고 그 오지에 있는 한의
원을 찾는다. 그러니 처음 만나는 그들은 대부분 죽상을 하고
온다고 한다. 그러나 진맥을 받고 그분의 말씀을 듣고는 얼굴
에 화색이 돈단다. 사람들이 외부 일반 병원에서 시한부 생명
을 언도받고 그곳을 오니 그 얼굴에 늘 죽음의 그늘이 드리워
지지만 그 어른은 그들의 얼굴에 우선 죽음의 그늘을 지워 버
리니 그 내공이 얼마나 훌륭한가. 사람들은 우선 그 내공에 압
도되어 그분의 말대로 약을 지어 가서 먹고 대부분 5년 이상
은 생존한단다.

그러나 외과 수술을 받고 오는 환자는 아무리 좋은 약을 처방해도 낫지가 않는다고 한다. 수술해서 아픈 암 넝어리만 떼어 내면 되는데 암을 수술하면 암 기운이 오히려 온몸으로 퍼져 나가 죽음을 재촉한다고 한다. 암이란 판정이 나면 차라리 산속으로 들어가 숲 향기를 맡고 산을 자주 타다 보면 자연 치유가 될 수 있다고 한다. 수술하지 않고 다행히 자기를 찾아오면 최소한 5년 이상 생존을 보장할 수 있다고 한다.

자기 선조들은 400년 정도를 대대로 전의로 궁중의였다며 자신의 할아버지가 이곳에 자리를 잡고 약초를 재배하며 백성들을 치료하게 되었다고 한다. 그래서 백성들에게 거의 무료로 시술하는 것을 원칙으로 했는데 시간이 지나고 약초도 재배로만 안 되고 좋은 약초를 구하는 데 많은 돈이 들어가 어쩔 수 없이 돈을 받기 시작했단다. 모든 물가가 상승하여 약값을 올려야 할지 아니면 저질 약초를 구매하고 약값을 동결 할지 고민하다가 결국 좋은 약초를 쓰고 약값을 올리기로 했단다. 사람의 생명을 연장하는 데 나쁜 재료를 써서 약효가 떨어져 병이 낫지 않는다면 그것은 의원의 양심을 저버리는 것이라고 말을 한다. 참으로 인간문화재가 되어도 될 분이지만 당최 그러한 일에는 관심이 없고 오직 다녀간 환자들이 완쾌하기만 바라고 또 당신 대에서 고쳐진 약방문을 정리하여 자기 대를 이을

손자에게 넘겨주는 데만 열중한다.

자기 아들은 양의로 대전에서 내과를 개업하여 잘나가고 있다고 한다. 손자를 후계자로 삼은 것은 아들 녀석이 너무 일찍 자기 일을 빼앗아 갈 것 같은 느낌이 들어 그렇게 했다고 한다. 보통 아들 녀석들은 아버지를 존중하며 한 가지라도 배우려 하지 않고 빨리 아버지를 몰아내고 자기가 주도권을 잡아서 오히려 집안 분란만 키울 것이 뻔하기 때문에 아들은 양의를 시켜 선제적으로 내쫓아 버렸다고 한다. 오히려 자식 놈들이 원수가 되면 남보다 못하다고 한다. 그래서 손자를 한의학과를 보내어 공부를 시키게 되었단다. 손자는 지금도 방학이면 시골에 내려와 일을 돕고 한방 비법도 전수받고 그런다며 자신의 손자의 자랑을 입에 침이 마르도록 했다.

그곳에 예쁘고 아름다운 젊은 약사가 있는데 자기 손자의 초등학교 동창이라며 자기가 찍은 아들 며느릿감이라고 한다. 그런데 제 아비는 아직도 모른다고 한다. 약대를 졸업하자마자 당신이 보수를 넉넉히 주기로 하고 약방에서 일하게 하고 있다고 한다. 그럼 자연적으로 손자 녀석이 방학만 되면 이곳으로 와서 둘이 잘 지내게 된다고 한다. 저 약사가 있어야 손자도 다른 데로 새지 않고 자기에게 올 것이라며 사람은 지혜롭게 살아야 늙어서 고생도 안 하고 쓸데없는 걱정을 안 할 수 있다고 했다.

　차장님은 그 한의원의 약을 복용하고 몸이 좋아져서 회사에 나가 일을 할 수 있었다고 한다. 그리고 놀라운 사실은 서울대 병원에 가서 검사를 받았는데 간이 새로 살아나 제 역할을 잘 하고 있다는 판정을 받았단다. 기뻐서 그 노인에게 찾아가 고 맙다고 하니 네가 살아나려고 적시에 천사를 보내어 나에게 오게 했으니 그 젊은이에게도 감사하는 마음을 가지라고 했단다. 그래서 그분은 병마를 이기고 모 교회 장로도 되고 회사에서는 부장 이사로 진급하여 완전한 새로운 삶을 살며 나중에는 모 교회 모 목사의 비리와 탈법에 반기를 들고 한 부목사님과 개척 교회를 열어 중형 교회로 키워서 그곳 시무장로를 하다가 지금은 원로 장로로 추대되어 참으로 복된 삶을 살아간다.

🌾 장로님 두 아들에 얽힌 사연

어느 장로님에게는 아들이 둘이 있었는데 한 명은 의사였고 다른 한 명은 모 대학교의 전임 강사가 되었다. 그는 외국에서 박사 학위를 받은 한국의 인재지만 여복(아내)은 그에게 없었다. 그의 아내는 공부를 하며 그곳의 회사에 취직하여 남편을 뒷바라지했지만 아기를 잉태하지 못했다. 그녀는 남편이 박사가 되기만을 기대하며 자신의 모든 것을 헌신했지만 남편의 박사 논문이 여러 번 통과하지 못하자 더 이상 그곳에서 근무하지 않고 중간에 갑자기 귀국한 뒤 취업을 하여 근무하며 단독 한국 생활을 시작했다. 남편과는 가끔 통화하며 남편의 박사 논문이 통과되는 것을 도왔다.

그리고 장로님은 유학한 지 7년 만에 박사 학위를 가지고 귀국했는데 두 사람의 관계가 싸늘해진 느낌이라고 했다. 유학 중 아내는 아내대로 회사를 다니며 생활비를 벌어야 했고 남편은 남편대로 박사 학위 취득에 바빠서 서로 소홀하다 보니 서로 나쁜 감정만 쌓였고 박사를 따 들고 왔지만 여전히 미래가 불투명했다. 거기다 서로 의심하는 형국이 되니 결국은 두 사람이 헤어져야 하는 사건이 터졌다.

아무리 명예가 중요하다고 하나 미래가 불투명한 명예는 아무 도움도 안 되는 날개 없는 새처럼 초라한 것으로 보일 수밖에 없었다. 장로님과 권사님은 망연자실(茫然自失)했다.

사실은 의사를 하는 자식도 성격 차이로 결혼한 지 얼마 안 되어 이혼을 했고 현재는 재혼한 상태였다. 둘째는 초등학교부터 쭉 동생과 오빠로 지내 오고 대학을 다니면서도 서로 시간이 있을 때마다 만나서 소꿉놀이도 하고 오순도순 잘 지내왔던 오랜 지기였다고 한다. 아들이 치대를 나와 모 국회의원이 했던 치과 의원에 취직을 하여 결혼 비용을 마련하고 두 사람이 많은 하객과 친척들을 모아서 결혼식을 성대하게 치르고 신혼여행을 갔는데 서로 허니문을 즐기지 못하고 돌아왔다. 그래서 신랑은 심리치료를 받기로 했는데, 그곳에서 해답을 찾았다. 신부는 신부대로 이런저런 진료를 했지만, 신부도 아무 이상이 없다는 판정을 받았다.

어릴 때처럼 오누이처럼 살았던 것이 문제였다. 친오빠, 친동생이라는 관계 형성이 되면, 도덕성과 윤리성이 강한 사람인 경우 그 여동생이라고 각인된 사람 앞에서는, 부부관계가 안 된다는 것이다. 노력을 하면 할수록 점점 수렁으로 빠져들고,

두 사람에게 성적 관계가 되지 않는다고 했다. 그런 사실을 의사 소견서와 함께 그녀에게 보여 주었더니, 온종일 그녀는 울고만 있었다고 한다.

신랑도 우울하고 슬프지만 자주 자리를 비운 것이 원장에게 미안해서 근무를 하러 갔다. 그러나 신랑도 황당한 현실을 받아들이기가 무서웠다. 부부관계란 참으로 오묘한 일이다. 그렇게 잘 살 수 있다고 믿고 결혼을 시켰으나 오누이의 사랑으로 변할 줄은 누구도 몰랐다. 그런 지극한 사랑이 결혼이라는 굴레에 짓밟혀 결국 슬프고 아픈 사랑으로 변질되어 버렸다. 결혼을 안 했다면 서로 아름다운 사랑의 추억이 되었을 것이다.

하여간 장로님은 권사님과 큰 난관을 자식 문제로 겪고 나니 당신의 지난 모습들 속에서 누구에게 큰 잘못을 많이 한 것이 있다고 고백을 했다.

초등학교 때 만난 사람이 성년이 되어 한 사람은 박사를 따왔고 한 사람은 유명한 의사로 돈을 많이 벌고 있다. 누구나 모든 복을 다 받아 누리는 것은 아닌 모양이다. 평생 교회를 섬기며 일생을 살아온 보람이라도 가져야 하는데 40대에 죽을 뻔했다가 지금까지 여벌로 살아가는 것인데 무슨 여망이 또 있을까? 사람의 욕심은 한도 끝도 없다.

🌿 선의를 악으로 갚는 사람들

　누구나 노후에는 모든 것을 내려놓고 올바른 길을 가야만 한다. 그래야 여생을 건강하고 행복하고 즐겁게 보낼 수가 있다. 다혈질적이고 남의 것을 탐내며 세상 모든 것이 자기 것인 양 행동하며 살아가는 사람들이 많다.

　알코올 중독으로 평생을 병원과 교도소를 드나들며 살던 사람을 가까이하며 그를 도와준 적이 있다. 물론 그 사람이 이해가 가는 면도 있었다. 하지만 돈을 빌려 달라고 해서 돈을 빌려 주었더니 하루에 다 쓰고 들어와 명목과 이유를 대면서 돈을 또 빌려 달라고 하는 것이었다. 그리고 내가 두유를 사 놓으면 아무때나 제 것인 양 막 가져갔다. 그래도 참고 몇 번 주의를 주었는데 내가 외출을 다녀오니 담배 한 갑이 없어졌다. 그래서 담배를 가져갔느냐고 하니 부인을 했다. 그래서 내가 이런 자는 아니다 싶어 화를 내었더니 방금 훔쳐간 담배를 뜯지 않은 채 내 침대에 내던졌다. 그러면서 육두문자를 써 가며 나에게 욕을 하며 대들었다. 후안무치(厚顔無恥)한 사람임을 알 수가 있었다. 난 지금까지 그런 사람을 만난 적이 없다. 무슨 심부름만 시켜도 대가를 바라고 심지어 옆 동료가 심부름을 시켰는데 1만 원이나 비게 물건을 사 오니 내가 대신 물어주며 수습을 하기까지 했다.

이곳에 있는 모두가 그런 사람만 있는 것은 아닌데 그런 경우가 많긴 하다. 나이가 먹도록 남을 이용해 먹으며 살아왔으니 얼마나 힘든 일인가? 그러면 이제 모든 것을 멈추고 남은여생이라도 잘 정리하며 살면 되는 것인데 그러지 않는다. 이토록 인간이기를 포기하면서까지 살아갈 필요는 없다. 모든 것이 자기 성찰과 반성이 없기 때문이다.

물론 나도 지금까지 거짓과 철면피로 살아온 것은 사실이다. 후안무치한 사람이기도 하다. 하지만 지금부터는 그렇게 살지 않기를 원하며 주변을 정리하는 중이다. 그런 사람도 이해를 해 주려고 한다. 어쩌면 더 큰 잘못을 내가 한 것인지도 모른다. 한꺼번에 정을 듬뿍 주어 그에게 나를 함부로 대해도 된다는 느낌을 준 것은 내가 먼저 빌미를 제공한 것이다. 앞으로는 대인 관계에 더욱 신중해야 하겠다.

그 변 한의원 원장 어른은 그 후에도 몇 번 가 보아도, 여전히 현직에서 일하고 계셨다. 그러나 그 손자는 졸업을 하고 잠시 할아버지께 사사를 받고 강남 어디에 크게 변 한의원을 차리고 성업 중이란다. 할아버지는 98세에 졸하셨고 시골에는 그 아주머니와 일하는 몇 명이 약초를 재배하여 서울 변 한의원에 대는 일을 한다고 한다.

우리는 그 모습을 보며 잘못됐다는 생각을 했다. 그 손자가 혼자서 시골에서 단란하게 천직으로 준 일터를 지키며 행복하게 시골 사람들의 진료를 하며 살기를 바랐지만 결국 더 큰 돈을 벌기 위해서 조상이 일궈 놓은 그 땅을 버리고 서울로 갔기 때문이다. 정말 급한 환자를 모시고 갔는데 할아버지는 돌아가시고 그 손자는 서울에서 한의원을 열었다는 소식을 듣고 쓸쓸하게 되돌아오고 난 뒤로는 그곳에 가지 않는다. 물론 서울 한의원도 믿음이 안 가서 가지 않는다. 돈에 욕심을 내기보다는 자기 선조들의 가업을 선조들 옆에서 이어가는 모습이 아름답고 믿음이 많이 간다.

산골 변 한의원이 있는 곳에 역대 조상의 묘가 있고 그 할아버지의 묘소도 있다. 좋은 의원 한 사람이 세상에 나서 수많은 불치병 환자들을 치료해 주고 그들과 기쁨을 나누는 모습은 볼 수 없지만 그분이 남긴 족적을 기억하며 동시대에서 함께 살아왔음이 자랑스럽다.

🌾 나라와 국민을 위하여 일한 지도자는 영원히 기억된다

　세종대왕, 이순신 장군, 이승만 대통령, 박정희 대통령, 전두환 대통령, 노태우 대통령, 김영삼 대통령, 김대중 대통령, 노무현 대통령, 박근혜 대통령, 문재인 대통령. 그 시대마다 살아생전 보아온 대통령들도 계시고 돌아가신 분들 중 내가 좋아하는 대통령과 왕, 장군도 있다. 나라가 풍전등화(風前燈火)에 놓여 있을 때 나라를 구하고 절망한 국민들의 마음을 위로하며 이 나라를 반석 위에 올려놓았던 인물들이다.

　사실 현재 우리나라가 지금 풍전등화인 것 같다. 우리나라가 안정되고 고도로 발전할 때는 일본이나 미국과 친하게 지낼 때이다. 지금 같은 상황에서는 국가의 안보와 경제가 흔들려 많은 국민들이 고통을 겪는다. 지금 현재 이 나라는 격심한 분열로 나라가 근본까지 흔들리고 있다. 마치 바보 대통령을 세워 놓고 그 주변 사람들이 그 뒤치다꺼리를 하는 형국이다. 한 가문의 권력이 얼마나 크기에 사법 개혁을 빌미로 자기들의 치부를 가리려고 하고 대통령도 마치 정신이 나간 사람처럼 부화뇌동(附和雷同)

하여 국민들을 피곤하게 하고 슬프게 하는 것인가.

수많은 인파가 몰려와 정의와 공정을 부르짖으며 나라가 바른 길을 가기를 바라는 목소리를 내지만 우이독경(牛耳讀經)이다. 대통령은 두 귀를 막고 침소봉대(針小棒大)하고 있다. 북한 김정은은 미사일을 쏘아 댄다. 우리 국토를 내어 주고 모든 것이 정상으로 돌아가는 것이 아니라 거꾸로 돌아가는 느낌을 받는다.

박근혜 대통령은 사실 자기 혼자의 고독을 달래려, 최 모 씨와 가까이 했을 뿐이고 그를 이용하여 부를 누린 것은 전혀 없었다. 그런데 주사파 무리들은 세월호 사건과 연계하여 대통령을 탄압하고 탄핵하여 지금의 이런 어지러운 정국을 만들어 왔다. 그러나 그들은 지금 국민이 모르는 줄 알고 각종 게이트를 감추고 사법농단을 벌이며 사법 개혁을 한다고 떠들어 댄다. 모 전 장관은 참으로 후안무치 자체이고 가족 비리의 수괴다. 온갖 탈법과 불법을 동원하여 돈을 모으고 자식들은 교묘한 방법으로 대학을 다니고 그 아내 정 모 씨는 사모 펀드를 만들어 갖은 수단을 모두 동원하여 돈을 긁어모았다. 그 과정도 갖은 의혹으로 지저분하며 혼잡하다. 거기에 여권 인사들도 줄줄이 엮여 있다고 한다.

나라가 이 지경까지 이른 것은 아마도 처음이자 마지막일 것 같다. 대통령이 마치 심한 병증이 있는 것 같다. 사법 개혁을 할 사람이 없어 범죄 의혹을 받고 있는 법무부 장관으로 앉히다니 정말 한심스럽기 그지없다. 법무부가 아니라 무법부 이다. 우리 민족은 본디 선전선동(宣傳煽動)에 매우 약하다. 그런 것을 교묘하게 이용하는 것이 주사파 사회주의자들이다.

이제는 신의 한 수 등 유튜브 방송이 일반화되어 여권에게만 유리한 방송이 정국을 좌지우지하지 않는다. 차라리 문 정권이 거짓말 제조기라고 비판했던 유튜브 방송이 진실하다. 문 정권과 그 시녀들 언론에 의하여 진실이 왜곡되고 거짓과 음해가 난무하여 정국이 어지럽다.

광화문에 모여든 인파들은 그야말로 나라를 걱정하고 살기 힘든 국민이 모두 현 정권을 원망하며 개과천선(改過遷善)하기를 바라며 총궐기한 것이다. 그 순간 우파나 좌파가 서로 갈린 것이 아니라 모든 국민이 문 정권의 일탈과 가족 범죄의 수괴를 장관으로 임명함으로써 스스로 국민들의 민심을 짓밟아 버렸다. 마치 조선조 연산군 시대가 떠오른다. 간신배 임사홍의 농간으로 많은 충성스러운 선비들이 무참하게 유린되었다. 그 연산군이 하는 행위나 현재의 문 정권이 휘두르는 사법 농단이나 다를 바가 없다.

세월호 침몰 사건과 박근혜 대통령이 무슨 상관이 있기에 그

것을 이슈로 삼아 박근혜 전 대통령이 탄핵받아야 했을까? 아무리 따지고 따져 보아도 그것은 단순한 여객선 침몰 사선이었다. 주사파와 그에 물든 민노총이 합작으로 촛불 민심을 선동하고 억지로 공작하여 결국 대통령을 탄핵하는 사건이 일어나고 정직하고 순수한 국민들이 거기에 넘어가 박근혜 전 대통령을 탄핵하여 감옥에 가두었다. 많은 인재들이 무참하게 희생되어 감옥에 가거나 수사 중 자살까지 하게 되었다. 과연 이것을 사법개혁이라고 할 수 있는가? 온갖 잡범 협의를 받는자, 간신배 모 전 장관은 그는 이제껏 살아오면서 하나라도 정상적으로 이루어 온 것이 하나도 없을 정도다.

사학 재단 모 학원은 당장 사라져 버려야 할 비리, 탈법 재단이다. 선생님을 쓰면서 1인당 1억 원씩을 받아먹었다면 그것은 개탄할 일이다. 단 두 명만 그렇게 되었을까? 나도 사학 재단에서 일을 해 보았지만 재단의 사무국장이나 이사, 이사장은 그 사학 재단의 황제이고 황제 가족이다. 그들은 대부분 자신의 비리나 친일 행각 혹은 과거의 악업을 위장하기 위하여 재단을 설립한 경우가 많았다. 그 사학 재단을 이용하여 이사장이나 가족들이 재단의 왕이 된다. 즉, 그들은 졸지에 지방 유지가 되고, 많은 인격적, 경제적 위치가 변한다. 학사 비리뿐 아니라 채용 비리, 학교 건설, 개보수 등 그 학교 전체가 겉으로는 고상하게 보이지만 그 내부는 가만히 들여다보면 비리의 덩어리이다.

학생을 볼모로 그들은 비리, 불법을 미화시켜 왜곡하고 감추려 노력한다. 학교의 고위직 운영자들은 교사들과 함께 모든 사건에 연루되었다고 보고 있다. 그리고 사학 재단의 교사 봉급은 교육청에서 모두 대주며 각종 세금 혜택과 보조금 등 거의 국고로 운영되다시피 한다. 학교 공사를 해도 얼마든지 그 공사를 이용하여 재단 사무국장이나 이사, 이사장이 돈을 챙길 수 있다.

사학 재단은 그 규모에 따라 얼마든지 뒷돈을 챙길 수 있다. 특히 채용 비리로 버는 돈은 바로 눈먼 돈이고 재단 관계자들은 쉽게 대출도 받을 수 있고, 쉽게 빚을 탕감받을 수도 있다.

그래서 멀쩡한 담을 모두 깨내고 새로 만들고 건물도 자주 증축한다. 공사도 하지 않고 공사비를 국고에 청구하여 꿀꺽한다. 부도날 건설 회사를 이용하여 돈을 해먹는 수법도 있고 학교 공사는 대부분 재단과 연결된 사람들이 하고 공사비를 부풀리고 수익사업이라고 해서 세금도 면제받는 경우가 많다. 그러니 그런 사학 비리의 돈맛을 보면 여러 가지 방법으로 그 돈을 불법으로 불리고 결국은 재단 전입금으로 만들고 후손에게 세금 한 푼 안 내고 그 사학 재단을 넘겨 자자손손 그 사학 재단을 운영하며 우려먹게 만든다.

그뿐인가. 사학 재단을 운영하는 사람들은 온갖 방법을 동원하여 자기 자녀들을 외국에 유학 보내어 호화로운 생활을 하게 한다. 지금 문 정권의 핵심이었던 모씨 혹은 대통령 딸까지 호화 외국 유학 시절을 보냈고 그것이 간간히 신문에 작게 나온다.

그러나 그런 모든 부귀영화들도 정권이 끝나면 모든 것이 허사로 돌아간다는 엄중한 사실을 모르고 대통령의 측근들은 오직 대통령에게 아첨하며 간신배가 된다. 그들은 한꺼번에 국민들의 심판을 받고 결국은 끝장이 날 것이다. 국민과 함께하고 함께 자유를 누리며 국민을 위하는 정권이라면 모든 국가는 발전하고 강대국이 될 수 있다. 하지만 국민을 무시하고 국민을 호도하고 거짓말을 밥먹듯 하면 아무리 좋은 정책을 써도 그 정권은 무너지고 만다.

현재 중국은 큰 시련을 당하고 있다. 그 나라는 개방 정책으로 경제적인 발전을 이루었지만 함께 나누지 않고 공산당 사회주의 간부들만 떵떵거리며 살았다. 그래서 지금 중국은 미국의 경제 제재에 맥을 못 쓰고 흔들거리고 있다.

가끔 김대중 대통령을 생각한다. 그는 전남 하의도에서 태어나 일약 한국 대통령이 되어 5년간 통치를 하며 북한에 엄청난 돈을 대주어 그 돈으로 핵개발을 도운 혁혁한 공로를 세운 대통령이고 그 덕분에 노벨 평화상까지 받았다. 그 가문에는 큰 도움이 되었지만 그는 쇼에 능하고 기회만 있으면 이 나라를 주사파 세상으로 만들려고 했다. 그럼에도 김대중 정권은 자유를 국민에게 보장했으며 외교력이 좋아 미국이나 일본과의 관계가 좋았다. 그리고 북한에게도 쓴소리를 했다. 우리 경제도 그런대로 잘 돌아갔다.

그러나 노무현 대통령으로부터 부산을 거점으로 한 주사파들이 사회 각 부분에 진출하여 서서히 독버섯으로 자라기 시작했다. 그런 사실을 미리 알았다면 지금의 주사파 골수 정권은 발을 붙이지 못했을 것이다.

과거에 북한 괴뢰도당에 속아온 미국은 이제 더 이상 그들의 농간에 놀아나지 않고 한국 문 정권이나 북한 괴뢰 정권이나 아무도 못 믿고 한반도를 다시 열국의 각축장으로 만들어 마치 고종 시대 구한말처럼 나라가 흔들리고 있다. 국민들이 아무것도 모르고 사는 것 같지만 어느 정도 정세 파악도 하고 세상 돌아가는 실정을 잘 알고도 모르는 체 살지만 더 이상 그들이 벌이는 지저분한 흙탕물 싸움을 보면서 무시할 수 없어서 이런 글도 써 본다.

문 정권이 역대 어느 정권보다 외교를 한다고 비행기를 타고 그 부인과 전 세계를 돌아다니고 있지만 국민들 눈에는 비행기를 타고 정상회담을 빌미로 김정은에게 공작금을 갖다 바친다는 느낌을 많이 받는다.

그러니 그런 사실을 잘 알고 있는 미국이 북한도 남한도 버리려 하지만 아마도 애국 시민들의 자발적 광장 정치가 미국과 일본을 옹호하는 모습에 북한 김정은과 남한 문재인만 제거하면 되겠다는 생각을 한 것 같다. 결국 그렇게 현재의 정권은 물러나고 개헌을 통하여 박근혜 전 대통령이 다시 정권을 창출하여 몇 년간의 혼란을 다시 잠잠하게 할 것 같다.

후안무치인 저들 정권은 이렇게 국민 밑바닥에서도 정신이 있고 대한민국을 지키려는 노력을 하고 있다는 사실을 모르고 제멋대로 하려고 한다. 어찌하여 돈 전달책에 대한 구속 영장이 발부되어도 큰돈을 챙겨 나눠 잡수신 학원 국장, 이사, 이사장은 구속 영장이 기각이 되는가? 한심한 일이다. 아마도 모 씨의 현금 자산도 모 사학 재단 학원 비리로 들어온 돈을 돌리고 돌려서 모씨에게 들어오고 돈놀이 및 아파트 투기 등으로 돈을 늘린 정황으로 보인다. 사학을 잘 아는 내 눈에는 그림이 그려진다.

사실 모 전 장관도 확실한 실력은 없는 것 같다. 그는 사시를 치렀으나 모두 떨어졌다. 그는 실력은 없고 어떤 자리든 돈을 주고 사거나 이런저런 이유와 아부와 음해 등으로 민정수석이 되고 문 정권을 등에 업고 장관 자리까지 오른 것이 분명하다고 많은 국민들이 수군거린다. 사학 재단을 이용하여 돈을 긁어모으려면 그 가문에 그럴듯한 인물이 있으면 쉽고 간단해 지고 돈을 대대로 우려먹을 수 있다. 그 재단은 빚이 아무리 많아도 걱정 없다. 당장 운영비는 국가에서 나오기 때문이다.

이번 모 사학 재단 학원 비리를 참으로 잘 수사만 하면 모든 것이 백일하에 드러날 것이다. 그러나 지지부진하고 권력과 연계되어 흐지부지돼 버리면 워낙 복마전 같은 사학 비리는 학교 라는 미명이 주는 특징 때문에 또 흐지부지 역사 속으로 사라 질 것이다.

해결책은 철저하게 수사하여 재단 현역 관계자들과 그 가족 들이 재단을 통하여 빼나간 모든 돈을 회수하고 학교를 공립 화 하는 것이다. 그다음 교사 채용 때 돈을 내고 들어온 선생 님들을 모두 국가에서 돈을 물어주고 그들을 해고해야 한다. 그들은 평생 학교 교사로서 살 동안 또 다른 학사 비리를 저지 를 수 있는 확률이 높은 사람들이고 이미 낙인이 찍혔기 때문 에 그 상처가 학생들에게 영향을 줄 수 있다.

어느 사학 재단은 특정 출신 교사를 주로 쓰고 결원이 되면 5천만 원을 학교 발전 기금 명목으로 교장에게 내야 한다. 그 재단의 특징은 교장, 교감, 이사장, 사무국장, 모두가 한 집안 친척인지라 쿵짝이 잘 맞고 교사들 사이에 감시도 잘 이루어진다는 점이다. 서울 모 고등학교에서 일어난 학사 비리는 아마도 빙산의 일각이 될 것이다.

학사 비리가 터지더라도 명백하게 밝히기 힘든 것은 그 학교 교사와 학생들의 인권이 문제가 되기 때문이다. 그래서 오히려 마음 놓고 사학에서는 각종 비리를 저지르고도 아무렇지 않게 관행이라고 생각하고 유야무야(有耶無耶)한다. 그래서 학사 비리는 정말로 파렴치한 비리이다. 관련된 사람들을 잡아서 엄벌해야 한다. 그리고 그들은 다시는 학교 현장에 발을 붙이지 못하도록 법으로 정해 놓아야 한다. 그 시대 어느 교장님은 늘 여자를 좋아했는데, 젊은 혼자 사시는 분이 그분의 딸을 선생님으로 시켜 주는 조건으로, 수시로 교장님과 여관을 다니며 불륜을 저질렀다. 그 교장님은 뱀탕 등을 먹고 보신을 하여 당신의 신체의 나이가 40대라고 하며 자랑했다.

그 여인은 놀라서 도망을 갔는데 그 교장이 변사체가 되자 경찰의 추적으로 경찰에 잡혀 왔다. 그리고 있는 그대로 사실을 말했다. 아주머니는 예쁘고 단아했으나 얼굴이 어두워 보였다. 그러면서 자기 딸이 사범학교를 졸업하여 교사 자격증을 받았지만 백이 없어 어디 학교에 갈 엄두도 못 냈다는 것이다. 하도 답답하여 여기저기 학교를 직접 찾아다니다 모 고등학교 교장님을 어느 술집 아주머니가 소개해서 한 번 술을 대접하며 당신 딸 이야기를 하니 당장 서류를 갖추어 오라고 해서 그 이튿날 딸과 면접을 보러 갔단다. 그리고 그 이튿날부터 근무를 하라고 해서 기쁨이 무척 컸단다.

그는 재단 이사장 겸 교장이다. 참으로 괴팍한 성격의 소유자다. 그는 고향에 대대로 부자이다. 그의 할아버지가 일본 사람 밑에서 일을 하고 아버지도 일본에 가서 공부를 했으며 그 교장님도 일본에서 대학을 마치고 교사 자격증까지 따서 한국에 돌아와 선생님으로 일하다가 그분 고향 모처가 공단과 아파트 단지로 개발되면서 수많은 땅이 수용되자 큰돈을 만지게 되어서 학교를 하기로 생각하여 재직 중에 고향에 모 학교를 사들여 자기가 직접 교장으로 앉아서 학교를 운영하면서 일반 고등학교와 중학교까지 설립하며 학교의 규모를 키웠다. 그래서 지금은 국내에서 제일 큰 학교로 발전했다며 나에게 자랑을 했다. 그런 교장이 매일 돈을 일이천여만 원씩 가지고 다니며 주경야녀에 빠져 흥청망청 살았다. 그리고 어떤 선생님 어머니와 수시로 만나 운후지정을 나누며 행복한 나날을 보내다 여관에서 복상사로 객사하였다.

이처럼 사학의 비리는 다양한 방법으로 다양하게 이루어진다. 그렇게 어느 사학 재단이든 은밀히 이루어지는 비리는 지금도 빈발할 수도 있다. 이러한 비리를 막는다고 교육감 직선제를 했지만 모르긴 해도 예전보다 나아진 것이 아무것도 없다. 다만 선생님들에게는 조금 편해질 수도 있다. 그러나 교사의 질적 향상은커녕 도덕성과 윤리성 면에서 나아졌는지 모두 반성해 볼 필요가 있다고 생각한다.

태블릿 피시 문제로 여러 가지 가짜 뉴스를 퍼뜨려 국민들을 선동한 한 방송국 사장, 그는 한때 지상파 방송에서 국민에게 신망을 받았던 앵커였다. 그는 권력의 시녀가 되어 이상한 주사파 정치 집단을 탄생케 한 장본인이고 그의 개인적인 비리는 모두 뒤로 감춰졌지만 그도 국민을 속인 죄를 단단히 받을 것이 뻔하다. 내로남불의 수괴로 모든 국민들이 여기는 모 전 장관 못지않을 것이다. 결국 그 앵커도 뻔뻔스럽게 정권에 빌붙어 국민에게 오도를 남발한 죄가 있다. 그는 큰 복을 받은 것처럼 보여도 언젠가는 그도 그 죄로 인하여 큰 낭패를 당할 것이다. 역사는 누구에게나 공평하고 정의롭다.

지금은 1960년대나 1970년대처럼 어두운 세상이 아니다. SNS나 유튜브 방송이 요즘은 지상파 못지않은 큰 시청률을 기록하며 세상의 빛을 밝히기 때문이고 그 방송은 아무리 탄압을 해도 국가 기관이 함부로 건드릴 수가 없기 때문이다. 글로벌 기업이기 때문이다. 지상파나 신문들은 국민이 잘 믿지를 않는다.

일반적으로 사학 비리를 저지를 때는 도저히 다른 사람이 알 수 없는 방법을 동원한다. 학교라는 좋은 이미지가 그 안쪽에서 일어나는 모든 탈법, 비리는 감추어 주기 때문이다.

지금은 죽어 버렸을 모 고등학교의 교장은 교장이 아니고 완전 사업가였다. 자기 제자들이 찾아오면 술 접대를 받고 용돈까지 챙긴다. 그리고 학교의 공사나 물품 구입 대가로 엄청난 돈을 챙기고 젊은 여성들을 사냥하고 즐기고 돈을 그들에게 안긴다. 그뿐만 아니라 고리대금업도 하고 돈을 빌려 주고 안 갚으면 고소하고 제자가 사는 집을 압류해 버린다고 한다. 그런 사람이 어찌 한 학교의 교장인가?

선생님을 해 보겠다고 찾아온 제자에게는 더 많은 것을 요구했다고 한다. 당시 한 벌에 수백만 원 하는 양복을 맞춰 줄 것을 요구하거나 명품 화장품, 구두, 부부 동반 해외여행권 등 다양한 주문을 했다고 한다. 제자이니 "알겠습니다" 대답하고 밖에 나가선 "이 ×××야 이런 학교 선생은 하라고 해도 안 한다. 퉤!" 하고 가래침을 뱉으며 집으로 가서 자신의 신세와 세태를 비관하고 유서를 남기고 목숨을 끊었다. 제자가 은사 교장이라고 찾아가 마침 선생님을 뽑는다고 해서 찾아가 서류를 내고 면접을 보았지만 이건 아니라는 판단에 아까운 청춘을 버린 것이다. 그러나 유서에는 누구도 원망하지 않고 그 은사 교장 선생님 이야기도 없었단다.

🌿 교사 중계 영업소

나도 한때 모 사학 재단에 선생을 소개하고 돈을 받고 구속된 사람들처럼 심부름해 주는 일을 했기 때문에 그래서 그런 사실들을 알 수 있었다.

당시는 중간책들이 돈을 챙길 수가 없었다. 책임자에게 부탁을 받으면 돈을 그 담당자가 직접 수고비로 주어 받았고 선생을 시켜 준 대가는 중간에 소개한 관계자들이 모두 챙겼다.

나에게는 얼마 안 주었고 나중에 준다고 했는데 받지 못했다. 오히려 내가 직원들에게 돈을 줘야 해서 나는 빚만 늘어났다. 부정, 탈법, 비리를 저지른 게 내 개인의 이익보다는 사업체가 잘되기를 바라고 한 것인데 지금은 깊은 반성과 내 잘못과 죄를 인정한다.

그때 그 사람들도 이제는 현직에서 떠났고 그중 이미 고인이 된 사람도 많다. 그렇게 많은 부정과 탈법 현장을 목도하고 확실한 증거까지 있었어도 그들을 협박하여 돈을 뜯어낼 생각은 추호도 없었다. 나는 그 이상하고 잘못된 사학의 일원으로서 그 수익 사업체를 살리려 그렇게 노력을 했는데 모든 것이 물 거품이 되고 나는 그곳에서 일한 대가도 받지를 못하고 퇴직금 도 받지 못했다.

아무튼 모든 것이 바르고 정직하게 살아야 삶의 뒤안길에서 행복하다. 그나마 늦게라도 정신을 차려 자신의 잘못을 깨닫 고 반성하면서 산다면 다행인 삶이다. 어떠한 일이라도 눈앞에 이익만을 위하여 살아간다면 결국 그 벌은 언젠가 단단히 받 고 만다. 우리들이 선을 따르고 도덕을 중시하고 윤리를 생활 화하는 것이 결코 쉬운 일은 아니다.

그러나 인생의 어느 순간 그 길이 사람이 따라야 할 도리라 고 생각할 때 우리는 그 즉시 모든 걸 멈추고 자신을 세밀히 성찰할 필요가 있다. 얼굴에 철판을 깐다거나 양심에 이불을 씌우고 자신을 합리화하는 변명으로 계속 나간다면 반드시 후 회를 할 것이다. 다시 그 생활이 그 생활로 변한다.

우리들이 살아가는 목적이나 목표가 하늘에 있다고 하면 천 심을 읽을 줄 알아야 한다. 바로 천심은 민심이 되고 민심은 천심이 된다. 내 옆에 있는 사람이 나로 인하여 괴로우면 하늘 도 괴로운 것이다. 그래서 자신의 일이 잘될지라도 자신을 반 성하며 의롭고 옳은 길로 가야 한다. 그 이익은 순간적이고 일 시적이다. 지금 누리고 있는 권력이 민심이나 천심에 바탕을 두지 않고, 엉뚱한 꿈을 꾸며 끼리끼리 자기들 이익 집단을 위하여 헌법을 유린하고 모든 기존 틀을 바꾸어 정권이 파탄이 난다면 그 권력은 결국 천심에 의하여 비참한 최후를 맞고 만다. 우리는 그런 사실을 늘 유념하고 살아야 한다. 한 사람의 일생도 도덕적이고 윤리적인 편으로 비교적 천심을 따라 살았다면 평탄한 인생이 될 것이다. 그러나 그러지 못한 길을 간다면 우여곡절이 많은 삶으로 삶의 질이 떨어지는 불행한 삶을 사는 경우가 많다. 그래서 천심을 읽으며 살아가면 모든 것이 평화로울 것이다.

비록 정의와 공정을 외치며 기존 세대를 비판하고 정권을 비판하다가 큰 곤란을 겪고 목숨까지 잃으며 살아서 죽은 사람과 한을 가진 사람들은 뒤로하고 남은 자들이 다시 그 시대의 주인공이 되면 그동안 쌓아 온 좋은 것은 배우고 그 시절 안 좋은 것을 버리며 기존 세대가 더 발전되고 번창하는 길을 가야 하는데 그 시절 비판 세력이 지금의 기존 세대가 되었음에도 전혀 변한 것이 없이 오히려 퇴보하는 모습을 보여 주면 그 밥에 그 나물이고 오히려 국민들은 더 어려워지고 옛날을 상상하며 '아, 옛날이여' 하면서 오늘을 불행하게 살 수밖에 없다.

상위 20%만 행복을 누리며 제대로 된 삶을 살고 나머지 일반 국민 80%는 만족하지 못한 삶을 살고 불평과 불만으로 기존 권력에 빌붙어 살려고 한다. 그러니 한 번 권력이 이상한 집단에 넘어가면 나라가 나쁜 기류로 초토화된다. 그리고 국민은 더욱 울분에 터져 죽어난다. 울화로 음주도 늘고, 끽연도 늘어나 술중독자가 기하급수로 늘고 화병으로 암 환자도 늘어난다. 그러니 한 번 잘못 뽑은 국회의원이나 교육감, 자치단체장, 자치의원, 심지어 대통령도 그들의 잘못된 사상은 정치를 흔들고 사회를 어지럽게 한다.

🖋️ 강원도 산골 뱀탕집을
찾는 사람들

어느 사학 교장은 아예 이사장은 바지로 세우고 교장이 학교의 모든 것을 쥐고 흔든다. 이 교장은 수시로 보신육을 즐기고 세상에 좋은 곳이 있다면 다 돌아다니면서 몸보신을 열심히 한다.

겨울에 한 농가를 갔다. 그 집은 산골 마을에 자리 잡고 있었다. 당시는 공터에 차를 세우고 눈길을 걸어서 한 시간 이상 걸어가야 하는데 연중행사로 1년에 몇 번씩 행사를 한다고 한다. 그 교장은 그런 장애물에도 불구하고 그곳을 가서 백여만 원을 주고 뱀탕을 먹는다.

그날은 진기한 모습을 보았다. 간신히 눈길을 따라 걸어서 그 집에 갔는데 그 집 주인이 "함께 잠시 다녀와서 쉬시지요" 해서 그 사람을 따라 산모퉁이 언덕을 가서 보니 하얀 김이 났다. 저게 무엇이냐고 하니까 눈이 녹아서 나오는 김인데 그곳을 파면 수백 마리의 뱀이 그곳에 묻혀 있다는 것이다. 그러더니 그 주인은 특수하게 제작된 삽으로 그 주위를 팠다. 정말 수십 마리의 뱀이 엉겨서 겨울잠을 자고 있었다.

우리는 그 모습을 보고 집으로 돌아와 미리 군불을 지펴 훈훈한 사랑방으로 들어가 모두 지친 몸의 피곤을 풀었다. 뱀탕을 기다리는 사람들은 뱀눈처럼 흐리 멍텅한 눈으로 침만 꼴깍 넘기고 있었다. 뱀탕 국물의 맛은 구수하고 맛이 좋아 그냥 입속으로 들어가자마자 배 속으로 들어간다고 했다.

한밤중에 뱀탕이 들어왔다. 뱀탕의 효능을 크게 하기 위하여 사람들은 점심부터 굶었다. 나는 뱀탕을 못 먹었다. 그래서 대신 맛있게 점심도 먹고 저녁도 먹었다.

이제 고즈넉하고 맑은 공기가 가득한 겨울 산골 풍경을 즐기다 자야지 하고 밖으로 나와 하얀 눈길을 걸으며 산책을 했다. 맑고 깨끗한 밤공기가 싸하게 내 살을 스쳐 지날 때마다 상쾌하고 청량하고 시원했다. 산골 겨울 찬 공기는 오히려 춥다는 느낌보다 포근하고 따뜻한 느낌을 준다. 아마도 오염 물질이 공기에 없어서 그런 느낌을 받는 것 같다.

그리고 한참 시골 주위를 배회하다가 들어가니 "○ 선생 이리 와 봐요" 해서 나는 그 집주인이 있는 거실로 갔다. 이미 뱀탕과 술을 마신 사람들은 모두 곯아떨어져 코를 골며 잠들어 있었다. 집주인은 나에게 미안해서 토종닭을 삶았다면서 한 그릇 마시면 좋을 거라며 닭 국물을 나에게 권했다. 나는 그 국물을 바로 받아 마셨다. 토종닭 국물이라고 하니 매우 맛있었고 목으로 스르르 넘어가는 느낌이 너무 좋았다.

그 집 아들은 착실한 사람을 만나 결혼식을 해야 하는데 남자나 여자나 집안에 손 벌릴 처지가 안 되었다. 그 친구가 비록 남들이 감탄할 만한 일을 하는 것은 아니지만 누구보다도 그 일을 천직으로 알고 휴무도 없이 그 집 청소부터 모든 궂은 일을 다하며 돈을 모았다. 그리고 이렇게 자기 아버지에게 좋은 손님들을 보내기도 했다. 효자에다 심성이 한없이 착하다. 아마도 산골에서 귀염을 받으며 마음에 큰 상처를 안 받고 자라서 자기 직업에 대한 자부심도 대단한 것 같았다. 그러나 아버지는 무슨 좋은 사업을 하는 줄 안다. 차마 아버지에게는 자기 직업을 말할 수 없었다고 한다. 대신 땀 흘려 열심히 살면 좋은 결과와 행복이 있을 거라는 희망을 가지고 최선을 다하며 사는 듯했다.

이튿날 그 사람들은 정력을 보충했으니 올라가서 집사람들을 즐겁게 해 주자고 한다. 그들은 깊은 만족감에 행복해 보였다. 참으로 그 사람들을 보면서 저런 자들이 학교의 교장, 교감이라는 것이 믿기지 않았다. 그들은 뱀값으로 100만 원을 냈다.

그 주인아저씨는 고맙다고 하면서 오늘 아침에 무슨 느낌을 못 받았느냐고 나에게 물었다. 그날 아침부터 오줌발이 세어지고 기분도 상쾌했으며 마치 몸이 날아갈 듯 좋았다. 그 말을 주인에게 말하니 사실은 어제 마신 것이 진국 뱀탕이고 매번 먹지를 않기에 자기가 선물한 것인데 그 한 그릇이 30만 원의 가치가 있는 것이라고 했다. 손님을 매번 실어다 주고 실어 가는데 늘 나에게 미안했다고 말한다. 나는 깜짝 놀랐지만 침묵을 지키고 교장님과 일행 들을 태우고 그들의 거처로 돌아왔다.

나는 늘 어려울 때나 머리가 아플 때면 그곳을 떠올려 하얀 마음의 도화지에 그곳의 풍경을 그리면서 즐겁고 행복한 그 시절을 그리며 현실의 나를 달래곤 한다. 하얀 눈으로 쌓인 산골 마을, 드문드문 농가들이 몇 집이 있다. 말이 마을이지 그들은 서로 형제처럼 친근하게 지냈다.

어느 날 우리는 교장님들이 갑자기 뱀탕 타령을 해서 연락도 없이 무작정 그 집을 찾은 적이 있었다. 주인이 깜짝 놀라며 오늘 기거할 곳에 산나물 손질을 하여 건조 중이라 큰일이라며 우리를 차 안에서 기다리라고 해 놓고 동네 어느 집에 우리들이 기거하며 교장님들이 고스톱을 할 방을 정해 놓고 왔다. 어느새 동네까지 들어가는 지방도가 생겨 그 집 앞까지 차가 들어가도록 되어 있었다.

교장님들은 그 주인이 정해 준 집 방으로 들어가고 나는 그 주인과 여러 가지 이야기를 하며 지금 뱀탕을 할 수 있느냐고 물었다. 주인은 사실 뱀탕은 한겨울보다 뱀들이 동면하기 직전에 드시는 것이 좋다고 했다. 녀석들은 동면을 하기 위하여 여러 가지 파충류들을 많이 잡아먹고 영양을 저장한다고 한다. 그들이 동면중에 조금씩 쓸 에너지를 충분히 비축하니 요즘 뱀탕이 최고란다. 나한테 이번에도 한 그릇 먹겠냐고 하기에 나는 일언지하에 거절하였다. 내 성질을 잘 아는 그분은 더 이상 아무 말도 안 했다. 나는 그런 순박한 어르신이 좋았다. 그리고 나는 얼마짜리 뱀탕을 할 거냐고 교장들에게 이야기하라고 했다.

그리고 나는 만추의 산골 마을을 산책하며 울긋불긋 마을의 정경을 마음의 그림 창고에 넣어 기억하기로 하고 맑고 청량한 가을 공기를 가슴의 산소 탱크에 가득 채웠다. 그 노부부는 참으로 다정다감했다. 말은 주로 바깥양반이 하고 안주인은 늘 "예", "아니요", "그런 건 없어요" 간결하고 간단하게 대답했다. 남편에게 절대적인 복종을 하며 구순하게 일평생을 사시는 것 같다. 그러면서도 서로 애정이 넘친다. 아주 정갈하고 순박하게 그 부부의 일생을 표현하는 그 할머니의 표정은 사뭇 부끄러워하는 듯했지만 평안한 어조로 "사실 이 양반이 저에겐 최고에요" 한다.

그래서 그런지 그 아들도 매우 점잖고 합기도가 5단이라고 하는데 표시도 안 낸다. 그도 늘 "예", "아니요"만 하지 별 군더더기를 붙이지 않는 편이다. 그리고 사람들을 편안하게 해 준다. 그러니 그의 가게에 가는 손님들은 그를 늘 칭찬하고 팁도 가끔 두둑이 준다. 그에게 잘 보여야 아름다운 여인을 파트너로 정할 수 있기 때문이다.

나는 늘 그 집을 가면 최고의 대우를 받는다. 매너가 최고라고 한다. 나는 마치 그 술집의 술상무가 된 것 같았다. 가끔 무례한 손님들을 데려가지만 대부분 교육계에 근무하는 사람들이니 젊잖다. 그러나 아가씨들에게는 고역이라고 한다. 그들은 한없이 많은 요구를 하고 팁은 거의 안 준다고 한다. 그래서 내가 한번은 술값은 내가 내지만 2차, 3차 아가씨를 데리고 가는 것은 당신들이 내라고 했다. 장학사, 장학관, 교장, 교감, 교사들 그리고 행정 직원까지도 그들은 어디서 돈을 긁어모았는지는 몰라도 대부분 모두 부자이다. 그리고 그들은 온몸을 명품으로 치장하고 다니는데 정작 써야 할 때는 돈을 내지를 않고 서로 얼굴만 쳐다본다. 그래서 취중진담, 언중유골(言中有骨)로 그들을 질타했다. 아가씨들을 모두 내보내고 말했다. 당신들이 한국 교육 현장의 수장이고 간부들이면 그에 맞는 정당하고 정직한 삶을 살아야 하는 거 아니냐고, 윤리와 도덕으로 무장을 해야 하는 거 아니냐고. 그런데 당신들의 지금 모습은 시정

잡배(市井雜輩)로 보이니 어떡하느냐고 했다. 이 나라 교육의 미래가 걱정된다고 했다.

그런데 그들도 대취해서 그런지 그런 건 상관없으니 빨리 아가씨들이나 들이라고 한다. 다시 아가씨와 밴드가 들어와 그들은 양주와 안주를 더 시키고 또 논다. 마치 오늘이 지구상에서 사는 마지막인 것처럼 신나게 놀고 마신다. 나는 술값만 계산하고, 나왔다. 그런데 사장인 아들이 말한다. 아가씨와 밴드비는 주셔야 한다고. 그래서 "그건 맞지" 하고 계산을 해 주고 수고비도 주었다. 지난번에도 내가 계산하고 갔는데 아가씨 팁과 밴드비를 달라고 하니 그런 게 어디 있느냐며 술값에 모두 포함된 것이 아니냐며 주장을 해서 몹시 곤욕을 치르고 돈 많은 모 교장이 "어라, 내가 독박을 썼네" 하면서 계산했다고 한다.

룸살롱에서
일하는 사람들

　모 교장님은 그 당시 교장들 중에는 갑부다. 고향에서 친일을 한 그 조상 덕분에 일본인들이 남겨 놓은 땅을 모두 독차지하여 지금까지 떵떵거리며 산다. 그 영감은 혼자서도 가끔 술을 마시고 그 룸살롱의 대부로 통한다고 한다. 싱싱하고 훤칠한 예쁜 아가씨를 데리고 나가더니 2백만 원을 팁으로 받아 왔더란다. 어떤 때는 술과 안주를 시켜 놓고 술은 안 마시고 그 아가씨를 주무르고 빠는 데 정신을 쏟다가 다른 테이블로 가야만 하는 그 아가씨를 영업 끝날 때까지 데리고 술을 마시다 주인에게 무조건 1백만 원을 계산하고 그 아가씨와 함께 나간단다. 그 영감이 올 때마다 룸살롱은 신이 난다고 하며 나에게 좋은 손님 소개시켜 주어 고맙다고 한다.

　나는 그곳을 드나들며 젠틀맨으로 소문이 났고 아가씨들 투표에서 가장 모시고 싶은 손님 1위가 된 적도 있었다. 좋은 손님들도 많이 데리고 가지만 나의 매너가 좋다는 것이다. 특히 아가씨들에게 내 대신 상대방 몰래 술을 마시게 하며 술 취한

척 연기하는 것이 재미있다고 했다.

사실 나는 젊을 때는 술을 마시지 못했다. 그래서 술손님을 접대하려면 단골집으로만 가야 했다. 이유는 내가 함께 취하면 손님들에게 실례를 하는 것이라고 배워 왔기 때문이다. 그리고 실지로 술을 못 마신다. 그래서 그런 나를 잘 알아서 늘 내 파트너는 술을 두 배로 마신다. 내 파트너는 술만 잘 마셔 주면 되고 두둑한 술 상무 대접을 하는 돈 봉투를 주기 때문에 늘 내 파트너가 되기를 모든 아가씨들이 바랐다.

사실 밤마다 나와서 일하는 아가씨들도 여성을 성적 노예로만 생각하고 함부로 대하는 부동산 졸부들이나 돈만 자랑하는 사람들은 신물 나도록 경멸한다고 한다. 그들 말로는 그런 자들은 좀비이며 아주 짜증나고 파렴치한 자들이라고 말한다. 복권에 당첨되어서 거드름을 피우며 온 놈을 내놓고 접대해 보라고 했는데 그 친구가 도가 넘치는 행동을 하여 뺨을 한 차례 때려 주고 "망나니야, 돈 필요 없으니 나 그만 갈게" 하고 나와 버렸다고 한다. 졸부 벼락부자들은 여자를 다루는 방법도 무식하고 하는 행동도 무식하여 구역질이 난다고 한다. 세상에는 착하고 순리적인 사람이 이 화류계에서도 욕 안 먹고 손님 대접을 받으며 행복하지 그렇지 않으면 인간의 민낯이 드러나 안 좋은 소문을 퍼뜨려 어느 술집을 가도 대우를 못 받는다고 한다.

그 가게에서 일하는 어느 분은 가게에서 한 5년을 열심히 일을 해서 그 집에 단골로 오는 증권사 간부에게 돈이 모이는 대로 맡겨 1백만 원, 3백만 원 차차 돈을 늘려왔다. 그러다 어느 회사의 스톡옵션에 투자를 했는데 5년 만에 투자금의 11배가 되었다고 한다.

그는 술집에서 만났으나 심성이 곱고 귀티가 나는 한 아가씨와 결혼을 하겠다며 일단 집을 허름한 것이라도 융자를 끼고 사겠다고 했다. 그래서 모 부동산을 소개해 주었는데 그 주인은 늘 고객에게 좋은 부동산을 소개하여 돈을 많이 벌게 하는 복 받는 부동산으로 소문난 집이었다.

그분은 그 여인과 결혼을 하고 허름한 기와집에서 살았다. 그런데 부부가 잘 만나면 복이 막 들어온다는 말처럼 그분은 결혼 후 승승장구하여 10년 만에 그 룸살롱을 나와서 작지만 단단한 양주 판매점 겸 시음점을 열었다. 룸살롱 사장님들을 많이 아는 그분은 그들에게 정직하고 성실하다는 이미지를 주었고 한자리를 10년간이나 지켰다는 프리미엄이 붙어 가게가 잘되었다. 사장은 가짜 양조를 제조하여 팔면 엄청난 돈을 벌 수 있는 방법도 알고 있었지만 그런 방법은 일체 사용하지 않고 정식으로 실명 거래만 하기로 하고 그렇게 했다. 그 얼마 후

주류 판매 대리점을 내게 되어 그의 부는 계속 늘어 갔고 항상 두 부부가 함께 일을 했다. 그리고 고향에 있는 부모님이나 친인척들에게 항상 도움을 주고 심지어 고향 친구들이 찾아와도 몇 푼이라도 봉투에 넣어 보냈다고 한다.

그리고 어느 정도 돈을 벌자 복 주는 부동산을 통하여 처음에는 다세대 주택, 그다음은 작은 상가 빌딩 그리고 지금은 꽤 큰 빌딩의 주인이 되었다. 사장은 그 과정에서 꼼수를 부리거나 다른 사람에게 피해를 주는 일은 일절 안 했다.

그 뒤의 숨은 공로자는 복덩이 아내였다. 아내는 고향집이 하도 가난하여 전문대 경영학부를 졸업하고 어느 회사에 취직을 했는데 업무는 많고 월급은 박봉이라 우연히 룸살롱 아가씨 모집 공고에 숙식 제공하고 한 달 3백만 원 보장이라는 광고를 보고 그분이 일하는 곳으로 일을 하러 왔단다. 그런데 그분이 첫눈에 그녀에게 반하여 손님들 술시중은 들되 2차, 3차는 안 나가는 조건으로 그녀를 채용했다. 그분은 그녀에게 아가씨들이 그 집을 그만두고 나가며 버리고 간 명품 옷들을 챙겨 주었고 팁도 철저히 챙겨 주었다. 그러니 그녀는 빚을 지지 않고 첫 달부터 꽤 많은 월급을 챙길 수 있었다.

그리고 어느새 둘은 연인 사이가 되었다. 비록 룸서비스 맨으로 일했지만 항상 일찍 출근하여 청소를 다 하고 저녁에 영업이 끝나면 모든 걸 뒷정리하고 돈이 될 만한 일을 다 했단다. 안주도 먹을 만하면 챙겨 두었다가 동네 노인정에 갖다 주고 양주도 종류별로 모아 놓았다가 가끔 시골 내려가는 일이 있으면 동네 어른들께 갖다 드린다고 했다. 그렇게 열심히 사는 그분이었기에 그녀도 연모할 수밖에 없었고 둘은 서로 연인이 되고 결혼까지 했으며 여러 사람들의 도움을 받아 오늘의 부를 성실하게 쌓을 수 있었다. 거기에서 그 아내의 성실한 내조가 단연 돋보인다.

그래서 부창부수 화목하고 아내가 공손히 남편의 뜻을 따르며 평온한 가정을 만들면 모든 일에 복이 주어져 잘된다는 말의 표본이 이 사장 부부의 삶이다.

그러나 그들도 모든 복을 다 누리지는 못하는 것 같다. 그들은 아이가 없어 아들 하나를 입양하여 잘 키우고 있다. 얼마나 철저한 계획하에서 아들을 입양하였는지 그 사실을 아무도 모른다. 그리고 그 아들이 희한하게 커 가면서 사장을 많이 닮아 갔다. 참으로 잘되는 집안은 다르다는 생각을 해 보았다.

룸살롱에서 일한다고 모두 몸을 파는 것은 아니다. 왜 돈을 많이 버는 아가씨들이 늘 돈이 궁한지 알 수 없는 노릇인데 거기에는 조폭들이 개입되어 있다고 한다. 그들은 또 고리대금업을 하는 사람들도 개입이 되어 있다는 것이다. 아가씨들이 처음 일을 하려면 화장품도 구입해야 하고, 옷도 맞춰 입어야 하고 돈 쓸 일이 많다. 그러면 처음에는 200여만 원이 느는데 이자는 거의 30%가 된다고 한다. 그리고 그 돈을 첫날부터 일하면서 갚아야 한다.

아가씨들은 일을 하다가도 고향 부모님이 돈이 필요하다고 하면 그들이 말하는 오빠(조폭들)에게 빌리는데 그들은 돈 이야기만 하면 쉽게 돈을 구해다 주지만 고리이자를 선이자로 뜯어 간다고 한다. 그러다 보면 아가씨들은 돈을 벌어 모두 오빠들에게 빼앗기고 월 최소 비용만 남게 되어 그들의 노예가 되어서 평생을 고생한다고 한다. 그래도 끝까지 유종의 미를 거두고 처음 빚을 악착같이 갚고 2~3개월 후부터는 당당하게 개인 사업주가 된다고 한다.

그러나 자기가 주도적으로 돈 관리도 하고 일을 절도 있게 룸서비스만 하고 일절 외박을 하지 않고 착실하게 살아가는 화류계 아가씨들도 있다고 한다.

그런 사람 중 한 사람이었던 A라는 아가씨가 있었다. 이 아가씨는 지방 모 대학교를 다니면서 서울 압구정동에 사는 부잣집 남학생과 졸업 후 모교 교문 앞에서 5년 후에 만나자고 약속을 했다. 그 남학생은 미국으로 공부를 하러 떠나고 자기는 집으로 갔는데 여러 곳에 입사 서류를 넣었으나 취직이 안 되어 고민 중이었다. 그때 마침 돈 많이 버는 언니의 소개로 룸살롱에서 일을 하게 되었다고 한다. 사장에게 자신의 처지를 이야기하고 룸살롱 주인 마담에게도 이야기를 하여 외부로 외박은 안 나가는 걸로 하고 착실하게 사장의 도움으로 처음부터 맨손으로 일하기 시작하고 숙소는 마담 식구들이 숙식하는 곳에서 함께 살기로 하고 룸서비스를 시작했는데 청순한 이미지와 남다른 미모와 지적 미까지 갖추어 성실한 서비스 걸로 이름이 났지만 남성들의 애만 태울 뿐 외부로 나가자는 제의에는 친절하고 위트 있는 말로 거절을 하니 손님들도 그 아가씨에게는 감히 외박을 하자는 제의를 하지 않았다.

그녀는 그곳에서 약 5년간 일을 하고 재테크도 사장을 잘 아는 증권 회사 간부에게 투자를 하여, 약 1억 원의 결혼 자금을 마련하고 학교 때 연인과 5년 뒤 만나자고 한 날짜에 맞추어 일을 그만두고 모교 교문으로 갔단다. 그런데 그 시간에 정말 핸섬한 남성이 그곳에 나와 있었다고 한다. 둘은 그동안 살아온 이야기를 나누기로 하고 지방 시내 있는 커피숍으로 가서 자리를 잡고 서로의 그리움을 이야기하는데, 서로 감격한 표정으로 서로를 바라보고 깊은 사랑을 느꼈다고 한다.

우선 그 남자는 미국으로 가서 석박사 과정을 공부했는데 석사 논문은 통과되어서 학위를 받았고 박사 과정은 일 년 더 남았다고 이야기를 했다. 그녀는 그동안 살면서 심한 고생을 한 일과 그동안 부모님이 지병으로 세상을 떠나셨다는 이야 기를 했다. 사실 그녀는 가난한 농촌에서 태어나고 부모님이 거의 50대가 되어서 그녀를 낳으셔서 고등학교를 졸업하고 대학을 나오기까지 고학을 했다고 한다. 그러니 돈을 악착같이 모아서 지금은 자기가 작은 가게라도 낼 수 있는 돈을 모았고 지금 당당하게 그 남자를 만나러 약속 장소에 나온 것이라고 했다.

그 남자는 전혀 의외라는 반응을 보이며 자기는 좋은 부모님을 만나 고생을 안 하고 유학까지 가서 오직 공부에만 열중하고 있다고 하면서 그녀의 이야기에는 이상한 일이라는 반응을 보였다. 여자의 직감으로 이 남자는 자기 반려자가 될 수 없다고 생각하고 그녀는 일반적인 여러 가지를 말하며 앞으로도 대학 시절처럼 친구로 지내자고 이야기를 했다. 그 남자도 미국으로 공부하러 출국을 했어야 했기에 그녀의 제안을 받아들이고 서로 연락처를 주고받은 뒤 헤어졌다.

아마도 그 남자는 혹시 그녀가 나올까 반신반의하며 모교에 볼일이 있어 왔다가 그녀를 만난 것일 테다. 그녀는 자기의 삶에서 그 연인을 기다리며 열심히 돈을 모으고 자신의 인격이나 양심에 금이 가는 일을 안 하며 일편단심(一片丹心) 그 남자를 만나는 날만을 학수고대(鶴首苦待)하였다. 그런데 이렇게 허무한 만남이 되다니 실망스러웠지만 그가 석박사 학위를 받은 만큼 그녀도 그만한 가치가 있는 삶을 살았다고 자부했다. 그리고 그 남자에게 감사하는 마음을 가졌다. 그가 그런 약속을 했기 때문에 지난 5년간을 치열하게 자기 자신과 세상의 편견과 싸우며 나름대로 몸과 마음이 성장했고 성취감도 있었기 때문이다.

그녀는 이왕 이렇게 되었으니 돈을 모으는 일에 열중하기로 했다. 한편으로 새 일 구상을 하며 다시 룸살롱 일을 했다. 마담도 그녀를 반겨 주었다. 사장은 그곳을 며칠 전에 떠났다고 했다. 그녀도 사장을 속으로는 연모를 했던 모양이었다. 세상에 어느 곳에서나 자기 일을 성실하게 열심히 하면 여인들에게 감명을 준다. 그러면 말은 서로 못하지만 서로에게 사랑의 마음이 생겨나는 듯하다. 그녀는 평소처럼 직업을 가지고 밤에는 업소에서 일하고 낮에는 잠시 쉬고 나서 증권 회사 지점장을 만나 돈을 이용하여 투자하는 기법을 배웠다. 좋은 비상장 업체의 주식을 사면 앞으로 대박을 낼 수 있으니 생각해 보라고 조언도 받았고 상장 기업 중 미래 성장 가능성을 보고 단타 매매를 하지 말고 기다리면 아마도 물가 대비 은행 이자보다는 훨씬 많은 수익을 올릴 수 있다는 교육도 받았다. 그리고 시장을 돌아보며 작게나마 가게를 해 보고도 싶었다. 가난의 한을 풀고 좋은 날을 위하여 자신의 젊음을 불태우고 싶었다.

세상에는 허울뿐인 직업이 많다. 교사를 하면서 돈에 관심이 많은 사람들, 그들은 사업을 하지 왜 선생님을 하면서 여러 사람에게 피해를 주며 사는지 모르겠다. 차라리 이 여인처럼 확실하게 돈만을 목적으로 자신을 바친다면 그것이 솔직하고 정직한 좋은 삶의 태도가 아닐까?

그런데 그 룸살롱 손님 중 나이가 삼십대 사업가가 있는데 A를 대하는 태도가 날마다 달라졌다. 아마도 짝사랑을 하는 것 같았다. 그래서 A는 가능하면 그 손님이 있는 방을 피하였다. 그러면 그는 가끔 밖에서 마주칠 때마다 음탕하고 괴이한 얼굴을 하며 A를 희롱했다. 그래도 A는 미소를 지으며 그에게 예의를 표했다. 그러면 그 남자도 정색을 하며 A에게 곱게 인사를 하며 자기 볼일을 보고 술 먹는 자리로 돌아가곤 했고 웨이터에게도 별말을 안 한다고 했다. 처음 그 술집에 올 때는 자주 A를 불러들였는데 가 보면 손버릇도 나쁘고 응큼한 짓을 했다. 여기에 들어왔으면 단순한 술시중만 드는 게 아니고 이런 나의 고약한 행동도 받아 주어야 하는 것이 아니냐고 따져서 A는 비록 돈 때문에 여기서 일하지만 이곳에 일하는 종업원으로서 인권까지 짓밟히고 싶지 않다고 이야기를 했단다.

그러니 그 사람도 수긍하고 그럼 내 방에는 가능하면 들어오지 말라고 했단다.

A도 어느 때에는 누군가와 여관에서 만리장성을 쌓고 싶고 술도 많이 마시고 인사불성이 되어서 망나니처럼 살고 싶은 충동이 일 때도 있다고 솔직히 고백을 한다. 그러나 자신은 꼭 돈을 많이 벌어서 동창이었던 그 남자가 박사가 되어서 교수나 연구원이 되어서 귀국하여 한국에 살게 되면 동창회 등에서 만날 수 있을 때 자기도 부자로서 당당하게 흠결 없는 여자로서 그를 만나기를 희망하기 때문에 자신이 아무리 외롭고 고독해도 정도를 걸으며 당분간 요조숙녀(窈窕淑女)로 공부를 하면서 지내기로 결심했다고 한다.

그녀는 작은 집을 마련할 돈이 모이게 되자 군포에 재개발 예정인 아파트를 우연히 싸게 샀다. 그런데 그 아파트가 개발되어 34평짜리 아파트에서 산다고 한다. 이제 집을 마련했으니 작은 가게라도 해야 하는데 무슨 가게를 해야 자기가 노력하여 일한 만큼의 대가를 받을 수 있는지 고민하는 중이라고 한다. 그녀는 그 룸살롱에서 일할 때 한 달에 평균 3백만 원을 벌어서 50만 원을 쓰고 저축하고 증권에 투자한 결과 재건축 아파트를 싸게 싸서 지금은 집값만 5억 원이 나간다고 한다. 2억 원은 대출 받아 쓸 수가 있다고 한다. 그런데 잘못하다가 빚을 질 게 겁이 난다고 했다. 그래도 이제는 팔 년 가까이 올빼미 신세가 되어 살아가니 건강에도 무리가 오고 심적인 고통도 파도처럼 몰려와 그 가게에 나가기가 힘들어 그만두고 다른 일을 찾아보려고 한단다.

무슨 일을 할까 고민하다가 공인중개사 자격증을 따서 조그마한 아파트 상가를 사서 부동산 중개업을 하기로 하고, 공인중개사 자격을 따기 위하여 공부를 하는 중이라고 한다. 그 또한 잘된 선택이고 사람들을 만나는 사업이라 그녀에게 적합할 것으로 보인다. 그동안 일하면서 사람들의 속내를 읽는 기술은 충분히 쌓았고 돈깨나 있다는 사람들도 많이 있으니 그녀가 선택한 길은 잘된 길이다. 정직하고 바르게 그런 일을 하면 주변 사람들에게도 도움을 줄 수 있으니 일거양득(一擧兩得)이 된다.

그녀는 드디어 중개사 자격증을 따서 자신의 사업을 하게 되었다. 그리고 자신의 이익보다는 부동산을 구하고자 하는 딱한 사람들을 돕는다는 생각을 가지고 늘 겸손하고 공정하고 정직하게 부동산 매매를 중개했다. 특히 서민들을 위한 국가사업인 전세 매입 임대나 전세 임대 등에 대한 일은 더 관심을 가지고 세입자가 유리할 수 있도록 임대 중개를 공정하게 하였다. 그녀는 첫 달부터 여러 건의 계약을 하며 신나는 일이라고 기뻐했다. 인생 초반기를 남다른 경험을 한 A는 지금은 집도 마련하고 혼자 살아도 되는 기반을 마련했다.

어느 해 지방 모 대학 동창회를 한다고 해서 A도 그곳에 참석한다고 했다. 기대 반 염려 반, 손님들에게 편안함을 주기 위하여 구입한 최신형 외제차를 타고 가기로 했다. 마침내 동창회가 열리는 날 그녀는 1박 2일간 부동산 사무실 문을 닫는다는 글을 며칠 전부터 부동산 창문에 여러 장 프린터로 뽑아서 알렸다. 그리고 편안한 마음으로 토요일 11시경부터 열리는 동창회 장소를 내비게이션에 찍고 새벽에 출발을 하였다.

가을에 맞는 예쁜 양장을 하고 삼십대 초반에 만나는 동창들은 어떻게 변해 있을까? 여러 가지 상상을 했다. 자신의 자랑만 떠벌리고 그녀의 사정이나 정황은 무시해 버린 그 녀석은 어떤 모습으로 나타날까? 그동안 동창회를 나가지 않아 모든 것이 궁금하고 현재의 자신의 변화에 즐겁기만 했다. 대학을 졸업하자마자 룸살롱 여급으로 일해야 했던 그 시절, 그 남자 덕분에 5년을 성실하고 우아한 모습으로 여러 손님을 만났던 일들이 그녀에게는 큰돈을 만질 수 있는 계기가 되었기에 감사를 했다. 오늘 그 사람을 만나면 당당한 자기 모습을 보여 줄 수 있을 것이다. 그리고 학교를 다닐 때 늘 알바 혹은 공부로 지쳐서 친구들을 소홀하게 대했는데 이제는 여유 있게 그들과 수다도 뗄 수 있는 수준이 된 것이 또한 고마웠다. '나는 초년 운이 비교적 좋아 모든 일들이 잘됐고 결혼 말고는 다 이룬 셈이다' 생각하면서 한 사장은 동창회 장소에 금방 도착했다.

그녀는 자동차를 주차장에 세웠다. 넓은 홀에 뷔페식으로 음식을 차려 놓았고 한쪽에 작은 극장이 있었는데 임시로 그 극장을 회의 장소로 만들었다. 가 보니 낯선 인물들이 많이 나와 있었고 자기 과 친구 몇 명이 서성대고 있었는데 그 사람은 보이지 않았다. 두리번거리며 아무리 찾아도 그 사람은 그곳에 나타나지 않았다. 대신 자기 과의 친구들을 십여 명 만나서 서로 인사도 주고받으며 근황을 주거니 받거니 이야기를 했다.

예전에 학생회장을 했던 사람이 동창회장이 되어서 회의를 진행하였다. 지금은 모 당의 시의원이 되었고 큰 회사를 운영하며 돈을 잘 번다고 했다. 주로 큰 사업체에서 재고를 받아다가 재포장하여 저렴하게 팔아서 많은 돈을 번다고 했다. 그것도 좋은 아이디어라고 A는 말했다.

다른 동창이 너는 어떻게 지내느냐고 물었다. 어려움을 겪었지만 조상님들이 도와서 지금은 부동산을 하면서 혼자 잘 지내고 있다면서 근처에 올 기회가 되면 놀러 오라고 명함을 돌렸다. 그랬더니 동창 여자들이 A를 부러워하며 자기들은 지금 결혼하여 아이들과 남편 건사하느라 정신없이 산다고 했다.

그런데 그중 한 여인이 A에게 뻘쭘한 말을 하였다. 너와 학교 다니며 잘 지내던 그 도련님과는 어떻게 되었느냐고. A는 순간 움찔했다. 학교 졸업 후 한 번 만났는데 그 후 소식은 서로 끊겼다며 오늘 혹시 여기에 왔나 기대는 하고 왔는데 역시 나타나지를 않았다고 했다. 그러자 다른 친구가 우리는 비교적 동창회에 자주 온 셈인데 그 사람은 안 나타나고 너도 안 나타나 혹시 둘이 결혼을 하고 잘 사는 줄 알았는데 아니었느냐고 했다. 그들의 사연을 아는 동창들은 안됐다는 표정으로 그녀를 바라보았다. 그러나 그녀는 언젠가 일이 잘 풀려 만나는 날이 있을 거라는 말을 했다.

사실 첫 사랑인 그 남자가 잘되기를 바랐고 잘돼서 서로 만나기를 간절히 원했는지 모른다. 하지만 그녀는 그 사람을 마음에서 지우려 엄청난 노력을 하였다. 지금도 미모에서는 동창 중에 으뜸이고 마음고생과 몸 고생을 많이 하며 억척으로 돈 모으는 데 최선을 다한 그녀의 인품 또한 복이 넘쳐흐른다.

그런 그녀의 모습을 보는 동창들은 그녀를 부러운 눈으로 보면서 한편으로는 질투를 느끼는 것 같았다. 그런 동창들을 바라보면서 A는 아무렇지도 않게 그들의 궁금증을 풀어 주었다. 원래 여자라는 사람은 궁금증을 참지 못하고 기어코 궁금증을 풀어야 잠도 잘 수 있는 것인가 보다. 아마도 그녀가 동창회에 나타나지 않으니 수많은 상상을 했던 동창들은 그 상상한 이야기를 그녀에게 물어온 것이리라. 마치 청문회에 자신이 와 있는 기분이었다.

엎친 데 덮친다고 이번에 처음 나온 동창은 앞으로 나오라고 하는데 그녀 혼자였다. 마이크를 들이대며 자신의 소개를 하라고 했다. 그녀는 또박또박 누구라고 밝히며 집을 구하거나 부동산 거래를 할 일이 있으면 자기에게 연락하라며 명함을 이따가 돌리겠다고 자신의 정체를 밝혔다. 그동안은 살기 바빠서 동창회 참석이 어려웠다고 하면서 지금까지 밀린 동창회비는 오늘 배로 내겠다고 하니 우레와 같은 박수가 터져 나왔다.

어디를 가나 돈은 중요한 역할을 한다. 잘 쓰는 돈은 그 사람의 인격이 되고 품격이 된다. A는 그런 면에서는 그 동창회에서는 누구에게도 뒤지지 않을 것이다. 그녀가 추구했던 돈이 이제는 권력도 명예도 그녀의 주변에서 맴돌게 할 것이다.

당장 동창회장이 시의원이라니 하나의 작은 권력이 되는 것이고 동창회에 나타나 회비를 넉넉히 낸다고 하니 그녀는 곧 동창회에서는 좋은 이미지의 동창으로 각 동창들의 마음에 각인될 것이다. 회의가 대충 끝나고 점심 뷔페가 시작되고 작은 관현악단이 등장해 연주가 시작되었다. 그리고 무명 가수들도 등장하여 유명 가수의 곡을 모창하는데 진짜 가수보다 더 잘

했다.

참으로 기이한 일이다. '저들은 왜 정식 가수가 될 수가 없을까? 늘 밤무대나 작은 동창회 모임의 모창 가수로 등장한다. 우리나라 문화계에 무언가 잘못된 관행이 있어 저들이 넘어 오질 못하게 하는 금선이라도 있는 것일까? 저 세계에도 돈과 백이 있어야 출세를 하는가?' 하는 생각을 지울 수 없다.

하기야 정권이 바뀔 때마다 이유 없는 문화계 블랙리스트가 나돌며 그들이 작품 활동을 못하게 하고, 정권에 아부하거나 충성하는 사람들에게는 돈을 주면서까지 그들의 작품 활동을 돕는다고 하니 이 깊숙한 지하에서 어렵게 활동하는 가수들이 설 자리가 있겠는가? 공부할 때부터 금수저, 흙수저 불평등이 만연하고 돈과 백으로 허위 스펙을 쌓아 권력을 등에 업고 아무런 시험도 치르지 않고 대학에 들어가고 의전에 들어가 각종 장학 혜택을 받아 의사가 되는 사람도 이 시대에도 있으니 통탄할 일이 아닌가?

A처럼 죽어라 고생하여 지방 대학교를 졸업했으나 일자리를 얻지 못하여 결국 정말 힘겹게 살아가는 사람들도 있다. 그들이 간신히 자신의 모든 것을 포기하고 조폭들의 협박과 갈취를 각오하며 돈을 벌어 보겠다고 하는 그곳에서 A도 일을 하며 이를 악물고 고생하며 돈을 모았다. 그 누구보다도 떳떳하

고 공정하고 정의롭게 살며 돈을 추구하다 보니 결국 하늘도 그녀를 도와 삼십대 초반에 모든 기반을 잡고 한 건전한 사람으로 성장하게 되었다. 원래 동창회라는 것이 20%의 상위에 있는 사람들만의 놀이장이 된다. 대부분 80%의 동창들은 살기에 바빠서 동창회를 의식도 못하고 산다.

A는 기분 좋은 동창회를 마치고 근처에 있는 자기 고향 시골에 가서 먼저 돌아가신 할아버지, 할머니 묘소에 참배를 하고 부모님의 유골이 모셔져 있는 납골 공원을 찾아 인사를 드리고 동네 어르신들을 마을 회관으로 찾아가 뵈었다. 동네에서는 난리가 났다. 낯설고 멋진 외제차를 몰고 A가 찾아와 동네 어르신들께 인사를 드리니 감사하면서 놀라운 얼굴로 그녀를 맞이했다. 깔끔하고 단아한 가을 옷을 입고 사뿐사뿐 걷는 모습을 보며 평소 그 집안 내력을 아는 노인들로서는 깜짝 놀랄 수밖에 없었다는 것이다. 그래도 멋진 모습으로 나타난 그녀를 보고 마치 육영수 여사가 살아 온 것인 양 착각을 한 노인도 있었고, 그녀가 큰 부잣집 며느리가 되어서 돌아왔다는 노인도 있었을 만큼 그녀의 고향 방문은 여러 가지 의문을 낳았다.

그녀는 마을 노인 회관에서 이장을 만나 그동안 찾아뵙지 못하여 죄송하다는 인사를 하면서 기백만 원의 마을 발전 기금을 수많은 노인들 앞에서 봉투로 전하였다.

그런데 거기서 황당한 소식을 전해 들었다. 일 년 전쯤에 양복을 차려 입은 한 신사가 좋은 차를 몰고 마을에 와서 A를 찾았다고 한다. 순간 A는 그의 모습이 떠올라서 인상착의를 이야기하니 동네 노인들은 모두 그 사람이라고 이구동성(異口同聲)으로 이야기를 했다. 그러면서 혹시 마을에 오면 연락을 부탁한다고 연락처를 그녀의 친척 아주머니에게 맡겼다고 했다. 친척 아주머니가 자기 집으로 가자고 해서 동네 어르신들께 인사를 드리고 그 댁으로 갔다. 친척 아주머니는 구깃구깃한 종이에 적힌 이름과 전화번호를 보여 주었다. 이름은 그 남자의 이름이 맞았다.

　그녀는 전화번호를 조심스럽게 눌러 전화를 걸었다. 그리고 상대방이 전화를 받는데 아리따운 여인의 목소리였다. 갑자기 가슴이 두근거렸다. 혹시 모 씨 전화가 맞는지 물으니 맞는다고 하면서 잠시 전화기를 두고 외출을 했다고 한다. 그럼 들어오시는 대로 전화를 부탁한다고 하고 전화를 끊고 간신히 가슴 두근거림을 달래고 그 아주머니께 용돈을 드리고 나와서 차를 운전하여 자기 집으로 돌아가기로 하고 그 동네를 빠져나왔다.

　자기 어머니와 아버지가 아플 때 동네에서는 처음에는 돌봐 주었지만 나중에는 매우 비판적인 눈으로 보면서 그녀가 대학을 공부하는 중에도 저런 처지에 무슨 대학을 다니느냐고 어쩌다 시골에 내려오면 수군거렸다. 그래도 고향은 고향이니 앞으로는 가능하면 내려와 동네 어르신들께 기쁨을 주어야 하겠다는 결심을 하였다.

그녀는 고속도로를 달려 혼자 사는 아파트로 새벽녘에 돌아왔다. 꼬박 무박 이일 24시간 만에 돌아온 자기 집이 너무 좋았다. 그녀는 샤워를 하고 맨몸으로 잠들어 버렸다. 혼자 사니 너무 편안하고 자유로웠다. 누구의 눈치도 안 보고 살아도 되고 자신만 잘 가꾸고 보호만 하면 되니 거리낌 없는 삶을 사는 것이다.

자고 있는데 전화가 그 남자로부터 여러 번 왔다. 그래서 선잠을 깨고 전화를 걸었다. 그랬더니 그 남자가 전화를 받았다. 학창시절 말투로 전화를 받아 기분은 살짝 나빴지만 여전히 그녀는 겸손하고 신중하게 전화를 받았다. 유학은 잘 마쳤는지 지금은 무슨 일을 하는지 물었다. 그 남자는 학창시절로 돌아갔는지 뭐든지 반말을 하면서 대답도 농담조로 하는 것 같았다. 그녀는 전화를 끊고 싶었다. 자기는 지금 대학 전임강사가 되었고 귀국하여 그녀를 많이 찾았으며 시골까지 가 보았는데 없어서 지금은 다른 여자와 결혼하여 산다고 하면서 만나자고 했다. 그녀는 만날 이유가 없다며 다음 동창회에서 만나자고 하며 전화를 끊고 전화를 무음으로 해 놓고 잠이 깊이 들었다.

룸살롱 마담은 나이가 꽤 되었는데도 결혼을 안 하고 룸살롱을 운영하여 큰돈을 벌어서 룸살롱 건물을 통째로 사 버렸다. 그 룸살롱은 지하에 있고 1층에는 큰 호프집 겸 간단한 요리를 하는 생맥줏집이 있어 그곳도 성업 중이었다. 2층부터 5층까지는 깨끗하기로 유명한 모텔이 있었다. 그래서 지하 룸살롱에서 2층으로 가면 간단하게 젊은 아가씨와 한밤을 지내는 즐거움이 있었다. 그러니 돈 많은 사학 재단 관계자들이나 교장님들이 신분을 속이고 그 집을 자주 드나들었다.

지하에서 엘리베이터를 타고 2층으로 가면 바로 모텔 이 층이 나온다. 모텔 2층에 방이 10개가 있는데 그곳은 손님이 없건 있건 늘 룸살롱 전용 방이다. 나는 늘 A와 2차를 간다고 하면서 여관까지만 가고 그녀를 보내고 나 혼자 술이 깰 때까지 그곳에 있다가 집으로 가곤 했다. 그리고 나는 그 이후로 모텔에 가는 것을 꺼렸다. A는 나에게 늘 고맙다는 말을 했다. 세상 남자들이 다 자기와 함께 자기를 원하는데 왜 ○ 실장님은 2차를 간다고 하면서 자기를 먼저 보내고 혼자 지내느냐고 말한 적이 있었다. 나는 그렇지 않아도 많은 죄를 지으며 사는데 내가 자네의 그 고결하고 현명한 꿈을 저버리게 할 수가 없었다고, 지금도 이놈, 저놈, 꼰대들 접대를 해야 하는데 매일 주지육림(酒池肉林)에 빠지면 내 인생도 뻔한 것 아니냐고 하니 존경한다며 오빠라고 부르고 나를 무척 좋아했다. 여자는 한 번발을 잘못 들여 놓으면 끝장이라며 옛날 한 요정에서 만난 미스 B 이야기도 해 주었다.

그녀와 나는 영원한 오빠이고 누이동생이었으나 연락을 끊고 지낸 지가 꽤 오래 되었는데 그녀는 고향으로 내려가 신도시의 한 상가를 분양을 받아 그곳에서 열심히 산다고 한다. 멀리 이사를 가게 된 이유는 대학 동창 애가 자주 전화를 하고 치근거리고 자기 집까지 알아내어 괴롭게 했기 때문이었다. 고향에 가서 전화번호도 바꾸고 자기 은신처를 누구에게도 공개하지 않았다고 한다. 한 번의 잘못된 만남은 일생을 두고 괴로움을 주는 모양이다. 그래서 첫 만남이 좋아야 두 사람의 만남이 행복이 될 수 있다. 대부분 사람들, 특히 알코올 중독자들은 부부 갈등, 부모 자녀 갈등으로 심한 술꾼이 되고 결국 알코올 중독자로 평생 살아가게 된다. 그들은 대부분 60대가 되면 온몸이 성한 데가 없고 심장병, 췌장염에 걸리거나 시력도 점점 나빠져 햇빛을 볼 수가 없는 경우도 있으며 젊은데 머리가 살짝 맛이 가서 기억력이 없어지고 양심에도 문제가 생겨서 극단적인 이기주의자가 되고 남을 배려할 줄을 모른다. 거의 모두가 거짓말쟁이가 되어서 신뢰가 바닥이라 그들의 삶은 비참하다. 모두 인간관계가 잘못되어 일어나는 일이다. 나이가 아직 젊은 사람도 마찬가지 증상이 나타나 젊음을 종일 텔레비전을 보거나 휴대폰 고스톱을 하면서 게임에 빠져 보낸다. 그러니 모두 바닥 인생을 살면서 그것을 핑계로 여러 사건들을 벌여 교도소도 가게 된다. 이런 사람들로 인해 사회적 비용도 엄청나게 든다. 그래서 사람을 만날 때는 이성이거나 동성이거나 신중하고 철저한 검증을 하고 나서 친구든 측근이든 사귀어야 한다.

신용과 정직으로 살아가는
스위스 정치인들과 국민들

스위스는 그런 면에서 가장 신뢰도가 높은 중립국이다. 스위스는 세계 여러 나라 국가 원수들의 비밀 계좌가 가장 많고 그로 인한 국가 재정 수입이 상상할 수 없이 많다고 한다. 그 수익은 모두 국민하고 공유를 한다. 그러니 국민 소득이 세계에서 최고 높다고 한다.

우리나라는 수시로 거짓말을 하고 수시로 주군을 배반하고 사분오열되어서 아무 소득도 없는 싸움질을 한다. 특히 고 박정희 대통령은 자기 고향 사람에게 총에 맞아 서거를 했다. 지금도 권력 암투로 나라가 혼란스럽고 현 문 정권이 좌에 붙었다 우에 붙었다 왔다갔다하면서 나라를 도탄에 빠지게 하고 국민을 무척 고통 속으로 몰아넣고 있다. 신뢰와 매너가 부족하고 정직하고 솔직하지 않으면 우리는 영원한 기술 국가에 머물러 더 이상 발전이 힘들다고 한다.

스위스 사람을 용병으로 쓰거나 경호원으로 쓰면 절대로 배반을 하지 않고 자기가 경호하려는 사람과 운명을 같이한다고 한다. 히틀러가 일으킨 세계 2차 대전 중, 스위스 용병들은 끝까지 히틀러에 대항해 싸우다 그 자리에서 전사를 했지만 그 나라 군인들은 모두 항복하거나 전장에서 도망을 했다고 한다. 그래서 지금도 유명한 재벌들이나 유명한 연예인이나 스포츠 정치인마저 경호원을 쓸 때 스위스 사람들을 고용한다고 한다. 그들은 매너가 좋고 충성심이 커서 반드시 주인과 계약 상황을 늘 마음에 새기며 그들에게 주어진 임무에 최선을 다한다.

스위스 은행 직원들은 그들이 비밀을 지키기로 한 상황이라면 어떤 경우라도 발설을 하지 않는다고 한다. 그래서 좌나 우나, 즉 공산주의 국가나 민주주의 국가나 모든 국가들의 통치 자금은 무조건 스위스 은행에 맡긴다고 한다. 사담 후세인은 거액의 달러를 스위스 은행에 맡겼는데 갑자기 죽어서 그 돈은 고스란히 스위스 국민들에게 돌아갔다고 한다. 오사마 빈 라덴도 마찬가지였다고 한다. 유일하게 고 박정희 대통령의 비밀 계좌는 스위스에 없었다고 한다. 그러나 한국의 많은 권력자들도 스위스 비밀 자금이 많았는데 거의 한 푼도 써 보지 못하고 모두 죽는 바람에 스위스 국민들만 행복해졌다고 한다. 그 처럼 스위스는 관광 수입도 많지만 전 세계 모든 통치 자금이 스위스로 몰려들어 가만히 앉아서 큰돈을 벌어들인다고 한다. 그러니 국민들은 큰 신경을 안 쓰고 자기들 생업에 열중할 수 있다고 한다.

그리고 로마 교황청의 경비와 교황들의 경호에도 스위스 용병들을 쓰며 그 용역비가 스위스 국고로 들어가서 그런 인력 수출로 벌어들이는 돈도 대단하다고 한다. 그러니 스위스는 국가 안보도 튼튼하다고 한다. 공산주의 국가나 민주 진영 국가나 스위스를 칠 수가 없단다. 국가 수비대가 있는데 그들도 거의 할 일이 없다고 한다. 왜냐하면 각국의 국가 원수들의 통치자금을 관리하니 스위스를 누구도 건드릴 수 없다고 한다. 그래서 스위스 국민들은 모두 행복해서 서로 신뢰하고 정직하여 범죄율도 세계에서 가장 낮다고 한다.

우리나라도 스위스 국민들을 닮아서 정직하고 신뢰를 쌓으며 살았으면 좋겠다. 그리고 자기 일이 아니면 간섭하지 않고 남을 비방하지 않았으면 좋겠다. 특히 통치자들이 정직하고 믿음이 좋아서 신뢰 사회, 신뢰 국가를 구축하여 국민들도 정직해지고 솔직해졌으면 좋겠다.

그러나 현 문 정권을 보면 도저히 상식적으로 일어날 수 없는 거짓과 음해로 엉망진창이 되어가고 있다. 사법부를 장악하여 갖은 악행을 정당화시키기 위하여 별의별 짓을 다 꾸미고 선동한다. 좌익들의 통일전선 구축을 하고 있는 것이다. 그래서 간에 붙었다 쓸개에 붙었다 하면서 제 살길을 찾지만 그 일은 바로 국민 모두를 배반하고 큰 고통을 주면서 아프게 하는 일이 될 것이고 결국 그 정권은 국민의 심판을 받고 그들의 악행으로 처참한 종지부를 찍고 말 것이다. 천주교가 그 정권의 밑바닥에 숨어서 별의별 짓을 다 사주하는 것도 안다. 하느님도 통탄할 것이다. 민심은 천심이라고 했는데 우리는 그런 것을 알면서도 국가를 위한 기도에 소홀하고 당장 얻는 달콤한 사탕에 빠져 들어 그들의 음모와 방해와 국민의 고통을 외면하고 가짜 신자로 살아간다. 그 얼마나 통탄할 일인가? 나라와 국민을 생각하면 눈물이 난다.

돈으로 모든 것을 다 할 수 있다고
생각하는 C 마담

룸살롱 C 마담도 나를 많이 좋아했나 보다. 어느 날 전화가 왔다. 오늘은 자기와 단둘이 만나서 술 한 잔 하고 싶다고 한다. 단골손님이니 따로 대접하려고 그런가 하고 그녀가 만나자고 한 약속 장소로 갔다.

그녀는 내가 그곳에 도착하기 전에 이미 양주 발렌타인 30년산 한 병을 시켜 놓고 안주도 좋은 것으로 시켜 놓았다. 일어나서 나를 정중하게 자기 앞자리로 안내하여 예의 바르게 나를 반겨 주었다. 늘 깔끔하게 손님을 대하는 것이 습관이 되어 몸에 밴 그녀였다. 오늘은 왠지 외롭고 남자가 그리워져 생각하다 ○ 실장님과 자유롭게 술 한 잔 마시고 싶어서 집에서 특별한 손님들이 찾는 고급 양주를 가져 왔다고 한다.

그녀는 자리에 앉아 술 한 잔을 정성껏 따라서 나에게 주었다. 나도 두 손으로 공손하게 예의를 지키며 고마운 마음으로 내 자리에 놓고 한 잔 따라서 주려고 했다. 그러나 그녀는 예전에 할아버지께 주도를 배웠는데 사랑하는 사람에게 술을 따르게 하는 것은 무례라고 했다며 자기 잔은 자기가 따라 마시겠다고 한다. 내가 생각하기에 여자에게 직접 술을 따라 준 기억은 까마득한 기억을 살려 봐도 거의 없는 것 같다. 그녀의 그런 태도에 나는 매료가 되었다.

좋은 술 서너 순배를 하니 향기롭고 부드러운 술맛이 사르르 혀를 타고 목으로 넘어가 알딸딸했다. 그런데 그녀가 "만약 제가 실장님을 사랑하고 있다면 어떻겠어요? 사실 저도 비록 화류계에서 돈을 벌기 위하여 어린 나이에 이 세계에 들어왔지만 지금까지 수없는 유혹을 넘겼고 아직 남자를 몰라요"라고 했다. 나는 그녀의 말을 믿는다. A의 성공하는 모습과 그녀의 매너나 태도를 보았기 때문에 C 마담의 이야기가 거짓말로 들리지 않았다. 그러면서 그런 질문을 한 것이다.

솔직히 나는 결혼에 한 번 실패하여 다시는 결혼하고 싶은 생각이 없었다. 그것은 여자나 남자가 서로 잘못 만나면 치명적인 상처만 서로에게 남기기 때문이다. 그런 아픈 경험으로 나는 혼자 살기로 결심했다.

만약 결혼을 하려고 마음먹었으면 A와 할 수도 있었다. 그 여인도 어느 날 나에게 전화해서 집에 수도가 고장 났다고 집으로 빨리 와 달라고 해서 아무 생각 없이 아파트로 갔었다. 보수부를 불러 수도꼭지를 교환하자 물이 잘 나오기 시작했다. 수리공이 돌아간 후 그녀는 갑자기 나를 끌어 안았다. "오빠 나 지금 무척 외로운데, 오빠와 오늘 하룻밤 자고 싶다. 내 머리를 올려 줄래?" 해서 "아니야. A는 꿈도 있고 자유롭게 사업도 하고 더 크게 출세하여 큰일을 할 사람인데 나 같은 사람은 A에게 도움이 안 돼" 하고 조용히 그녀의 어깨를 도닥거려 주고 나는 급히 그 집을 나왔다. 나오면서 후회도 많이 했지만 그건 아니라고 생각했다. 나도 중개사 자격증을 따서 함께 사업을 했으면 좋았을 거라고 생각한다. 그러나 그녀도 혼자 살면서 돈을 벌기 위해서 많은 한을 품었고 그 일이 이루어지기를 간절히 바라 왔으니 상처도 많았을 것이 뻔했다. 그토록 사랑했던 첫 사랑이 나중에는 자기를 마음에 두지 않았음을 알게 되었으며 그가 먼저 다른 여자와 결혼을 했으니 그녀의 속은 얼마나 큰 상처를 입었을까?

평탄하지 않은 성공한 사람들은 대부분 누군가 편한 사람을 만나면 그 속 깊이 잠들었던 무의식 속 분노가 자주 겉으로 나타나는 것 같다. 그러면 상대방이 감당하지 못하고 작은 트러블이 자주 나며 결국은 파경에 이를 수 있다고 한다. 모든 것이 편안하고 자유롭고 윤택한 삶을 살아온 사람들이 편안하고 행복할 확률이 높다고 한다. 상처가 많은 사람들은 전문의와 상담을 하고 상처를 치유하면 정상적인 생활을 할 수가 있다고 한다. 그래서 나는 A와 멀어지게 되었고 그녀의 근황은 지금도 모른다.

하여간 C 마담은 계속 자기와 오늘은 밤을 지새우자고 했다. 그리고 취중에 한 말을 믿을 수 없지만 옆에만 있어 주면 모든 것을 해결해 주겠다고 했다. 여자가 결혼만 해 주면 자기가 모든 것을 해결해 주겠다는 이야기는 100% 거짓말이고 남자가 나이 들고 은퇴를 하여도 자신이 마땅히 할 일을 해야 한다. 그렇지 않으면 많은 문제가 생기고 부부간의 오붓함도 사랑도 식어 아무 소용이 없다고 한다.

그럼 여기서 술 한잔하고 룸살롱 가서 또 한잔 더 하자고 했다. 그녀는 그럴 수 없단다. 자기가 예약해 놓은 호텔이 있으니 그곳에 가서 룸서비스를 시켜 함께 마시자고 한다. C 마담이 오늘은 나를 색으로 휘어잡고 간음죄를 짓도록 작정한 것 같았다. 그 이후는 어찌 되었든 나는 그 자리가 싫었고 빨리 헤어나기 위하여 그녀가 하자는 대로 했다. 그녀는 이미 만취상태였다. 아마도 내가 자기를 술집 여자이기 때문에 피하는 줄 알고 자존심이 많이 상했는지 더욱 나에게 집착을 했다. 오늘은 내 콧대를 꺾어 보겠다는 심사인 것 같았다.

간신히 그녀를 부축하여 바로 옆에 있는 호텔로 그녀를 데려갔더니 웨이터가 우리를 안내했다. 나는 도망갈 준비를 했다.

웨이터에게 대충 설명하고 C 사장을 방으로 잘 모시라고 하고 잠시 후에 오겠다고 했다. 웨이터는 그렇게 하겠다고 했다. C 사장이 방으로 들어가는 것을 확인한 후 나는 집으로 갔다.

아무도 없는 빈집이지만 그래도 주말이면 전자회사 사원들이 10여 명 와서 아파트 생활도 즐기고 자기들끼리 음식을 해 먹었다. 그녀들이 미래의 행복을 꿈꾸게 해 주는 것도 좋은 일이라 생각했다. 그들은 나를 아저씨라고 부르며 어떤 아이는 삼촌이라고 불렀다. 어찌 되었든 주말이면 그들이 오는 것이 좋았다. 사람은 큰 집에서 혼자 있는 것보다 누군가와 함께 있는 것이 행복하고 즐겁다. 그리고 그들과 함께 교회에 가서 서로 예배를 드리며 유쾌하게 지냈던 것이 추억이 되어 지금도 행복하다.

그리고 월요일부터 금요일까지는 가끔 청소하는 아주머니가 오셔서 청소도 해 주시고 나를 기쁘게 해 주셨다. 무슨 반찬이든 몇 가지를 해 와서 냉장고에 넣어 주시는데 특히 여름에 오이를 채 썰어 넣고 생미역을 넣어 만든 시원한 냉국이 일미였다. 새콤달콤하고 시원한 미역국은 지금도 생각만 해도 군침이 돌며 먹고 싶은 생각이 든다.

아무튼 혼자 살던 그 시절이 나의 좋은 삶의 거름이 된 것 같다. 그래서 결혼하는 것을 피했는지 모른다. 내가 내 자신의 무능함에 대한 깊은 상처가 있는 사람이기에 누구에게도 행복을 나눌 수 없다는 생각을 늘 하고 살았다.

아마도 C 마담은 방으로 안내되는 순간 잠이 들었던 것 같다. 새벽에 일어나 아무도 없는 것을 보고 나에게 전화를 했다. C 사장이 대취하여 호텔까지만 동행하고 나는 바로 집으로 왔다고 하니, 나에게 울면서 자기를 버리고 갈 수 있느냐며 여전한 집착을 보였다. 아직도 술이 덜 깬 것 같았다. 나는 미안하다고 하면서 A 이야기를 하면서 A의 구애도 거절한 내가 어찌 C 사장의 구애를 받아들일 수 있겠느냐며 내가 이혼남인 것을 잘 알고 있지 않느냐고 이야기를 했다. 그녀도 한참 횡설수설(橫說竪說)하더니 자기도 미안하다고 다음에 가게에서 만나자며 전화를 끊었다.

그녀의 성질이 대단하고 사업가 기질이 굉장하다고 본 나는 그녀의 내면을 보게 되었다. 어쩐지 그 룸살롱에 손님을 모시고 가기가 부담스러웠다. 그래서 C 마담 밑에서 일하다가 남편 도움으로 룸살롱을 하는 D 마담이 하는 곳으로 손님을 모시고 갔다. 그런데 그곳은 왠지 낯설었고 조직도 아직 잘 갖추어지지 않았다. 귀한 손님은 이곳으로 모시면 안 되겠다는 생각을 했다.

거의 두 달 만에 모 교장님이 자기가 돈을 낼 터이니 C 마담의 룸살롱으로 오라고 했다. 돈 많은 그 교장님은 이미 일주일에 한 번꼴로 공사를 하는 건설 회사 소장이나 그 외 잡부 반장을 그곳으로 데리고 와 재미를 보면서 그들에게 접대를 받았다고 한다. C 마담은 한동안 안 나타나는 내가 보고 싶었던 모양인데 전화도 못하고 그 교장님에게 나를 데리고 오라고 한 것 같다. 나는 못 이기는 척 그 교장님과 약속한 시간에 그곳에 가니, C 마담이 왜 이렇게 뜸했느냐고 너스레를 떨며 나를 맞았다. 그날따라 평소에 하던 태도와는 다르게 무척 상기된 얼굴이었다. 그 영감 왔느냐고 물으니 벌써 한참 전에 와서 건설 현장 소장과 많이 취했다고 했다. 그래서 나는 기분이 안 좋아 그냥 나 왔다 갔다고 하라며 나오려고 했다

인사를 하고 돌아 나오며 생각했다. 그 영감은 복이 많아 공부도 일본서 하고 오고 재산도 얼마인지도 모르게 많고 갖은 못된 짓은 다해도 건강하게 복 받고 잘 살고 있다. 지금 와서 생각하면 사람이 가장 행복하게 죽는 게 복상사라고 하는데 그 교장은 결국 사십대 여인과 여관에서 그 짓을 하다가 복상사를 했으니 참으로 복이 터진 사람이 아닌가?

아들딸이 몇 명이 있는데 일본 부인에게서는 자식이 없고 모두 다른 여인을 통하여 낳은 자식이라고 한다. 그 일본 부인이 그 자식들을 키우는데 많은 애를 먹었다고 한다. 성질도 자식

들이 제각각 다르고 성품도 모두 괴팍하여 돈복은 많은데 자식 농사는 흉년이 되고 말았다고 한다. 그 일본 여인은 매우 총명하여 그 교장이 죽자 재단 이사장직을 맡아 정직하게 학교 운영을 하다가 향년 팔십칠 세에 타계를 했다. 나도 그분을 몇 번 뵈었는데 참으로 좋은 아내고 어머니였다. 내가 그 집을 방문하면 칙사 대우를 하며 우리 ○ 선생 같은 사람이 내 아들이었으면 좋겠다고 하면서 당신의 아들이 되어 달라고까지 했다. 그리고 자기 남편이 훌륭한 교육자라고 말을 했다. 당신이 아이를 못 낳아서 평생 남편만 바라보며 남편이 어디에서 아이를 데려오면 자기가 낳은 자식처럼 키웠는데 중간에 사춘기를 제대로 못 넘기고 엉터리로 키웠다며 솔직하고 진솔하게 말하였다. 일본 여인답게 당신의 사정을 늘 꾸밈없이 정직하게 표현하며 당신의 남편의 좋은 점만 이야기하신 분이다.

그런 걸 보면 남을 해치려고 하지 않고 이익을 보기 위해서 최소한 의리와 법을 어기지 않고 약속도 잘 지키는 사람들이 일반 일본 국민인 것 같다. 정치인도 비교적 한국 정치인보다는 솔직하고 정직하다. 그 여인은 갑자기 죽은 남편을 대신하여 이사장직을 승계하여 학교를 정상화시키며 자기 남편이 저지른 모든 것을 책임을 다하여 수습하고 자기 몫으로 50퍼센트의 재산을 유산으로 상속받아 모두 처분하여 현금화를 하여 상속세로 수십억을 세무서에 납부하고 나머지 돈은 재단에 전입하여 선생님들 복지에 쓰고 나머지는 장학 기금으로 매년 많은 가난한 아이들이 장학금으로 공부하게 하였다. 남편의 죄업을 일부나마 갚아주었다고 한다. 그리고 평안하고 고요하게 고운 모습으로 어느 날 주무시며 바로 부처님 나라로 입적을 하셨다고 한다.

그분 역시 아픈 곳 없이 천수를 누리다가 그토록 원하던 불국토로 가시면서 자신이 남긴 일부 재산을 근처 절에 희사하고 장학금으로 재단에 전입하도록 유서를 남긴 글이 있었다고 한다. 자녀들은 그 어머니의 뜻에 따랐다고 하는데, 모두 개과천선(改過遷善)하여 지금은 학교 재단 일을 보면서 어머니의 유지를 받들어 학교에 비리가 없도록 하고 자신들이 맡은 일에 정직하게 임하여 학교가 많이 좋아졌다고 한다.

결국 남편이 망쳐 놓은 학교에 그 아내가 이사장님으로 취임하여 쇄신하고 좋은 전통을 만들며 남편의 오명도 씻고 자녀들도 사랑으로 용서하고 재산을 골고루 공정하게 나눠 주고 그들이 낼 상속세까지 다 해결한 것이다. 그 망나니 같던 아들들도 변하여 자식으로서 역할을 다하며, 어머니, 아버지 기일이면 모두 모여 옛날이야기를 하며 서로 상부상조(相扶相助)하고 즐겁고 행복하게 살아가고 있다고 한다.

한 일본 여인이 정직하고 의로운 일을 하며 시집온 가문을 훌륭하게 만들고 자녀들을 단결시키는 위업을 이루고 학교도 십여 년 만에 명실상부(名實相符)한 명문사학으로 발전시켰다. 이제 그 학교의 교장은 반드시 교사 회의에서 교사가 추천하여 의결해야 한다. 재단은 그렇게 결정된 사람을 인준하여 세운다고 한다. 선생님들도 더 열심히 학생들을 가르쳐 더 좋은 학교가 되었다고 한다. 그뿐만 아니라 교사도 교사 회의에서 자율로 뽑아 올리면 재단에서 그 사람을 임용하게 하여 그야말로 실력 있는 좋은 선생님들을 모셔서 학교가 점점 좋아져 갔다고 한다. 그리고 재단 전입금이 많아서 교육청에게 굳이 도움을 요청하지 않아도 오히려 교육청에서 더 좋은 조건으로 교부금을 주어서 좋은 사업에 쓴다고 한다. 그리고 그 일본인 이사장님 덕분에 일본에서 큰 부자인 그의 부모님들이 남겨준 유산 일부가 학교 재단으로 전입되어 학교 재단 잉여금이 많아져 매년 큰 금액을 재단에 전입하여 학교가 갈수록 명품 학교로 변화되고 있다고 한다.

돈을 쓸 줄 모르고 자기 자신의 행복과 쾌락만 위하여 쓰고 자식들까지 적으로 만들고 아프게 했던 그 교장 선생님의 잘못을 어머니 이사장이 모두 새롭게 하였다고 그 자식들도 어머니 이사장의 유지를 잘 받들고 산다고 한다.

그러니 집안이나 사학 재단이나 독단과 개인 사욕으로 운영되면 부패와 불법과 탈법으로 점철되어 주변 사람늘이 잘나가도록 도움을 주기보다는 삐딱하게 세상을 살도록 한다. 그래서 부모나 재단의 최고 어른은 정직하고 도덕적 흠결이 없고 윤리적인 행동을 해야만 좋은 조직이 되고 좋은 사회와 나라를 만드는 데 기여한다.

한동안 난 룸살롱 접대는 안 하기로 했다. 서너 달 안 가니 C 마담이 이번에는 직접 전화를 걸어 만나자고 했다. 이유를 물으니 잠시만 뵈면 된다면서 꼭 만나자고 했다. 그럼 이번에는 커피숍에서 만나 차분하게 담화를 하자고 하니 좋다면서 전화를 끊었다. 우리는 오후 늦은 시간에 커피숍에서 만나서 서로의 사정과 여러 가지 에피소드를 주고받으며 이야기를 나누었다. 그녀가 ○ 실장님은 나를 어떻게 보느냐고 곤란한 질문을 해서 한참 생각에 잠겼다. 앞에 앉아 있는 여인은 나에게는 과분하지만 C 마담 인생의 목적이 돈이 되어서 문화생활이나 다른 생각을 할 여유가 없어 무슨 일이든 즉석에서 해결되고 자기가 원하는 대로 일이 성취되어야 한다고 늘 생각한다. C 마담은 그냥 C 마담으로 생각을 한다. 나의 인생의 좋은 파트너도 되기도 하고 큰 부자 처녀 그런 정도다. 옆에서 가끔 만나 술 마시며 인생 이야기를 하며 아름다운 추억을 만드는 사람 정도로 생각한다고 했다. 그녀는 내가 이 혼탁한 세상의 한 마리 백조처럼 고고하고 성실한 숙맥이라고 말했다.

　그러니 서로 다른 관점에서 맞지 않는 평가를 내리고 마음속은 모르는 것이 당연하다. 사랑하면서도 그녀에게 혹시 부담이 될까 봐 그 사랑을 접고 어떤 사람을 만나나 상대를 먼저 배려하는 나로서 상대방에게 부담이 된다면 안 된다는 고정관념으로 나를 움츠리게 한다. 좀 더 재미있게 인생을 누리며 살아가는 것도 좋은 일인데 그렇지 못하고 각종 거추장스러운 것을 다 믿고 따르다 보니 정작 고대로부터 마음껏 누리던 인간 본능의 모든 것을 억누르며 살아가게 된다. 그러다 한 번 터지면 걷잡을 수 없는 것이 사람의 본능이다. 그래서 자기 신분도 착각하고 제멋대로 살다가 결국은 아무 의미 없는 생이 된다.

　사람이 죽을 때 그 주검을 보면 그 사람의 인생살이가 어느 정도 눈에 보인다. 평생을 어렵게 고통 속에 보낸 분은 얼굴이 밝지 못하고 어둡다. 그러나 평생 가난하게 살았지만 올바른 길을 가면서 고생을 한 분들은 그 주검이 아름답기까지 하다.

　C 마담에게 이런 이야기를 했다. 당신은 돈도 많고 돈 많은 사람들이 주변에 많으니 그중 한 사람을 찍어 결혼 신청을 해 보라고 했다. 그랬더니 화를 냈다. 나는 지금 ○ 실장의 의견을 들을 뿐이지 그런 충고까지 받고 싶지 않다고 했다. 그래서

나는 더 이상 이야기를 하지 않고 그녀의 이야기만 듣기로 했다. 결혼하기 전에 화내고 싶으면 화를 내고 자기 생각대로 모든 것을 하려는 성향을 보이는 이런 여자를 누가 좋아하겠는가. 아마도 조폭 두목이나 만나서 살면 딱 좋겠다는 생각을 하며 나는 그녀를 개인적으로 안 만나기로 했다.

돈 권력으로 다른 사람을 복종시키려고 하는 사람은 누구나 최후는 불행하다는 생각이 내가 가지고 있는 신념이다. 돈은 올바르게 벌어서 올바르게 쓰면 명예도 얻고 심지어 권력도 얻을 수 있는 기반이 된다. 그러나 돈의 힘을 잘못 쓴다면 큰 봉변을 당하고 아무 일도 할 수 없다. 그 돈으로 인하여 가문과 사회에 큰 불행을 가져온다. 학교를 운영하거나 그곳에서 교사를 하며 산다는 사람들이 돈으로 몹쓸 짓을 하면서 쉽게 누군가의 약점을 잡아 갈취하여 그 돈으로 노름을 하고 계집질을 한다면 그보다 추하고 더러운 일은 없을 것이다.

C 마담은 욕심에 찬 이야기만 했다. 나는 커피 잔을 물끄러미 바라보면서 그녀의 말을 듣기만 했다. 어릴 때 조실부모하고 그나마 있는 재산을 모두 정리하고 올라와서 자리를 잡으려고 왔단다. 모 치과에 진료를 받으러 갔는데 곱상한 의사 선생님에게 반하여 잇몸이 조그만 아파도 치과를 가다 보니 서로 이야기도 나눌 처지가 되어서 작은 술집을 하나 내려고 하

는데 조언을 해 달라고 했단다. 그 의사 선생님이 어느 번화가에 룸살롱 하나 개업하면 좋을 것 같다고 해서 지금 그 자리에 룸살롱을 연 지 오래됐다. 그 의사의 말대로 대박이 나서 지금은 아파트도 사고 건물도 사고 남부럽지 않지만 의사 선생님은 이미 유부남이고 자신은 단지 손님으로만 만났다고 한다. 그분에게는 제대로 데이트 신청도 못했다고 한다. 그녀가 바쁘게 일했던 시기라 그런 데에 신경 쓸 여유가 없었다고 한다.

그녀의 이야기는 수시로 딴 방향으로 나가다가 다시 나를 치켜세우며 평생 자기가 먹여 살릴 테니 결혼을 하자는 말로 돌아왔다. 나는 묵묵부답이었다. 아무것도 생각하고 말하기가 싫었다. 이미 그 이야기는 안 하기로 했기 때문이다. 그래서 갑자기 내가 오억의 빚이 있는데 갚아 줄 수 있는지 물었다. 그랬더니 그녀가 조잘거리던 말을 멈추고 나를 물끄러미 쳐다보았다. 자기에게 며칠간 생각할 시간을 줄 수 있느냐고 그랬다. 그동안 말한 모든 것이 당장 나를 정복해 보려고 하는 마음에서 나온 헛소리가 아닌가 생각하며 우리는 밤늦게 헤어졌다.

그리고 나는 다시는 그녀와 만나지 않았다. 한동안 서로 전화도 하지 않은 지 2년 정도 되었는데 C 마담의 결혼 청첩장을 받았다. 사람의 운명은 누구도 예측할 수가 없다. 신랑은 아내가 있는 유부남이었는데 C 마담은 신랑에게 가정 문제는 자기가 맡을 테니 걱정 말고 결혼해 줄 것을 약속하라고 했다.

그리고 서약서를 쓰고 도장까지 받으며 그녀의 결혼 작전을 시작했다. 그녀는 겁나는 게 없다. 돈이 많으니까. 그녀는 그의 부인과 아이들까지 만났다. 부인은 처음 C 마담의 이야기를 듣고 청천벽력(靑天霹靂)같은 말에 잠시 혼절을 했다고 한다. 남편은 경찰 간부로 집을 오가며 5년간 자기 가정을 위하여 충실하고 성실한 생활을 해 왔다고 한다. 부인은 당신 같은 사람하고는 말하기 싫으니 당장 이 집에서 나가라고 했다. 첫날 C 마담은 일단 안면을 튼 것으로 만족했다.

C 마담이 보기보다는 야망이 크고 자기가 하는 일에 대한 죄책감은 없고 오직 자기의 목적을 위하여 상대방을 배려하는 일은 없다. 한때 서로 거래를 하면서 그 집의 술을 많이 팔아 주었는데 대실망이다. 유부남을 찍어 자기 신랑으로 만들 생각을 하고 그 부인을 찾아가 당신 신랑을 양보하라고 하다니 통 큰 여자이다. 우여곡절을 겪으며 자녀들 교육비를 매달 넉넉하게 주고 위자료 3억 원에 살던 집도 그녀에게 주는 조건으로 이혼을 시켰다고 한다. 한심스러운 일이다. 그러나 양쪽이 모두 할 도리는 다한 것 같다.

두 사람의 결혼식에는 폭력배들이 몰려와 그 결혼식을 주관했고 오는 손님들에게 구십 도로 인사를 하며 정중하게 모셨다. 대단히 호화스러운 결혼식 뒤에는 많은 슬프고 아픈 사연들이 숨어 있었다. 먼저 신랑의 아내였던 사람은 깊은 우울증으로 병원에 입원 치료 중이었고 아이들도 여러 가지 충격으로 행복하지 않은 생활을 하고 있다고 했다.

모든 것을 뒤로하고 어차피 새로운 길을 출발하는 C 마담에게 좋은 일 있기를 바랐지만 당장 경찰 공무원을 그만둔 남편은 하루아침에 백수가 되어 낮에 여기저기 떠돌며 술을 자주 마셨다. C 마담은 그런 모습을 보일 때마다 불같이 화를 내곤 했다. 서로 다툼이 잦아졌고 그 사이에 C 마담이 임신을 하게 되었다.

그들은 고용 마담에게 가게를 맡기고 별장에 기거하면서 산행도 하고 겨울이면 스키를 타면서 오랜만에 둘만의 시간을 즐겼다. C 마담은 늦은 임신으로 고통이 심했다. 사실 C 마담은 아이를 낳으려는 생각을 하지 않았다. 남편 아이들에게 양육비를 주면서 사니까 무리 없이 남편 아이들만 잘 키워도 된다는 생각을 하였기 때문에 그녀는 아이를 안 가지려고 했는데 임신을 하게 된 것이다. 많은 고통을 인내하며 10달을 기다려 몸무게가 많이 나가는 아이를 죽을힘을 다하여 해산하려고 했다. 그러나 자연분만에는 실패를 하고 복강경 수술로 아이를 꺼내어 보니 기형적으로 머리가 크고 하체는 약한 아이가 보였다.

C 마담은 아기를 안고 울었다.

누가 보아도 그 아이는 비정상으로 보였다. 그래도 자기가 낳은 유일한 자식이니 어찌하랴. 옛날에는 지금처럼 요양 보육원이나 전문 병원도 없어 남편이 그 아이를 양육하며 종일 가사 노동을 도맡아 하였다. 남편은 자꾸 옛날 생각에 잠기며, 스스로 자신의 현재 모습을 거울에 비추어 보며 자기가 너무 쉽게 C 마담의 청혼을 받아 들였다고 생각했다. 자중하고 신중하게 일을 처리했어야 하는데 그때는 둘이 술을 마시고 한 호텔에 들어가 별일을 치르고 난 후여서 C 마담의 본능적 집착과 감시 때문에 무척 힘 들었다고 한다.

아이가 정상적으로 태어나 잘 자랐다면 그래도 자괴감에 자주 빠져 들지 않아도 되었을 텐데 아이가 자라면서 몸집은 비대해졌고 말은 더뎠으며 일어나 걸어 다니는 것도 정상아와 달랐다. 그 아이는 선천성 뇌성마비(腦性麻痺)로 힘겨운 나날을 보낸다고 한다. 그러다 보니 서로 부부가 신경이 예민해졌고 모든 주도권을 아내가 쥐고 흔 들었으며 남편은 들러리로 아이를 키우는 보육사가 되었다.

그녀는 차츰 남편을 의심하게 되었다. 거의 한 시간마다 남편을 체크하며 남편의 동선을 파악하고 숨도 제대로 못 쉬게 하였다.

나는 문자로 그녀에게 남편에게 자유를 주고 자주 전화를 하는 것이 사랑이 아니라 남편을 구속하는 것이라고 하였다. 그리고 정신병원에 가서 지금 C 사장의 상태를 점검해 보라고 했다. 그랬더니 C 사장은 나에게 버럭 화를 내며 자기가 무슨 이상이 있어서 병원을 가느냐고 오히려 나에게 역정을 냈다. 나는 자기 자신은 자기도 모르게 어떤 일을 하는지 알 수가 없지만 옆에서 지켜보면 무엇을 잘못하고 있는지 이상한지 정상인지를 알 수가 있다고 말하면서 남편을 의심하고 동선을 파악하고 수시로 전화를 하는 것은 정신적인 문제가 있는 거라고 했다. 편애와 집착증 때문에 우울증 아니면 조울증이 심화된 것이고 결국 상습적 의부증으로 변해 가는 중임을 명심해야 미래의 불행을 예방할 수 있다고 했다.

　그랬더니 그녀는 수긍을 하며 자기가 요즘 이상해졌다고 했다. 세상에 돈만 많이 벌면 끝이고 돈이 있으면 누구나 행복해지고 그 돈으로 남편의 모든 것을 휘어잡을 수 있다고 생각했는데 그것이 아니라는 사실을 알고부터 불안하고 공허하며 괜한 것으로 남편을 의심하게 되었다며 이런 것이 결혼 생활이었다면 차라리 혼자 사는 게 좋았을걸 하며 후회막급이었다고 했다. 그리고 정신과 의사 선생님과 상담을 해 보겠다고 하며 고맙다고 이야기를 하며 전화를 끊었다. 가정에 들어가도 C

사장이나 그의 남편이나 너무 힘들다고 했다. 그리고 둘 모두가 생각 없이 대충 시작했던 결혼을 안 하는 것인데 둘의 만남이 이렇게 힘든 일이 될 줄은 몰랐다고 한다. 나는 스스로 만족을 하며 그 둘이 행복한 가정생활이 될 것을 간절히 바랐다.

우리가 살아가는 데 있어 결혼은 선택이다. 그 결혼을 해서 행복해질 수도 있고, 불행할 수도 있다. 모든 사람들이 행복한 결혼 생활을 하려면 결혼할 준비를 철저하고 세밀하게 하여야 한다. 그렇지 않고 감정이나 일시적 욕구를 못 참아 대충 결혼을 한다면 그 결혼은 실패할 확률이 높고 불행의 지름길이 된다.

C 사장 부부는 잘해 보려고 노력을 하지만 그 상처들이 모두 아물기에는 서로 주고받은 상처들이 깊었다. 이제는 그 아이가 성장하여 혼자서 그를 제어하기도 힘들었다. 나대는 그녀석의 힘이 보통 센 것이 아니었다.

그래서 하늘은 모든 사람에게 공정하다. 잘사는 사람은 잘사는 사람대로 부족함과 결핍이 있고 못사는 사람은 돈은 없지만 다른 걱정 없이 행복한 삶을 살기도 한다. 이렇게 신은 모두에게 공평하고 공정한 기회를 주며 때때로 그 때에 맞는 복을 주시고 사람들이 당신 울타리 속에서 늘 평화롭고 기쁜 삶을 살기를 바란다.

C 마담과 그 남편은 5년 만에 파경을 맞고 말았다. C 사장이

날이 갈수록 의부증이 심해졌고 거의 매일 언성을 높이고 싸우며 살아가니 더 이상 함께 살 수 없는 상태가 되었다. 그 남편은 다시 전 아내와 함께 살게 되었고 그 가정은 한 번 폭풍우를 겪고 다시 결합하게 되었다. 그는 경찰 퇴임 모임에서 작은 일자리를 얻어 아내가 싸주는 도시락을 들고 매일 일하러 출근을 하니 기뻤다고 한다. 남자는 직업이 있어야 아내의 기대와 꿈을 펼치게 해 줄 수 있고 그래야 행복하다. 또 자식들도 제자리로 돌아와 그 가정은 생기가 돌고 활력이 넘친다.

그러나 C 사장은 마치 혼이 나간 사람처럼 멍해지는 일이 부쩍 잦아졌다고 한다. 그래도 애 아버지가 있으니 아들은 알아서 하겠지 하는 생각을 하면서 깨끗하게 정리하였다. 집에서 잠시 키우다 몇 개월 후 신설된 장애인 시설에 맡겨서 잘 크고 있다고 한다.

나랏님이 정치를 잘해야 시민이 행복하다

　사람이 태어나서 성년이 되면 남녀의 아름다운 사랑이 세상 어느 것보다도 소중하고 기쁘고 즐겁고 행복한 인류지대사(人倫之大事)인데 요즘은 이혼이 많아지고 있으며 특히 황혼 이혼은 우리를 더 아리게 한다.

　우리나라 경제가 좋아지고 실업자가 줄어서 한 가정이 경제적인 문제로 파경을 겪지 않도록 나랏님이 경제를 잘해 주었으면 좋겠다. 그것이 우리나라의 미래가 밝고 아름다운 것인데 모든 것이 걱정이 된다. 나라가 잘되려면 현 문 정권의 어정쩡한 모습으로는 안 된다. 그래서는 이 세상의 국제 정서상 나라가 부강해지기 힘들 것이다.

　미국이나 일본의 손을 잡지 않고는 경제는 파탄으로 갈 것은 뻔하다. 중국과 이북과 손을 잡고 그들의 비위를 맞추면 미국과 일본, 그 외 유럽 국가들이 우리의 국격을 얕잡아 볼 수 있다. 결정적인 순간에 국제적 문제에 휘말리면 우리나라는 중국의 속국이 될 수도 있다. 북한도 마찬가지다. 지금 북한은 고립무원(孤立無援)이 되어 국제적 망신을 당하고 있다. 저들이 핵을 포기하지 않는다면 그 고립은 더 심화되어 아무리 김정은이 뛰어난 독재 통치 기술자라고 해도 저들의 말로는 비참할 것이다. 그 영향을 받아 우리나라의 종말도 좋지 않을 것이다.

건국 이래 지금처럼 나라가 혼란스러울 때는 없었다. 이상한 통치 형태를 가지고 말도 안 되는 비리, 불법, 탈법의 수괴를 내치지 못하는 나랏님의 모습이 너무 불쌍하게 보인다. 비록 모 전 장관이 스스로 물러났지만 저런 자의 뒷거래, 공작이 은밀하게 정권 차원에서 이루어져 검찰의 수사를 방해할지 더 걱정이 된다. 개인이나 작은 공동체나 더 나아가 국가는 나랏님을 잘 만나고 가장이나 공동체 대표를 잘 만나야 그 국가나 가정과 공동체가 번영하고 행복할 수 있는 기반을 탄탄이 하여 희망 속에서 기쁨과 보람을 누릴 수 있다.

C 사장은 모든 재산을 정리하여 더 좋은 곳으로 가서 더 많은 돈을 잘 벌고 있지만 심한 우울증으로 병원을 자주 다닌다고 한다. 경제적인 부는 누리지만 그녀는 분명 불안하고 괴로운 나날을 보내고 있다. 나에게 가끔 전화도 오지만 나도 그녀를 도울 방법이 없다. 그녀는 돈의 힘으로 여생을 그런대로 살아가겠지만 잘못된 결혼과 이혼의 상처는 영원히 안고 갈 그의 업보라고 할 수 있다. 돈으로 모든 것을 이루려던 그녀의

야무진 꿈은 그렇게 물거품이 되고 말았다. 지금은 누구도 그녀를 옹호해 주거나 용기를 주지 않는다.

그녀는 불교에 귀의하여 많은 돈을 절에 바친다고 한다. 차라리 그렇게 해서라도 자기의 업보를 조금씩 비워 가는 모습은 보기 좋다. 한 여인의 힘들었던 지난날의 죄업은 점점 없어지고 선업을 쌓아서 그녀가 평안과 행복을 누릴 수 있기를 빈다.

모든 것이 순간에 일어났다가 순간에 쓸어 진다. 일초 일 초가 인생의 지금이며 현재일 뿐이다. 그 시간들을 헛되이 보낸다면 우리는 내일도 마찬가지 허송세월이 될 것이다. 지금 이 순간이 그 일초가 나에게 주어지는 마지막 순간이 되고 나이도 점점 많아져서 결국 어제는 이미 지나가 버린 것이어서 그래도 돈이든 권력이든 명예든 그것을 좇는 사람들은 어느 정도 자기의 목표를 달성하지만 그 모든 것은 일순간 아무 소용없는 과거사가 되어 버리고 쓸쓸하고 고독한 하루를 보낼 뿐이다. 그러면 어떻게 하면 죽는 그 순간까지 외롭지 않고 풍부한 자원과 사람으로 행복할 수 있을까? 바로 자비와 사랑을 평소에 베푸는 것이다. 돈이 있는 사람은 돈을 나누고 권력을 잡은 사람은 권력을 나누고 명예가 있는 사람은 그 명예를 나누어야 한다. 그리고 좌나 우나 치우치지 않고 항상 평상심을 잃지 않고 조용히 사는 것이다. 그러면 또 다른 부와 권력과 명예가 그 주위에 머문다. 불법, 탈법, 비리에 노출된 권력자는 참으로 비참한 현실을 맞으며 괴로운 나날을 보낸다.

우리 국민은 옛날 그 시절 국민이 아니다. 차라리 공적인 방송 뉴스나 신문은 안 보고 유튜버들의 개인 방송을 더 자주 본다. 그분들의 뉴스가 일반 뉴스보다 팩트가 많기 때문이다. 어느 날 문 대통령이 가짜 뉴스가 난무한다며, 유튜버들의 방송을 지목해 가짜 뉴스 제조기들이라고 했다. 그러나 그런 말을 하는 문 대통령이나 그 부하들은 그야말로 새빨간 거짓말을 백주 대낮에 해대서 국민들을 걱정하게 하고 불안하게 한다. 지금은 문 대통령이나 그 주변 사람들이 말을 하면 모두 거짓말로 치부해 버린다.

그리고 수단과 방법을 가리지 않고 눈감고 아웅 하는 일들을 스스럼없이 자행하였다. 두 명의 전직 대통령을 감옥에 처넣어서, 꼼짝 못하게 해 놓고 갖은 음해성 공작을 관제 언론들을 동원하여 하고, 사상누각(沙上樓閣)을 2년여 동안 가열하게 짓더니 이제는 하늘의 심판을 받기 시작하고 누각이 무너지는 소리가 여기저기에서 메아리쳐 온다. 후안무치(厚顏無恥)의 정점에 이른 이즈음에야 그들의 생명은 점점 괴멸해 간다.

그래도 국민들은 정신을 바짝 차리고 저들의 꼼수에 넘어가 이 나라가 사회주의 국가가 되는 것을 막아야 한다. 국민들이 더욱 단결하여 바르게 살아가면서 좋은 국가를 만들기 위하여 다음 정권은 좌파도 우파도 아닌 중도 중립 입장을 지키며 나라의 보위와 경제 발전에 유익이 되는 그런 정권이 탄생하도록 해야 한다.

그리고 앞으로는 노인 인구가 많아질 것이다. 고령화에 따른 모든 준비를 진작 해야 했지만 그러지 못했다. 포퓰리즘에 편승한 노인 정책이 아니라 실제 국가의 국책으로 나라를 부유하게 하는 일을 해야 한다. 그러기 위해서는 공정한 정책을 청년, 노동 등과 관련하여 잘 펼쳐야 한다. 그것만이 우리가 살아가는 이유이며 후손에게 부담이 덜 가는 빛나는 자유 대한민국을 물려 줄 수 있는 길이다.

우리는 좋은 대통령들을 만나 오늘의 탄탄한 경제 구조를 만들었다. 그런데 중간중간 좌파 대통령들에 의하여 많은 상처를 입었으며 북한을 돕는다는 명목으로 나라에 큰 해를 끼쳤고 결국 주사파들에게 정권을 강제로 탈취당하여 지금의 난세가 되었다. 이제는 북한뿐만 아니라 자유 대한민국까지 고립무원(孤立無援)의 처지가 되었다.

문 대통령이 이 나라 저 나라를 돌아다니며 외교를 한다고 하는데 실속이 없는 체면 차리기식, 과시성, 외유성 여행을 하는 것처럼 국민의 눈에 비춰진다. 우리 국민은 까맣게 모르고 있다.

주사파 정권은 순수한 문학인도 선동선전에 동원한다. 그들도 문학을 통하여 국민의 좌파 교육을 착실히 했는지 모른다. 아마도 주사파 정권이 그들의 명예까지 사서 자신들의 후안무치를 감추려 시도했는지 모른다. 어찌 되었든 조국의 앞날에 실낱 같은 희망을 갖게 되었다. 주사파 후안무치 한 장관이 실각을 하였으니 우선은 속이 후련하지만 그들의 또 다른 숨은 공작으로 우리 국민들을 선동선전 하려는 의도가 여기저기서 감지된다. 우리는 두 눈을 부릅뜨고 그들을 감시·감독하여 작은 조짐이라도 모든 국민에게 미리 알리도록 노력을 해야겠다. 이 난국을 풀 수 있는 지도자들이 다음 총선에서 많이 뽑혀 나라를 위한 국민들을 위한 자유 대한민국 민주주의가 영원히 이 땅에 뿌리를 내리도록 힘써서 자유 대한민국이 계속 성장하기를 바란다.

한편 A는 인근 어려운 이웃들에게 용기와 힘을 주는 역할을 잘하여 아름답고 곱고 단아한 노처녀로 소문이 났다고 한다. 그 부잣집 녀석은 마약을 투약하고 술을 마셔 대학 강사직도 잃고 허랑방탕(虛浪放蕩)한 생활을 하면서 교도소도 다녀오고 지금도 일 년에 서너 번씩 A를 찾아와 괴롭혀서 법원으로부터 접근 금지 처분을 받고 난 후에는 주위에 나타나지 않는다고 한다. 그 부잣집 아들이 누구보다도 행복하게 살 거라는 동창들의 기대와 달리 그런 비참한 지식인이 되어 세상을 떠돈다고 한다. 이 얼마나 통탄할 노릇인가? 미국에 가서 그렇게 힘들게 공부하여 박사 학위까지 받고 온 그는 어떻게 아무에게도 도움을 주지 못하고 마약을 하며 술을 마시며 동창들에게 여기저기 돈을 빌려서 많은 동창들이 그에게는 돈을 주지 말자고 하는 통문을 돌렸다고 한다.

　한때 사모했던 A는 그런 관계로 동창회에도 나가기가 싫었다고 한다. 모여서 다른 사람 흉이나 보고 뒷담화를 하고 서로 돈 자랑, 권력 자랑, 명예 자랑의 장으로 변한 동창회가 싫었다고 한다. A는 여전히 혼자 살면서 자신의 일을 즐기며 욕심 없이 부자들한테는 공인 중개 수수료를 제대로 받고 서민 중 어렵게 사는 사람들에게 수수료를 싸게 받거나 안 받는 경우도 있는데 손님들이 미어터진다고 한다. 확실히 돈 복이 많은 사람들은 장소와 시간에 관계없이 늘 돈 버는 일이 잘된다. 그것은 그녀가 좋은 마음을 가지고 자기 직업에 자부심과 행복을 갖게 되기 때문이다. 자연적으로 가게가 홍보되고 많은 사람들이 그 집의 단골이 되기 때문에 그렇게 빽빽한 일정을 매일 살아가며 돈이 잘 벌린다고 한다. 우리들은 세상에서 착하고 선하게 살면 자식 대에서 큰 복을 누리며 산다고 했으나 요즘은 그 대에서 복 받는 모습이 보인다.

🌾 친구와
그의 아내 선생님

어느 한 친구는 아버지의 주사와 괴롭힘 때문에 자기 아버지를 무척 싫어하고 미워하였다. 어머니는 아버지의 그런 일로 완전히 아버지에게 공포심까지 가지며 힘들게 살다가 나쁜 병으로 그가 고등학교 시절에 세상을 뜨셨다. 그리고 나서 아버지는 아들에게 매를 맞으며 힘들게 살아가는 처지가 되어서 가끔 나에게 와서 아들에 대한 원망과 잘못을 이야기한다.

아들은 부모가 전혀 신경을 안 쓰고 도움도 주지 않았지만 명문고를 졸업하고 명문대 법대를 스스로 학비를 조달하며 공부를 마치고 그 당시 명문대 졸업생들이 일하고 싶어 하는 대기업에 입사하여 한창 잘나가고 있었다. 그 대기업은 회사 경영에 허점도 많았지만 박 대통령 시대에는 잘나갔었다. 그런데 전두환 대통령 시절을 거처 김영삼 대통령 시대에 차츰 기울어져 가다가 김대중 대통령 시대에 기업 비리로 큰 사건까지 일어났다.

이 친구는 진작 회사의 미래가 불투명함을 예견하고 모든 회사가 돈줄이 막혀 하나둘 부도가 날 즈음에 퇴직금을 받아 챙기고 회사에서 나왔다. 그러고는 하마터면 종이로 변했을 수식을 팔아 꽤 많은 부를 누리며 그 자금으로 회사를 차렸다. 그 회사에서 사업을 벌여서 꽤 많은 부를 축적하게 되었다.

그의 아내는 교사를 하고 있다. 지금쯤은 어느 학교 교장을 하고 있는지 모른다. 둘은 중학교 때 교제를 했고 서로 대학을 다닐 때 사귀며 서로에게 도움을 주고받았다. 아내의 집은 부농이다. 간척지를 싸게 불하받아 그 동네에서는 가장 부자이고 그녀의 부모님은 대학을 나와 그곳에 정착하였다고 한다.

고 박정희 대통령께서 간척 사업으로 우리나라에 농토를 엄청나게 많이 만들어 학식이 있는 젊은이들에게 불하해 주었다. 그들이 농사를 지으면 추수한 곡식의 2할을 국가가 매입하여 주고 그들이 지은 부채를 갚아 가게 하였으니 그곳에 정착한 사람들은 모두 부자가 되었다. 농사를 지어도 시와 때를 잘 만나면 부농으로 자녀들을 대학까지 가르치며 존경받고 행복하게 살 수 있다는 말의 사례로 그녀의 부모님들이 뽑히기도 했다.

그 녀석은 친부모 복이 없어 고생을 했지만 아내의 부모님, 즉 장인어른, 장모님을 잘 만나 지금까지 행복하게 산다. 그래서 하느님은 공정하고 정의로우시다.

아버지를 때린 것은 패륜이라고 하지만 그 친구의 아버지는 주사로 수시로 사고를 쳐서 어머니 속을 엄청나게 썩였다. 어떤 때는 술 취한 아버지에게 맞아 실신하여 병원에 실려 가기도 했다. 그러니 어머니는 낮이면 남의 집 일을 하고 밤과 새벽에는 물때를 맞추어 바다에 나가 맛이나 바지락을 캐고 남자도 힘들다는 낙지도 잡아와 장에 내다 팔고 그렇게 하면서 근근이 자식들 교육을 하면서 살아가는데 그의 아버지는 그런 어머니를 술만 마시면 욕을 하면서 잡히는 대로 아무것이나 들고 때렸다. 아들이 있으면 다행이지만 없을 때에는 속수무책(束手無策)으로 당하기만 하고 살았다. 그러니 며느리나 아들에게 대우를 받을 턱이 없다.

그래도 선생님을 하는 그의 아내는 하나밖에 없는 시아버지를 정성껏 모시며 시아버지가 술을 끊도록 해 주었다. 먼저 시아버지와 의논해서 알코올 중독 전문 병원에 입원하도록 했다. 시아버지는 며느리 도움으로 술 없는 폐쇄 병동에서 새로운 삶을 살기 시작했다. 시아버지를 병원에 입원시키니 부부가 시아버지 때문에 다투었던 일들이 없어지고 집안에 평화가 오게되었다. 자기 대신에 아내가 그런 지혜를 짜내어 알코올 병원에 입원시켜 자기 아버지가 술을 끊도록 해 준 그녀에게 너무 고맙고 미안했다. 서로를 존경하며 경어를 써 가면서 정말 행복한 생활을 했다.

아무튼 전형적인 한국 부부의 삶을 전통적인 풍습을 이어
가며 살아간다. 그 부부는 늘 나를 감동시켰다. 아파트에 살
때도 가 보면 내부는 늘 한국 전통 방식으로 리모델링을 하며
살다가 팔 때는 좋은 사람을 만나 주위 아파트 시세보다 비싸
게 팔았다고 한다. 두 사람은 늘 서로를 존경하고 사랑하며 모
든 사람들에게 모범이 되었다.

그의 아내는 늘 선생님으로서 학생들에게 약점을 보이지 않
으려고 무척 노력하고 있단다. 주위 선생님들의 행동을 보면
당장 학교를 그만두고 싶었다고 한다. 그녀는 늘 자신을 성찰
하며 학생들 하나하나 얼굴을 기억하며 그들을 미래의 훌륭한
나라의 기둥이 되는 사람들이 되기를 기도한다는 훌륭한 선생
님이다. 특히 학생들 중에 가난하고 소외받는 학생들에게는
그 부모님 대신에 선생님 아닌 어머니로서 그들의 아픔과 괴로
움을 달래 주며 아이들이 삐뚤어지는 일이 없도록 열심히 노
력했다는 것이다. 그래서 그녀가 다른 학교로 전근 가는 날은
교실이 학생들의 눈물바다였다고 한다. 그리고 그녀의 생일날
은 학교를 졸업한 학생들이 손편지를 직접 써서 축하 메시지
를 전하기도 했단다. 하여간 순종 천연기념물 선생님이 분명하
고 그러한 그 선생님의 노력은 많은 다른 교사들에게 귀감이

되었다고 한다.

그래서 그 사람의 됨됨이를 보려면 그 사람의 근무 장소를 가면 된다고 한다. 루머도 많지만 그가 가르친 학생들과 동료 교사들의 의견을 물어보면 그 선생님의 민낯이 드러난다. 하여간 나는 자주 그 선생님을 만나 보지는 않았어도 짐작이 간다. 그분은 당신의 직장이 사람을 사람답게 만드는 학생 수련장이고 공부하는 곳이라고 생각했다. 그래서 옛날 훈장이 어떤 마음으로 학생들에게 체벌을 하였나 연구해 보기도 했고 학교 교사의 품성은 어떤 것이며 훌륭한 교사상은 어떤 것인지 늘 연구하며 공부를 했다고 한다.

자신이 이 시대의 교사로서 살아가는 데 제일 중요한 것은 가정의 평화란다. 지금도 선생님 부부가 경어를 쓰는 것은 올바른 일이라고 한다. 그 또한 학생들을 교육하는 데 꼭 필요한 일이라고 한다. 그리고 동료 교사들과 늘 행복한 삶을 살려고 하고 항상 경어를 쓴다고 한다. 그만큼 자제력이 있어야 하고 분노 조절을 잘해야만 한다고 한다.

기본 상식으로 학생을 가르치는 교사라면 그의 언어, 품행, 옷매무씨까지 잘 가려서 해야만 한다고 한다. 선생님인 우리들이 살아가는 모습이 곱고 아름다워야 그 선생님을 학생들이 보고 배워서 그 학생들의 품격과 인격이 좋아지고 깨달음의 지혜와 용기를 주게 되고 학생들은 그들의 잘못을 정직하게 인정하고 자기를 믿어 주는 사람을 이해하며 선생님에게 모든 것을 상담하며 학생으로서 본모습으로 살아간다.

누구나 개혁을 하거나 분위기를 바꾸려면 그 사람 본인은 알지 못하는 손해, 고통 등 모든 것을 감수해야 한다. 지금 사람들이 네 편, 내 편이 갈라져서 사회 여러 곳에서 단결과 뭉치는 것을 파괴하고 어떤 특정 사상이 나라를 분열시키고 혼란을 야기 시키고 있다. 그러나 사회 곳곳에 참교육이 무엇인지 알고 그 근본에는 선생님의 본분을 바로 알아서 선생님의 자세와 말이 일치되어 학생들이 그분을 따르며 행복하게 즐겁게 살아가야 한다. 그러면 이 혼탁한 교육 현장도 새롭게 바뀌고 좋은 인재들이 돈을 써 가면서 교사를 하는 일은 없을 것이다.

친구나 그 아내는 일단 집으로 돌아오면 말소리를 반으로 줄이고 나름대로 그날 자기가 다른 사람에게 정당했는지를 알아보고 자기 성찰을 하여 같은 죄나 잘못은 안 하기로 결심했다고 한다. 한때 그 친구의 사업이 사양길로 들어선 모양이다. 하루는 기가 팍 죽어 들어오는 남편을 반갑고 다정하게 맞으며 무슨 일이 있었느냐고 하니 회사 일이 점점 안 좋아지고 있다고 했다. 친구는 아내 앞에서 곧 울음이라도 터질 것 같았다. 그러나 아내는 남편을 데리고 안방으로 들어가 자초지종

(自初至終) 듣기를 원했고 남편은 회사 상황을 그대로 이야기해 주었다. 경쟁 업체들이 우후죽순(雨後竹筍)처럼 빠르게 성장하여 자신의 업체가 점점 쇠퇴해 가고 있다며 눈물을 흘렸다. 강인하고 당당했던 남편이 자기 앞에서 눈물을 흘리니 자신도 울컥했다. 남편에게 철저히 분석하여 될 일이라면 계속하고, 아니라면 잠시 접고 해외 시찰이나 다녀오라며 그녀는 힘들어하는 남편에게 용기를 주었다.

낮에 시간이 비어 교감선생님께 말씀 드리고 아버님 계시는 요양원을 다녀왔는데 잘 살고 있다고 한다. 오히려 아버지는 이곳이 내가 살기에는 천국이고 행복하다고 했다. 그런 아버지의 좋아진 이야기를 해 주니 남편은 너무 고마워하며 회사 일은 잠시 접겠다고 했다. 그는 아내와 이야기를 하면서 단둘만의 시간을 보냈다.

그다음 날인 토요일은 애지중지(愛之重之) 키우던 아들이 집으로 오는 날이다. 어머니 겸 선생님은 남편에게 시장 보러 가자고 조른다. 그럴 때는 선생님이 아니라 애교 넘치는 한 남자의 아내이다. 둘은 간편한 옷차림으로 시장바구니를 들고 집옆에 있는 모 백화점 음식 코너로 가서 우동으로 저녁을 간단히 먹고 시장을 보기 시작했다. 우선 소고기를 한 근 사는데 아내는 비싼 국산을 사자고 했다. 남편은 외국에 자주 나간다.

그러니 외국 물정을 잘 안다. 남편은 미국산 소고기 우수 등급으로 달라고 했다. 정육점 판매원은 자기가 집에서 구워 먹어 보았는데 국산 소고기도 맛있지만 미국산 소고기가 더 안전하고 맛도 좋다고 한다. 나머지는 아내가 골랐다. 브로콜리, 양파, 마늘, 피망 등 몸에 좋다는 음식 재료는 다 산다. 아내는 가끔 남편을 데리고 시장을 보러 오면 거의 한 달 치를 사다가 신선 고에 넣어서 먹는 것 같다. 시장바구니 두 개가 꽉 차 있어 양손으로 들어야 하는데 선생님은 남편에게 뒤따라오라고 했다. 친구는 이미 그런 아내의 작전을 다 알고 있었다. 그래서 잽싸게 쫓아가서 그 망들을 자기가 받아 들고 앞으로 뚜벅뚜벅 먼저 갔다. 아내는 즐거운 표정으로 남편을 따라갔다. 참으로 좋은 모습이다.

가까이에서 그들의 아름답고 귀한 모습을 바라보면서 우리나라의 모든 가정이 다소 아픈 구석이 있어도 서로 이해하며 배려하며 살다 보면 그 모습들이 세상에 투영되어 모두 아름답고 행복한 삶이 될 것이고 그로 인하여 어둡고 슬픈 일들이 사라져 희망 있고 행복한 삶이 될 것이라고 생각했다. 자신이 하고자 하는 일들이 가정과 자신과 사회와 나라에 기여하고 자신의 명예도 있으면 우리가 스스로 살 만한 국가를 만들 수 있다. 한 가정의 부부가 서로를 신뢰하고 믿고 존경하는 모습으로 살아간다는 것은 자신들에게도 유익이 되지만 주변을 변화시키고 아름다운 사회를 만드는 데 큰 기여를 한다.

우리들의 가장 큰 문제는 권력의 힘을 가진 자들이 감히 그 권력을 휘두르며 국민들에게 상대적 박탈감을 주는 것이다. 유전무죄(有錢無罪), 무전유죄(無錢有罪). 우리 사회는 여전이 이 법칙이 적용되는 불공평한 사회이다. 그래서 국민들이 분노하고 술을 마시며 나라를 걱정하고 있다.

그러나 우리 국민은 나라가 위기일 때마다 나라의 정체를 자유와 민주주의로 정치하게 했다. 그 자유와 민주주의를 막고 독재하려는 사람들에 맞서 항거하며 자유 민주 대한민국이 세워졌다. 그리고 국민소득 삼만 달러 시대에 왔는데 반기업 소득주도형 경제 정책으로 지금 현재 일자리가 사라지고 반일 반미정책으로 나라의 경제가 무너져 내려앉아 올해 우리나라 경제 성장률은 2%대에 머물 거라고 한다. 그나마 미리미리 베트남 등지에 공장을 옮긴 기업들과 세계 여러 나라로 발 빠르게 공장을 옮겨간 사람들은 그 기업들이 다행스럽게 우리 경제를 간신히 지탱한다고 한다. 특히 소규모 자영업자는 지금 사업이 거의 안 되어 문을 닫는 경우가 많다. 인건비를 하도급히 올려 사람을 쓰면 그 돈 감당하기도 힘든 일이다.

각 대기업도 소득주도(所得主導) 경제로 인하여 국제적 경쟁력이 떨어졌고 대기업의 1차, 2차 하청기업(下請企業)들은 큰 곤란을 겪는다고 한다. 원래 원청 업체, 즉 현대자동자는 수천 가지 부품들을 1차 하청업체를 엄선하여 그들과 계약을 맺어 매일 혹은 일주일 혹은 한 달의 시간과 양을 맞추어 납품을 해야 한다. 1차 하청업체에서 그 회사가 납품기일을 못 맞추거나 생산량이 많아질 때 2차 하청기업에 또 다시 하청을 준다. 1차 하청업체는 그래도 그 경영 상태가 부실하지 않고 정상적으로 운영되는 경우가 있다. 그러나 소득주도 형태의 경제에서는 그 1차 하청 업체에 인건비가 오른 만큼 단가를 쉽게 올려줄 수가 없다. 지금 우리나라 최초의 자동차 회사 현대 자동차가 미국으로 공장을 옮기면서 몇몇 중소기업도 함께 미국으로 옮겨 갔다. 미국에서 생산하는 자동차는 미국 정부의 지원으로 잘된다고 한다. 그러나 중국 공장은 가동 라인을 줄이며 엄혹한 고통을 감내하고 있다. 어쩌면 그 공장들이 다시 베트남으로 옮겨 갈 수밖에 없다고 한다.

잘못된 정책은 자꾸 정당성을 주장하며 거짓 선전을 하지 말고 그만두고 반성하고 국민에게 사과하며 새로운 정책으로 전환하여 국민들을 이해시키고 자신들의 잘못을 사과하는 것이 정상이 아닌가 생각한다. 그러나 주사파, 좌익 정권은 언제나 자신들이 한 일이 모두 정당하다고 주장하고 거짓으로 자신들을 포장하고 이 사람, 저 사람을 자기 편으로 끌어들여 억지 포장을 하며 자신들의 정체를 감추고 국민들을 기만한다.

그들을 지지하는 정당도 있고 문필가도 많다. 과연 그쪽 패거리들은 진실을 오도하고 하찮은 자신들의 명예를 빌미로 그 잔인한 좌파, 주사파 정부를 지지하고 범죄 가족 수괴를 옹호한다. 하지만 거짓과 범법자의 편을 드는 것은 그분들이 속은 것이라고 생각한다. 아마도 그들은 본능적으로 자기 작품을 빌미로 매국의 길을 가야 했던 일제 점령기 때 일본 편을 들고 나선 이광수 같은 작가인지 모른다. 그들이 모 전 장관의 편을 들 때에는 그들에게 무슨 이득이 되는 일이 있고 그분들도 주사파의 전위대인지도 모른다. 표현의 자유와 사고의 자유는 개인의 취향이니 어쩔 수 없다고 해도 학사 비리나 사모펀드 비리나 사문서, 공문서 위조, 교사 채용 비리 등등 수많은 사건들이 양파처럼 까면 깔수록 그 혐의가 드러나고 있다. 그런데 그런 사람을 지지하고 나선 그들은 국민들을 무시하고 깔보는 것이다.

장관 임명을 강행하고도 국민들에게 애매한 입장문을 밝히고 끝까지 모 씨를 감싸려는 현 대통령을 목격하면서 참으로 한심한 대통령으로서 역사는 그를 무능하고 후안무치(厚顔無恥)한 사람으로 기록할 것이라고 생각했다. 자기 주사파만 챙기고 유능한 인재를 등용하지 못하고 세상을 볼 줄을 모르며 통치자 공부를 게을리하면서 나라의 품격을 떨어뜨리는 이상한 대통령으로 기록될 것이다. 현직 대통령의 기념관을 짓는 것도 꼴불견이다. 그동안 대통령은 온갖 거짓말하는 사람들을 그의 측근으로 삼고 그들에게 엉터리 정책을 시행하도록 하고 대통령을 비난하거나 잘하도록 충고하는 사람은 밀어내고 그와 부인은 자주 휴가를 즐기고 외유를 하며 자신의 잘못을 감추려고 했다. 지금은 탄핵정국으로 정권을 공짜로 주워서 움켜쥐고 좌지우지하지만 그는 이미 벌을 받아 자기 조절 능력이나 나라를 통치할 능력이 없는 대통령이 되어 오히려 탄핵 당할 위기에 놓여 있다. 지금이라도 진솔하게 국민들에게 사과를 하고 용서를 구하고 친일 친미로 나라 국정을 바꾸고 모든 것을 되돌려 놓아야 한다. 지금 패스트 트랙에 올려놓은 법안은 무조건 폐기하고, 3년 전 국가 모습으로 돌아가 지금부터 국민들을 위한 국민들에 의한 국민들의 정치를 한다면 이 정권의 위기도 지나가고 새로운 전기가 될 것이다. 하지만 지금처럼 누구를 음해하거나 괴롭게 하면 더 큰 문제만 야기되고 국민들은 반드시 대통령을 하야시키는 비극이 일어날 수 있다. 집안은 가장이 솔직하고 건강해야 하고, 사회는 도덕과 윤리가 퍼져서 거짓말을 안 하고 서로 믿어야 건강하고, 나랏님은 한 국가를 대표하여 도덕적, 윤리적인 것뿐만 아니라 법적으로도 떳떳해야 한다. 당신이 뽑아 세운 참모나 권력자들에 대한 대통령 자신의 책임과 의무를 다해야 한다. 일단 국가 지도자가 품격과 인성이 안 되어 있으면 그 국가는 지상에서 웃음거리가 되고 글로벌 세계에서 신뢰를 잃는다. 요즘은 모든 직업을 가지고 일하는 사람들이 직업에 대한 윤리성이나 도덕성 및 그에 맞는 인격과 품격을 무시하고 오직 먹고사는 돈벌이를 하는 기계로 생각하는 경우가 많다고 한다. 특히 공무원들은 그들이 누리는 모든 기쁨과 행복이 국민의 세금으로 된다는 사실을 명심하여야 한다. 국민들을 잘 받들어 평안하고 행복한 국민들이 되도록 민의를 파악하고 국민들이 살아가면서 겪는 고통도 나누는 공무원들이 되었으면 좋겠다.

엘리베이터를 탔는데 어느 여인이 두 보호사에게 질질 끌려가는 것을 보고 참으로 안타까운 마음이 들었다. 얼굴에는 누군가에게 얻어맞았거나 자해한 듯한 멍 자국이 여러 군데에 있었다. 약간의 치매기가 미리 온 모양이었다. 그녀의 남편 이름을 자주 부르며 나쁜 놈이라고 한다. 아내가 조기 치매가 올 정도면 무단히도 그녀를 피곤하게 한 것 같다. 즐겁고 기쁘고 행복한 사람은 치매가 오지를 않는다고 한다. 이유는 뇌에서 엔돌핀이 많이 생성되고 뇌 기능을 전반적으로 움직이는 도파

민이 많아져 뇌 기능이 항상 좋은 방향으로 움직이고 있기 때문이란다.

그래서 모든 뇌 질환 환자는 가족들의 학대와 외면에서 오는 스트레스의 영향이 가장 크다고 한다. 가장 행복해야 하는 가정이 오히려 스트레스를 받는 공간이 되면 안 되는데 요즘 세태는 여러 가지 환경으로 오히려 가족에게 버림받고 가족들로부터 외면 받으니 갑자기 뇌신경에 이상이 와서 쓰러지게 된다. 그러면 가족들은 그녀를 돌보지 않고 요양시설로 보내어 그의 증상이 더 안 좋아진다고 한다.

오늘 본 그 여인도 보호사에게 물으니 가정적으로 불행해서 정신병원에 입원을 시켰다고 한다. 그런데 병원에 입원시키고 한 번도 가족이 나타나지 않는데 갑자기 증상이 심하여 자주 독방에서 생활을 하게 되었단다. 그런데 하도 소리를 밤새도록 질러서 주위 동료들에게도 큰 피해를 주니 보호사들도 그녀를 보호하는 데 고생이 많다고 한다. 사람이 병이 들었을 땐 가족이 최고인데 그 가족을 떠나서 홀로 살고 있으니 얼마나 큰 분노로 애간장이 녹을까? 그런 그녀를 세상 사람들은 미친 사람이라고 치부하고 그녀를 마구 대한다. 인권이란 그녀에게는 없다. 그 사람을 만지기도 싫으니 비닐장갑을 끼고 안 가려고 하는 그녀를 억지로 엘리베이터에 태우고 끌고 가는 것이다.

세상에는 이렇게 세상살이에 지쳐서 날뛰는 미친 사람들이 많다. 그리고 국가는 그런 아픈 사람들의 사정을 안 봐주고 무조건 정신 이상자로 몰아 정신 병원에 입원시킨다. 요즘 자활 기관을 만들어 취업률을 높이고 정권의 선전용으로 이용한다. 그러나 자활 기관에서 교육을 받거나 일을 해서 자활은 불가능하다고 볼 수 있다. 차라리 좋은 병원을 지정하거나 세워서 가족들이 돌보기 힘든 사람들을 입원시켜 그들이 죽는 날까지 보살펴 주는 것이 올바른 일이다.

국가의 채무는 늘어나는데 정권은 민생을 이용하여 자기들 치적을 올리기 위하여 국가의 엄청난 채무를 낙관하고 돈을 함부로 낭비하여 국고를 비우고 있다. 그 외에도 안타까운 일들이 많이 일어나고 있는 것이 요즘 세태이다. 공중파 방송을 거의 보지 않고 유튜브 방송을 수시로 본다. 신의 한 수, 진성호의 직설, 김동길 박사님이 직접 하시는 김동길 텔레비전을 주로 시청한다.

특별히 90세가 넘은 노인의 지혜와 용기, 해박한 지력과 자제력을 가지고 젊은이 못지않은 나라 사랑과 국민 사랑에 경의를 표한다. 김 교수님은 노구에도 불구하고 나라의 국난을 수습하기 위하여 열심히 노력하고 계시다. 한국 전쟁과 일제 강점기를 겪은 노병이지만 20대의 패기와 자신감으로 국민들을 즐겁고 기쁘고 행복하게 하신다. 그분이 늘 강조하는 것은 정치인은 술수를 쓰거나 거짓말을 하면 나라 일을 볼 수 없는 파렴치한 사람이라는 정론이다. 그런 말로 아무 낙이 없는 국민들을 편안하게 해 준다. 이 시대에 존경하고 사랑하는 원로 노교수님이 계시다는 것이 얼마나 다행스러운 일인가. 그래서 국가가 깊은 수렁으로 빠지는 순간에 하느님의 섭리와 국민들의 열망이 이런 노교수님의 한마디 한마디에 귀를 쫑긋 세우고 들어서 정책에 반영한다면 정권 유지에도 도움이 되고 나라가 더 발전할 수 있는 계기가 되고 아름다운 세상을 만들 것이다.

그러나 반동 좌파, 주사파 정권은 워낙 거짓말을 많이 하고 국민을 무시하고 이 나라를 사회주의 국가로 만들어 고려 연방제라는 형태로 북한 김정은 괴뢰 도당에게 나라를 바치고, 자유 민주주의 대한민국을 주사파 사회주의 독재 국가로 만들려는 의도가 다분하다. 지금까지 2년을 넘게 지켜보아도 나라와 국민들을 위한 일을 한 것은 거의 없고 사회주의 독재를 하기 위하여 하나하나 정책들을 추진해 온 사실이 서서히 드러나고 있다. 정권의 말기 레임덕이 더 빨리 오고 있는 것 같다. 지금 그들의 당과 청와대가 잘못된 방향으로 흘러가는 것이 분명히 나타나고 있다. 모 전 장관은 친일파들을 처단하려는 죽창가를 트위터에 올리고 온갖 공작을 했지만 한반도 문제는 우리 정권에 좌지우지될 수가 없다. 어쩌면 그러면 그럴수록 나라만 품격이 저하되고 기업이나 국민에게 엄청난 아픔을 주고 있다는 사실을 그들 스스로가 알고 행동하는지 모른다. 그래도 노병들이 시퍼렇게 살아서 저들의 말과 행동을 지켜보며 더 이상 나라를 말아먹지 못하게 점잖은 충고를 하지만 그 충고를 무시하고 외면한다. 희대의 사기극을 보는듯하다.

대통령이라고 무엇 하나 올바르게 하는 것이 없고 노병들을 괄시한다. 그런 정권은 반드시 역사와 국민의 준엄한 심판뿐만 아니라 하느님도 외면한다. 거짓말과 속임수로 국민을 선동 선전하며 자기들이 똑바로 가고 있다고 강변을 한다. 다행히 영민한 검찰총장이 있어 한시름 놓는다. 검찰개혁을 주장 하는 사람들이 중국 사회주의의 공안법을 베껴서 적당히 공수처 법안을 만들고 뭐든지 위조에 능한 사람을 법무부 장관에 임명하고 그를 환상적인 콤비라고 말하는 대통령은 어디가 많이 아픈 사람으로 보인다. 그러니 국민들은 더 불안하다.

특히 공부를 많이 안 하며 공부하는 나라의 원로들을 막 대하는 정권치고 올바르게 나라를 통치하는 경우가 없다. 큰일이라는 마음에 유튜브 방송을 하면서까지 북한이 말하는 삶은 소대가리라고 한 것처럼 참으로 어리석고 자기 성찰을 하지 않고 자신들이 하는 정책이 최고라고 하면서 끝까지 밀어붙이는 그들은 하나도 제대로 하는 것이 없다. 안보, 경제, 외교, 국방 등 그들이 지금까지 한 일들을 보면 꼼수와 거짓말 공수표 남발로 심각한 국가 위기를 초래하고 있다. 북한식 공동체를 추구하며 복지를 위하여 많은 경비를 쓰면서도 그 효과는 의문투성이고 심히 걱정하는 국민들이 많다. 제 식구 감싸기로 나라가 부패로 물결치고 공갈 사기가 난무한다. 모든 것을 진솔하게 국민들에게 소상히 밝히고 앞으로 어떻게 나라를 운영할 것인지 밝혀야 한다. 아마도 지금까지 주사파가 거짓으로 언론을 강력하게 통제하여 속인 분노로 터진 2019년 10월 3일과 9일에 있었던 광화문 함성을 청와대에서 들었으리라 믿는다. 우리 국민들은 눈감고 아웅 하는 말을 믿지 않으며 북한식 공동체도 원하지 않는다.

대통령 주변부터 살펴보면 현재 국민들이 이해하기 힘든 일들이 자행되고 있다. 자식들 문제를 함구하고 끽소리도 못한다. 사실을 사실대로 밝히고 국민들에게 용서를 빌면 되는데 그것이 그렇게 대통령 자리와 맞바꿀 만한 일인가?

그렇다면 자유 대한민국의 검찰은 분연히 일어나 살아 있는 권력이라도 수사하라는 대통령 말대로 그 가족들을 철저히 수사하여 국민들의 알 권리를 보장하면 검찰의 위상과 품격이 더욱 빛날 것이다. 모 장관을 전격적으로 수사하여 그의 가족들의 비리를 세상에 알린 것처럼 그래서 결국 그가 장관 자리를 내려놓게 해서 그나마 실망한 국민들에게 작은 희망을 주었던 검찰이 이번에는 문 정권을 둘러싼 가족이든 주변 사람들이든 모두 수사하여 그들에게 있는 의혹을 철저히 밝혀서 또 한 번 국민들을 행복하게 해 주기를 바란다.

이번 기회에 중국과 북한에 빌붙어 한 탕 잘 해 먹으려는 작자들에게 철퇴를 휘둘러 주기를 검찰총장에게 기대해 본다. 이 난국을 수습할 적임자는 현 검찰총장이라고 믿는다. 그는 분명하게 사람에게 충성하지 않고 모든 불법, 탈법, 비리 연루자들을 법과 수사 원칙으로 철저하게 수사하여 벌을 받게 한다고 약속했고 지금까지는 비교적 잘하고 있다. 그분은 나쁜 사람을 벌 받게 하여 공정과 정의가 살아 있는 생물이 되게 하는 것이라는 신념을 가진 분이다. 법원은 이미 저들 주사파들에게 수장 자리를 빼앗겨 영장 청구가 기각되어 모 전 장관의 가족 사기단 수사에 많은 어려움이 있는 것을 국민들은 모두 눈치 채고 있다. 정의와 엄정한 판결을 내릴 법원이 정권에 빌붙어 말도 안 되는 영장 기각의 이유를 붙인다는 것은 참으로 해괴한 일이다. 사법부가 정권의 시녀가 된다면 국민 누구도 사법부의 행태를 좌시하지 않을 것이다. 모 씨는 대통령 위에 대통령 행세를 하면서 민정 수석의 막강한 힘으로 온갖 비리와 온갖 위법을 하면서 치부를 하며 그 자녀들도 그와 같이 적당한 스펙을 거짓으로 쌓아서 나라를 망쳐 놓았나. 이 부분은 대통령도 책임을 져야 한다. 작은 공동체도 공동체장이 잘못을 하면 그 피해가 모든 공동체 참여자들에게 간다.

제3장

내 나라에 관한
생각

한국 천주교의 민낯

성당을 살펴보면 주임 신부가 어떤 생각을 가지고 있느냐가 문제이다. 여러 신부님을 경험할 수 있는 곳이 성당이다. 어떤 신부님은 신자들의 인기에 영합하여 영적 삶보다는 물적 삶을 잘하면 된다고 하는 사람도 있고 신자들은 신부님이 자기 성향과 맞으면 좋은 신부라고 하고 자기 성향에 맞지 않으면 나쁜 신부라고 한다.

그러니 주임 신부가 좋은 신부님으로 보이기 위하여 웬만한 일은 총회장이나 수녀님께 밀어 버리고 자기는 그 문제의 중심에서 회피하려고 한다. 그런 신부들은 가난하거나 가정 문제가 있는 사람들에게 도울 방법이나 위로를 할 방법을 찾지 않는다. 신부의 코드에 맞는 아주머니나 아저씨 신자들과 어울려 맛있는 식사를 대접받고 나머지 업무는 대강 진행한다. 어린이 선교를 위해서는 그 수준의 전문가들이 선교를 맡아야 하는데 봉사할 사람을 구하다 안 되면 신부님 눈에 드는 자매님 중 신부님을 잘 따르는 사람을 골라 어린이 학교 선생님으로 세운다. 그리고 그 이후에는 그 자매님께 모두 맡기고 신부님은 교구청 등 다른 업무에 치중한다.

우리나라는 신부님의 잘못이나 신부님의 부정, 비리를 보아도 말하지 않고 기도만을 하라고 하는 잘못된 전통을 고수하고 있다. 수녀님들도 마찬가지이다. 맛있는 것을 얻어먹고 자기들에게 선물을 자주 주는 사람들은 예뻐하고 진실로 위로받고 고통 속에서 헤매는 사람들에게는 눈길 한 번 안 준다. 그러면서 그 사람은 마귀에 씌어 지금 당신들이 접근하기 힘들다고 한다. 우리는 삶에서 많은 신자들이 거의 사분오열이 되어 하나가 되지 못하고 서로 질시하고 잘난 체하고 내로남불의 신자가 많아지는 것은 주임 신부님이 조장하는 경우가 많다.

그 성당의 신자가 3개월씩 입원하고 있어도 병원에 한 번 오지 않는다. 아마도 편안하고 즐겁게 살아갈 그들이 병원을 찾아오면 여러 가지 복잡하고 괴로운 일이 많으니 그런 것 같다. 그래도 그렇지 한 번쯤 와서 환자의 마음도 위로해 주고 기도라도 해 주면 좋겠다 싶고 그런 성직자가 그립다.

한 신부님은 성당을 짓는데 당신이 직접 지인들을 찾아가서 모금을 해오고 신자들에게도 건축 헌금을 강요했다. 신부님이 자만하고 신자에게 강압적으로 나는 이렇게 해 오는데 당신들은 무엇을 하느냐고 말하여 격분한 한 사목 위원이 신부님과 심하게 다투다 노름 중독에 빠져 노름판에서 졸도하여 죽었다. 모든 것은 핑계지만 그런 일도 있다. 건축이 거의 마무리될 무렵에 건축을 맡아 하던 건설 회사의 부도로 성당은 다시 한 번 큰 곤욕을 치른다. 그때도 신부님이 나서서 해결하였다. 어찌 보면 성당을 짓는데 지도자 신부님이나 공동체 신자들이나 서로 하느님 뜻을 받들어 그분과 의논하여 성당을 지어야 하는데 너무 인간적인 방법을 많이 동원하다 보니 여러 가지 부작용이 많아지는 것 같다. 초창기 억수로 고생한 신부님은 건축을 완성하고 봉헌 후에 다른 곳으로 가시고 그 신부님이나 신자나 돈 문제로 갈등이 많았고 지금의 성당은 마무리를 비전문가가 한 관계로 비만 오면 비가 새고 습기도 많았다.

우리는 아무리 하느님이 눈에 보이지 않는다고 해도 그분을 두려워하지 않으면 안 된다. 그분은 언제나 우리를 보살피고 함께해 주신다. 신부님은 예수님 대리자로 그분의 뒤를 이어가며 열심히 복음을 전파하고 예수님을 닮아서 하늘나라 일을 이 땅에 완성하게 하도록 하느님께서 기름 부어 세우신, 하늘나라 일을 지상에서 하는 중요한 임무를 가진 사람이다. 그런데 그들이 세상의 열락과 세상의 부귀영화와 세상의 물질만능주의에 물들어 연세가 들면 수도원이나 수녀원 등에 가서서 노후를 보내며 마지막까지 사제로 사는 분도 있다. 수도원 등에서 검소하게 사는 분도 계시지만 어떤 노사제는 퇴임하자마자 아파트에서 살면서 끝까지 신자들의 받듦을 즐기며 여전히 죽을 때까지 주변 사람들에게 민폐를 끼치는 분도 계시다. 그것은 사제 임직식 때 하느님께 이 한 몸 일생 바치고 헌신하겠다는 약속을 어기는 것이다. 예수님께서 지상 생활을 33년 동안 하시면서 자꾸 예수님께 하느님이 어떤 분인지 질문을 받자 볼 수 있는 눈이 있는 사람은 지금 하느님을 보고 있고 볼 수 없는 눈을 가진 사람은 아무도 볼 수 없다고 말했다. 즉, 예수님을 볼 수 있는 사람은 당신이 곧 하느님인데 하느님은 나를 알고 있고 나만이 하느님을 볼 수 있다. 너희는 하느님 모습을 볼 수 없다. 나를 제대로 알아보는 자는 하느님을 뵐 수 있다. 그러면 예수님 대신 하느님 앞에서 자신을 헌신하기로 한 사제는 단 일 초도 하느님을 인식하지 못하면 예수님을 보고도 하느님을 찾는 사제가 된다. 그런 사제는 세속화되기가 쉽다고 한다. 그리고 일생을 살면서 하느님을 걱정시킨다. 주변에서 쉽게 찾아 볼 수 있다.

어떤 신부님은 사제가 된 지 2년 만에 연상의 수녀님을 만나 결혼을 했는데 갑자기 수녀님이 돌아가시고 사제는 다시 혼자가 되어 모 학원의 영어 강사로 일하며 산다고 한다. 하느님은 무서운 분이다. 한없이 자비하시고 인간을 당신 외아들 예수님

보다 소중하게 생각하여 그를 희생 제물로 만들어 인간을 구원했지만 당신과 약속을 어기면 사후가 아니라 이 세상을 살면서도 많은 걱정과 시련을 겪으며 산다. 또 성당을 지으며 기도를 하거나 하느님의 순수한 뜻을 파악하여 응답을 받아 성당을 지어야 하는데, 인간적인 생각으로 제대로 파악도 안 된 건설회사와 계약을 맺어 결국 부도가 나고 신자들의 수많은 희생을 물거품으로 만든 일등을 죄책감으로 안고 살아간다. 그런 신부님도 결국은 여러 가지 이유로 사제직을 버리고 세속의 길을 가게 되었다.

또한 신자 자매님과 성관계를 맺으며 그것을 숨기고 사제직을 수행하다가 들통이 나서 사제복을 벗은 사제도 있고 신학을 다 마치고 부제를 거치고 사제 축성하기 직전에 교구장을 찾아가 사랑하는 여인이 있으므로 그 여인을 위해서 사제 축성을 안 받겠다고 하며 그 여인이 자기가 사제가 되면 죽는다고 하니 자기는 사제직을 받지 않고 일반 신자가 되겠다고 하여서 사제가 되지 못한 이도 있다. 그리고 복지사업에 센터장으로 일하며 온갖 호사를 다 누린다. 그러나 그를 사제로 만들기 위하여 본당 신자들은 늘 기도로, 물질로 그를 도왔다. 그 실망감, 허탈감은 아마도 하느님이 갚아 주실 것이다. 그래도 자비와 사랑의 하느님은 그가 여생을 살면서 참회하고 자기를 성찰하며 살아간다면 또 다시 그에게 복을 주실 것이다.

학자로서 뛰어난 두뇌로 교회를 운영하려는 신부님은 하늘나라를 생각하고 지상교회에서 하늘나라를 구현하려고 힘쓰며 성경을 읽히고 명강론을 했지만 인간사를 이해하지 못하고 여러 가지로 신자들과 충돌을 빚었다.

어느 신부님은 지상 역할에 충실하고 세상을 살아가면서 고초를 겪으며 살아가는 신자들을 이해하고 무조건 성경 말씀을 따라 살 것을 종용하지 않았다. 본인도 철두철미하게 기도를 하면서 사제로서 의무와 책임을 잘 지켰다. 오히려 세상의 것에 휩싸여 고통을 당하는 신자를 괄시하는 사제보다 우리 눈에는 철저하게 성경 교육을 하고 어린이들에게도 참삶을 가르치며 살아가는 것이 무척 보기가 좋았다. 그런데 세상살이에 열중한 신자들은 그 신부님이 귀찮고 양심에 죄책감을 준다며 거의 다 냉담(천주교 세례를 받았으나 성당의 성사에 따르지 않는 사람)이 되었다.

그러니 신부님도 하늘나라와 지상교회와 잘 소통시켜 절묘한 방법으로 작은 공동체인 성당을 잘 이끌어 나가야 한다. 그러기 위해서는 세상에 대한 공부도 많이 해야 한다. 성경 공부, 신학 공부는 필수이고 철학, 심리학, 문화, 경제 등 인간사에 대한 공부도 부단한 노력으로 해야 한다. 그리고 하느님의 은

총 속에 머물면서 많은 생각을 하고 지혜와 사랑, 자비 등과 잘 조화시켜 신자들의 애환을 들어 주고 그 신자를 충분히 공감하고 그다음 성경 말씀으로 그를 바른 길로 인도한다면 좋은 신부님이 될 것이다. 신자가 정말로 자신에게 획기적인 은총을 받는 순간이 신부님과 상담을 하고 함께 지혜의 말씀이 자기 마음속에 새겨질 때가 되면 신부님도 그 신자도 기뻐 찬미를 드릴 수 있고 평생에 다시는 뼈아픈 실수나 하느님을 외면하지 않아도 될 것이다.

또 다른 신부님이 오셨다. 나이도 지긋하시고 매사를 좋은 방향으로 이끌며 자신이 직접 만든 일반 신자의 성무일도를 만들어 성당 돈으로 그 책을 만들어 신자들에게 나누어 주며 기도 생활을 강조했다. 그런데 차차 그분을 알면 알아 갈수록 이상한 분이라고 생각했다. 성당사를 만들려면 최소한 2년 정도는 준비하고 만들어야 한다. 그런데 육 개월 후에 성당 십년사를 만들어 내라는 것이다. 나는 할 수 없다고 했지만 기어코 만들라는 것이다. 삼천만 원은 있어야 하는데 삼백만 원 줄 터이니 무조건 만들라며 겁박을 주었다. 이 사람이 신자의 입장을 이해하고 성당을 제대로 이끌어 갈 수 있는 역량 있는 분인가 하는 생각이 들었다. 당신도 책을 만들어 보았고 책 만드는 것이 그렇게 쉬운 일이 아닌데 이렇게 억지로 나에게 짐을 지우니 힘들게 일을 해야만 했다.

　총회장과 책 출판 위원회를 만들고 일을 시작했는데 주위에서 이런저런 말로 나를 괴롭게 하였다. 나는 하는 수 없이 강원도 홍천에 텅 빈 산속 산장을 관리하는 친구에게 부탁하여 작은 방 하나를 얻어서 그곳에 머물며 성당 십년사를 집필하기 시작했다. 그동안 있었던 모든 잡념들을 버리고 예수님 과 성모님께 기도를 드리며 그동안 여러 가지 모은 자료를 중심으로 본격적으로 책을 만드는 데 돈이 많이 들었다. 거의 두 달을 혼자 조석을 해결하면서 디자인하고 글을 쓰면서 나날을 보내게 되었는데 기어코 납기를 맞추어 책을 성당에 납품했다. 어디에 내놓아도 손색 없이 바코드까지 들어가도록 하여 정식으로 책을 펴낸 것은 우리 성당 십년사가 유일무이할 것이다.

　그러나 나는 그 책을 출판하며 은총을 많이 받았다. 신자를 비롯한 사람에게는 의지하지 않고 예수님과 성모님의 도움으로 만들고 모든 것을 신부님 공으로 돌렸다. 그렇게 겸손하게 납기를 맞추어 성당에 납품을 했으나 그때 진 빚은 아직도 받아내지 못하였다.

　어느 날 가제본분을 가지고 출판 위원장과 총회장님을 만나러 성당으로 왔는데 모든 분들이 부산 횟집에서 회식을 한다고 해서 그 식당으로 갔다. 그럴듯한 상을 차리고 신부님, 총회장, 각 부서 위원장, 성당 십년사 위원장들이 모여 식사를 하고 있었다.

그런데 어떤 허접한 위원장이 지금은 가제본 책을 받지 못하니 내일 성당에서 만나자고 했다. 신부는 ○ 사장은 다른 것은 다 좋은데 너무 가난한 것이 문제라고 했다. 그런 와중에 나는 속으로 분노가 치밀어 화가 났다. 그중 한 사람은 며칠 후에 급사를 했다.

거지가 그 자리에 갔어도 들어와 식사하라고 하든지 성당 돈으로 마련한 거창한 회식 자리가 맞지 않는다면 다른 방에 매운탕 한 그릇에 저녁이나 먹으라고 할 텐데, 그 자리에서 모든 성당 윗사람들이 진수성찬을 하는데 나 같은 사람은 신자로 보이지 않는지 무조건 내일 낮에 성당으로 오라고만 하고 문을 탁 닫으며 껄껄 웃는 소리가 들렸다. 그 이후부터 더욱 사람들을 보고 성당을 나가지 않고 예수님과 성모님이 함께하시길 기대하며 성당을 나가며 계속 성당 십년사를 집필하고 납기에 맞추어 납품을 했다.

그 신부님은 암에 걸려 투병 중이고 그때 그 자리에 있던 사람은 두 사람이나 죽고 몇 명은 암에 걸려 심한 고통을 받고 있다. 배고프고 고달픈 나에게 매운탕이라도 먹여 주었으면 좋았을 텐데 하는 생각은 지금도 서운하고 안타까운 일이다. 그러나 나는 그들 모두를 잊고 나름 신앙을 돈독히 하며 살다가 돈 좀 벌어 보겠다는 생각으로 어느 친척 신자에게 돈을 빌려 썼는데 제대로 투자가 이루어지지 않아 심한 자책감에 괴로움이 컸다. 그러나 언제나 나를 긍휼히 여기시고 시시때때로 필요한 것을 주시는 예수님과 성모님의 도움을 갈망하며 묵주기도를 열심히 드렸다.

그래도 착하고 선한 신부님이 새로 부임하여 오셨다. 가정 방문을 자주 하시고 각 가정의 사정을 잘 파악하여 거기에 맞는 사목을 하셨다. 신부님이 다녀가신 후 우리 집은 한동안 평화로웠다. 그리고 식사도 편안하게 동네 밥집을 골라 그곳에서 식사를 하시며 자신을 단단히 보호하고 흠결을 나타내지 않으셨다. 그러나 신자들은 착하고 선한 목자를 이용하여 자신들의 목적을 달성하려고 했다. 하다못해 아예 성당에서 용돈을 받으며 봉사직을 수행하는 사람들도 부지기수다. 점점 신부님과 부딪치는 경우가 잦아졌고 특히 총회장이 여성이라 그런지 신자들과 신부님 사이에서 역할을 제대로 못하고 잡음만 커져 갔다. 안타까운 일은 그런 신부님을 이용하려 들고 음해를 하여 빨리 우리 성당을 떠나도록 교구장에게 서신을 보내는 경우가 발생되어 3년도 못 채우고 다른 곳으로 발령을 받아 가셨다.

도대체 신자들이 원하는 신부님은 어떤 신부님일까 하는 생각을 했다. 그 신부님은 가난한 신자라도 식사를 하자고 하면 당신이 정한 밥집으로 오라고 해서 특별히 특식을 시켜 함께 먹곤 했다. 예전에 성당사를 만들며 힘든 시기를 보냈던 모든 상처도 신부님을 통하여 치유를 받았다.

그리고 정말 참목자가 우리 성당으로 발령받아 오셨다. 지금까지 자기 멋대로 성당의 재정을 좌지우지했던 사람들은 모두 물러나게 하고 새로운 인물이 총회장이 되었다. 그 여자 총회장은 중병에 걸려 병원에 입원 중이다. 하느님은 지금까지 성당의 관행을 철저히 성찰하고 회개하도록 정말 예수님을 닮은 목자를 보내 주셨다. 영적으로 보면 분명 참 목자이셨다.

하지만 그동안 성당을 좌지우지했던 사람들이 그 신부님을 그냥 놔두지 않았다. 무척 안타까운 현상이 성당에서 벌어지기 시작하였다. 가라지와 알곡이 갈리는 현장이 자주 목격되었다. 그곳 성당 생활 20년 동안 참 목자를 처음 만나는 것 같았다. 나도 힘들지만 아쉬움 없는 나의 봉사를 착실히 하는 참 신자로 변하게 되었다. 그러니 자연 나의 신앙도 깊어지고 행복한 삶을 살게 되었다. 세상이 나에게 큰 고난을 주어도 성당만 가면 편안했고 늘 모든 일을 하느님 섭리에 맡겼다. 교만하고 자기 봉사로 성당 돈을 갈취하다가 큰 병을 얻고 회개한 성모회장도 그 신부님 덕분에 참회하고 모든 성당 일에서 물러나 평안하게 산다. 또한 이상한 자격증을 따서 성당 연령 회를 거의 독식을 했던 연령회장과 총무도 내쳐져 낙동상 오리알이 되었다. 그리고 새로운 사람들이 그 자리를 채웠는데 연령 회장을 했던 부인도 갑자기 선종하고 총무 했던 사람도 주정뱅이로 살아간다. 성당을 통하여 사익을 챙기고 겸손하지 못하면 제대로 된 신부님이 오셔서 정화를 시키도록 하느님은 섭리하신다.

신부님도 반대파들의 투서로 일 년간 휴직을 하시고 일 년만에 다른 성당으로 복직하셔서 한 번 찾아가 뵈었더니 그곳 신자들은 좋은 신부님이 오셔서 행복하다고 하면서 이구동성으로 그 신부님을 칭찬하여 주어서 행복했다.

젊고 잘생긴 새 신부님이 부임하셨다. 신부님은 좋은 게 좋다는 신념을 가지고 신자들과 유순한 관계를 맺으며 성경 읽기를 주요 사목 목표로 삼고 열심히 사목을 하신다. 하지만 모든 것을 예로 일관하여 성당을 이용하려는 사람들에게 기 싸움에서 매번 지곤 하여 착하고 선한 목자가 세워 놓은 기강이 무너지고 있다. 예수님을 진실로 믿고 따르는 것이 아니라 사람의 말을 두려워하고 그들의 잘못된 기안들에 사인해 주어 쓸데없는 일에 재정을 쓰는 일이 많았다. 그리고 쇄신된 인물이라고 하나 그 밥에 그 나물이라고 신부님의 카리스마가 약하니 수없이 많은 쇄신된 인물들이 또 작당을 하고 파당을 지으며 끼리끼리 놀아나고 있었다. 그런데 참 목자에게는 카리스마가 있지만 교만하지 못하게 아픈 시련을 준다.

바로 직전의 신부님은 성당을 개혁하고 신부님이 하시는 일이라고 생각되지 않은 각종 개혁안을 파격적으로 시행했다. 어떤 때는 가혹하다고 생각할 정도로 사람을 사정없이 내쳤다. 한 자매님은 많은 아이들을 입양시켜 그 아이들을 양육하며 살았는데 그것 때문에 각종 명목으로 성당에서 후원금도 받고 여러 가지 불미스러운 일들을 자행했다. 그런데 그런 사실을 안 신부님이 과감하게 그 일들을 못하게 하였다. 아이들을 입양하고 각종 명목으로 성당을 이용해 왔던 그 자매님은 어쩔 수없이 시골로 내려가고 성당에 나오지 않는다.

하느님이 보인다면 우리 인간들은 한시도 숨 막혀서 살 수 없는 상황이 될 것이다. 늘 숨어서 우리의 삶을 관찰하시며 어떤 경우에도 자비와 사랑을 베푸시니 다행이지만 우리는 신부님을 통하여 받는 은총을 잃지 않고 바른 생각으로 보이는 예수님으로 알고 사제의 말에 순종하는 것이 옳은 일이지만 성령님과 함께 은밀한 대화를 나누며 살아가는 신자이기를 바란다.

한번은 후배가 자동차 사고가 났다고 도와달라고 해서 급하

게 가서 일을 처리하니 새벽 한 시쯤 되었다. 후배가 근처 맥
줏집에 가서 맥주를 마시자고 해서 당시 부총회장이 운영하는
오비 맥줏집을 찾아갔는데 놀랄 만할 광경을 보았다. 나는 일
식당에서 일로 큰 상처를 받고 그 신부님을 마주치지 않으려
고 다른 성당을 다니며 간신히 버텨 가는데 그 맥줏집에서 예
쁘장한 중년 부인들과 그 시간까지 술을 마시고 있는 것을 보
고 경악했다. 우리는 도망 나오듯 나와서 다른 곳으로 가서 막
걸리 한잔씩 하고 헤어졌다.

그 신부님은 신부라는 막중한 자기 신분에 맞지 않는 행동
을 많이 한다. 기쁘고 아름다운 일들만 있는 것이 인생사가 아
니다. 신부님도 사람이니 마찬가지라고 생각한다. 하지만 하느
님의 지혜로 현명한 판단을 하면서 성경에서 얻은 은총을 실
행하여 아닌 것은 끝까지 아니고 하느님 뜻과 신부님 사고에서
일치되는 것은 끝까지 옳다고 하는 신부님이 반드시 필요하다.
신부님과 수녀님이 편안한 곳만 찾아다니고 자신의 일로 명예
나 권력을 얻을 수 있는 곳만 찾아다니는 사제나 수도자는 모
두 겉만의 사제이고 수도자다.

마더 테레사 수녀님은 자기가 이룬 모든 업적을 하느님 영광
을 나타내는 데 사용했다. 기자들의 짓궂은 질문에도 항상 하
늘을 쳐다보며 저기 계신 하느님이 자신을 도구로 써서 모든

일이 잘되고 바르게 되었다고 말씀하시며 묵주를 항상 손에 들고 다니며 작은 짬만 나도 묵주 기도를 하셨다고 한다. 성모님께서도 늘 성녀님과 함께하시어 도움이 필요할 때마다 많은 기적을 일으켜 주셨다고 이야기를 하셨다고 한다. 한 여인으로 인하여 인도에 천주교 복음이 퍼지고 많은 일자리를 주어 가난한 인도 사람들에게 기쁨과 즐거움, 행복을 주셨다고 한다. 이렇게 작은 거인이 된 성녀는 지금도 하늘에서 지상의 그가 세운 모든 복지 기관이 잘될 수 있도록 전구를 하고 계시다.

한 시대 그녀와 함께 살았으나 그 성녀의 영성을 따르지 못한 것이 큰 후회가 된다. 나도 많은 기회가 있었지만 그분의 음성을 무시하고 내 맘대로 내 편안함만 내세우고 잠시 잠간 고난을 참지 못하고 인간적인 길을 가다 보니 말년에 회한의 눈물을 흘리며 살고 있다. 하느님의 뜻을 실행하는 것은 지금 당장 해야 한다. 다음으로 미루면 게으른 종이 되어 하느님의 은총이 세상에 퍼지는 데 아무런 역할을 하지 못한다.

놀라운 일은 지상에서 힘이 있다고 착각하며 가난한 이들을 핍박하는 사람들은 그들이 지상에 있을 때 큰 고난을 겪다는 사실이다. 당장 신자들과 주변을 살펴보아라. 하느님의 자비와 사랑의 손길도 보이고 무서운 눈초리도 보이고 화난 얼굴도 보이고 유순하고 미소를 머금은 얼굴도 보인다. 우리 성당들이 예수님 중심으로 개혁이 되고 신자들의 믿음이 하느님께 온전히 전달되고 신자들이 모여 기도하며 성경 말씀을 중심으로 한 확고한 믿음이 세상일과 잘 조화를 이루어 갈 때, 신자 한 사람 한 사람이 소중한 한 교회가 된다. 교회가 평화롭고 행복해야 세상 공동체들도 서로 뭉쳐서 선하고 착한 일을 할 수가 있다. 더 나아가 나라의 정책이 엉뚱한 방향으로 흐를 때 우리들은 분연히 일어나 나라를 어지럽게 하고 국민을 괴롭게 하는 악마들과 싸워 승리할 수 있다. 물에 술 탄 듯 술에 물 탄 듯 마음대로 살다 보면 나 하나뿐이니 아무런 영향도 세상에 못 미칠 거라는 생각을 하는 순간 우리나라는 위험해지고 나라가 망할 수도 있다. 아무리 시간이 늦더라도 서서히 차츰 기다리며 일을 하다 보면 독재는 무너지고 잘못된 것은 잘되게 섭리하는 하느님께 의탁해야 한다.

🌸 대통령이 나라를 실험하는 것은
   위험하다

아무런 대책도 없이 순간 짜깁기한 지식으로 자신의 잘못된 생각대로 국민과 나라를 실험하는 일은 매우 위험한 한 나라 지도자 대통령이다. 그 사람이 잘하는 것을 하나도 못 본다. 그리고 공부도 일도 하지 않고 놀면서 허송세월을 보내는데만 이골이 나 있고 많은 인재를 배격하고 자기 코드에 맞는 골수 분자들을 주변에 세워서 국정은 파탄 상태가 되었다. 이런 난세는 건국 후 처음일 것이다. 마지막 주사파 골수분자들이 정권을 잡더니 국민을 무시하고 개돼지 취급을 하며 독재 국가로 가는 수순을 밟는데 이제 국민들이 들고 일어났다.

국민들이 청와대에 있는 자들과 국회에 있는 좌익들을 모두 심판할 것이다. 우리 국민은 수많은 난세를 잘 극복하며 반만 년 역사를 지켜 왔고 솔직히 말하면 미국이 자유 대한민국을 한국동란 때 약 20만 명의 미국군을 희생하며 우리 이남을 지켜주었다. 까놓고 말하면 한국 전쟁 당시 맥아더의 인천상륙작전이 없었다면 우리나라는 적화 통일되어 지금의 경제 부흥은 상상도 못했을 것이다.

이승만 대통령의 뛰어난 외교력으로 미군과 유엔군이 한국전쟁에 참여하여 풍전등화(風前燈火)의 자유 대한민국을 지키게 되었다. 만약 미국이 맥아더 장군을 유엔군 총사령관으로 한 일 년만 더 연장시켜 주었다면 우리나라가 이렇게까지 분단되는 상황도 없었을 것이고 남북이 완전 통일되어 자유 대한민국이 행복하고 부강한 나라가 되었을 것이다.

그런 미국이 한반도의 급변 상황을 좌시하지 않을 것이다. 좌익들, 특히 한국의 좌익들은 아는 것도 없고, 국가를 운영할 자격이 없으며 정치 선동선전에 능하다. 국민들은 그들에게 속아 넘어가 북한 주민처럼 굶주리며 고생할 것이다. 정말 그들은 정치판에 들어오기 전에 국민과 약속한 공약을 실천한 것이 아무것도 없고 그들이 목청껏 부르짖었던 공정과 정의도 사라지고 있다. 주사파 왕초 모 씨, 가짜 민정 수석, 가짜 장관, 가짜 교수, 비리 가족 수괴인 그가 나라를 완전히 망쳐 놓았다. 시월 항쟁이 없었다면 대통령도 그를 장관직에서 몰아 낼 수가 없었을 것이다. 그의 아들딸이나 대통령의 아들딸이나 똑같은 비리, 불법, 탈법을 아버지 백을 믿고 저질렀기 때문에 가짜 검찰개혁을 앞세워 정당하고 중립적인 검찰총장을 끌어 내리려고 여러 가지 작당을 했다. 국민의 심한 저항을 받아 모

씨를 장관직에서 내쫓을 수 있었다.

이제는 정신을 차리고 똑바로 서서 정직하고 솔직한 대통령이 되어 주변 간신배들을 정리하고 국민들을 설득할 수 있는 대통령이 되었으면 좋겠다. 지금까지는 모두가 거짓말이었다. 이 정권에서 나라를 보호하려고 하는 사람은 현 검찰총장밖에 없다고 생각한다. 그분도 적잖은 과오는 있겠지만 최소한 비리, 불법, 탈법은 없는 분인 것 같다. 지금 국민들은 그분께 한 가닥 희망을 걸고 있다. 그리고 대통령의 회심을 빌고 있다. 개과천선(改過遷善)하여 사람다운 모습으로 대통령직을 지금부터라도 수행하여 존경받는 대통령이 되었으면 좋겠다.

공수처 법은 삼권분립에 심각한 영향을 미치는 악법이다. 얼마나 못난 대통령이면 삼권 모두를 장악하여 독재 통치를 하려고 하는가. 그것도 골통 비리, 탈법, 불법의 대명사 모 씨가 중국 공안법을 위조하여 그대로 연구도 하지 않고 만든 졸속 법안이다. 그 공수처법은 여야가 안정된 정국에서 충분한 연구를 거쳐 해야 한다. 선거법 또한 국민들이 모르는 이상한 논리를 동원하여 정의당 심 모 대표가 의석수를 늘려 여당 이중대를 자청하려는 악법이다. 참으로 나쁜 데만 잔머리를 쓰는 좌익들이다. 국민의, 국민을 위한 민생은 생각하지 않고 그들 주사파들이 활동하기 좋은 무대를 만들기 위한 꼼수 국민 대

사기극의 전초전인 것 같다. 우리는 뭉쳐서 이 법안이 국회에서 졸속 처리되지 않기를 간절히 바란다. 만약 억지로 통과된다면 국민의 엄청난 저항을 받을 것이다.

민주당 좌익 정당은 지금이라도 정신 차리고 현 시국을 바르게 읽고 청와대와 부화뇌동(附和雷同)하지 않기를 바란다. 그러나 그 어떤 경우에도 하느님은 공정과 정의가 이 땅에 부활하게 할 것이다. 많은 사람들이 국민적 기도 운동을 벌이고 있다. 작지만 나도 그 기도에 참여하고 언제든 광화문으로 달려갈 준비가 되어 있으며 나라와 국민과 자유 대한민국을 지키기 위하여 이 한 몸을 헌신할 수 있다. 죽음마저도 두렵지 않게 받아들일 수 있다. 시대는 영웅을 만들어 나라를 망치려는 무리들을 무찌를 수 있게 한다.

사람으로 태어나 한 시대를 함께 살다 보면 옥석이 가려진다. 특히 이제는 언론이 개인화되어 누구든지 자신의 의견을 SNS나 유튜브를 통하여 팩트만을 방송하는 시대라 비밀스럽게 작당을 하기 에는 힘든 세상이다. 그렇지만 각종 꼼수를 자기들 입맛에 맞게 국민을 속이고, 선동(煽動)하여 나라를 말아먹는 선수들이 주사파 좌파들의 그동안 수없이 써 먹는 통일전선 수법이다. 국민들이 그것에 이제는 더 이상 속지 않는다는 사실이다.

그리고 한반도의 특성상 우리가 고려 연방제를 하도록 용인하지 않는다. 중국과 러시아는 북한 정권이 건재하기를 바라지만 미국의 제재로 인하여 자국의 경제가 파탄의 지경까지 이르렀는데, 북한 괴뢰 도당을 끝까지 도울 수 없다. 우리나라도 미국의 도움이 절실하다. 이미 한국 정권은 미국의 신뢰를 잃었다. 매일 입만 열었다 하면 거짓말을 하는 정권을 누가 믿어주겠나. 개인도 거짓말을 한두 번 하면 끝장이다. 신용이 떨어져서 누구도 용인을 하지 않는다. 한 국가의 지도자가 국제무대에서 제대로 된 대접을 받으려면 무엇보다도 과거에 한 국가 대 국가의 약속은 지금 현재 정권이 지켜야 한다. 그런데 웬일인지 갑자기 일본과 교역을 끊고 갑자기 「죽창가」 운운하며 일본과 관계를 끊어 버리려고 작당을 한다.

우리는 그동안 일본의 도움을 많이 받았다. 서로 과거를 청산하려고 양국 정부는 무척 노력해 왔고 서로에게 예의에 어긋나는 국제 관계상 반드시 지켜야 할 약속은 되도록 약속을 지키려 했다. 이 주사파 좌익들은 그런 것조차 자신들의 정권에 유리한 방향으로 만들며 여론 조작 등을 통하여 국민들을 현혹하고 사기를 치며 진짜인 양 언론 플레이를 한다. 언론도 그 정권의 시녀가 되어서 자기파들의 작당은 크게 보도하고 심지어 가짜 뉴스 보도도 아무렇지 않게 자행하고 있다.

그러나 이제는 국민의 수준이 1960년대도 아니고 1970년대도 아니고 1980년대도, 1990년대도 아니다. 3000년 기를 향하여 달리고 있는 2019년이다. 국민소득 삼만 불 시대에 깨어 살고 있는 국민들이다. 아무리 정치가 생물이고 자기파들의 이익을 추구한다고 해도 국민의 동의 없이는 아무것도 할 수 없다. 이 난국에 확실한 수사를 하는 검찰총장을 압박하고 검찰개혁을 빌미로 참으로 개혁당할 세력인 청와대나 민주당 등이 검찰개혁을 주장하는 작태가 바로 적폐며 민의를 오도하는 작태이다.

거기에 노무현 재단의 이사장이란 사람은 아슬아슬한 언론 곡예를 작가의 양심까지 팔며 해댄다. 그가 하는 짓을 보면 우리나라가 왜 외교 무대에서 고립을 당하는지 알 수가 있다. 확고한 철학이 없이 좌나 우나 적당히 거짓말을 하며 거짓말이 사실로 드러나면 또 다른 거짓말로 틀어막고 이해하기 힘든 헷갈리는 논리로 반박을 하였다. 그러니 지금 정권이 언제까지 유지될지는 몰라도 그동안 국민들만 고통을 당하고 삶이 척박해진다.

미국도 지금 화가 단단히 나 있다. 그들은 갑자기 방위비 분담금을 몇 배나 올려서 우리나라 국고에 심각한 타격을 주고 앞으로는 우리나라도 세컨더리 보이콧을 당할 위험에 처할 수도 있다. 왜냐하면 주사파 정권이 북한의 석탄을 밀무역으로 사 주고 우리의 석유나 경유를 해상 환적으로 이북으로 보냈다는 증거를 미국은 확보하고 있기 때문이다. 정권을 보면 죽이고 싶은데 국민들의 희생을 우려하여 지금 미국은 무척 고민을 하고 있다.

어떤 사람은 미국 대사관저를 침입하여 미국의 신경을 건드리고 있다고 한다. 미국 대사는 점잖게 이야기를 "캣츠 아 오케이"라는 말을 청와대에서 했다고 한다. 골통, 미련 곰퉁이들 보좌를 받는 대통령은 그것이 무엇을 의미하는지 모른다. 그 소리를 듣는 순간 미국이 지금 문 정권과 그 주변 사람들을 고양이들로 표현한 것이라는 생각을 하며 온몸에 소름이 돋았다. '나는 몸과 마음이 괴롭고 슬픈데 너희 고양이들은 아직도 안전하구나. 두고 보자' 하는 이야기로 들렸기 때문이다.

미국 사람들은 항상 점잖은 표현으로 상대방에게 두려움을 준다. 미국 어느 교수님은 우리 국민 즉 한국인의 정신은 원래 올곧고 바르고 머리도 게르만 민족보다 우수한데 서로 헐뜯고 좋은 선비가 발탁되어 정치를 하면 한 파당의 후원이나 지원이 없으면 불가능하고 어찌해서 출세 가도를 달려도 그들의 지원 없이는 젊은 나이에 억울한 누명을 쓰고 죽음을 맞는다고 한다.

퇴계 이황이나 율곡 이이와 같은 인물들은 그러한 파당이 지겨워 좋은 권력의 핵심을 누리면서도 일찌감치 그 직을 사식하고 귀향하여 후학을 키우고 자신들도 공부를 계속 하면서 제사를 올리며 살았다 두 분은 조선의 최고의 학자며 정치인이시다.

한번은 첫째 부인과 사별하고 두 번째 부인을 얻었는데 그 둘째 부인이 제사상의 제사음식을 몰래 훔쳐 먹다가 어느 선비에게 걸렸다. 선비는 퇴계 선생님께 부인의 잘못을 질타했다. 그러자 선생은 빙긋이 웃으며 "나도 잘 알고 있다네. 어쩌겠나? 저 부인이 없으면 제사상 차리기도 힘들지 않겠나? 자네가 눈감아 주시게나" 하였다는 이야기도 전해진다. 성리학의 대가가 자기 둘째 부인의 결례를 숨겨주고 너그럽게 노후를 보내는 중이다. 이처럼 우리 역사에 대하여 우리에게 더 잘 알려주었다.

그리고 이승만 전 대통령은 참으로 훌륭한 대통령이라고 한다. 비록 그분 주위에 잘못된 사람들이 많아 결국 그분은 하와이로 망명하여 사시다 죽어서야 한국으로 다시 귀국하여 그가 그토록 사랑했던 한국에서 영면했다. 그분은 망명 생활 내내 기회가 있는 대로 한국을 걱정하고 한국 대통령을 미국이 도와서 자유 대한민국이 잘 사는 경제 부국이 되게 해 달라고 우리나라 국민들을 위한 걱정을 많이 하였다고 한다. 그분이 대통령이 아니었다면 아마도 한국 전쟁 당시 김일성 주석이 한반도를 적화통일 했을 거라고 한다. 그분이 미국에서 공부하시며 많은 인맥을 쌓았고 침례교회 당시의 미국 교회 중 가장 크게 부흥하는 그 교회를 매주 나가면서 해방되기만을 기도 했단다. 그 부인 프란체스카 여사도 교회에서 만나 결혼을 했는데 미국 사회에서 명망 있는 가문이라고 한다. 교수님은 이승만 전 대통령 칭찬을 입이 마르도록 하셨다.

　한국 전쟁 당시 북괴군은 소련의 신무기로 무장하였다. 자유 대한민국은 해방된 지 5년이 된 신생 국가로서 미국 정가나 유엔 등에서는 아직 존재도 없었던 나라였단다. 물론 해방을 맞으며 북한에는 소련이, 남한은 미국이 신탁통치를 하였지만 아직 이남에는 국방력이 미미한 수준이었다. 그동안 철저하고 꼼꼼하게 전쟁 준비를 한 북괴군을 맞아 싸우기는 중과부적(衆寡不敵)이었다고 한다. 그때 이승만 대통령은 피난을 하면서 미국 조야에 도움을 요청하고 미국 침례교회에서도 미국의회를 설득하여 한국에 많은 군사를 보내야 한다는 여론을 만들고 한국 피난민을 위한 구호품도 보냈다고 한다. 트루먼 대통령과 전화 통화를 하여 한국이 위기를 넘길 수 있게 해 달라고 하며 유엔에게도 도움을 요청하여 미국에서는 전격적으로 한국 파병을 결정하고 유엔군도 함께 한국에 파병을 결정하여 북괴군의 사기를 떨어뜨렸다. 맥아더 장군의 인천상륙작전으로 후방의 북괴군에게 군수품 수송을 막아 승기를 잡아서 북으로 진격하며 적군을 괴멸하고 연전연승(連戰連勝)을 했다.

그러나 갑자기 중공군이 인해 전술로 몰려들어 유엔군이 작전상 후퇴를 계속하게 됐다. 그러자 미국의 아이젠하워 대통령은 미군의 인명 피해가 기하급수로 늘어나고, 미국 언론에서도 한국 전쟁 종전을 촉구하자 맥아더 장군은 계속 전쟁하기로 이승만 대통령과 뜻을 같이했으나 맥아더 장군을 무조건 유엔군 사령관 직에서 물러나게 했다. 맥아더 장군은 "노병은 죽지 않는다. 다만 사라질 뿐이다"라는 명언을 남기고 전장에서 떠났다. 미국 여론과 아이젠하워 대통령이 맥아더 장군의 계속된 결전을 막지 않았다면 수개월 내에 우리가 전쟁을 완승으로 끝냈을 텐데 아쉽다고, 그 교수님은 강조한다.

이승만 대통령은 휴전에 반대하여 휴전 협상을 하지 않아서 할 수 없이 미국 대표와 북한 대표 간에 종전이 아닌 휴전으로 끝냈고, 지금까지 그로 인한 문제가 많다고 한다. 소련군과 북괴군은 빨리 종전이나 휴전을 해야 하는 입장이고 중공군도 인명 피해가 엄청나게 늘어나자 더 이상 전쟁을 하지 못하겠다고 북한에 통보했다고 한다. 결국 휴전으로 한반도는 언제나 전쟁이 날 수 있는 세계 화약고로 치부되어서 국가 발전에 엄청난 장애가 되었단다.

🌿 눈부신 한국의 경제 발전과 현실

　그리고 한국의 지금과 같은 경제 도약은 1961년 5월 고 박정희 대통령이 일으킨 군사 혁명이라고 한다. 비록 그가 장기 집권을 했지만 그렇지 않았다면 지금의 경제부흥은 없었을 것이라고 했다. 반공을 국시로 삼고 경제개발 5개년 정책을 수립하고 돈이 없는 관계로 일본과 한일 협약을 체결하고 그들이 준 광복절 기념 축하금으로 받은 자금 3억 불과 국고차관 2억 불 민간 기업차관 1억불을 받아서 지금의 경제 기적을 이룰 수 있는 종잣돈으로 사용하게 되었다. 일본과의 과거사는 그때 모두 끝난 것이다.

　박 대통령은 월남 파병도 결정하여 외화 벌이를 했으며 탄광 근로자 및 간호사들을 파독하여 그 돈을 착실히 경제 부흥에 써서 지금의 한강의 기적을 누리는 것이라며 한국 국민은 역사를 제대로 공부하지 않거나 자신들 역사를 왜곡하여 가르쳐서 찬란한 문화 기적에도 불구하고 자존심과 자존감이 많이 없는 것이 문제이고 한국에서 활동하는 고정 간첩들이 너무 많아 큰일이라고 한 그 미국 교수님 말씀을 상기해 본다. 그 교수님은 한반도가 이렇게 극우와 극좌가 서로 공격하고 싸움판이 될 것이라고 20여 년 전에 우리에게 가르쳤다.

그 교수님의 해박한 지식과 한국인에 대한 연민을 생각하며 근현대를 살아온 발자취를 정치적인 것과 경제적인 것으로 나누어 각 정권의 실과 득을 연구하고 싶었다. 그리고 정말 공정한 그 현대사를 조명하여 역사에 깜깜한 사람들에게 등불이 되는 책을 만들고 싶었다. 교수님의 한국사에 대한 강의를 들으며 한 마디 한 마디를 귀에 박았다. 그리고 스스로의 정권에 입맛에 맞게 역사를 일부러 감추고 그 정권에 유리한 억측을 사실인 양 가르치는 것이 한국인의 자존감을 상실케 하고 결국 좌파 주사파가 한국의 고정 간첩들과 연계되어서 거짓과 허위로 나라를 망치는 무리들이 정권을 잡으면 나라가 뒤집어질 거라고도 했는데 한 미국인 사학자의 예견이 모두 사실로 드러나게 되어 나를 더욱 놀라게 한다.

현 문 정권은 그야말로 좌익들의 정체를 그대로 드러내고 있다. 어쩌면 남한 좌익들과 북한 좌익들이 짜고 치는 고스톱인지 알 수가 없지만 지금 국민들은 그들의 거짓말에 속아 넘어가지 않을 것이다. 교수님은 진솔하고 객관적인 역사관을 우리에게 가르치고 여러분은 귀국하면 한국 역사에 대하여 새로 공부하고 한국사를 제대로 공부하고 제대로 알아서 북한의 주사파가 지금까지 왜곡해 온 한국사를 반박할 것을 주문했나.

1990년대 후반기에 미국 교수의 강의를 들은 나는 그동안 역사를 공부하고 있다. 그런데 그 교수님의 말씀이 2000년부터 지금까지 맞아 드러남을 보면서 역사를 반드시 바르게 가르쳐야 한다는 생각을 했다. 김일성 교시가 남한 좌익들에 의하여 계속 교육되어서 2020년 정도 되면 그들이 국가 공무원이나 심지어 대통령까지 될 수가 있을 것이라고 했다. 그런 말씀이 현 주사파 정권이라는 현실로 나타났다. 사법부 판사까지 좌익들로 채워가고 있다. 정직하고 진실만을 가르치는 미국 교수와 일반 초등학교부터 고등학교까지 건전한 교사들로 넘쳐나니 그 교육 제도가 부럽다. 미국 교수님들은 모 서울대 교수처럼 공부도 안 하고 백이나 써서 돈을 벌고 자녀들에게 불법으로 학교증명서를 만들어 주고 사모펀드를 만들어 큰 권력으로 내부 정보를 빼내서 엄청난 부를 창출하고 끝까지 아니라고 잡아떼고 하는 일은 안 한다. 판사들이란 사람들이 그의 편을 들어 영장을 기각하고 정말 정의롭고 공정한 검찰을 개혁한다고 하면서 오히려 잘하고 있는 검찰을 흔들고 있다. 이런 일은 현재 문 정권에서만 일어나는 일이다.

북한은 연일 탄도 미사일을 쏘며 남한의 적화 야욕을 버리지 못하고 위협을 해대는데도 문 대통령은 북과 좌파가 하는 짓을 보고 그대로 침묵을 지키며 북한에 어떠한 쓴소리도 못한다.

특별히 대통령을 지낸 김대중 전 대통령은 북한 김정일에게 1조 원 이상을 바쳐서 북한의 핵무기 개발에 도움을 주고 노벨 평화상까지 받고 그 일생을 편안하게 살다 죽었다. 노무현이라는 예상외의 인물을 대통령으로 만들고 그의 비리는 적당히 덮었다. 당시 비서실장은 구속까지 되었지만 현 정권에서 요리조리 줄을 타면서 부귀영화를 누리고 있다. 그만큼 이 사회는 서서히 붉은 물이 들어가고 있다.

오늘은 종교계 원로들을 불러 놓고 그럴듯한 변명을 하는데 자신의 죄과는 생각하지 않고 어색한 회의를 주재하는 모습이 얼빠진 사람으로 보였다. 왜 그렇게 자신이 없는지 갖은 공작을 다해도 국민들이 속아 넘어가지 않고 계속 저항하는 것이 일반 국민들의 잘못된 갈등이라고 하니 그래도 양심이 살아 있는 각 교단의 대표들은 어찌 할 줄도 모르고 일방적인 문 대통령의 말에 아무 말도 못하고 쩔쩔 매는 모습이다.

한심스러운 이 정국은 어떻게 될까 하는 걱정이 된다. 왜 공정하고 정의를 부르짖으며 국민을 속이고 잘하는 대통령을 탄핵시키고 좌익들의 홍위병들을 동원하여 반란을 일으켜 청와대에 무혈입성을 하였다. 그리고 좌익들은 국고에 손을 대고 나랏돈 챙기는 데 혈안이 되어 있다는 사실을 2년 반 동안 국민들은 모른 채 까맣게 속아 넘어 갔다.

우리 국민이 선전선동에 약하고 권력자들이 언론을 통제하고 조종하기 때문이다. 서울시까지 그들의 수족 노릇을 하며 그들에게 지금도 수백억 원까지 돈을 벌게 해 주었다.

국립 서울대학교도 주사파 교수들로 인하여 품격이 현저히 떨어지고 가짜 증명서 제조 학교가 되었는데 후안무치(厚顔無恥) 무 실력자인 좌익 모 씨를 파면하지 못하고 복직을 받아들이게 되었다. 고고하고 결기가 넘쳐야 할 명문대학교의 모든 위상이 땅에 떨어지고 말았다.

이제는 문 대통령이 무슨 말을 해도 국민은 믿지 않고 그의 지지자들마저도 그의 무능력을 인정하고 그 그룹에서 떠나고 있다. 국회는 국회대로 식물 국회가 되어 중요 법안들이 무더기로 폐기되고 악법은 패스트 트랙에 올라가 언제 날치기 통과가 될지 몰라 국민들은 매우 분노하며 대통령과 민주당을 원망하고 있다. 국민들은 어쩌면 정부 여당 때문에 불안하고 힘들어하고 있는데 정치를 제멋대로 하고 있다. 그들의 모습을 보고 있노라니 답답하고 슬프다.

그래도 박 대통령도 자기 고집대로 국정 운영을 하다가 자기 당의 반란으로 지금은 심한 고통을 받고 있지만 그 대통령은 여자 대통령으로 안보와 경제를 술술 잘 풀어 국민들은 그 시절을 그리워하고 그 대통령의 복귀를 원한다. 일부 좌익들도 그 대통령에 대한 인상이 좋았는지 지금은 그를 동정한다. 한복을 입고 중국군 분열식에도 참석하고 모든 일을 미국과 돈독하게 의견을 조율하면서 서로 좋은 시절을 보냈고 일본과도 잘 지내서 안심이 되었다. 그리고 유창한 그의 외국어 구사 능력은 참으로 부럽기도 했다.

그러나 문 대통령은 외유를 그렇게 많이 하면서도 그 나라 말은커녕 영어 구사 능력도 모자라 항상 부부가 외국을 가서 국격만 손상시키고 있다. 참으로 한심한 정부이다. 선전선동과 그 정권의 시녀가 된 언론을 보면서 나라의 미래가 걱정이 된다.

그러나 위기일 때마다 나라를 바로 세우려고 올바른 정치를 해 나가는 새 지도자가 나타나는 한반도는 결코 절망할 필요가 없다. 서서히 떠오르는 별들이 우후죽순(雨後竹筍)처럼 여기저기서 일어나 국민을 상대로 거짓말을 하여 자기들의 정체를 감추고 국민을 개돼지로 취급한 좌익 무리들은 그 누구도 용서하지 않을 것이다.

아침 태양은 동방으로부터 매일 쉬지 않고 힘차게 떠오른다. 인도의 세계적인 시인 타고르는 우리 한반도를 '동방의 빛'이라고 했다. 당시는 일제 치하에서 힘든 시기를 지내지만 앞으로 동방의 빛으로 새로 뜨는 나라가 될 것이라고 《동아일보》에 기고한 「조선에 부탁」이라는 짧은 시에서 '일찍이 아세아의 황금시기에 빛나던 등촉의 하나인 조선 그 등불 한번 다시 켜지는 날에 너는 동방의 밝은 빛이 되리라' 이야기를 하며 자유대한민국의 탄생을 예언한 동양에서 최초의 노벨 문학상을 받은 시인이다. 그는 인도에서는 간디와 함께 성부(聖父)로 추앙받는 분이다. 훌륭한 가문에서 태어나 11살에 시를 쓰기 시작했고 16살에는 시집을 내기도 했던 분인데 동서양의 문화를 융합하려고 노력한 분이기도 하다. 우리나라는 결코 하루아침에 망하지 않는 좋은 나라가 될 것이라고 예언한 타고르의 예언은 잘 맞아떨어지고 있다. 그러니 지금의 좌익 정권도 결국은 정화되어 새로운 정치가들이 정권을 잡아 이 나라를 부강하고 튼튼한 나라로 만들어 줄 것이다.

🌸 고정 간첩
여전히 번성하고 있다

옛날 한 예술인 아주머니가 장사를 했는데 남편은 오밤중에
는 어디론가 사라졌다, 낮이면 돌아온단다.

새벽에는 북한과 난수표 교신을 받아 적어서 그 지령을 따
라 하루의 일과를 시작하는 고정 간첩 부부가 있었다. 그 아
들은 초등학교 3학년부터 아버지에게 간첩 교육을 받으며 가
양에서 비교적 부유하게 지냈다. 항상 가난하게 시시때때로 이
곳저곳을 흘러 다니는 사람인데 어느 날 갑자기 그림 그리는
여자와 결혼하더니 장사를 하며 부유하게 살고 자식들도 낳았
는데 모두 교육을 대학까지 시켰다고 한다. 50여 년 전의 이야
기이다.

간첩 자식들은 착실히 김일성 교시를 교육받으며 또한 빨간
사상 교육을 받았다. 그리고 그 아들은 모 대학교를 졸업하고
땅을 사들여 가지고 있다가 주위가 개발되면 산 값의 몇 배가
오른 가격으로 그 땅을 되팔았다.

그는 부자가 되자 남파 간첩을 은닉하고 도와줄 땅을 마련하

고자 유명한 산 깊은 산줄기의 목장 터를 사서 축사를 지었는데, 그 축사 지하를 근사한 간첩 아지트로 만들어 놓았다. 열서너 명이 한 달 정도를 먹고 조용히 운동을 하면서 인근 고정 간첩들이 교육하기도 했단다. 가끔 북한에서 넘어온 남파 간첩들도 그곳을 이용한 것으로 추정된다. 그런데 얼마나 치밀하고 은밀하게 지었는지 그 집을 지을 때는 인부를 갈아 가며 아무도 눈치를 못 채게 하고 사료 창고를 짓는 거라고 했다고 한다. 지금은 그 근처가 어마어마한 주택 단지로 조성되어서 1만 가구가 넘게 입주할 주택들을 지어 분양 중이라고 하니 멋진 그의 집과 집터는 수백억은 넘을 거라고 한다.

좌익 고정간첩들은 그렇게 서로를 도와가며 자유 대한민국을 삼킬 수 있게 미리 준비하고 있었다. 근사하게 지하 아파트를 짓고 그 위에 우사를 지어 소를 키우고 지하의 아파트는 아방궁으로 꾸며 북한에서 넘어온 남파 간첩들이 그곳을 이용한 것으로 생각된다. 좌익들은 서로를 도와가며 자유 대한민국을 건국 이래로 계속 북한의 교시나 주사파 교육을 받게 하여 지금은 국가 주요 기관에 모두 퍼져 있어 그들의 통치 시대가 되었는데 그들을 막을 방법이 없을 정도란다.

베트남이 공산 사회주의로 통일되었을 그 당시 월남의 공직자들이나 기업인 부자였던 사람, 종교인 등 260만 명이 교화

노동소에 끌려가 죽도록 고생을 하면서 월맹군이 주는 밥과 약초를 먹고 죽은 자가 많다. 호찌민의 관대한 처분을 받아 그들은 해방되었는데 그 당시 거의 모든 사람들이 5년 만에 비실비실 살다가 죽고 말았다고 한다.

만약 우리나라도 당장 공산 사회 독재 국가가 된다면 지금 방귀깨나 뀌면서 호의호식(好衣好食)을 누리는 사람들은 어느 순간 모두 쥐도 새도 모르게 어디론가 끌려가 죽임을 당할 것이다. 특히 남로당 박헌영이 북한으로 가서 김일성에게 죽임을 당한 것처럼 현 정권의 실세들도 혹시 이 나라가 공산화가 되면 모두 제일 먼저 총살을 당할 것이다. 공산주의 사회주의는 과거의 자기편이라도 현재 자기에게 작은 티만 되어도 제거하는 습성이 있다. 우리는 역사를 공부해 보면 모두 알 수 있는 일이다. 주사파들은 말로만 정의와 공정을 외치지만 실제로 그들의 행동은 거짓과 위선으로 가득 차고 뻔뻔하기가 이루 말로 표현하기 힘들다. 그들은 뻔뻔하게 자기에게 주어진 힘을 이용하여 남을 해치며 법을 교묘하게 이용하여 합법을 가장한 부정부패(不正腐敗)를 저지르고 있다.

우리의 독립투사나 애국자들은 그 시대에 걸맞는 정치를 하고 이승만 전 대통령은 자기 때문에 더 이상 국민들의 희생을 바라지 않았기에 과감하게 대통령 자리에서 물러나 망명을 하면서도 자유 대한민국과 가까운 미국으로 가기 위하여 망명지를 자유 대한민국과 가장 가까운 하와이로 선택했다고 한다.

사과할 줄도 모르고 오직 자기와 주사파들만이 훌륭한 정치를 한다고 하는 거짓 강변을 늘어놓는 현직 대통령이 주사파들의 민낯을 여실히 보여 주고 있다. 철면피와 강심장으로 나라를 송두리째 개인 것으로 만들고 철권통치를 하는 북한에게 꿀 먹은 벙어리가 되어 탄도 미사일을 쏴대도 그저 침묵을 지키며 언론까지 통제하고 있으니 얼마나 힘이 들까?

문 대통령의 애간장도 타들어 갈 것이다. 좌익들은 자신과 자신의 자녀들 주변 친척들을 엄청 챙겨서 미국 유학을 보내고 일본 유학도 보내며 교육열이 높다. 그리고 수단과 방법을 가리지 않고 주사파 인물들이 경제 이익을 취하도록 각종 이권 사업에 그들을 참여시켜 국민이 낸 혈세를 마구 빼돌리고 그로 인하여 국가 재정이 구멍이 나고 주사파들은 축재한다. 그리고 경제가 건강하다고 거짓말을 하며 국민을 속이고 자기들이 수행하는 모든 일이 정당하다고 호도한다. 특히 핵에너지의 강국인 우리나라 핵에너지 첨단 산업을 버리고 태양광 발전 산업을 일으키고 그에 쏟아 부은 돈들을 대부분 주사파 관계자들이 모두 챙겼다. 명분은 좋아 보이지만 미국이나 일본 등지에서도 원자력 에너지 사업을 육성하고 수출에 박차를 가

하는데 유독 우리나라만 핵 발전을 지양하고 태양열 풍력 발전만을 고집하니 우리나라의 핵 에너지 산업은 날로 쇠퇴의 길을 간다. 그로 인하여 우량 기업 한국전력주식회사는 이전 정권까지는 흑자를 내고 정부에 세금도 많이 냈지만 이 정권이 들어선 이후 계속 적자만 늘고 있다. 청정 핵 에너지는 값도 싸고 최첨단의 기술로 그 어느 산업보다도 국가 재정에도 도움이 되고 외국 수출의 기회가 점점 늘어나고 있다. 그 좋은 산업인 핵 발전을 폐기하고, 우리나라는 전 국토가 태양광 패널로 검게 물들어 가고 비용이 많이 들어가 흑자이던 한전이 도산 직전이라고 한다. 그리고 앞으로 그 시설의 유지 비용과 패널 교체로 인한 공해 문제가 심각할 것이라고 한다. 다시 핵 에너지 정책으로 빨리 전환해서 경제도 살리고 수출도 많이 해야 한다. 그것이 정당한 에너지 정책이다.

고 박정희 대통령이 심혈을 기울여 핵에너지 정책을 세우고 핵을 선의로 이용하게 한 훌륭한 정책을 폈다 그래서 우리나라의 핵 기술이 전 세계에서 최고이다. 그리고 핵에너지가 필요한 나라에게 우리 기술을 수출하고 막대한 외화를 벌던 산업인데 그 한 산업을 폐기하니 우리나라 경제가 큰 피해를 보고 있다. 이번 정권은 무리하게 모든 것을 개혁의 미명하에 밀고 나가며 국가를 혼란스럽게 하고 국민을 괴롭게 하고 압박을 하면서 모든 제도와 법을 바꾸려고 한다.

그러나 국민은 옛날 국민이 아니라는 사실을 시금의 주사파들은 지각하고 자중하며 성찰할 것을 촉구한다. 국민들은 이번 고 박정희 대통령의 서거 40주년 기념을 국민이 스스로 광화문에서 가장 성대하게 치르고 문 정권의 타도를 외칠 거라고 한다. 다행스러운 일이다. 고정 간첩들은 북한 괴뢰 도당의 도움으로 공부도 하고 장사도 하고 예술계 유명 인사를 포섭하여 고정 간첩과 결혼을 시켜 남한에 정착시켜 돈을 많이 벌게 해서 다시 북한으로 송금을 하곤 했다고 한다.

주사파들은 거의 모두가 그렇게 선대부터 이어진 한국의 고정 간첩 가문을 만들어 그의 자녀들이 그들의 환상의 세계를 꿈꾸며 민심을 버리고 주사파들의 뜻대로 모두 한다고 한다. 그로 인하여 국민이 고통 받는 것은 아무 상관이 없다고 한다.

공수처 법은 중국의 공안 법을 그대로 베껴서 국내에 적용하여 입법, 사법, 행정부를 장악하여 독재 정치를 할 수 있도록 대통령 권한을 강화하는 법이라고 한다. 또한 삼권분립의 원칙에서 대통령에게 모두 삼권통합 권한을 주어 온 국정을 대통령 마음대로 하려는 시도가 현재 패스트 트랙에 올라간 법이다. 지금 그러한 법보다 시급한 현안이 산적해 있는데 문 정권은 사활을 걸고 그 법을 통과시키려고 혈안이 되어 있다.

결국은 그 법들을 야당 2중대 들과 통과 시켰다. 안보, 경제, 외교, 뭐 하나 제대로 하는 것 없이 놀고먹는 형국이다. 모든 기관들이 문 정권과 그 일당 주사파들의 말에 따라서 눈치를 보면서 일을 하니 막히지 않은 곳이 없다.

국민들은 신음하는데 문 정권과 주사파들은 호의호식하며 숨어서 산다. 그런 나라가 어찌 발전할 수 있을까? 마치 북한보다 외교를 못하고 안보도 비교도 안 되게 형편없이 만들어 마치 북한 정권의 시녀 노릇을 하면서 그 동안 얼마나 많은 도발을 했는데 도발마다 미국을 겨냥하고 일본을 겨냥한 척하며 문 정권은 늘 북한에게 유리한 발언만을 하였다.

이번에 쏘았던 탄도 미사일은 남한 당국에게 경고를 하기 위하여 발사했다고 공공연히 밝히고 발사했음에도 아무 말도 못한다. 그러니 문 정권은 환상의 꿈에서 깨어나길 바란다. 한국 전쟁을 일으킨 북한군 창설 멤버인 김원봉에게 훈장을 수여하겠다고 나선 것도 이 정부가 이미 북한의 지령에 따라 움직이며 정권 차원의 간첩이 남한 정권을 지배한 증거이기도 하다. 참으로 안타까운 현실이다. 그뿐인가. 어느 국회의원은 모 보훈처장을 찾아가 자기 아버지를 국가를 위하여 일을 한 것처럼 꾸며서 서훈을 받으려고 했다. 그리고 그녀는 현재 목포 문화거리를 조성하는 과정에서 문화재급 집 열 몇 채를 사 두고 그 국가적 사업에 직권남용을 한 것 같다고 한다. 그런데도 국회의원직을 유지하며 떵떵거리며 살고 있나.

후안무치(厚顏無恥)가 겉으로 나타났다. 좌익들은 그들의 영웅적 행위를 포장하기 위하여 별것을 다 동원하여 자신의 스펙을 쌓으며 뒤로는 돈을 긁어모으는 데 혈안이 되어 있다. 이번 모 씨 사태로 그 모든 민낯을 드러내고, 결국 그의 아내 모 씨가 구속이 되었다. 이제는 수괴 모 씨를 빨리 소환하여 구속하여야 한다. 모 씨가 자살을 선택하거나 타인에 의하여 죽는다면 그야말로 큰일이다. 그리고 문 대통령도 반성을 하지 않고 오만방자(傲慢放恣)한 언사를 멈추지 않으면 국민의 거센 저항을 받을 것이다.

문 정권의 주사파들은 과거의 영웅 대통령 이승만과 박정희 대통령의 애국·애민 정신을 이어 받아야 한다. 겉으로는 번드르르하게 정의와 공정을 부르짖는 주사파들은 보이지 않는 곳에서 불공정과 불의를 자행하며 돈만을 긁어모으려고 한다. 그리고 반미·반일을 획책하며 우리 자유 대한민국을 고립무원(孤立無援) 국제적 고아 신세로 만들고 있다.

앞으로는 부산 쪽 사람들을 조심해야 한다. 자유를 수호하기 위하여 우리나라 한국 전쟁 당시에 20만 명의 미군 병사들이 산화하거나 실종되거나 부상을 당하면서 자유 대한민국을 지켜 낸 것처럼 우리도 자유를 위한 싸움에 참가하여 많은 희생을 하면서 우리나라에 부여된 임무를 수행했고, 전쟁 수당으로 받은 돈은 고국으로 보내어 경제 개발 5개년 개획 정책에 따른 비용을 충당하는 데 썼다.

그 월남전에서 큰 인물이 나왔는데 우리나라의 영웅 채명신 장군이다. 그분은 파병 용사들에게 "제군들이 지금 땀과 피를 흘려서 얻은 돈을 아껴서 고국으로 보내라. 제군들이 흘리는 땀과 피는 현재는 충분한 보상으로 나타나지 않는다. 그러나 자유 대한민국이 발전하면 오늘날 제군들이 흘린 피와 땀은 반드시 보상을 받을 것이며 여러분의 이름은 길이 역사에 남을 것이다"라는 연설을 하며 장병들을 자기 친동생처럼 아끼며 모든 작전 지휘를 하기 전에 사전에 인명 피해를 최소화하면서 승리할 수 있는 방법을 연구하고 그 방법을 충분히 숙고한 후 작전에 장병을 투입하여 작전을 개시하여 최소한의 인명 피해로 그 작전을 승리로 이끌었다고 한다. 승리한 부대는 충분히 쉬도록 하고 어떤 때는 자신의 사비를 털어서 승리에 중추적인 역할을 한 지휘관이나 장병들에게 막걸리라도 충분히 먹을 수 있도록 했다고 한다. 그 당시 월맹군은 한국군을 가장 무서워했다고 한다.

그러한 훌륭한 장군은 우리 후손들에게 귀감이 되도록 그분들의 영웅적 행위를 교육해야 하는데 지금의 교육은 정반대로 김일성의 교시를 교육하고 북의 괴뢰 수반들의 반일 항쟁을 가르치고 그들을 영웅으로 만들고 있다. 그런 시도를 빨리 버리고 그들이 한국 전쟁을 일으킨 원흉임을 인정하고 제대로 된 역사를 교육하여 나라의 미래를 새롭게 하여야 한다.

우리 민족끼리의 통일도 반드시 자유 대한민국이 주도권을 가지고 해야 한다. 우리가 부강해져서 국민소득이 올라가면 자연적으로 남북이 통일이 된다.

현 주사파 정권은 지금처럼 고려연방제라는 허울만 그럴듯한 방법으로는 오히려 자유 대한민국이 적화 통일될 확률이 무척 높다. 지금도 정책을 공부하거나 연구하지 않고 순간적인 방법으로 말하고 함부로 지시를 하는 대통령 모습을 보면 김정은에게 나라를 통째로 먹히고 말 것이라는 걱정이 들어 불안하다.

🌼 그립고 그리운
위대한 대통령

    고 박정희 대통령은 미래를 내다보고 100년이 걸려도 할 수 없는 눈부신 경제적인 성과를 18년 만에 이뤄낸 우리나라 영웅이다. 그런 바탕에는 대통령이 끊임없이 공부하며 근면 성실하게 일하며 자신을 철저하게 관리했던 노력이 있다.

    대통령은 경부 고속도로를 건설하면서 실시간 보고를 받으며 늘 현장을 헬기를 타고 찾아다니며 일꾼들을 격려하고 공병 사업단을 동원하여 군인 임금으로 건설 현장에서 일을 하게 하였다. 심지어 방조제 사업을 할 때는 수인들을 동원하기도 했다. 그 모든 것이 공기 단축과 건설비를 절약할 수 있는 방법이기 때문이었다.

    그 당시 고속도로를 최저 건설비만 들여서 최단기에 건설하였다. 박 대통령은 빈약한 재정으로 안목을 가지고 미래 산업을 일으켰기 때문에 항상 재정을 걱정하고 건설비를 아꼈다고 한다. 당시 고속도로의 일반적인 건설단가는 1킬로미터당 평균가가 6억 원이었는데 그 단가를 정주영 전 현대건설 회장과 의논하여 1억 원으로 하고 일을 시작했다.

당시에 야당들은 국가 재정 상태가 고속노로를 건설할 상태가 아니라고 해서반대하며 극성을 부렸지만 대통령은 그것이 투자할 가치가 있다고 생각하면 국민들에게 설명하고 국회도 설득하며 실행에 옮겼다고 한다.

그가 추진한 그 당시 산업들이 지금은 세계적인 산업으로 발전 성장했다. 고속도로 건설 산업도 우리나라가 수출하는 효자 산업이 되었고 그로 인하여 경제 발전은 가속화되고 철강 산업도 발전했으며 조선과 자동차 산업도 성장하고 전자 산업도 급격히 발전하여 지금은 세계 최강의 전자 산업 부국으로 우리나라의 삼성전자가 단연 글로벌 시장에서 두각을 나타내고 있다. 핵 원자력 산업도 급격히 발전하여 우리나라가 그 분야에서 세계에서 단연 1위이다. 주사파 정권은 그런 산업에 손을 대고 국가 기업으로 만들 시도를 하고 있다.

일찌감치 중국으로 진출했던 삼성전자는 중국 국내 정국이 불안하고 인건비가 빨리 올라가 채산성이 안 맞자 발 빠르게 삼성전자 생산기지를 베트남으로 옮겨 가게 되었다. 그리고 최근에 마지막 인력을 정리하며 그 인력들을 중국 유명 전자 회사로 옮겨 가게 했고 퇴직하는 모든 임직원들에게 충분한 보상을 하여서 중국 관영 매체에서까지 삼성전자의 중국 탈출이 아름다운 일이라고 칭찬을 했단다. 특히 세계적인 언론 매체인 영국의 《파이낸셜 타임스》는 삼성전자의 연구진과 경영진의 기술 대체가 신비롭고 놀라운 일이라고 평하기도 했다.

국내 정치에 발 빠르게 대체를 하면서 삼성은 스스로 활로를 찾아갔다. 박 대통령이 전자 산업을 구상하고 일으켜 세울 때 이병철 회장을 만나 "임자가 한 번 전자 분야에서 초일류 기업을 만들어 봐요!" 했단다. 그것이 결실이 되어 우리나라의 전자 산업이 세계를 리드하고 있는 것이다.

박 대통령은 남의 말을 들어주는 경청가로 잘 알려져 있다. 무엇이든지 비서관에 묻고 숙제를 주어 연구해서 보고를 하게 하는데 그분이 주관하는 회의에 참가하는 기자들도 각오를 해야 한단다. 보통 회의를 주재하면 서너 시간은 잡아야 하기 때문에 그 당시 그 회의에 참석하는 기자들은 그 자리에 취재를 안 가려고 했단다. 세 시간이고 네 시간이고 회의가 끝날 때까지 회의를 주재하는 대통령은 말 한마디 안 하고 그 회의에서 나오는 새 지식과 주요 사항을 세밀하게 메모를 했단다. 회의 석상에 앉으면 미동도 안하고 다른 참모들의 의견을 경청한다고 했다. 그러니 취재 기자들도 그렇게 몇 시간씩 앉아 있어야 하니 그 회의에 참석하게 되는 기자는 저녁에 술도 못 마시고 아침도 조금만 먹고 청와대로 가서 대통령이 주재하는 회의에 참석했다고 한다.

현재 문 대통령은 왠지는 모르나 회의를 주재하는 모습을 보지 못했다. 공부도 안 하고 대충 누군가가 써 주는 용지를 보고 읽는 정도이니 말만 하면 거짓말이 되고 같은 말이나 정책이 다음에는 뒤집어져 버리고 만다. 이러한 일들이 자주 반복되다 보니 대통령은 거짓말 제조기가 되고 말았다. 국민들 누구도 그의 말을 신뢰하지 않는다.

개인도 신뢰가 없으면 문제가 생기는데 한 나라 최고 통치자가 국민들에게 신뢰를 못 받고 세계에서도 인정을 못 받는다면 우리나라는 결국 글로벌 세계에서 미아가 되어 국가는 퇴보하고 국민은 도탄에 빠진다.

주사파들이 그토록 신봉하는 북한의 현실을 보면 누가 잘못했는지 확실히 알 수 있다. 주민이 이밥에 소고깃국 먹는 것이 김일성 주석의 평생소원이었다. 그러나 그의 생전에 한국 전쟁을 일으켜 약 삼백만 명이 죽거나 실종되었다. 그리고 그의 생전에 이밥과 소고기국을 먹는 사람은 특권층 15%도 되지 않고 북한 주민은 중노동에 시달리며 형편없는 대우를 받으며 생명을 유지하기에 바빴고 그는 유훈통치를 앞세워 그의 아들 김정일에게 왕권을 물려주었다.

그리고 남한 좌익 김대중 씨가 대통령이 되었다. 그러나 그래도 지금 문 정권처럼 하지는 않았다. 박정희 전 대통령과도 화해를 하고 미국과의 관계도 외교적으로 잘 풀어 나갔다. 그분은 나름 자신의 단점을 극복하기 위하여 교도소 등지에서 많은 책들을 읽으며 통치자로서의 교양을 쌓았다고 한다. 그리고 국민을 생각하고 남북의 관계도 조용히 말없이 실천을 했다고 한다. 그러나 당시에 북으로 넘어간 돈은 얼마인지는 확실하게 밝히지 못했다.

그러나 그가 지명한 노무현 씨가 대통령이 되면서 국가 통치는 점점 어려워졌다. 그러나 그는 공부하는 대통령이었다. 나름 외교 능력이 있어 전작권을 빼앗아 오려고 노력은 했지만 그는 여러 가지 문제가 있는 것을 알고 포기를 했다. 그렇게 두 번의 주사파 정권이 있었지만 이명박 대통령과 박근혜 대통령으로 이어진 우파 정권으로 그나마 여러 가지를 정상화시켰는데 대통령들의 좋은 점은 다 잘라 버리고 전교조 민노총등등 좌익 단체들을 앞세워 촛불 정국을 만들어 사회의 혼란을 조장하여 반칙으로 자유 대한민국의 헌법까지 어겨 가며 현직 대통령을 내쫓고 정권 탈취를 시도했다. 그리고 성공했다.

그러나 그들은 놀고먹으며 국민들을 도탄으로 몰아넣어서 모두 망하게 하고 자기들 정권 사람들만 잘 살게 하는 국고를 도둑질하는 도둑놈 소굴을 만들었다. 그 사실은 정권 출범 후이 년 반 만에 세상에 그 붉은 민낯을 드러냈다. 모 전 법무부 가족의 비리 탈법 사건을 통해서였다. 그러나 문 정권과 주변 주사파의 사람들은 아직도 그들이 잘하는 선동선전 작전으로 대통령부터 나서서 모씨를 두둔하고 노 모 대통령 재단 이사장은 잘하고 있는 검찰을 거짓말로 헐뜯는다. 아무리 이해하려고 해도 이해가 되지 않는 사람들이다. 만약 이번 현 검찰총장이 주사파 꼴통 좌익이었다면 우리나라는 멸망의 길로 갈 뻔했다. 그러나 법과 원칙으로 수사를 하는 윤 모 검찰 총장 덕분에 모든 것이 백일하에 드러났고 이제는 문재인 씨도 그 자리를 내놓아야 할 판이다.

미국이나 일본과는 이미 건널 수 없는 강을 건너고 말았다. 국내에서는 건전한 주사파가 나서서 모 씨를 고소 고발하고 결국 문 대통령의 각종 의혹도 검찰 수사 대상이 될 날도 얼마 남지 않았다.

고 박정희 대통령께서 1965년에 한일협정을 체결하고 일본으로부터 약 6억 달러를 받아서 그 돈이 포항 제철 등을 건설하는 데 쓰였다. 물론 미숙한 점도 있어 지금까지 논란의 대상으로 남아 있다. 박정희 전 대통령은 그 일로 인하여 1966년 3월 6일 한일 굴욕 외교 반대 데모가 일어나 결국 계엄령 1호를 발령하게 되었던 것이다. 박 대통령의 소망은 늘 가난하고 밥

못 먹는 국민의 가난을 물리치는 것이었다. 그러기 위해서는 중화학 공업을 일으켜야 했다. 그래서 한일 관계를 정리하여 일본의 자본을 이용하기로 한 것이다. 그래서 한일협정을 하게 되었다. 그 일본은 사실 우리나라의 발전에 큰 기여를 했다. 지금 이 주사파 정권은 반일 감정을 국민까지 동원해 일으키고 한일 관계는 최악으로 치닫고 있다. 그러니 국가의 경제가 위기에 있다. 고 박정희 대통령은 비난과 야당의 반대를 무릅쓰고 모든 것을 감수하며 한일협정을 맺어 국가 발전에 심혈을 기울였다. 그 사이에 국민들은 점점 가난에서 헤어나기 시작했고 새로운 꿈을 가졌다.

1966년도 당시 한국 사회에 가난한 사람의 삶이 반영된 사건이 성남의 철거민 달동네에 있었다. 한 작은 방에서 전깃불도 없이 촛불을 켜고 한 방에서 시어머니, 아이들과 함께 살아가던 한 주부가 청와대 육영수 여사에게 도와 달라는 편지를 보냈다. 편지에는 남편이 서울역에서 볼펜 장사를 하면서 살아왔는데 남편이 교통사고로 몇 달째 돈을 못 벌어서 88세 된 노모와 가족들이 굶고 있다는 것이었다. 편지를 본 육영수 영부인은 쌀 한 가마와 돈 얼마를 비서관에게 주어 그 집에 다녀오라고 했다. 비서관은 간신히 그 집으로 찾아 갔는데 처음에는 희미한 촛불에 시어머니가 하얀 쌀밥을 먹고 있었다. 놀라서 이 비서관은 굶고 있다고 해서 쌀과 돈을 가져 왔는데 노모가 하얀 쌀밥을 먹고 있으니 웬일인가 싶어 촛불을 더 밝히라고 했더니 그 아주머니는 촛불을 두 개를 켰다고 한다. 방 안이 밝아져 보니 그 당시가 5월인데 모두가 아카시아 꽃을 따다가 먹고 있는 것이었다. 청와대 김 모 비서관이 아무 말도 못하고 얼른 쌀과 돈을 전하고 청와대로 돌아와 영부인께 실상을 보고하니 눈물을 흘리셨다고 한다.

영부인은 평생 혁명가의 아내로 살면서 근검절약(勤儉節約)했으며 한국의 미래를 위하여 어린이들에 대한 관심과 배려와 계도에 힘썼다. 어린이 놀이터를 만들고 어린이들의 잡지인 《어깨동무》란 간행물을 만들기도 했으며 고아원이나 가난한 사회적 약자를 돕는 데 헌신하셨다. 불우 청소년을 공부시키기 위하여 정수장학회를 만들고 청소년들에게 기술을 교육하고 직업훈련을 시키는 정수기술학교도 세우셨다. 대구에는 영남대학교를 세워 명문 학교로 만들었다. 수많은 의혹과 잘못된 시각을 가진 사람들의 반대와 시위가 있어도 오직 국가 발전과 국민 생활을 증진하는 일이라면 꿋꿋하게 자신의 정책을 포기하지 않고 이끌어 갔다.

반공을 국시로 삼았고 그로 인한 부작용도 있고 피해자들도 있는 것이 사실이지만 그 모두가 국민의 생존을 지키기 위한 어쩔 수 없는 선택이었다. 그로 인하여 우리나라는 북한 보다 더 빠른 경제 발전을 이루어 박 대통령의 여러 가지 과오보다 더 큰 성과가 여실히 드러나고 있다. 그리고 주사파 정권은 비공식적으로 북한 발전 혹은 북한 주민의 기아를 해결하는 데 필요한 돈을 많이 보냈다. 박 대통령께서 이루어 놓은 경제력을 가지고 북한에 돈을 보낸 것이다. 그러나 북한 괴뢰 도당은 그 아까운 돈을 핵무기 개발 자금이나 최고 통치자, 주변 공산당원 중 간부, 군대 수뇌부의 통치 자금으로 썼다고 한다.

결국 박정희 대통령의 군사 혁명은 세계에 유사 이래 없는 성공한 혁명으로 회자되고 있다. 그것은 박정희 대통령의 특별한 이력에서 시작된 것이다. 그분은 구미 산골에서 어머니가 가난이 무서워 여러 가지 방법으로 아이를 지우려다 결국 실패하고 낳았다고 한다. 그러나 그렇게 낳은 아들을 온갖 정성으로 잘 키웠다고 한다.

늘 가난하여 대구 사범학교를 간신히 졸업하고 문경의 어느 학교에 발령을 받아 교사직으로 일을 했는데 그때 그분은 교사로서 올바른 길을 가며 자신이 올바르지 못함을 늘 부끄러워하며 학생들을 진심으로 사랑했다고 한다. 박정희 대통령은 식물과 동물을 아끼고 사랑했다고 한다. 박 대통령은 우리나라의 사막 같은 민둥산에 식수(植樹)를 시작하여 검푸른 화려

강산으로 만들고 댐을 건설하고 방조제를 만들어 우리나라 지형을 바꾸어 놓았다. 그야말로 다방면으로 그의 다양한 지혜를 발휘하였다. 그리고 소신 있는 그의 정책들은 하나둘 열매를 맺었다. 심한 수해 현장에 가서는 일회성 수해 대책을 수행하는 것이 아니라 아예 수해가 다시는 발생하지 않도록 물길을 돌려 영구적 수해 대책이 되도록 했다. 대통령은 군의 장비들을 동원하여 산을 깎아서 동네 한가운데로 흐르는 물줄기를 동네에서 삼 킬로미터 정도 떨어진 곳으로 돌려서 직수로 흐르게 했다. 아무리 큰 비가 와도 수해가 나지 않도록 국토 산림 정원 산업을 시작한 것이다. 우리나라 금수강산을 제대로 만들어 국가와 국민들에게 기쁨과 행복을 선사하셨다. 그뿐인가. 우리나라 문화재들도 재정비하여 문화관광의 토대를 만들기도 해서 후세에 큰 유산으로 남겼다.

아산 현충사와 이순신 장군 묘지를 가끔 간다. 박 대통령이 충무공 이순신 장군의 사당을 관광지 겸 추모 공간으로 새롭게 재정비한 그곳을 갈 때마다 국난에서 나라를 구한 두 영웅이 떠오른다. 바로 고 박정희 대통령과 충무공 이순신 장군이다. 영웅은 영웅을 알아본다. 두 분 모두 애국애민 정신이 투철하여 언제나 자신보다 국민을 생각했고 나라를 생각했다.

이순신 장군은 전란 중에 장군의 주위에 많은 난민이 모여

왔는데 그 사람들에게 염전을 해서 소금을 만들어 팔거나 물고기를 잡아 팔고 주위의 땅을 개간하여 자급자족(自給自足)하도록 했으며 그것으로 군량미도 마련하였다. 그리고 장군은 늘 장병을 진심으로 사랑하고 도와주었다고 한다.

고 박정희 대통령도 따뜻하고 정겨운 마음으로 교사를 할 때는 학생들에게 군인으로 돌아와 군 생활을 할 때는 부하 장병들을 잘 대하여 주었다. 특히 군에서는 자기의 잘못에는 늘 사과했다. 예하 장병과 부하 지휘관에게는 추상같은 결기도 보였지만 평소에는 인간적인 소박함과 겸손을 모범으로 보여 장병들에게 큰 신임을 받는 지휘관이 되었다. 고 박정희 대통령은 육군 사관학교 2기이고 백선엽 장군에게 큰 신임을 받아 위기일 때마다 도움을 받았다고 한다.

이순신 장군도 유성룡 대감의 큰 신임으로 죽음에서 살아났고 조선을 일본으로부터 구해 냈다. 만약 이순신 장군이 존재하지 않았다면 우리나라는 그때 일제 치하가 되어서 큰 곤욕을 치르고 일본의 한 현이 되거나 도로 일본국이 되었을 것이다. 이순신 장군의 기사회생(起死回生)이 조선이 국난을 이기고 새롭게 왕조를 이어 가는 원동력이 되었다. 결국 일제 치하에서 36년을 살았다가 독립이 되고 수많은 우여곡절(迂餘曲折)을 겪고 민족 중흥기를 맞게 되고 두 영웅은 모두 총탄에 맞아 비극적인 죽음을 맞았지만 두 분 모두 우리나라뿐만 아니라 세계적인 인물이 되었다.

고 박정희 대통령의 임종을 목격했던 신 모 여인은 대통령께서 총탄을 맞고 쓰러지면서까지 두 여인에게 "나는 괜찮으니 임자들은 안전하게 피하시게" 하며 의연하게 죽음을 맞이하셨다고 한다. 그 모습이 마치 부처님처럼 고귀하고 거룩하게 보였다고 한다. 영국에서는 이순신 장군을 연구하는 대학교도 있다고 한다. 한국의 박정희 대통령은 경제 치수 치산의 기적을 이룬 국가 지도자로서 세계적인 추앙을 받는다. 동남아의 많은 국가에서는 우리나라를 롤 모델로 삼기도 한다. 그리고 다른 나라의 원조를 받던 나라가 오히려 다른 나라를 돕는 나라로 국력이 상승된 나라는 우리 자유 대한민국뿐이라고 한다.

천재적인 재능을 가지고 국민과 나라에 정성을 다하고 올바르게 그 재능을 쓰는 사람들은 수많은 고통과 수모를 당하고 만다. 이순신 장군도 백의종군(白衣從軍)의 수모를 당하면서도 오직 나라를 구할 생각을 할 뿐 자기를 그렇게 만든 사람들을 원망하지 않았다고 한다. 그는 자기 자신을 굳게 믿고 하늘이 자신을 도울 거라는 사실과 백성들이 모두 자기 편임을 의식하며 나라를 반드시 구할 일념으로 모든 것은 용서와 관대로 대하고 자기 자신에게만 채찍질을 하며 거침없는 상소를 올렸다. 선조가 최종적으로 삼도 수군통제사로 임명했을 때 수군은 12척의 배와 약 100여 명의 병사뿐이었다고 한다. "전하 소신에게는 아직 12척의 배가 있고 저를 믿고 따르는 군사와 백성이 있습니다"라고 하면서 남은 병선들을 수리하고 수군을 모집하여 전투 준비를 하고 울돌목의 사나운 물살을 이용하여 한바탕 해전을 치를 준비를 하고 있었다. 드디어 운명의 일전이 벌일 날이 왔다. 명랑대첩의 승리로 전쟁의 승기를 잡는 순간이었다. 장군은 사력을 다하여 일본 수군을 울돌목으로 유인하여 대승리를 거두었다. 그 후에도 연전연승(連戰連勝)을 하며 일본군의 전의를 잃게 하였다. 퇴각하던 일본군을 노량해전에서 모두 수장시키고 장군도 전장 함상 위에서 적탄을 맞고 장렬한 최후를 맞았다. 장군의 시신을 운구하는데 도처에서 백성들이 통곡을 하며 장군의 마지막을 보내 주었다고 한다.

육영수 영부인이 서울대 병원에서 청와대로 운구되어 오시는데 당시 청와대 담장을 뒤엎고 있던 푸른 담쟁이넝쿨들이 노랗게 말라 죽었다고 한다. 한 시대의 영부인으로 살았으나 평생 손에 물을 묻히며 당신의 자리에서 할 수 있는 자유 대한민국의 복리후생을 대통령 대신 챙겼던 그분이 돌아가시니 하늘도 슬퍼서 종일 비를 내리고 온 국민이 슬픔을 못 이기고 통곡을 했다고 한다.

문 정권이 서서히 무너지는 소리를 듣는다. 전 시장인 모 씨는 경찰에 의하여 받은 모든 혐의가 벗어졌다고 한다. 당시의 경찰청장 모 씨는 지금쯤 국민들에게 특히 해당 지역 시민에게 정중하게 사과하고 조용히 물러나 죗값을 치르고 여생을 평안히 사시길 빌어 본다.

대통령도 마찬가지이다. 이제는 모든 것을 멈추고 국민에게 사과하고 잘못한 일을 바로 고치고 남은 임기를 잘해 주길 빈다. 최우선적으로 주위에 맴돌며 엄청난 정권 게이트를 일으킨 자와 나라를 혼란케 한자들을 모두 쳐내고 제대로 된 사람들을 등용하여 법을 지키고 국민과 자유 대한민국을 진정으로 사랑해 주길 빈다.

이제 나의 과거는 하느님의 자비에 나의 현재는 하느님의 사랑에 나의 미래는 하느님의 섭리에 맡긴다. 독자 여러분은 나를 타산지석, 반면교사로 삼길 빈다. 이 책을 자기 성찰의 길잡이로 활용하여 일생을 평안하고 행복하게 살길 빌며 탈고를 한다.